中國語言文字研究輯刊

十七編

許學仁 主編

第 **17** 冊

白語漢源詞之層次分析研究
（第三冊）

周晏菱 著

花木蘭文化事業有限公司

國家圖書館出版品預行編目資料

白語漢源詞之層次分析研究（第三冊）／周晏篈 著 — 初版

— 新北市：花木蘭文化事業有限公司，2019〔民108〕

目 14+262 面；21×29.7 公分

（中國語言文字研究輯刊 十七編；第 17 冊）

ISBN 978-986-485-937-5（精裝）

1. 白語 2. 詞源學 3. 語言學

802.08   108011984

ISBN-978-986-485-937-5

9 789864 859375

中國語言文字研究輯刊

十七編　　第十七冊　　　　　ISBN：978-986-485-937-5

白語漢源詞之層次分析研究（第三冊）

作　　者　周晏篈

主　　編　許學仁

總 編 輯　杜潔祥

副總編輯　楊嘉樂

編　　輯　許郁翎、王　筑、張雅淋　美術編輯　陳逸婷

出　　版　花木蘭文化事業有限公司

發 行 人　高小娟

聯絡地址　235 新北市中和區中安街七二號十三樓

　　　　　電話：02-2923-1455／傳眞：02-2923-1452

網　　址　http://www.huamulan.tw 信箱 hml810518@gmail.com

印　　刷　普羅文化出版廣告事業

初　　版　2019 年 9 月

全書字數　699755 字

定　　價　十七編 18 冊（精裝）　台幣 56,000 元　　版權所有・請勿翻印

白語漢源詞之層次分析研究
（第三冊）

周晏菱 著

目
次

附圖目次

第五章　白語韻母層次分析及演變

　　白語整體語音系統內具有許多語音變化，基本可歸納出三種音變現象：第一種是主體層次的自身語音演變、第二種是非主體層的條件式音變，此種條件式音變亦包含地域音變現象，第三種是特殊條件式音變之漢語滲透層音變。在此三種音變現象之下，白語整體韻母歷史層次演變，主要受到語音接觸層次、滯後性音變和擴散式音變等三種歷史語言音變規則影響。〔註1〕

　　活躍的語音變化伴隨而來的，亦是紛雜的語音形式，在音變現象的基礎上，進一步可以將白語複雜的語音表現分為三種類型觀察：

　　（一）同一來源的語音發生了不同的演變，以致於形成老借詞與新借詞的不同語音形式，且新借詞亦有採用老借詞的語音形式表達，形成判讀上的困擾。

〔註1〕　根據陳忠敏：〈語音層次與滯後音變、擴散音變的區別〉文內所言，所謂的「滯後性音變」，主要是指本族語內部一個音變鏈中由於非語音的因素，諸如：封閉類詞、高頻詞、特殊專有名詞等因素，造成語音演變的速度滯後於主流音變，進而形成與主流音變不同的語音形式，與擴散式音變相同，都屬於同一語音層內的演變概況；至於語音層次則是受到語言接觸影響而產生的音變現象，主要受有非語音條件的制約左右其變化。陳忠敏：〈語音層次與滯後音變、擴散音變的區別〉文，收錄於丁邦新等人編著：《漢語研究的新貌——方言、語法與文獻》（香港：香港中文大學出版社，2016年），頁1～14。

（二）相同來源卻形成不同的語音歷史層次，由於音變作用影響產生語音層次混合疊置。

（三）白語語音系統內具有多種來源或多種層次同時並存，形成競爭與融合的語音現象，如此亦形成同源與借源區辨困難。

透過歸納白語漢源詞發現，語音規律層次的形成是藉由語音的不同歷史發展漸層演變而來，語音的演變發展是兼具自然性和社會性，如此的演變結果亦兼具語言自身內部的語音發展、受外來民族語的影響進而誘發自身語音相應變化，構成語音規律的不同層次；採用王福堂的說法可知〔註2〕，筆者所論述的白語複雜語音表現情形，可再次區分為：依據白語自身滯古本源層、同源和老借詞層的語音現象所產生的同源音類疊置，及新借詞層和漢源歸化詞層的語現象所產生的異源音類疊置。

本章主要分析白語漢源詞韻讀的語音演變與層次分析，著重透過音韻分合的關係，進一步切入深入檢視白語韻讀層次所呈現的系統性對應現象，以便詳實辨析白語語音系統內在韻讀部分的層次分布及演變總體概況，以梳理其內部音變與層次競爭、疊置所產生的交錯互動，同於筆者對於白語漢源詞聲母的分析，在建立層次對應關係的同時，一併歸納各歷史層次所顯現的語音特色，並與漢語及其親族語源間的歷史音韻材料相互參照，以確立各歷史層次的演變規律及語音整體表現。

第一節　從「韻略易通」、「重某韻」論白語六大元音系統

研究韻讀系統亦不可偏廢聲母的表現。白語語音系統在聲母的表現較為整齊，透過本文研究所調查的語區，及各類方言調查資料所呈現的差異甚微可知。學者高本漢有言：聲母是簡單的音，至多不過複雜到塞擦音與送氣與否的程度，也因為如此，聲母可以併合為容易概括的幾類。〔註3〕白語聲母正與高本漢所言不謀而合，有鑑於此，筆者在白語聲母的討論不同於以往單點對應說明，而是以宏觀層面來呈現聲母的語音對應關係，並從語源史發展脈

〔註2〕　王福堂：〈漢語方言語音中的歷史層次〉《語言學論叢（第 27 輯）》第 4 期（2003年），頁 1～10。

〔註3〕　〔瑞典〕高本漢著、趙元任等譯：《中國音韻學研究》（北京：商務印書館，1940年），頁 450～451。

絡探討白語聲母各層次的演變發展，然而，這種聲母的討論方式，對於韻部的討論較無法詳盡呈現。

因此，筆者在白語韻讀部分的論述方式，與聲母的探討有所不同，相對於聲母的研究，白語韻母分析是簡而實雜、略而實繁。高本漢和施向東皆認為韻母的分層相當複雜，往往同層其音讀卻是多樣化〔註4〕，這點與白語韻讀現象不謀而合；此外，施向東和俞敏更在研究梵漢對音時直言：（梵漢）由於元音數量、音色及其配合條件，甚至是彼此劃分音節結構的規則條件相異等多種因素影響下，以致於韻母系統較之聲母複雜〔註5〕，對於民族語漢源借詞的研究而言，此種問題更顯複雜。特別是對譯的材料是真實口語、是白語語音史內各階段所借入融合的漢源詞語料，此些語料借入白語語音系統後，便與本族語固有底層詞發生融合，隨著固有詞產生相應的語音變化，此種變化對於聲母而言，誠然受到韻部演變的深入影響而成；因此，在分析白語韻部層次及其演變的時間進程，除了詳盡參照漢語在古音部分的構擬、某個韻類的古音來源、韻圖內的語音訊息及親族語之對應外，亦系統參照白語對應韻類的韻母表現、同一音節的聲類層次情形，透過調查語源區的語音現象，從宏觀與微觀、歷時與共時的層面，分析白語漢源詞韻讀整體系統的層次演變概況。

觀察白語漢源詞韻讀系統發現，相對於白語陰聲韻，陽聲韻的韻讀類型在分層的過程中較顯繁複，其原因在於白語吸收西南官話的語音特點，在韻母部分經由重新整併後形成「重某韻」的語音現象，「重某韻」即是白語表現「韻略」的實際語音反映。「重某韻」現象源於本悟《韻略易通》〔註6〕，揭示民家語時期雲南當地漢語音韻分合演變概況，特別是「韻母」部分的演變

〔註4〕　〔瑞典〕高本漢著、趙元任等譯：《中國音韻學研究》，頁450～451、施向東：〈漢藏比較中的歷史層次與借詞問題〉《語言科學》第6卷第6期（2007年），頁54～58。

〔註5〕　施向東：〈梵漢對音與古漢語的語流音變問題〉《南開語言學刊》第1期（2002年），頁44、俞敏：〈後漢三國梵漢對音譜〉，此文收錄於俞敏：《俞敏語言學論文集》（北京：商務印書館，1999年），頁1～63。

〔註6〕　因白語韻母層次分析之討論所需，文內關於本悟本《韻略易通》之資料探討說明，查詢於張玉來：《韻略易通研究》（天津：天津古籍出版社，1999年），在此統一說明。

核心價值。

　　所謂「重韻」即「重某韻」〔註7〕，指該韻與某韻發音相同，特別在陽聲韻部內，其重韻特徵甚為顯著，如此顯示陽聲韻的語音發音模式在韻母系統內產生極大改變，白語表示陽聲韻鼻音韻尾，主要皆以元音鼻化表示，溯源本悟《韻略易通》所言之重韻現象發現，針對陽聲韻的重韻安排，除了收舌尖鼻音韻尾[-n]的端桓韻部[on]消失併入山寒韻部相應聲母的合口呼[uan]外，其餘皆屬收雙唇鼻音韻尾[-m]的侵尋韻部、緘咸韻部及廉纖韻部消失，併入舌根鼻音韻尾[-ŋ]內〔註8〕，如此使得主要元音相同，用以區辨用的前／後鼻音韻尾因重韻歸併消失，這種現象會形成對某些韻因歸併的結果導致其分辨出現兩可的情形，即同一漢語韻類可能會對應兩個不同的白語韻類，如此便會混淆辨析此韻類的成因，到底是借入時產生亦或因特殊的歸併方式誘發其產生的狀況，然而，白語在吸收此種語音現象的表現，也間接使其介音系統內撮口呼[-y-]並不發達，對於整體語音系統的影響不如介音[-i-]和[-u-]，如此重韻的特殊韻類現象，使得白語鼻音韻尾的來源演變顯得較為紛亂，現今白語語音系統對於陽聲鼻音韻尾的表現主要還是以鼻化元音為主，在部分語源區如鶴慶金墩，已逐漸將陽聲舌根鼻音韻尾[-ŋ]復原，除了做為聲母之用外，[-ŋ]同樣也肩負韻母的作用。

　　本章討論白語漢源詞韻母的語音演變及其對應層次分析，筆者採用的討論分類標準，當是根據白語漢源詞韻母部分的主要元音為依據，然而，白語漢源詞韻母的主要元音最基礎之根源，是本源於上古漢語元音系統進行分類，依據十六韻攝的分類來考察白語漢源詞的韻讀，基本亦依循合攝現象為之，即：宕江合攝、曾梗合攝及果假合攝。所謂「韻攝」，即指中古後期依實際語音併合，將母音主要元音相同之數韻合為一攝，共有通、江、止、遇、蟹、臻、山、效、果、假、宕、梗、曾、流、深、咸等十六韻攝，主要併合原理是依據主要元音相近且韻尾相同者即加以併合。羅常培有言：「所謂攝

〔註7〕　葉寶奎：〈也談本悟《韻略易通》的重x韻〉《古漢語研究》第2期（1999年），頁5～11。

〔註8〕　沈建民和楊信川：〈也談本悟《韻略易通》之「重x韻」〉《中國語文》第1期（1995年）頁65～69、葉寶奎：〈也談本悟《韻略易通》的重x韻〉《古漢語研究》第2期（1999年），頁5～11。

者，即緊集尾音相同且元音相近之各韻爲一類。」〔註9〕因此，根據韻攝將韻讀所對應的白語聲母、語源區點、分層現象及其特殊語音狀況予以解析說明，從宏觀與微觀、歷時與共時的層面，以泛時觀分析白語漢源詞韻讀整體系統的層次演變概況，分爲陰聲韻攝系統和陽聲韻攝系統兩大部分進行相關探討，並將鏈動聲母產生語流音變現象的止攝單獨分析其在白語韻讀系統內的層次演變及其特殊語音現象。

　　白語韻讀系統主要元音體系，即白語韻讀系統滯古固有層，主要與王力所擬的上古漢語[*i]（脂／眞部）、[*e]（支／耕部）、[*ɯ]（之／蒸部）、[*a]（魚／陽部）、[*o]（侯／東部）和[*u]（幽／終部）等六個元音相同，並由此六個滯古固有層元音系統逐漸展開語音高化、後化甚或裂化複元音等演化現象，而在白語語音系統內甚爲發達的[*ɯ]音，主要是漢藏語系滯古音的留存，即《詩經》時代後起央元音[ə]，六個元音間彼此鏈變推鏈且相互影響。〔註10〕因此，白語整體韻讀系統，即是使用此上古漢語六大元音展開演變發展，本章在分析白語韻母層次演變，正是以「攝」爲核心，將此六大元音韻讀系統加以歸整，並解析整體層次演變概況。

　　本章以表格方式將白語音讀的韻部以演變脈絡的方式呈現，以「攝」爲基礎將白語整體韻讀音質加以歸納，並列舉相關例字予以對應，並就特殊例字提出說明，並採用陳忠敏所提出的「層次關係特字」的概念，將早期滯古的語音現象但在現代的語音系統內，已被層層疊置而難以探查的語音現象予以繫聯出來，此理論在層次對應分析的過程中有著相當重要的作用，層次分析所忽略的地方，透過「層次關係特字」理論將予以輔助〔註11〕，其觀注焦點在同類方言內應該有極穩定的一致性和固定性，同一方言的各語源點音讀往往相類同，即使有其異質性，在異質層內仍然有同源的對應關係，這不是受到借入層的影響而造成的，而是屬於本源層內部的演變關係。因此，在白語

〔註9〕　羅常培：《漢語音韻學導論》（臺北：里仁書局，1982年），頁47。

〔註10〕　周晏箋：《龍宇純之上古音研究》（彰化：國立彰化師範大學國文所碩士論文，2011年），頁165。

〔註11〕　陳忠敏：〈重論文白異讀與語音層次〉《語言研究》第23卷第3期（2003年），頁43～58、〈論語音層次的時間先後〉《語言研究集刊》第2輯（2005年），頁123～132。

韻部塞音韻尾消失，及鼻音韻尾失落的併合過程中，「層次關係特字」的理論，將有助於研究時尋找韻讀最早的滯古層音讀，明晰白語複雜疊置的語音現象。

　　在分析白語韻讀系統整體概況之前，必需先就白語族語音史的二點問題提出釋疑：第一點是西南官話整體韻母系統的演變；第二點是白語族自大理南詔時期至民家語時期的整體韻讀系統的用韻概況；藉由這兩點問題釋疑，有助於理解白語韻讀系統演變至今的層次整體現象。在此安排之下，本章的論述順序，將先就西南官話韻母演變及白語族歷來詩人用韻情況加以說明，再以韻攝及白語六大韻母元音主，輔以元音的鏈動推移作用及陽聲韻脫落併合二條現象，將韻攝分為陰聲韻和脫落併合的陽聲韻分別說明其層次演變情形，另外，筆者特別將止攝額外獨立，不歸入陰聲韻和陽聲韻內討論，止攝韻所代表的主流韻讀[-i-]音及其高頂出位的舌尖元音[ɿ]/[ʅ]，關係到子變韻，即古韻之部和幽部的語音交涉現象，關於子變韻之說，陳衛恒亦有所談論〔註12〕；子變韻除了隸屬古韻之部和幽部交涉的討論範疇，透過白語子變韻的研究，筆者進一步認為，白語子變韻即所謂小稱詞的變韻現象，如此又與止攝有所相關，因子變韻所涉廣泛，將之置於止攝的範圍內，獨立探討其相關的定義與語音演變現象。

第二節　白語元明清民家語時期西南官話韻母演變分析

　　本部分做為韻部層次分析之前導，先就白語韻部之「重某韻」概念釐清，了解官話韻書時期的整體韻部演變源流、中古時期至近現代民家語時期與漢語接觸後的詩人用韻概況，以便完整勾勒白語韻部層次系統。

壹、重某韻系統之白語韻母演變

　　談論白語韻母系統層次演變規律前，必需先針對白語民家語時期西南官話，即雲南一帶的官話韻書進行統整，將其韻部的整併發展整理如下列表 5-2-2 所示，於此之前，在表 5-2-1 先歸納整理影響白語韻母系統甚深的明代民家語時期韻書——本悟《韻略易通》之相關韻部概況。

〔註12〕陳衛恒：〈古韻之幽交涉與今方言子變韻現象音變原理的一致性〉《殷都學刊》第 2 期（2004 年），頁 102～105。

　　白語特殊的語音演變現象，主要可謂吸收漢語南北方言的語音特色而來，時至民家語時期最重要的語音吸收來源，即是吸收明代西南官話韻書——本悟《韻略易通》的「重韻」概念，使其整體韻讀系統主要以漢語上古六大元音為主，隨著語音的演變並以此為源頭進行相關音節增生以成為現今的韻讀類型。本文在第二章第三節「白語整體聲母類型分析」部分，業已針對影響白語聲母系統顯著的元明（清）時代的韻書進行「音位歸納」的整統分析，主要歸納音位原則，當依循霍凱特在《現代語言學教程》書內所提的「對立互補原則」、「語音相似原則」、「模式勻整原則」和「經濟效益原則」四項條例進行統整。〔註13〕

　　接續聲母的音位歸納對應，本節亦依循霍凱特音位歸納四條例，就韻母系統部分加以統整解析。首先，將先介紹本悟《韻略易通》，這本對於白語韻母系統影響顯著的韻書，再將元明（清）時期雲南西南官話韻書，主要以蘭茂和本悟的《韻略易通》、葛中選《太律》、馬自援《等音》、林本裕《聲位》、楊瓊和李文治合著《形聲通》及20世紀肇始由傳教士所撰著，表現雲南方言現象之《華英捷徑》為主，並與中古《切韻》、《切韻指南》內的韻攝概念，和反映江淮官話南京型之《西儒耳目資》之語音系統對應參照。

　　雲南當地標準的漢語方言系統，是與蘭茂同屬昆明嵩明人、成書於1586年本悟的《韻略易通》，「韻略易通」不僅為韻書名，更是明代中葉雲南當地漢語方言的語音特色，對於雲南當地的漢語方言演進概況有著深遠影響者即為「重韻說」；進而言之，「重韻」即是「韻略」的實際反映，本悟如實揭示當時雲南當地漢語音分合演變概況，特別是「韻母」部分是為演變的核心值價。所謂「重韻」即「重某韻」，指該韻與某韻發音相同，經由重韻調整後，二十韻部竟有近

〔註13〕〔美〕霍凱特著、索振羽和葉蜚聲譯：《現代語言學教程》（北京：北京大學出版社，2002年），頁103～110。相關條例內容：（1）對立互補原則：若是對立的兩個音位變體，不能將其歸併為一個音位；音位變體本身不對立，僅互補仍不足確實將兩個音位變體視為同一音位；（2）語音相似原則：若某一音位同時出現在兩種或兩種以上的環境內，即說明其音位所涉的各類音位變體的語音相似度極高。例外情形在於，語音相似的兩個音位變體，若在一種環境內相互對立，但在另一環境內卻不出現，此時便形成多重互補現象；（3）模式勻整原則：歸併音位變體的最佳方法，以選擇最能勻稱體現音位系統者為先；（4）經濟效益原則：以體現語音和語音系統的對稱性為原則。

一半韻部（十二個韻部）出現重韻〔註14〕，特別好發於陽聲韻部，如此顯示陽聲韻的語音發音模式在韻母系統內產生極大改變，重韻大量出現，證明雲南已逐漸形成屬於自身系統的漢語方言體系，與北方官話差異愈加顯著。透過此十二個韻部重韻現象分析，明代中葉以降，逐漸形成的雲南當地漢語方言韻母系統，如下列表 5-2-1 之分析：〔註15〕

表 5-2-1　本悟《韻略》重韻歸併後的韻部

開口：無介音	齊齒：介音／主要元音[i]	合口：介音／主要元音[u]
/i/：[[ɿ][ʅ]]支辭、西微	/i/：[i]西微	/u/：[u]呼模
/a/：[a]家麻	/ia/：[ia]家麻	/ua/：[ua]家麻
/o/：[o]戈何	/io/：[io]戈何	/uo/：[uo]戈何
	/iu/：[iu]居魚	
	/ie/：[ie]遮蛇	
/ai/：[ai]皆來	/iai/：[iai]皆來	/uai/：[uai]皆來
/ei/：[ei]西微		/uei/：[uei]西微
/ao/：[ao]蕭豪	/iao/：[iao]蕭豪	
/ou/：[ou]幽樓	/iou/：[iou]幽樓	
	/iɛn/：[ian]先全、山寒、緘咸、廉纖	
[ã]：江陽、山寒、緘咸、廉纖、先全	[iã]：江陽	[uã]：江陽、山寒、端桓、先全
[ən]：眞文、侵尋、庚晴	[iən]：眞文、侵尋、庚晴	[uən]：眞文
/oŋ/：[uŋ]東洪、眞文、庚晴	/ioŋ/：[iuŋ]東洪、眞文、庚晴	

　　明代時期本悟《韻略易通》重韻歸併的影響深遠，如此的重韻歸併，白語吸收並如實體現本悟《韻略易通》重韻歸併的特色，換言之，白語韻讀如實反映「韻略」才能「易通」的語音現況。此韻母語音與蘭茂本《韻略》及漢語普通話相較，其韻母系統已甚為精簡化（具備單韻母、二合韻母和三合韻母的複

〔註14〕沈建民和楊信川：〈也談本悟《韻略易通》之「重 x 韻」〉，頁 65～69、葉寶奎：〈也談本悟《韻略易通》的重 x 韻〉，頁 5～11。

〔註15〕牟成剛：〈西南官話的形成及其語源初探〉《學術探索》第 7 期（2016 年），頁 136～145、陳長祚：《雲南漢語方音學史》（昆明：雲南大學出版社，2007 年）、葉寶奎：《明清官話音系》（廈門：廈門大學出版社，2001 年）。

合韻母），特別是陽聲韻母明顯整併，此現象影響白語韻母系統普遍元音鼻音化，即以元音的鼻化來體現原陽聲韻尾的發音現象；除了收舌尖鼻音韻尾[-n]的端桓韻部[on]消失併入山寒韻部相應聲母的合口呼[uan]外，其餘皆屬收雙唇鼻音韻尾[-m]的侵尋韻部、緘咸韻部及廉纖韻部消失，併入舌根鼻音韻尾[-ŋ]內，如此一來，在主要元音韻腹相同的情形下，用以區辨用的前／後鼻音韻尾因重韻歸併消失，取而代之的區辨方式則是將「主要元音『鼻化』」，然而，由於主要元音鼻化即鼻化韻現象，使得先全韻的齊齒和撮口間的重韻鼻化合流，間接使得撮口[y]韻在西南官話的語音系統內尚未形成完整音節體系便消失，因此，白語語音系統內的[y]音不發達，搭配組合能力亦弱，白語內部近現代漢語借詞則有借入撮口[y]韻字詞，遂逐漸將撮口[y]韻融入語音系統內，但整體音節的搭配能力仍未完善，白語語音系統內主要以開口和齊齒的搭配能力較強、合口次之，這也是此條音變模式的演變過程中並未見得[y]音的過渡之因。

除此之外，需要特別說明的是，白語目前整體的韻母系統仍以陽聲鼻音韻尾失落併合入陰聲韻為主，並以鼻化或非鼻化表示鼻音韻，針對鼻音韻尾部分，隨著與漢語深入接觸的影響，在軟顎舌根音[-ŋ]和舌尖音[-n]韻尾部分亦有還原的語音現象，透過下列表 5-2-2「西南官話韻部演變發展關係表」便可得知，軟顎舌根音[-ŋ]和舌尖音[-n]在西南官話系統內本就具有，白語語音系統將其與雙唇鼻音韻尾一同脫落，以符合語音發展的平衡性。

綜合而論，白語吸收了韻略、重韻的概念後，體現在韻母系統的主要原則為：（1）韻母系統較為簡單，其複元音形式不具備鼻音和塞音韻尾；（2）單元音化的韻母系統使得音節結構組合較為單純。以下便如實將西南官話韻書系統整體韻讀的演變歸納如下表 5-2-2 所示，並以白語族古時發源地——昆明及大理語區之韻讀一併對應：〔註16〕需特別提出說明的是：韻部演變發展關係表內，

〔註16〕表 5-2-2 主要參照楊時逢：《雲南方言調查報告》（臺北：中央研究院歷史語言所出版，1969 年）、李榮：〈官話方言的分區〉《方言》第 1 期（1985 年），頁 2～5、黃雪貞：〈西南官話的分區（稿）〉《方言》第 4 期（1986 年），頁 263～270、吳積才和顏曉云：〈雲南方音概況〉於 1986～1987 年發表於《玉溪師專學報》系列單篇論文、羅常培和群一：〈雲南之語言〉於 1986～1987 年發表於《玉溪師專學報》系列單篇論文、吳積才等編著：《雲南漢語方言志》（昆明：雲南人民出版社，1989 年）、群一：〈雲南漢語方言史稿〉於 1998～2003 年發表於《昆明師範高等

以雙格線將官話韻書和昆明及大理語區韻讀隔開，以三雙格線將昆明及大理語區和白語族之韻讀隔開，以此觀察其演變現象。此外，由於圖示版面限制，關於上古韻部體系對應，列置於表後補充說明；在清康熙年間，雲南昆明僧人宗常，承襲宋元等韻圖一脈所著之綜合性質等韻圖——《切韻正音經緯圖》，由於其書性質屬於等韻圖，故本文研究未將置於表 5-2-2 內觀察，相關對應內容於表後補充說明。

對於西南官話整體韻母演變脈絡有初步概念後，接續將就白語族詩人用韻加以扼要分析，透過歷史用韻得以輔助理解相關韻讀整併及其使用狀況，在此基礎之上，再就韻部演變情形進行層次分析探究。

專科學校學報》系列單篇論文、李霞：《西南官話語音研究》（上海：上海師範大學碩士論文，2004 年）、李藍：〈西南官話的分區（稿）〉《方言》第 1 期（2009 年），頁 72～87、陳長祚：《雲南漢語方音學史》，頁 319～336、李國華：〈《切韻正音經緯圖》語音演變分析〉《雲南民族大學學報（哲學社會科學版）》第 21 卷第 2 期（2004 年），頁 123～125。

表 5-2-2　西南官話韻部演變發展關係表

廣韻 韻部	切韻指南 韻攝等呼開合	中原音韻 韻部	蘭茂韻略 韻部	本悟讀略 韻部	重讀現象	《大律》 韻部	《等音》《聲位》《形聲通》 韻部	《西儒耳目資》 韻母	《華英捷徑》 韻母	昆明讀系 韻部	大理讀系 韻部	白語讀系 韻部
東冬鐘	通攝	東鐘	東洪	東洪	合口韻重合口真文、庚晴 撮口韻重撮口真文、庚晴	東多鐘 登 蒸	uŋŋ 光 uan 官 uŋ 公 un 棍	ʅ/ʅ i u ĩ	ʅ/ʅ 師四 i 比西 a 人把 ia 家鴉	ʅ 資子 ʅ 知足 i 力雨 u 布綠 ua 瓜瓦	ʅ 資之 i 地衣 u 枯禿 ua 瓜刮 ue 國或	o
江	江攝	江陽	江陽	江陽	開口韻重開口山山寒、庚晴 開口韻重撮口廉纖、先全	江陽	uau uai 乖 uou uei 規	a ia ua ɔ	ua 話花 o 波坐 e 飛配 ie 寫夜 ue 堆睡	a 巴雜 uei 號呂 uə̃ 寸繩 ia 雅家	a 爬八 uai 怪歪 uei 水雷 uə̃ 溫昆 ia 架夾	u
陽唐	宕攝（江 合攝）				齊齒韻韻重「見溪」、「精從」母 合口韻重合口山寒、端桓 合口韻重撮口先全		uo 戈 ue 國	iɔ uo		iɛ 月借 iã 鄉江 iə̃ 圓間	iɛ 爹別 iã 央江 iə̃ 煙天	
真諄臻文欣欣元魂痕	臻攝	真文	真文	真文 真文	開口口韻重開口庚晴、侵尋 齊齒韻齒韻重齊齒庚晴、侵尋	痕真欣 魂諄文 庚清耕青	u 孤	o	ə 這扯	o 左樂 ɔ 腦拋	o 波托	i
刪山删仙先	山攝一等開 山攝二等	寒山 山寒	山寒	山寒		寒山删仙 元先	ui 骨	io	ɚ 儿耳 ai 改代	e 儿耳 e 午白	ɚ 儿二	i

韻攝	韻目		端桓	端桓	端桓	合口韻合口山合口山合口合	桓	ua 瓜	uo	iei 芥界 uai 怪快	æ 呆改	e 色蛇	i
庚耕清青 蒸登	山攝一等合 梗曾 梗攝 曾攝 合攝	桓歡 先天	先全 庚青	先全 庚晴	先仙 庚晴	齊齒韻重攝口全 齊齒韻重齒齊齒山 塞、緘咸、廉纖	寒山刪先仙 元先	aŋ 岡 an 干 əŋ 庚	ε iε iɛ	au 高冒 iau 蕉小	ɔ̃ 門冷 uε 衰外	ɔ̃ 恩庚	i
侵覃桓	深攝	侵尋	侵尋	侵尋		侵	ən 根	ə	əu 后收				i
覃談咸銜 凡鹽添嚴	咸攝一二等	監咸	緘咸	緘咸		覃談咸銜 鹽添嚴凡	au 高	io	iou 九有		ai 台街	
	咸攝三四等	廉纖	廉纖	廉纖		覃談咸銜 鹽添嚴凡	ai 該 ei	uei	an 飯看	ei 貝飛	ei 飛微	
支脂之	止攝	支思	支辭	支辭	支辭和西微兩者互 重韻	支脂之微	o 歌	ai	ien 干煙 uan 轉換 yen 勸援	ĩ 令韻	au 保哉	au
微 齊灰咍佳 皆	止攝 蟹攝三四等	齊微	西微	西微	支辭和西微與枝（知 照）、春（穿禪）和 上（審禪）相拼時， 兩者互重韻	支脂之微 灰祭齊 質櫛職沒 術昔錫緝 物	ε 革 ㄟ ㄟ	uen eu iou	in 心音 uan 溫順 yn 軍熨 an 張商	au 醜斗 iau 久牛 ã 三當	iau 條腰 ĩ 因英 au 醜斗 iau 流秋	e/ɨ/ɣ/ㄝ e/i e/i
魚虞模	遇攝	魚模	居魚	居魚	魚 屋沃燭	a 迦	uan	uaŋ 光皇	uã 忘歡	uã 彎光	u
齊灰咍佳 皆	蟹攝一二等	呼模	呼模	呼模	魚模虞	ium 金	aŋ	ɔŋ 公明	ɔŋ 東朋	ɔŋ 東朋	a
蕭宵肴豪	效攝	皆來	皆來	皆來	哈皆夫佳	in 巾	iaŋ	iɔŋ 用兄	iɔŋ 榮窮	iɔŋ 兄窮	o
歌戈	果攝一等	蕭豪	蕭豪	蕭豪	豪肴宵蕭	iau 交	uaŋ	iʔ 日食			a
麻	果攝 假攝 合攝二等	歌戈	戈何	戈何	歌戈 鐸覺藥	iai 皆	en	iʔ 匕的			a
		家麻	家麻	家麻	麻二 鐸盍曷合 乏狎洽	iou 鳩 io	ĩen u2熟肉 yʔ局				

等	攝								
假攝三四等	車遮	遮蛇	遮蛇	麻三 德薥陌業 葉帖末點 薛育肖月	ie結 iʔ基 ia家 yn君 you樛 yɛ決 y俱	en in uen ĩən əŋ iŋ uŋ ĩ	aʔ罰答 iaʔ甲 uaʔ刮刷 əʔ百黑 ieʔ別鐵 ueʔ國 yeʔ削藏 oʔ說作		yɔ̃雲暈 yu育肩 ye靴月 yɛ冤圓 y雨焦	a
流攝	尤侯	幽樓	尤侯幽	侯尤幽	yi居	ĩ	ioʔ腳約	iu曲育 ioʔ約學 ioʔ巧杪	io藥腳	o

註：語音合流現象即表示韻母主要元音之相同或相近為原則。

說明：

1. 上古音韻部體系採用王力系統為照對應：
   (1) 陰聲韻韻無韻尾：之部[ə]、支部[e]、魚部[a]、侯部[ɔ]、宵部[o]、幽部[u]；陰聲韻頭[i]韻尾：微部[əi]、脂部[ei]、歌部[ai]。
   (2) 入聲韻尾：
      ①舌根塞音韻尾[-k]：職部[ək]、錫部[ek]、鐸部[ak]、屋部[ɔk]、沃部[ok]、覺部[uk]
      ②舌尖塞音韻尾[-t]：物部[ət]、質部[et]、月部[at]
      ③雙唇塞音韻尾[-p]：緝部[əp]、盍部[ap]
   (3) 陽聲韻尾：
      ①舌根鼻音韻尾[-ŋ]：蒸部[əŋ]、耕部[eŋ]、陽部[aŋ]、東部[ɔŋ]、冬部[uŋ]）
      ②舌尖鼻音韻尾[-n]：文部[ən]、真部[en]、元部[an]
      ③雙唇鼻音韻尾[-m]：侵部[əm]、談部[am]

2. 清康熙39年，雲南昆明僧人宗常編著《切韻正音經緯圖》，主要承襲宋元等韻圖脈絡，擇錄《韻法直圖》和《韻法橫圖》且真實反映明清讀音系統，韻圖編纂採用「開一發（齊）一收（合）一閉（撮）」為原則，自言「聲音之舉不得不講，而折表歸之正聲正音而後已也。」為其編纂宗旨。本韻圖在韻母演變支韻採取「該韻卻末韻」方式，標末同末韻韻尾省併卻不併，但實際省併後僅有36韻母、52韻母，故其省併過程循「[-m]→[-n]/[-ŋ]→[-n]」路徑；入聲韻尾和入聲韻尾省併過程依循「[-p]→[-t]→[-k]→[-ʔ]→[-o]」路徑。另外，在聲母部分亦採取「重中母五音」歸併原則，然而，其內容兼古今音，使得語音系統難以提供確實的對應。特別在聲母音韻尾音韻尾省韻尾音，其聲母省韻尾省韻尾省併古今音，但古音重於今音的前提下，使得語音系統難以提供確實的對應。

貳、白語族詩人用韻分合概況

分析白語韻部音讀的層次系統，首先，必需先針對書面傳世文獻的韻部加以歸納，此書面傳世文獻特別是指白語族歷來詩人在詩文作品的用韻概況，由其是白族形成的南詔大理時期，正巧爲中國詩歌興盛的唐代，在接觸交流之下歷經元明清等民家語與漢語深入接觸階段，白族亦有屬於自己的文人學士，更不乏具有相當水平的詩詞歌賦；因此，解析白語韻部音讀的層次演變同時，仍需旁及參照歷來白語族詩人當時作詩用韻的實際通押混用現象，如此得以做爲在分析相關演變特例時的輔助參考，以便將特例列入演變規律內，更加完善韻部整體演變現象，也才能明確詮釋「白語－漢語」語言接觸後的歷史影響。

基於此研究基礎，關於白語族詩人用韻，將依據《白族歷代詩詞選》〔註17〕書內所收錄的白語族文人詩詞作品進行分析，選擇的作品時間，筆者設定在白語族自南詔大理時期（隋唐宋之際）至民家語時期（元明清時期）共 217 首作品的整體用韻情形加以整理，並依據相關時代所用之官話韻書，依次對照《廣韻》、《中原音韻》及《韻略易通》予以對應，如此亦能針對韻攝併合混用的現象追本溯源，釐清韻部併合的相關概況。〔註18〕

首先就白語族詩人在唐代即其南詔大理時期，至元代的詩人作品整體用韻列表說明，將其詩詞作品的韻腳押韻字逐一標出，並依據韻腳押韻字的輔音韻尾屬性，分別依序歸入相關的陰聲韻、陽聲韻和入聲韻內。表 5-2-3 所整理的，是唐代至元代的用韻分合概況分析，接續在表 5-2-4 所整理的，是明清時代的用韻分合概況分析：〔註19〕

〔註17〕趙晏清等主編：《白族歷代詩詞選》（昆明：雲南民族出版社，1993 年）、王鋒：《白文古籍文獻研究 60 年》，收錄於張公瑾和黃建明主編套書：《中國民族古籍文獻研究 60 年》內（北京：中央民族大學出版社，2010 年）。

〔註18〕需特別說明的是，白語族從民國初期至今，仍舊不乏文人雅士撰作詩歌作品，然而，這部分的作品並不在本文研究歸納討論的範圍內，其原因在於，這時期的文人雅士之作，其用韻參照已非《廣韻》、《中原音韻》、《韻略易通》等韻書，且創作亦有不依古格律模式行之，因此，這時期的作品則不在歸納討論的範圍內。

〔註19〕白語族詩人用韻表 5-2-3 和表 5-2-4 之製表原則說明如下：表 5-2-3 部分，白語族詩人在唐代南詔大理時期，其用韻採用《廣韻》爲標準；元代時期除了《廣韻》外，也兼採當時代韻書標準《中原音韻》爲準。表內以韻讀聲調陰聲韻、陽聲韻和入聲韻爲分類標準，表內的編排「OO：OO」，在冒號左方爲詩人作品之韻腳韻

表 5-2-3　白語族唐至元代的用韻分合概況：兼與《廣韻》及《中原音韻》相較 [註20]

韻　部			
	南詔大理時期韻部用韻分合現象－《廣韻》	元代時期韻部用韻分合現象－《廣韻》		《中原音韻》韻目
陰聲韻	和多：歌戈		闕葉月：月葉	車遮
	猜開來台：咍之		偶手：侯尤	尤侯
	樓同功：侯東		絮去：魚	魚模
陽聲韻	還攀顏山：刪		逐宿目獨哭：屋 綠促：燭 度：暮 符：虞 梧圖無吾：模	說明：出現魚獨用例；用韻例字「吾（本義：我）」，以攝而言屬假攝和遇攝相混之例，「度」字為宕攝併入遇攝之例。
	青聽停：青	陰聲韻	海載彩改：海 歹：咍 洒：蟹	皆來
			諧：佳 來：灰	
			閨低：齊 衣：未 菲：微 移：支	支思 說明：齊微支混用
			赤懌昔：昔	齊微
		陽聲韻	關間潺：刪山仙	寒山
			宣殘寒難寬：仙寒桓	桓歡
			昏云痕紛分：魂文痕	真文
			身塵人春頻：真諄	
			唐蒼湯霜黃妝王：陽唐	江陽
			城靈鏡屏：青	庚青
			程聲明清平：庚清仙	
			紅東胸重逢／翁蓬公驄重：東鐘	東鐘

字、冒號右方為其韻字之用韻，表內韻腳韻字出現「//」者，表示該作品分上下片；表 5-2-4 部分，白語族詩人在明清民家語時期，其用韻採用本悟本《韻略易通》為主，亦輔以《廣韻》為參照。

[註20] 白語族詩人用韻表 5-2-3 之詩人用韻之韻目查詢，《廣韻》部分查詢自〔宋〕陳彭年：《宋本廣韻》（北京：中國書局，1982 年），《中原音韻》部分查詢自〔元〕周德清：《中原音韻》，採用版本為《四庫全書》文淵閣影本第 1496 冊。

入聲韻	綠木谷：屋燭	入聲韻	缺：入聲弱化消失	缺：入聲弱化消失

表 5-2-4　白語族明清時期用韻分合概況：兼與《韻略易通》相較 [註21]

韻　部		
明代民家語時期韻部 用韻分合現象－《廣韻》	《韻略易通》韻目	清代時期韻部 用韻分合現象－《廣韻》

	明代民家語時期韻部 用韻分合現象－《廣韻》	《韻略易通》韻目		清代時期韻部 用韻分合現象－《廣韻》
陰聲韻	河波多//波蓑多歌蘿：歌戈 柯娑羅：歌獨用 過磨坡：戈獨用 路螺蘿：歌戈模混用	戈何	陰聲韻	戈何 何多坡：歌戈
	斜沙家霞華//斜花嘩家霞 邪夸鬌加嗟衙沙娟//華家 衙笳：麻獨用 家替花芽賒：麻齊混用	家麻 遮蛇 以攝而論，麻齊混用即 蟹攝和假攝混用之例。		併家麻和遮蛇 紗芽家：麻 1.麻韻獨用 5 次 2.家麻韻合用 1 次
	古數股//壺夫湖珠圖：模 虞 如除書魚廬：魚獨用	居魚 呼模		併居魚和呼模 魚疏興除：魚獨用 求猷愁游：魚虞通押 渚古：魚模通押 （魚模通押 2 次） 樹固顧暮住據露度 故：魚虞模通押
	台開來埃苔：之咍 師奇絲時：支脂之 溪齊蹄西//雞萋啼//底 栖：齊 開徊才來台：咍灰之 卦：佳	皆來 1.以攝而論，「台」字屬 於蟹攝和止攝混用之 詞例。 2.「齊佳灰咍」與之韻 混用。		併皆來、支辭和西微 埃苔徊：灰咍 （灰咍混用 4 次） 璃雞西：支齊通押 差枝詩知：支之佳通押 死徙己：支脂之通押 （支脂之通押 2 次） 師奇飛：支脂微通押
	之時里枝：支之 師奇絲時：支脂之 微圍衣稀飛：微	支辭 西微		
	好了小：豪宵 家花好草：豪麻 昊道：豪	蕭豪 1.以攝而論，豪麻混用 即假攝和效攝混用之 例。 2.〈山花碑文〉內，豪 韻亦與東韻和模韻混用		蕭豪 蕉饒描迢宵：蕭宵通押 （蕭宵通押 2 次） 聊寥瀟：蕭韻獨用 道惱好：豪 （豪韻獨用 2 次）

〔註21〕白語族詩人用韻表 5-2-4 之詩人用韻之韻目查詢，《韻略易通》部分查詢自〔明〕本悟本：《韻略易通》，採用版本爲《雲南叢書》集本。

	樓秋蚪流州：尤侯幽	幽樓			幽樓 侯幽秋悠：尤侯幽 （尤侯幽通押2次） 頭舟流：尤侯 （尤侯通押5次） 收舟洲：尤（獨用4次） 有九帚瓿嘔酒：尤虞侯通押 賦裘游：尤虞通押
陽聲韻	檐簾遠添纖拈：鹽添 雙唇鼻音與舌根鼻音混用，例如：侵情魧夢盟纓：侵清庚東等在明代詩人用韻裡共混用2次	緘咸 侵尋	（雙唇鼻音）	陽聲韻	1.雙唇鼻音：侵 深音心：侵獨用5次 2.雙唇鼻音脫落併入舌尖鼻音內：眞侵 眞枕人：眞侵混用 （眞侵混用2次） 3.雙唇、舌尖加上舌根鼻音混用：眞侵唐 行衾心琴：眞侵唐混用 4.舌尖音通押：安鸞殘：寒桓通押5次；漢天躔前間搴緣：寒山先仙通押；寒彈丹：寒韻獨用；紛雲墳：文韻獨用；焚伸塵辛：眞文通押（與尤韻通押）；昏門魂：魂韻獨用 5.舌尖音之鼻音和塞音通押：發月骨闕：月沒通押 6.舌尖與舌根音混用：關天間朋僧崩：先山登通押；門昏村痕魂：魂痕鍾通押；鏡競香鴦：眞陽通押2次 7.舌根音獨用：公雄：東韻獨用5次；香涼腸：陽韻獨用3次 8.舌根音通押：容功中：東鍾通押；糖郎腸：陽唐通押5次
	連懸燃禪：寒先仙 年然蓮仙鐫：先仙 （先仙韻通押使用3次） 綿錢言：元仙 邊源年：元先 闕雪//月雪：元押入聲薛 山攀闌間：山刪 關寒盤：刪寒桓 津新神塵春：眞諄	山寒 端桓 先全 眞文 庚晴	（舌尖鼻音）		
	亡裳傷：陽獨用2次 鄉唐忙裝：陽唐 （陽唐韻通押使用5次） 舌根鼻音混用例如：輕星層：清青登；名瓊明：清庚；耕頃聲成：耕清等在明代詩人用韻裡共混用7次	江陽	（舌根鼻音）		
	風東中：東韻獨用6次 空峰鐘容宗：東多鍾 重空宮翁中：東鍾 （東鍾韻通押使用2次）	東洪			

入聲韻	明代詩人用韻亦有單獨通篇使用入聲押韻者，依《廣韻》韻目列出入聲韻目名：薛、屑、葉、昔、陌、屋、燭等入聲韻		入聲韻	採用的入聲與明代相同，亦有陽聲韻和入聲韻通押的現象。清代詩人用韻亦有單獨通篇使用入聲押韻者，依《廣韻》韻目列出入聲韻目名：薛、屑、葉、昔、陌、屋、燭等入聲韻

透過詩人用韻歸納兩表發現，具鼻音韻尾的陽聲韻部分，已開始出現混用的現象，語用已呈現不穩定且有整併至入聲韻部使用的現象，雖然用韻狀況是「陽－入混用」的語用狀態，但是，與之對應的官話系統韻書卻已沒有入聲韻性質，如此應是與詩人在作詩用韻時仍斟量以自身的方言入韻所致，呈現民間口語白讀和官方韻書文讀的語言現象。

依據明清時期白語族所在地域加以劃分，白語族此時所在是歸屬於西南官話滇西片語區，透過在明代白語族有名的詩詞碑文——楊黻〈山花碑文－詞記山花，詠蒼洱境〉作品內便可發現，此作雖然符合官話韻書押韻，但是，作品內極大部分仍舊採行滇西方言的特色入韻，通篇依照《韻略易通》韻部分析，屬於以「呼模」韻爲主軸並與其他陰聲韻和陽聲韻、入聲韻通押，「呼模」依滇西方言而言即爲以[u]韻爲主的「姑蘇」韻，然而，隨著與漢語深度的接觸影響之下，這些現今屬於特殊韻例者，在語音演變的過程中誠然成爲研究時需特別留意的部分。

透過上述韻部整理歸納表 5-2-3 和 5-2-4 兩表，解析白語族自唐代南詔大理時期起始至明清時期之用韻概況後，進一步將以此用韻概況做爲輔助，深入詳述白語整體韻讀系統在四大歷史層次上所表現的演變現象。

第三節　白語韻讀層次的語音演變：陰聲韻攝

壹、陰聲韻之語音鏈變：果假攝、遇攝、蟹攝、流攝和效攝

相對於漢語而言，白語的韻母系統較爲單純，第一是白語沒有撮口呼[-y-]韻母，即受到語音發展的影響，撮口呼的形成時間相當晚，普遍受到漢語影響後才逐漸形成，白語內部韻母爲撮口呼的單音節詞語不論是同源亦會借詞者，基本的語音屬於帶有介音[i]、[u]或主元音爲[v]或[ɯ]的音節或帶介音的

音節；第二是白語帶有介音的韻母相對而言較少，白語帶有介音的韻母，普遍是受到漢語接觸影響，進而引起方言自身的語音變化所形成。

　　筆者將採用元音轉移之「鏈移原則」﹝註22﹞，逐步推演出整體語音演變概況相類同的韻攝，並將其至於同類說明，由於「止攝」主要演變成的韻讀[-i-]牽動聲母的語音演變。因此，本文的討論將「止攝」置於最後獨立說明。其餘陰聲韻攝系列，自上古漢語時期，從原本帶有韻尾元音[-i]的歌部將韻尾脫落開始，使得這原本平衡的語音系統，由於歌部韻尾的脫落產生極大動盪，因為韻尾的脫落由複元音朝向單元音發展，使得主元音低元音[a]與本就不具韻尾的魚部字產生合流。

　　由此觀察，一個[-i]韻尾音位的脫落，對語音演變史上產生最為直接的影響便是促使果攝、假攝和遇攝的形成，也由於果攝、假攝和遇攝的形成，在語音演變的過程中，又間接促使蟹攝、流攝及效攝的生成。除此之外，語音的合流誘發白語吸收西南官話的影響，使得「重韻」（「重」即「省併」韻部，重新分配之義）現象甚為顯著，如此亦造就同音字大量產生，這類的現象在白語語音系統內部相當顯而易見；此外，同音字的大量產生，對於語音發展和實際的口語交際都是消極且負面，為了解決同音字帶來的語音困擾，語言系統展開長時期的語音調整，每個音位在調整中，尋求屬於自身新的語音定位和平衡。

　　因此，合流後的歌部和魚部選擇以重新分化來解決合併後形成諸多同音字的語音現況，在分化潮流下，歌部分成三條語音主線進行分化：

　　第一條主線的歌部和微部字：歌部和微部字合併為主元音[a]並先後化為[ɑ]再逐步高化為[o]甚至是[u]的果攝。

　　第二條主線的歌部和魚部字：歌部和魚部字較為複雜，不僅合流形成假攝，由於語音演變相同相近之因，使得果攝與假攝又產生合併形成果假合攝的語音現象，當中部分歌部和魚部字又形成遇攝，亦即果攝高化後的[ɔ]>[o]>[u]的語音後高化的鏈移推動發展路線。

　　第三條主線的歌部與支／脂兩部：歌部與支／脂兩部的部分字合流，形成中古時期止攝的支脂韻，簡言之即是高化後化的[u]再進一步前化發展形成[i]音

﹝註22﹞ 所謂「鏈移原則」，即是指語言內的連串音變之「鏈式音移」原則，主要發生在上古及中古時期，因元音產生推鏈式的元音大轉移所致。朱曉農：〈元音大轉移和元音高化鏈移〉《民族語文》第 1 期（2005 年），頁 1～6。

類。

　　由於果攝低元音[a]音值在語音演變的發展過程中，受到裂化作用影響而形成複元音[ai]的音值現象，與蟹攝的語音發展關係密切，連帶亦牽動著流攝和效攝的語音鏈發展。在此演變發展的基礎流程上，本文研究將「果／假攝→遇攝→蟹攝→流攝和效攝」，置於一個大單元內探討其韻讀語音層次的演變概況。

一、果假攝的歷史層次

本部分主要分析白語果攝字讀音的演變現象及其歷史層次。

　　總體而論，白語果攝字普遍能透過中古《切韻》系統推導，從共時和歷時兩個角度觀察；從共時平面來看，白語果攝字的讀音根據主要元音的不同，基本可以分為兩種語音現象：第一類是以元音[o]及其變異形成為主要元音，[o]類元音基本上屬於由低元音[a]之滯古語音層先展開後化為低、後元音[ɑ]，再由低、後元音[ɑ]逐步因元音高化作用而產生，白語果假攝的韻讀系統內仍具有低元音[a]（或[ɑ]），甚至再持續高化為[u]元音；然而，高元音[u]持續高化進而高頂出位的結果，使得[u]元音在白語果假攝韻讀系統內形成第二類韻讀系統，即高元音[u]因高頂出位進而前顯高化裂化為[ui]及[yi]複元音形式的主要元音現象，主要為假攝的音讀現象。

　　初步觀察此些讀音，有的是以音類為其分布條件，有的則是以語素為其分布條件；從歷時角度來看，這些讀音差異，實際上是反映了語音發展的不同歷史層次，有的是存古遺留的語音現象，例如：[a]元音滯古層次；有的是後起的新興變化[a]→[o]甚至再高化為[u]，就在此高化的過程中並產生了[uo]的過渡音讀，再者，高頂出位的[u]又進而裂化為[ui]/[yi]等複元音形式等，此變化產生層次重疊，其變化既有連續性音變方式，也有詞彙擴散所誘發，更有吸收自現代漢語音讀而增生[-i-]介音的語音形式：[ia]、[iɛ]或[io]；因此，果假攝共分為三個層次：[a]類層滯古層、[o]類層中古層及[u]類層中古近現代層，彼此重疊但卻代表不同的歷史層次韻讀；果假攝另有一線特殊狀況，即是以高化元音[-i-]的非主流層音讀表示，即詞例「多」，在白語詞彙系統內以古本字「敪」表示，形成章母支韻三等止攝，此例遺存於果假攝內，亦可證明果假攝的發展是依循[-i-]韻尾脫落而逐步發展而來。

　　透過分析，以下將白語「果假攝」韻讀整理歸納如下表 5-3-1 所示：

表 5-3-1　白語果假攝韻讀語例

韻	白語韻母音讀類型		中古漢語韻母類型		韻讀相關例字列舉	
果開口一等	陰聲	a/ɔ/o/õ	陰聲	歌開一	陰聲	(1) 虎羅 (2) 大麥/鵝他 (3) 阿 (4) 多
		a/ɔ/o		箇開一		(5) 大
		a/o		哿開一		(6) 我
果合口一等	陰聲	a/ao/o/i	陰聲	戈合一	陰聲	磨 (7) 禾（稻）銼 (8) 摞
		o/ɯ o/u/v ã/õ/o		果合一		鎖顆簸 (9) 果父 (10) 麼
		ua/ue/uo/ui yi/i				(11) 裸火
		a/ɔ/o/u au/uo		過合一		剁 (12) 唾（口水）抖/ (13) 拍打 (14) 破（亦可表示雙音節詞「破爛」）
		a/ɔ/o/iɛ		歌合一		(15) 坡鑼騾

「果攝開口一等和合口一等」特殊詞例說明：

（1）白語「虎」字語區音讀為[lo33]，其音讀源自彝語相關音讀，例如：原始彝語支內表示「虎」的音讀有[k-la2]、[la21]/[lo21]等類型，白語詞彙系統內，「虎」亦做為屬相義解，字音讀為混入遇攝，屬於彝語親族同源語例，調值[33]屬於滯古調值層次；需提出說明的是，詞例「虎」的音讀在白語詞彙系統內，又有以同音承載另外兩種語義：其一釋義「羅」，此詞例在白語詞彙系統內釋義作為「魚罔」，即「罟」字，表示「網」的總稱；其二釋義為「篩」，一種竹器並用以將細小物漏下留下粗物之器具，其音讀與虎相同，在音讀部分屬於同源於彝語親族語例，但語義部分則受到漢語引響而生，因此，此例亦收錄討論。

（2）詞例「大麥」的白語區音讀可歸納出[so42]和[zo42]兩種清濁對立的語音形式，此音讀主要借自藏語音讀[so ba]或[so]，主要釋義同「穀」，白語音讀調值[42]屬於中介過渡老借詞調值層，屬於藏語借詞語例。

（3）詞例「阿[a55]」字白語做為親屬稱謂的詞頭之用，等同漢語前詞綴的語法用途，在口語常用，語音表現時可加亦可省，對整體語義不產生影響。

（4）詞例「多」屬於隸屬果攝的特殊語音變化，相關語源區的語音概況如下所示：

漢譯	白譯	共興	洛本卓	營盤	辛屯	諾鄧	漕澗	康福	挖色	西窯	上關	鳳儀
多	夂	ti55	ti55	ti55	tɕi44	tɕi35	tɕi24	tɕi55	mə35tɕi35	me35	tɕi35	tɕi35

　　白語詞彙系統內的「多」，藉由語音形式可知，其所代表的字義應爲古本字「夂」，屬於止攝章母支韻三等，與果攝開口一等之韻[-a-]相去甚遠，其屬於高化[-i-]的演變範疇，僅產生詞彙擴散，語音並未隨著詞彙演變而改變，仍以古本字之音表示，屬於果攝與止攝相通之特例。

　　（5）詞例「大」在漢語語音系統內具有一字兩讀語音現象，分別屬於果攝與蟹攝，使得此詞例形成果蟹攝相混，白語音讀在韻母主元音並由低元音經由裂化爲複元音的現象朝向高前元音化發展：ta42/da42→dɔ21/tɔ31→tou42→to31→tu42。

　　（6）白語「我」字音讀[ŋa33]屬於滯古層次音讀，中古時期演變爲[ŋo33]，即韻母主元音高化發現，語音形成疊置，上古和中古漢語音讀爲[ŋai]/[ŋɑ]，屬於漢白同源詞例。

　　（7）詞例「禾（稻）」之語音在北部怒江近傈僳語一帶，亦有以顫音[ʙo21]爲音讀結構。

　　（8）詞例「摞」在白語詞彙系統內用作單位量詞使用，其語音演變現象爲：[lo44]→[li44]，韻母元音往展唇前高化發展；隨著語義深化，從其釋義「重疊放置」之堆疊義引申而出蟹攝「堆」字時，其聲母由舌尖邊音從同屬於舌尖音的塞音及塞擦音發展，例如：堆[de33]→[ɖe33]→[tsẽ33]/[dzẽ33]。

　　（9）白語表示「果[qʼo33]/[kʼo33]」之音讀，同時也表示「粒」和「顆」之義，此詞例屬於小舌音和舌根音並存之例。此字韻讀共興亦有鼻化元音[kʼõ33]，洱海周邊四語源區的音讀呈現語音演變由[ou]至[o]的韻讀過渡：[kʼou33]→[kʼo33]。

　　（10）白語以「麼」表示細小之義，且「細」之語音又與「毛」相同。

　　（11）白語「裸」字呈現的複雜音讀，表現出此字音讀正透過漢語詞彙的語義演變而改易，其韻母元音由單元低音[a]裂化爲複合元音[ua]/[ue]/[ui]，並產生撮口呼[-y-]音，而語義承接了漢語「裸」的成因乃由於「脫」所形成之「脫」的語義，進一步因補語的不同而產生不同的語音狀況，例如：「脫去物件把手」之「脫」爲[tʼo24]、「脫落毛髮」之「脫」爲[tua42]，「脫去穀粒」之「脫」爲

[qo42]/[k'ua33]；而白語系統內之「裸/脫」之音讀普遍以舌尖邊音[l]爲音結節構者，主要補語爲「脫去衣物」之「脫」。

（12）白語音讀[t'ua42]/[t'o42]有兩種釋義：其一釋義爲口水即「唾」，其二較爲特殊即做爲度量衡之單位量詞使用即「拃」，衡量方式是以張開大拇指和中指或小指間的兩端距離以測量長度，其音讀主要源自於原始藏緬語[*twa]、拉薩藏語[t'o55]及彝語音讀[t'o21]（南華）而來，此詞例屬於親族語同源詞例。

（13）白語表示「抖落／拍打」語義之音讀爲[ko42]，爲擬聲而造，擬其物件落下之聲而來。

（14）白語表示「破／劈」語義之音讀爲[p'o42]，白語採用漢語釋義，《說文》「劈，破也」，白語吸收並將二字以相同音讀表示。「破／劈」二字漢語音讀分別爲：[p'uai]（破）／[p'iek]（劈），屬於漢白同源之例；白語此詞例亦有另種釋義，即表示借入漢語雙音節詞例「破爛」義，並將此雙音節依並列結構分別以單音節詞例使用，白語以漢語「破」之音讀[p'o31]/[p'au31]/[pai31]專門表示衣服或棍棒之破；以漢語「爛」之音讀[na44]/[ȵa44]專門表示房子之破，若以雙音節「破爛」之音讀爲[na31 xa42]，呈現白語自身與漢語音義之混合現象。

（15）《說文》：坡，陂也。坡和陂爲同義互訓，音同爲[po55]/[bo55]。

韻	白語韻母音讀類型		中古漢語韻母類型		韻讀相關例字列舉	
假開口二等	陰聲	a/ε/au o/ɯ/iɛ/io	陰聲	麻開二	陰聲	耙(1)茶沙爬蝦枷／(2)蘆葦／(3)芽牙
		ε/ia		馬開二		馬假
		a/ε/o		禡開二		胯(4)廈（屋／房）價（假）／榨
假開口三等	陰聲	a/ε/e/ɚ o/u ai/ei/ou ua	陰聲	禡開三	陰聲	射借拆(5)寫（畫）
		a/ɔ/o				夜
假合口二等	陰聲	o/u/ue uo/ua	陰聲	麻合二	陰聲	花(6)瓜
		Ua		禡合二		融化

「假攝開口二等、開口三等及合口二等」特殊詞例說明：

（1）詞例「茶」之語音同源於原始苗瑤語音讀[*ɖa]、[tsa2]而來。

（2）漢語釋義爲「蘆葦」的詞條例，白語釋義爲葭（見母麻開二），咸攝添韻（見母開四）「蒹」字混入，形成假攝和咸攝混用。

（3）「芽」字在洱海周邊語區之挖色和上關兩地，其韻讀出現較[ɛ]再高之央化音[ə]。

（4）詞例「廈」又可釋義表示「家／屋／房」，和蟹攝詞例「晒（曬）」在白語語音系統內同爲[xa42]/[xo42]音讀。詞例「家」即表示「房屋」義，依白語音讀現象或可稱義爲「廈」，其音讀亦源於彝語音讀[hɛ33]（南華）、[xe21]（墨江）轉化而來，屬於親族語同源詞例；「晒」即「曬」白語語音系統採用與「屋」相同音讀，「晒」從日表示將物件置於陽光下使其乾燥，語義之轉並鏈動著語語之轉，「晒」之軟顎舌根擦音[x]音讀因語義引申有「乾燥」之意，遂由擦音演化爲同屬軟顎舌根之塞音[k]，並於韻母主元音形成鼻化語音現象，進一步形成「乾（燥）」語義；這種現象反應在白語詞彙語音系統內形成兩種「曬」具有相同韻母元音但不同聲母的語音形式：「曬衣服」之「曬」爲軟顎舌根擦音[x]：[xɔ21]、「曬太陽」之「曬」爲軟顎舌根音[k]/[g]：[kɔ21]/[gɔ21]。

（5）詞例「寫」和「畫」在早期白語詞彙結構內屬同音同義詞例，以濁唇齒擦音[v]或零聲母[u]爲聲母，其韻母元音以[ɛ]/[e]/[ə]演變，以手摯筆畫／寫出字形圖案，近現代時期畫／寫字音分流，白語「畫」字借入漢語[xua]音讀後即以此添加舌根擦音爲聲母的音讀表示，且韻母元音形成單元音裂化現象；「寫」字仍承襲早期白語零聲母音讀，並趨向翹舌元音發展，自此，白語「畫」字以漢語音譯借詞音讀爲語音。

（6）詞例「瓜」在白語詞彙系統內較爲特殊，主要爲借入漢語「瓜」的音讀而來，但在北部語源區之共興和洛本卓亦有其白讀的說法，例如：共興[tiɛ55u55]、洛本卓[v55]，此外亦有第二種音讀以「瓟：小瓜」表示：[pʼv44]→[pʼo44]。

透過上表 5-3-1 的韻讀歸納，進一步將舉出相關語例之白語音讀做爲佐證，分析如下表 5-3-2「果攝開合口」韻讀概況，和表 5-3-3「假攝開合口」韻讀概況所示，並於語例詞表後，提出數條特殊詞例加以對應說明。首先分析白語「果攝開合口」特殊字例韻讀概況，如下列表 5-3-2：

表5-3-2 白語果假攝特殊字例韻讀概況（一）：果攝開合口

分布 代表點	果開一			果合一						
	疑	透	定	來	匣	見	曉	透	來	滂
	鵝 我	他	大	擺	禾（稻）	果	火	唾	裸（脫）	坡
共興	ð21 ŋa31	ba31	da31	de33	qo21 ʁo21	q'o33	xui33	d'o42	lui33	bõ44
洛本卓	ð21 ŋo31	bo31	do31	ɖe33	qo21	q'o33	fi33	d'o42	lui33	pɔ44
營盤	ð21 ŋo31	vo31	do31	dzẽ33	qo21	q'o33	xue33	d'o42	la33	bo44
辛屯	ou21 ŋo31	uo31	tou42	li44	ku21	kuo33	x'ue33	t'au42	lui33	po33
諾鄧	ɔ21 ŋɔ21 ȵĩ31	pɔ21	dɔ21	dze33	gɔ33(緊)	q'o33	xui33	çy55 mie21	lue44	pɔ44
漕澗	ŋõ31 ŋo33	po21	to31	tsẽ33	si33	ɣo33	xue31	si42 mã42	lue42	p'iɛ42 pie33
康福	ãu21 ŋo31	pɯ31	ta42(緊)	lo44 tsẽ33	ku21(緊)	k'u33	x'ue33	t'au31	lue33	pa21(緊)
挖色	ou21 ŋɔ31	pɔ31	tɔ31	tsẽ33	kuo21	kuo33	xue33	ts'ŋ55 t'ɔ31	t'uo35	p'iɛ44
西窯	o21 ŋɔ31	pɔ31	tɔ31	tsẽ33	ko21	ko33	xue33	ts'i55 t'ɔ31	t'o35	p'iɚ44
上關	ou21 ŋɔ31	pɔ31	tɔ33	tsẽ33	kuo21	kuo33	xui33	ts'i55 t'ɔ31	t'uo35	p'iɚ44
鳳儀	ou21 ŋɔ31	po31	tɔ31	tsẽ33	kuo21	kuo33	xue33	ts'ŋ55 t'ɔ31	t'uo35	p'ie44

以下分析「假攝開合口」相關特殊字例韻讀概況，如下列表5-3-3：

表5-3-3 白語果假攝特殊字例韻讀概況（二）：假攝開合口

分布 代表點	假開二					假開三		假合二	
	澄	莊	生	匣	疑	以	昌	見	曉
	茶	榨油	沙	蝦	芽	射 夜	拆	瓜	花
共興	do31 dzo31	tsa55	so55	ɣo44	ȵɛ44	dzu42 jo42	t'ua33	p'v44	xue55
洛本卓	ʈo31	tsa55	ço55	ɣo44	ã3 ŋɛ44	ʈo42 jo42	t'i33	p'o44	xu55
營盤	do31	tʂa55	çio55	ɣo44	ȵɛ44	tiu42 jo42	t'o33	qua55	xo55
辛屯	tsou31	tsã55	s'o55	ɣo21	ŋɚ21 tsi33	tsou42 çiɚ55	t'ei33	xo42	xu55
諾鄧	tʂo21	tsa33	ʂɔ55	ɣa21 tsŋ44(緊)	ŋɛ21 ŋɛ21	dzu42 jɔ21	t'ɛ33 t'e33	k'ua35	xɔ35
漕澗	tso42 dzo42	kao42	so42	çia44 tsi31	ŋɛ44	tsao31 jo42	t'ai33	kua44	xo24
康福	tsa21(緊)	tsa44(緊)	s'au55	ɣa21tsi33 ça33	ŋɚ21 tsi33	tsã42 ja42(緊)	t'e33	kua55	xu55

挖色	tso21	tsa44	su55	ɔ21	ŋɚ21	tsou42	jɔ32	t'e33	kua35	xuo35
西窯	tso21	tsa44	su55	ɔ21	ŋɛŋ21	tso42	jɔ32	t'e33	kua35	xuo35
上關	tso21	tsa44	su55	ɔ21	ŋɚ21	tsou42	jɔ32	t'e33	kua35	xuo35
鳳儀	tɕo21	tsa44	su55	ɔ21	ŋɛ21	se55	jɔ32	t'e33	kua35	xuo35

（表格註：「假開二」詞條例字「榨油」之「榨」以粗黑字表示，其原因爲白語詞彙系統
　　　　　內，此音節主要釋義爲單音節詞「榨」，據調查其雙音節動補結構「榨油」亦
　　　　　以相同音節表示。）

　　果攝在漢語方言內的演變情形較爲複雜，因合攝緣故而與假攝併合，白語韻讀系統亦吸收合攝概念，故本文在此的討論亦採用「果假合攝」進行分析。

　　透過歸納白語韻讀系統內的果假攝可知，其演變相對單純穩定，然而，依循果假合攝理論進行白語韻讀的討論是有原因的，因爲將假攝韻讀與果攝加以繫聯並藉此分析果攝韻讀演變現象，更能清楚地將白語果攝的演變路徑詳實區辨。自汪榮寶〈歌戈魚虞古讀考〉文章問世後〔註23〕，果攝字大致已經由元音高化[a]>[o]的語音現象而定論爲[o]音，雖然假攝麻韻二等字本就具有介音成分在語音系統內，但其語音仍以滯古層音讀[a]爲主，然而白語韻讀系統也跟著漢語的腳步在麻韻引起語音變化，即在麻韻二等字的主要元音也帶進[a]>[o]的語音演變，並在高化至[o]的過程中產生了[au]的複合音：[a]<[*au]，例如康福白語詞例「沙」字即出現此複合音讀[s'au55]，並多加小稱詞[tsɿ33]形成漢語普遍使用的「沙子」一詞[s'au55 tsɿ33]；除此之外，在朝向[o]元音演化的過程中，亦產生[ɛ]（[ə]）的過渡音讀，時至近現代時期，受到現代漢語影響亦自體增生[-i-]介音形成[ia]、[iɛ]及[io]等語音形式，屬於假攝的借入層。

　　藉由此分析，本文認爲，在白語韻讀系統內假攝麻韻二等形成的[ia]、[iɛ]及[io]讀音形式，並非其語音系統內自生，此種自生是因漢語借入後的影響而來，需要進一步說明的是，白語此種因借入而自生的[-i-]介音模式並非任意，而是因爲白語在假攝二等麻韻之韻讀類形本就具備[ɯ]的音讀（見上表 5-3-2和表 5-3-3 白語果假攝韻讀語例表內的語音概況分析），[ɯ]音能夠演變爲[-i-]介音是因爲受到元音前高化的影響所致，不僅影響二等韻舌根音內形成[-i-]

〔註23〕汪榮寶：〈歌戈魚虞古讀考〉《國學季刊》第 1 卷第 2 號（1923 年），頁 241～265。

介音，也使得白語在假攝二等麻韻借入漢語音讀的同時亦增生[-i-]介音，但在白語韻讀系統內的假攝三等並未跟著二等一併演化，而仍是維持固有層的語音演化模式；而二等韻產生的[-i-]介音進一步與聲母形成顎化音讀產生舌面音，並成為語音系統內的文讀音，與固有層的白讀音並存在語音系統內（韻讀演變現象，見上表 5-3-1 白語果假攝特殊字例韻讀概況），而假攝的固有層仍同於果攝為[a]類層，其演變現象如下表 5-3-4 所示：

表 5-3-4　白語假攝二、三等語音演化過程

		上古	中古	近現代
假攝二等	[ai]（[-i]韻尾脫落）	a>ɛ>ə	ɯ（具[-i-]介音成分）	i
假攝三等		a>ɛ	a>ɛ>o	o

假攝在演變過程中形成的[ɛ]的過渡音讀，進一步加速果攝字由[o]類層再進一步高化至[u]，雖然遇攝亦占據[u]音位，但白語果攝字高化後形成的[u]韻在韻讀系統內與遇攝[u]同生共存，並未因此增生新音位，然而筆者認為，白語在遇攝內形成[ɯ]音即是為了此種混用而產生的語音縺移現象。在為何以「果假合攝」探討的原因，及「假攝」在白語語音系統內的演變概況釐清後，接續將針對中古時期，白語「果假攝」的語音演變現象加以說明，這有助於理解後續對於果假攝的語音現象探討。

中古果攝包括開口和合口一和三等，白語果攝包括開口和合口一等，二等和三等屬於假攝。果攝主要來自上古時期的歌部，只有少數語例來自上古微部，根據汪榮寶〈歌戈魚虞古讀考〉文內針對果攝字的考證可知〔註 24〕，果攝早在唐宋以前即已演變成[a]，唐宋以後，漢語方言果攝元音大致經歷了[a]>[o]的後高化歷史音變過程，從果攝語音演變歷史觀察，白語果假攝的語音演變過程，正好符合漢語果攝的語音演變概況，即大底呈現：[a]>[ɑ]>[ɛ]/[ɔ]>[o]>[u]的語音演變路徑，再以[u]裂化為複元音[ui]、[yi]形成假攝音讀，較為特殊者為[uo]此音讀做為過渡音讀，即[o]類層往[u]類層發展的過渡音讀，還有受到現今漢語音讀的影響而增生的[-i-]介音讀：[ia]、[iɛ]及[io]等和[ɛ]音，則屬於假攝麻韻語音演變下的語音產物。

筆者研究過程，主要根據主要元音的性質及其變異形式，將白語果假攝的

〔註24〕汪榮寶：〈歌戈魚虞古讀考〉，頁 241～265。

讀音分爲三類，並分別說明其演變概況：

第一類：[a]類層，包含[a]及其變異形式爲主元音，包括[a]、[ε]、[ao]、[au]、[ue]、[ua]（此兩類音讀應由[uei]、[uai]演化而來）。

第二類：[o]類層，包含[o]及其變異形式爲主元音，包括[o]、[ð]、[ɯ]、[uo]。（[a]至[o]的過程中產生了[ɔ]的過渡音讀）

第三類：[u]類層，包含[u]及其變異形式爲主元音，包括[u]、[ui]、[yi]。

第一類[a]類層的主要元音[a]，依據果假攝的演變原理來看，[a]代表了上古至中古時期即早期果假攝的原始讀音，白語[a]類層只有單純一種情形，即是只有主要元音[a]、[ε]、[ɔ]、[v]等形式，另外還有一種語音現象，筆者研究認爲是存古遺留[-i]尾脫落的複合元音形式[ua]和[ue]，其原始形式應爲[uai]和[uei]，與[a]的原始形式[ai]相同，其上古時期的歌韻[-i]尾皆已脫落，反映一類型的歷史層次現象，[uai]和[uei]的韻尾[-i]脫落形成[ua]和[ue]，再進一步演化爲單元音形式[a]和[e]，即：[uai]/[uei]>（[-i]韻尾脫落）>[ua]/[ue]>[a]/[e]，此演變過程從白語詞例「[p'o42]破／劈」爲何屬於漢白同源詞證便能得到論證。關於白語果假攝[a]類滯古層部分，雖然其型式現今只有主要元音一類而不具有帶韻尾成分的形式，但從白語漢白同源詞「我」和「他」字的演變及詞例「[p'o42]破／劈」的語音演變對應可知[註25]，白語滯古[a]類層本就具有[ai]及[uai]的語音形式，爲何在今日白語韻讀語音系統內卻未見得相關詞例？這是因爲在近現代時期白語吸收西南官話──「複元音單元音化」的語音特點所致，使得韻讀系統內普遍以單元音呈現。

另外，藉由人稱代詞「『我』和『他』」的分析說明亦能得到論證。上古韻部屬於「歌韻」，從古音原理可知，上古歌韻具有[-i]韻尾的語音現象普遍存在於南方方言的民族語言內，例如：湘語土話內的「大」音讀爲[tai]、「哪」音讀爲[lai]、「個」字在淅江南部潮陽讀[kai]及慶元音讀爲[kɛi]等皆說明上古歌微通轉乃爲古音普遍現象，宋代官定韻書《廣韻》和《集韻》，以及王力《詩經韻讀》書內亦舉出相當多此種歌微韻特別在合口部分產生通轉現象之例，不僅如此，再透過王力、Jerry Norman（羅杰瑞）及鄭張尙芳的說法亦可得證

〔註25〕語音演變情形，見表5-3-2「白語果假攝特殊字例韻讀概況（一）：果攝開合口之果開一」內各語源區之語音概況。

〔註 26〕，上古漢語在歌微通轉時期，歌微兩部應都帶有[-i]韻尾，因此，歌韻具有[ai]韻讀應是[-n、-t、-i]上古語音層次的遺留；白語「我」字存古層音讀雖已未見[-i]韻尾，但顯而亦見者，其韻母是由[ai]發展而來：[ŋai]→[ŋa]→[ŋɔ]→[ŋo]；此外，這個複合元音[-ai]韻尾不僅影響蟹攝一、二等字的語音發展變化，其[-i]韻尾的脫落除了使果攝固有自源層朝向單元音化[a]發展外，也鏈動了假攝的固有自源層[a]的發展，顯示上古歌韻分化後的語音現象。

　　第二類[o]類層的主要元音為[o]，依據果假攝的演變原理來看，[o]代表了滯古[a]演化的新興語音現象，屬於中古時期模式，更進一步說明，[o]類取而代之[a]類成為果假攝的語音現象，是宋代西北漢語方言的語音現象，白語吸收此語音現象，亦在演變過程中產生了[ɔ]的過渡音讀：[a]>[ɔ]>[o]。白語[o]類層只有單純一種情形，即是只有主要元音或介音和主要元音的語音模式，例如：[o]及[õ]、[ɯ]，較為特殊者便是在非鼻化韻的果假攝內卻出現了鼻化音成分，白語語音系統內在非鼻音成分的韻讀內普遍會出現這種語音現象，此現象將於後續專項討論，筆者研究認為，從[o]類層往[u]類層高化的同時，亦出現了過渡音讀[uo]，即：[o]>[uo]>[u]。

　　第三類[u]類層的主要元音[u]，依白語果假攝的演變原理來看，[u]屬於中古時期從[a]高化形成的[o]類持續高化而成，與[o]類層形成疊置，白語[u]類層只有種情況即是只有主要元音或介音和主要元音的語音模式，例如：[u]及[ui]、[yi]。在此特別將[o]>[uo]>[u]的演化過程提出說明，由其是過渡音讀[uo]。[uo]在白語果假攝韻讀系統內做為[o]→[u]的語音過渡，其在白語內部的發展屬於聲介同化現象，特別是唇音幫系字受到唇齒化的影響，[-u-]介音在演變過程中受到唇齒音同化的影響，在白語語音系統內再次演變為過渡音讀，進而形成唇齒擦音[v]，此音讀在白語語音系統內可謂屬於一個特殊音讀，做為韻母使用時，從[o]和[u]演化而來的音位，白語語音系統內[u]的前化不圓唇音[ɯ]甚為發達，同理可證，當唇音幫系字與[ɯo]（[uo]）結合時亦會產生

〔註 26〕 王力：《漢語史稿》（北京：中華書局，1980 年），頁 77～78、Jerry Norman（羅杰瑞）：Chronological Strata in the Min dialects,《方言》第 4 期（1979 年），頁 268～274，鄭張尚芳：〈溫州方言歌韻讀音的分化和歷史層次〉《語言研究》第 2 期（1983年），頁 108～120、王力：《詩經韻讀》（上海：上海古籍出版社，1980 年），收錄於王力編著：《王力全集》第 12 卷（北京：中華書局，2015 年）。

唇齒化演變爲[v]，進而在白語語音系統內形成獨立音位成分。此外，白語果假攝韻讀系統內的這個[uo]音讀，在北京話是屬於戈韻的第二層音讀成分，透過劉澤民的說明可知〔註27〕，白語果假攝韻讀系統內的這個[uo]音讀，在漢語內部之主要來源於《中原音韻》、《四聲通解》、《蒙古字韻》及《古今韻會舉要》等官話韻書系統，然而，在白語韻讀系統內，此[uo]音讀亦用以表示假攝麻韻合口二等音讀之用。

綜上所論，總結白語韻讀系統內，「果假攝」的讀音類型及其借入時的層次，主要呈現：「合（果假攝語音合）－分（果攝和假攝中古時期語音分流）－分（果攝和假攝近現代時期語音分流：借入異源）／合（果攝和假攝近現代時期語音合流：同源演變）」的語音現象，由於在中古層次和近現代層次加入假攝的演變現象，因此分爲「果假合攝」及「果攝」和「假攝」單線論之，分屬層次1之語音不具有[-i-]介音成分，分屬層次2之語音則具有[-i-]性質：

層次1：果假攝[a]、[ua]及[uai]（主流音讀層1：屬於上古時期滯古層次）
果攝經由[ɔ]過渡形成[o]；

層次1a：果攝[o]（主流音讀層2：屬於中古時期層次的主流音讀）
果假攝經由[uo]過渡形成[u]；

層次2：假攝演變[ɛ]（演變過程爲：[a]>[ɛ]>[o]；主流音讀層2：中古時期）

層次2a：假攝演變[ia]、[iɛ]及[io]（主流音讀層3：近現代時期層次，借入異源層）

層次1b：果假攝[u]（主流音讀層3：屬於近現代時期層次，固有同源層演變）

二、遇攝的歷史層次

本部分的重點在分析白語遇攝字讀音的演變現象及其歷史層次。

總體而論，白語「遇攝魚虞合口三等」及「模韻合口一等」，普遍能透過中古《切韻》系統推導，分別從「魚虞韻」和「模韻」兩個角度觀察其韻讀類型，從共時平面來看，白語遇攝「模韻」的讀音，基本根據主要元音之長

〔註27〕劉澤民：〈吳語果攝和遇攝主體層次分析〉《語言科學》第13卷第3期（2014年），頁298～308。

元音的後化、高化影響，從此大致可以分為主流層次及非主流層次兩種語音現象：第一類主流層次韻讀以[a]及其主要演變韻讀元音[o]和[u]及其裂化的複元音讀[iao]/[ao]；第二類非主流層次韻讀[a]在朝向[o]甚至[u]的演化過程中形成的過渡音讀[ɔ]為主要元音及其裂化複元音讀[iɔ]，並伴有[v]和[e]的短暫過渡音讀現象。

再進一步觀察得知，白語遇攝「魚虞韻」的語音演變現象又具有：魚虞相混層以[o]及其高化[u]為主流音讀，並以[ɯ]做為與早期滯古層的中介音，上接[i]/[e]/[ɛ]/[v]等語音，下接[u]、[o]等中古語音進而合流混用的語音特徵。由此可知，白語遇攝「魚虞模」三韻的主要層次音讀為：模韻[a]和魚虞[o]，並由此展開語音演變。

透過分析，以下將白語「遇攝」韻讀整理歸納如下表 5-3-5 所示：

表 5-3-5　白語遇攝韻讀語例

韻	白語韻母音讀類型		中古漢語韻母類型		韻讀相關例字列舉
遇開口三等	陰聲	o/v/ɯ u/ui/i	魚開三	陰聲	梳 (1) 魚書 (2) 賣 (3) 餘（足夠）
		ɔ/o/ð/v u/i	語開三		(4) 黍去語（白語又可釋義表示雙音節詞「語言」）女鼠 (5) 煮
		o/v/uo u	御開三		(6) 鋸踞（坐）/麂（去）(7) 箸

「遇攝開口三等」特殊詞例說明：

在遇攝內之魚韻和虞韻不論開合口皆有語音相混的情況。以下就韻讀相關例字之特殊現象進行說明：

（1）詞例「魚」字白語音讀為[ŋv35]，漢語音讀為[ŋĭa]，此字例屬於漢白同源詞例。

（2）白語詞彙系統內的「賣」字為古本字「賙」，《博雅》釋此字義為「賣」，《類篇》釋義表示「貯」具儲存之義，表示東西存放一定量後便將其賣出，「賙」為蟹攝，如此顯示遇攝與蟹攝卦韻二等合口混用。

（3）詞例「餘」漢語釋義為「足夠」，白語語音經由歸納，主要有[lv55]、[lui55]和[lu55]等音讀現象，此詞例音讀源自於彝語音讀[lu55]而來，屬於彝語

親族語之詞例。

（4）詞例「黍」漢語釋義爲食用農作物「糯米」和魚韻合口三等的「書」字韻讀在白語北部方言區之大華出現[-i-]介音：黍[si33]；書[si55]；相同情形亦出現在中部漕澗和中北部過渡帶之諾鄧，詞例「書」的韻母音讀爲[-i-]；中北部過渡帶之辛屯和南部洱海四語區，詞例「黍」的韻母音讀爲[-i-]，保留齊齒[-i-]，不同於漢語音讀，未以合口圓唇[-u-]表示。

（5）詞例「煮」的白語音讀除了漢語借詞音讀外，亦吸收有彝語層音讀[tsa13]影響，形成一詞具有漢語借源層和彝語層雙層語音結構。

（6）詞例「鋸」：《說文》釋其本義爲槍唐，此物屬於析解木石等的齒形工具。白語音讀主要以[fv42]爲基礎，受近現代漢語借詞語義影響而借入[ts'e55]或[ɕ'iɚ55]音讀，古音讀[fv42]受到納西語[fv33]及藍坪普米語[fu33]影響

（7）詞例「箸」的讀音，在白語北部方言區之營盤出現舌尖元音[dʑɹ42]。白語釋義「箸」，即漢語表示「筷子」之「筷」，白語音讀在聲母部分呈現舌尖塞擦音清濁相對的語音現象，並受到韻母[-i-]介音影響而形成聲母濁翹舌化語音現象，韻母並持續高化並高頂出位形成舌尖元音；其音讀爲[tsv42]－[dʑv42]/[dʐo42]/[dʑɹ42]，此詞例音讀源自於彝語音讀[dʑu21]/[dʐo33]/[dʑɯ21]而來，屬於彝語親族語同源詞例。

韻	白語韻母音讀類型		中古漢語韻母類型		韻讀相關例字列舉
遇合口一等	陰聲	a/ɔ/vo/u	陰聲	模合一	陰聲	湖粗途胡嫗爐姑壺瓠（葫蘆）狐烏租[1]吾（我）
		v/o/u/ɯ		姥合一		土[2]五苦補[3]肚
		a/iao/ao/iɔ/o/u		暮合一		[4]嗦露布墓[5]兔
遇合口三等	陰聲	o/ɯ/i	陰聲	虞合三	陰聲	拄柱[6]父雨斧
		ɯ/i/ou/ui（y）		虞合三		拘/侏（短）
		v/u/ɯ		遇合三		樹裕

「遇攝合口一、三等」特殊詞例說明：

（1）「吾」字即釋義爲人稱代詞「我」之語義，屬於遇攝和假攝混用之詞例，此兩詞在白語詞彙系統內的吸收順序爲：吾先我後，屬於詞彙擴散卻未引發語音擴散，兩詞義仍以同一音讀表示，然而，白語語音系統內雖然以同一音讀表示吾和我，仔細觀察仍可發現，在韻母部分的表現已然透露兩詞韻攝差異

及混用情形，例如：

漢譯	白譯	共興	洛本卓	營盤	辛屯	諾鄧	漕澗	康福	挖色	西窯	上關	鳳儀
我吾	吾我	ŋa33	ŋo33	ŋo33	ŋo31	ŋo21 ŋa55	ŋo33	ŋo31	ŋɔ31 ŋa55	ŋɔ31 ŋa55	ŋɔ31 ŋa55	ŋɔ31 ŋa55

　　藉語中北部過渡區之諾鄧、南部語區之洱海四語區之音讀可知，此些語區保留吾和我音讀上在韻母所顯示的語義差異，透過上列語音表可知，諾鄧和洱海四語區不同於其他語區，選擇一種音韻結構表示兩詞例之語音（漢語吾即我），由此亦看出白語內部三方言分區在語音演變上呈現不平衡狀態。

　　（2）詞例「五」在白語語音系統內，兼具雙重語音層影響。此字白語音讀爲[ŋv33]在主元音部分朝向高化演變，聲母部分受到韻母元音影響亦有由軟顎舌根鼻音[ŋ-]朝向雙唇鼻音[m-]發展之例[mv33]→[mu33]，漢語上古時期音讀爲[ŋa]、彝語音讀爲[ŋo33]及侗臺水語音讀亦爲[ŋo4]，依據白語的語音演變現象觀察，此詞例應更廣泛地歸入同源於漢藏語系層，然而，此詞例在康福語區的並列音讀[u31]亦受到漢語借詞影響而在聲母部分弱化以近漢代漢語音讀[u]存在於語音系統內，但由此詞例的語音演變現象觀之，仍將其歸屬彝語層之漢藏語系層同源範圍內，更能廣義融合其演變現象

　　（3）遇攝和通攝語音演變相混之例僅以語義的轉變表示，例如此例遇攝「肚」和通攝「六」爲例，兩詞語音結構相同，屬於底層本源詞例，其音讀反應古本義之「腹」義，辛屯語區又有[xo44]音讀，白語詞彙結構內「肚和腹」僅是單純語義擴散，並未對語音產生改易，兩語義皆以相同音讀表示。

漢譯	白譯	共興	洛本卓	營盤	辛屯	諾鄧	漕澗	康福	挖色	西窯	上關	鳳儀
六肚	六腹	fv44 fɯ44	fo44	fo44	fo44 xo44	v42 kʼo44	vo42	fo44（緊）	fv44	fv44	fv44	fv44

　　（4）詞例「嗉」字需特別說明其白語詞彙語義。此詞例釋義爲「鳥類喉嚨下裝食物的地方」，白語用此義項引申指「裝酒的小壺」，即酒嗉子；此字《廣韻》音切爲「鳥嗉，桑故切」；《集韻》音切爲「鳥吭容食處，蘇故切」。

　　（5）詞例「兔」白語音讀簡易讀爲[tʼɔ55]/[tʼo55]差異在韻母主元音由低元音逐漸高化發展，詳讀爲[tʼɔ55 lo33]/[tʼo55 lo33]，此詞例在白語詞彙系統內亦做爲屬相語義使用。其音讀經比對主要源自於彝語音讀[tʼa21 lo33]，甚或彝

語支系相關語源例如傈僳語音讀[tʼo42 la33]、哈尼語音讀[tʼɔ31 lɔ33]及白語北部方言區之鄰近語碧江怒語[tʼu31 la33]等，彝語支系親族語之音讀與白語「兔」字音讀甚有相關聯性，此詞例歸屬於親族語同源詞例。

（6）詞例「父」字白語音讀為[bo33]，漢語音讀為[bĭwa]，此字例屬於漢白同源詞例。

白語在「果假攝」和「遇攝」及「蟹攝」間具有元音推鏈的鏈變關係〔註28〕，彼此元音透過元音高化或低化、裂化複合化等語音現象串連起整體語音演變模式。白語果假攝包括果攝開口和合口一等韻、假攝麻韻開口二、三等韻和合口二等韻，果攝部分則以歌戈一等韻為主，三等韻字甚微；遇攝在中古時期包括魚、虞和模三韻，其等第類型為魚虞二韻為三等合口韻，模韻則是合口一等；關於遇攝三韻的併合狀況，早在上古晚期至中古早期的魏晉南北朝時代，語音學家北齊顏之推在其著名的論著《顏氏家訓》內的〈音辭篇〉中即有相關說明，文內言道，在北方方言內的魚虞二韻已然合併，模韻早在魚虞二韻併合之前，也已與虞韻併合，時至中古時期隋唐宋之際，魚虞模三韻開始全面合併，此即所謂「『北人以庶為戍，以如為儒』、『北人音多以舉莒為矩』」〔註29〕，南北語音同異之別顯而易見；學者們研究唐代詩人的詩詞用韻針對三韻的混用已獲得證實，然而，這時期白語族與漢族處於第二次大量融合交流期，白語族詩人的詩詞用韻是否亦與唐代詩人相同？

統整歸納這時期的白族詩人用韻發現〔註30〕，雖然《廣韻》內規定用韻為魚韻獨用、虞模同用，但是，詳觀白語族詩人採用遇攝「魚模韻部」時，並未依照官韻的既定方式來用韻，此外，在「魚韻獨用」方面，「魚韻獨用」例時至明代白語民家語時期，詩人楊應科〈除夕前三日得家音因憶草堂〉之用韻字：「如、除、書、魚、廬」才出現一例，此後至清代詩人段鵬瑞〈晚次沙坪〉之用韻字：「魚、疏、輿、除」又使用一例外，至此均未見「魚韻獨用」的用韻現

〔註28〕 William Labov（威廉拉波夫）.Principles of Linguistic Change：Internal Factors Oxford：Blackwell Publishing Limited（1994）,p116、朱曉農：〈漢語元音的高頂出位〉《中國語文》第 5 期（2004 年），頁 440～451。

〔註29〕 〔北齊〕顏之推：《顏氏家訓·音辭》，此處論述所需所引之文句內容查詢於線上《顏氏家訓集解》電子書系統：http://www.millionbook.net/gd/w/wangliqi/ysjxjj/index.html。

〔註30〕 白語族詩人用韻概況，詳見前述列表 5-2-3 和 5-2-4 兩表之完整歸納解析。

象。由此可知，白語用韻的主流現象，仍是採取「『魚虞模』三韻混用」的押韻現象，顯見白語在這波的融合交流期內，主要吸收了漢語「『魚虞模』三韻混用」的語音現象。

因應白語韻讀實況，本部分在遇攝的討論，首先說明遇攝與果假攝的親緣關係，並以此再分為二條支線說明：首先說明模韻，再說三等魚虞韻，若論述必要時，並一同連繫果假攝加以說明。

（一）遇攝與果假攝之語音格局

首先，從「音變」的前提為基礎，展開白語遇攝與果假攝，整體音韻格局的演變概況說明。

從現代白語的韻讀表現來看，筆者研究認為，白語的早期形式是：果攝一等歌戈兩韻基本不分，主要為[-o]，但三等韻有高化至[-u]的現象；遇攝一等模韻主要是[-o]，同於果攝三等韻亦有高化至[-u]的現象，果攝和遇攝模韻基本相混。再者，更依據元音鏈移現象可知，果假攝滯古固有層本讀為[a]，遇攝則有二條：模韻同果假攝為[a]、魚虞韻則為[o]，中古時期產生元音鏈移的高化推鏈作用，使得果假攝由[o]甚至持續高化為[u]；遇攝同樣亦分為二條：模韻與果假攝混用，續往高化[u]前進，魚虞二韻則又再分為二層：魚虞韻由[o]高化至[u]，並產生元音前移形成[i]和[ɯ]，但並未產生元音裂化，魚虞由高化的[u]元音分別前化形成[i]和[ɯ]二層；由此發現，白語果假攝和遇攝繼續高化產生合流，但並未因此逼迫遇攝裂化成複元音，經由研究顯示，這反而促使遇攝元音前化形成[i]和[ɯ]二層，筆者認為，當[ɯ]前化為[i]時，其間的過程應該有經過[yi]的過渡階段，即：

$$[ɯ]>（[y]）>[yi]>[i]$$

而[yi]正巧在果假攝內有之，由[i]進一步裂化形成[iɛ]，使得魚虞相混的現象出現差異，形成這個差異的主要因素，本文研究認為，正是詩人們得已區辨語音演然分化之所在，如此不僅顯示出「果假攝」和「遇攝」彼此間的語音鏈變關係緊密，亦可見得隨著語音演變，透過填空檔的對稱均衡區別原理，逐漸發展出得以分辨韻讀差異的平行演變理論。〔註31〕

〔註31〕關於「平行演變理論」觀點，可查見於 Martinet, Andre Elements of General Linguistics trans. by E. Palmer. Chicago: University of Chicago Press（1964）,p167~169.

（二）遇攝「模韻合口一等」的語音演變

初步解析白語遇攝與果假攝的語音演進情形後，接續分析遇攝「模韻合口一等」的語音演變層次概況。

「模韻合口一等」在白語韻讀系統內的讀音，受聲母的影響而出現分化現象，據此，本文研究主要依據白語聲母現象，將「模韻合口一等」分成三類：鈍音（喉、牙、唇音聲母類）、銳音（舌齒音聲母：端系、精系和泥來母）和明母。以下分別就此三類進行分析說明。

第一類：鈍音聲母之模韻字例音讀

白語各語源區之模韻鈍音的幫系、見系、曉匣母和影母的讀音基本以[o]/[u]，以及近央化擦音元音[v]和不圓唇元音[ɯ]為主，試看下表 5-3-6 白語模韻鈍音聲母字例音讀分析：

表 5-3-6　白語模韻鈍音聲母字例音讀分析

例字	中古聲紐	共興	洛本卓	營盤	辛屯	諾鄧	漕澗	康福	挖色	西窯	上關	鳳儀
紗布	幫合一	se55 pɯ31	se55 pɯ31	se55 po31	s'e55	se21 p'iɔ21 kv21	sa55 p'iao31	mie44 s'e44	se32 p'iɔ31	se32 p'iɔ31	se32 p'iɔ31	ɕe32 p'iɔ31
姑	見合一	qu55 gu55	qv55 gɯ55	qu55 gɯ55	ku55	u55 ku35	ku24	ku55（緊） niã33	ku35	ku35	ku35	ku35
苦	溪合一	q'o33	q'u33	q'u33	k'u33	k'u33	k'u33	k'u33	k'u33	k'u33	k'u33	k'u33
五	疑合一	ŋõ33 v33	ŋv33 v33	ŋu33	ŋɯ33	ŋu33	ŋõ33 õ33	ŋo33 u31	ŋv33	ŋv33	mv33	mu33
我	疑開一	ŋa33	ŋo33	ŋo33	ŋo31	ŋo21 ŋa55	ŋo33	ŋo31	ŋɔ31 ŋa55	ŋɔ31 ŋa55	ŋɔ31 ŋa55	ŋɔ31 ŋa55
湖	匣合一	qo31	qo31 lu31 bɯ33	qo31	ko42 xu42 xe33 ɕy33 t'ã55	ɢɔ21 ɢɔ21	xu42 xai31	t'ã55 pɯ33 u55 xe31	k'ɔ21 kɔ21	k'ɔ21 kɔ21	k'ɔ21 kɔ21	k'ɔ21 kɔ21
烏	影合一	u55	u55	u55	x'ɯ44	xu35	ua44	xɯ44（緊）	v55	v55	v55	v55

針對所舉語例進行相關說明。例如詞例「布」在辛屯和康福語區和「紗」以同音表示，在白語詞彙系統內古本義即以「紗」表示「布」，「布」之音讀為後起受到漢語借詞影響而借入之音讀，諾鄧語區有兩種音讀：其一是軟顎舌根音讀，其二為重唇音讀，筆者研究認為白語重唇音讀，乃是受到漢語借詞影響而借入，此外，也是因為韻讀為圓唇元音之故，所產生的唇音化現象，尚未唇

音化的軟顎舌根音讀應屬於早期音讀現象。

　　較爲特殊者爲康福白語，此語區音讀出現並存的另一雙脣鼻音：[mie44]，此音讀看似不合，但此音據查保留於元代李京所編著的《雲南志略‧諸夷風俗》書中則有所提及〔註32〕，李氏曰此音乃「白人語」是借漢語意義而產生的語音，此音其釋義爲「帛」解爲「幂」，中古時期白語言帛等布料詞彙之音讀爲[mie44]，此音逐漸被後起漢語借詞音讀取代；詞例「湖」在辛屯語區內除了保有古本源音外，此詞例受到漢語釋義影響，之後除了漕澗及康福語區，同樣以音譯漢語借詞音讀表示外，亦與「水塘」之「塘」同音，以[ɕy33 t'ã55]表示，屬於方言語區之特殊現象，這也顯示出白語受到漢語借詞音和義的滲入影響後，其語音產生古今並存疊置的特殊現象，除了詞例「布」出現裂化音讀[iao]、[iɔ]外，其餘皆仍維持單元音韻讀；另外，由詞例表內的「五」和「我」同屬疑母一開一合，並分居遇攝和果攝的韻讀現象可知，透過「五」和「我」韻母元音的演化，即可知遇攝和果攝之源流關係甚爲密切，特別是從白語數詞例「五」的語音演變現象顯示，白語此詞例又受到彝語音讀[ŋo33]及侗臺水語[ŋo4]音讀影響所致，屬於廣義漢藏語系層同源疊置詞例。

第二類：銳音聲母之模韻字例音讀

　　白語各語源區之模韻銳音的舌齒音端系、精系及泥來母的讀音基本以「前高化元音[u]」爲主要元音音讀現象，透過字例分析亦可看出其高化的過程爲：「a→ɔ→v→（ou）→u」，試看下表 5-3-7 關於白語模韻銳音聲母字例音讀分析：

表 5-3-7　白語模韻銳音聲母字例音讀分析

例字	中古聲紐	共興	洛本卓	營盤	辛屯	諾鄧	漕澗	康福	挖色	西窯	上關	鳳儀
肚六	定合一	fv44 fu44	fo44	fo44	fo44 xo44	v42 k'ɔ44	vo42	fo44（緊）	fv44	fv44	fv44	fv44
露	來合一	ka42	kõ42	ko42	kou42	gɔ42	kv42	kã42（緊）	kv42	kv42	kv42	kv42
粗	清合一	tɕ'u55	tɕ'u55	tɕ'u55	ts'u55	ts'u55	ts'u42	ts'u55	t̠s'u55	t̠s'u55	t̠s'u55	t̠s'u55

　　針對所舉語例進行相關說明。例如詞例「肚」和「粗」以較穩定的高化圓脣元音[o]和[u]爲韻讀結構，變化較多者爲「露」，除了有[o]的相關裂化現象韻

〔註32〕〔元〕李京著：《雲南志略》，採用版本爲民國王叔武重新總集編校本，《大理行記校注雲南志略輯校》（昆明：雲南民族出版社，1989 年）。

讀[ou]外，此詞例亦有與果假攝相關的語音源流——[a]韻讀現象，更廣義而論，高化不圓唇元音韻讀[ɯ]亦屬於此種果假攝語音源流範圍。

第三類：明母之模韻字例音讀

白語語源區之模韻一等明母字的讀音與其他唇音字相同，唇音字基本音讀為圓唇元音[u]，此處的模韻一等明母字基本音讀亦為[o]及其高化[u]與相關的變體音讀[v]和[ɯ]，試看下表 5-3-8 白語模韻銳音聲母字例音讀分析：

表 5-3-8　白語模韻明母字例音讀分析

例字	中古聲紐	共興	洛本卓	營盤	辛屯	諾鄧	漕澗	康福	挖色	西窯	上關	鳳儀
墓	明合一	mu44	mo44	mv44	mao42	mɔ42 k'ɔ55	mao31 k'o42	mũ31	mu32	mu32	mu32	mu32

針對所舉語例進行相關說明。在漕澗和諾鄧的雙音節詞結構內的[k'o42]屬於類小稱詞綴，表示「墓」的單位量詞，基本的韻母結構仍是以[o]/[u]和近央化的擦音[v]和不圓唇元音[ɯ]為主，在辛屯和漕澗出現[o]的相關裂化現象[ao]及其變體現象[ɔ]，皆屬於[o]的韻讀相關現象。

綜合上述三部分的討論筆者發現，白語遇攝模韻的演變現象，大致經歷這樣的演變過程：「a/iao/ao→ɔ/iɔ→（v）→o（e）→u」。統整王力所言〔註33〕，模韻自上古先秦至東漢開合口分明，從白語遇攝模韻的演變過程亦發現，白語模韻滯古層為開口低元音[a]逐漸高化並向圓唇發展[u]，王力認為〔註34〕，模韻開合口之分的對立關係，至上古晚期至中古早期的魏晉南北朝時期漸失，由[a]高化為[o]至中古隋唐之際演化為高化圓唇的[u]音讀。白語在詞彙發展史上曾出現四次吸收外來詞的高峰，隋唐時期屬於南詔大理統一白族之際，正為第二次接觸漢語的高峰期，因此泰半承襲了漢語北方方言模韻的演變現象，較之微異之處，便是模韻在演變過程中出現齊齒[-i-]介音和[ɔ]音讀，屬於模韻由[a]至[u]演化的語音過度遺存，白語仍將此上古時期的演化過渡音保留在韻讀系統內。

綜合而論，白語遇攝模韻的歷史層次基本韻讀為單元音，在演化過程中也有裂化為複元音的語音現象。基本分為以下幾個層次：

〔註33〕王力：《漢語語音史》（北京：中國社會科學出版社，1985 年），頁 556～558。

〔註34〕王力：《漢語語音史》，頁 556～558。

第一層：滯古－上古固有自源層

[a]為上古固有自源層，在發唇音幫系和鼻音明母字「布」和「墓」時，音讀[a]透過前後滑音的影響產生裂化[iao]和[ao]等音讀，此外，唇音幫系「布」字在辛屯和康福白語內產生元音高化，形成[e]音讀，與普遍音讀[o]形成對立。

第二層：上古晚期進中古時期之過渡階段

[ɔ]為上古固有自源層逐漸高化時的演化過渡音讀，屬於上古晚期南北朝時期的語音遺跡，受到滑音及顎化作用影響並裂化為[iɔ]形式：ɔ>（ⁱɔ）>iɔ，亦有受摩擦力影響而產生朝向央化的過渡音唇齒擦音[v]。

第三層：中古時期進近現代之元音高化作用

[o]由[a]高化演化而來。從語音演變的過程可知，[o]音比[u]音還早，亦屬於上古音[a]向中古音[u]演變的過渡，只不過這個過渡音比起短暫存留的[ɔ]更加完整呈現在語音系統內，白語還形成與[o]對立的[e]音讀，[o]類持續高化進而形成[u]音讀。

總論白語「模韻」的各時期層次的音讀狀況，基本所反映的語音演變模式普遍是長元音後化、高化，並短暫出現前化和近央化，與果假攝的語音演變甚為相類。主要層次演變概況為：

層次1：a（上古時期固有自源層：裂化為複元音[iao]和[ao]）

層次1a：ɔ（上古時期過渡音讀：因顎化作用影響而裂化為複元音[iɔ]）

層次2：o（中古早期：魏晉南北朝至隋唐，裂化為複元音[ou]）

層次3：u（近現代時期：於唐宋時期完成演變）

（三）遇攝「魚虞韻三等相混」的語音演變

最後，將分析遇攝三等「魚虞韻相混」的語音演變層次概況。

透過深入歸納白語「魚虞韻」的韻讀現象發現，二韻音讀差異甚微，依據白語在隋唐之際與漢語的接觸吸收，除了模韻音讀的啟發外，魚虞混用的語音格局白語亦吸收內化，根據潘悟云在羅常培和王力的研究上，進一步由南北朝詩人用韻重新繫聯分析魚虞二韻的分用混用現象發現〔註35〕，以詩人所在區域

〔註35〕王力：〈南北朝詩人用韻考〉，本文收錄於《王力文集》第18卷（濟南：山東教育出版社，1991年），頁201～204、潘悟云：〈中古漢語方言中的魚和虞〉《語文論叢》第2輯（1983年），頁91～98。

區分，南方詩人魚虞二韻分用但北方京洛一帶詩人則普遍混用二韻，若以地域界定，魚虞不分的地方主要以河南及其周圍，長江以南和西北方言地區則能區辨二韻。

從白語的地理環境，即從其所在地域雲南當地來看，語音現象應該是得以區辨魚虞二韻，此外，從歷來白語族詩人用韻來觀察，歸納其用韻發現，白語魚虞二韻混用僅有一例，常見的是魚韻模韻混及虞韻和模混，三韻混用也僅有一例，從白語族詩人用韻方面便能得知，遲至近現代的元明清民家語時期，白語族詩人對於魚虞二韻仍能感受其音讀差異，如實反映了中古時期的語音差異；但從韻讀歸納來看，白語魚虞二韻具體韻讀情形又逐漸朝向混用的態勢，以下列出白語族詩人在魚虞模三韻的混用現象：

（1）唐代時未發現詩人用韻有使用魚虞模三韻之例。

（2）元明清民家語時期則有採用魚虞模三韻之例：

　　魚昔通押：段功〈途中歌〉懌、昔、絮、去（昔：入聲梗攝）

　　虞模混用：段寶〈梁王求和寶答詩一導〉符、梧、圖、無、吾

　　　　　　　李元陽〈觀海珠〉壺、夫、湖、珠、圖

　　虞戈混用：妖巫女〈妖巫歌〉主、朵（遇攝和果假攝）

　　虞模混用：李元陽〈登石寶山〉山、攀、闐、間、古、數、股（通押山攝）

　　　　　　　陳祚興〈葛天舞〉舞、虎、睹、古、俯、數、伍

　　魚韻獨用：楊應科〈除夕前三日得家音因憶草堂〉如、除、書、魚、盧

　　　　　　　段鵬瑞〈晚次沙坪〉魚、疏、輿、除

　　模歌混用：吳懋〈袈裟寺〉路、螺、蘿（遇攝和果假攝）

　　魚模混用：段綺〈許由挂瓢處〉渚、古

　　　　　　　劉文炳〈有以李杜集易粟不得者賦以志慨〉足、讀、煮、粟、苦、與、睹、厄（燭屋：入聲通攝）

　　魚虞模混用：楊暐〈棄婦詞〉樹、固、顧、暮、住、據、露、度、故

　　魚虞混用：趙璡美〈得句〉珠、如、書

透過上述的白語族詩人用韻狀況來看，得以觀察到除了果假攝外，屬於陰聲韻的遇攝和舌尖鼻音梗攝入聲、舌根鼻音通攝入聲通押的語音現象，遇攝和舌尖

鼻音陽聲山攝亦通押，這也引起筆者研究注意，由於白語不同於漢語其不具陽
聲韻尾，陽聲韻一律以元音鼻化表示，且入聲韻亦弱化消失，在此併合的過程
中，其語音已然與遇攝相混，亦或因語音鏈移現象，使得遇攝在演化過程中所
形成的某項語音，是爲梗攝、通攝或山攝的語音源流。

進一步統整歸納白語魚虞二韻的相關詞例韻讀概況，如下表 5-3-9：

表 5-3-9　白語魚虞韻特殊字例韻讀概況

分布 代表點	遇攝合口三等				遇攝開口三等			
	禪	云	章	見	娘	章	書	明
	樹	雨	侏（短）	拘	女	煮	鼠	賣（混蟹攝）
共興	dʐ̩31	z̩33	tsʼi55 tɕʼi55	kɯ44	ȵo33	tso33 tɕu33	ɕu33	ɢe21 qɯ21
洛本卓	dɯ31	dzɛ33	tɕʼi55	qɯ44	ȵu33	tɕu33	ʂu33	ʁɯ21 qɯ21
營盤	dɯ31 diɯ31	z̩33	tsʼɯ55	kɯ44	ȵõ33	tʂo33	ʂo33 ʂ̩33	qɯ21
辛屯	tɕi31	vɯ33	tsʼe55	kʼou55	nũ33	tsuo31	so33	kɯ31
諾鄧	dzɯ21⁽緊⁾	v44ɕi44	tʂʼɯ55	tɕy35	ȵo33	tsa42⁽緊⁾	ʂɚ44	qɯ21
漕澗	tsɯ31	vo21ɕi33	tsʼɯ55	kʼou42	ȵv33	tso31	so33	kɯ31
康福	tsɯ31	vo33	tsʼɯ55	tsʼɯ44⁽緊⁾	jõ33 mãu33	tso33	so33	kɯ21⁽緊⁾
挖色	tsɯ31	v33ɕi44	tsʼɯ55	tɕy35	ȵv33	tsv33	sv33	kɯ21
西窯	tsɯ31	v33ɕi44	tsʼɯ55	tɕy35	ȵv33	tsv33	sv33	kɯ21
上關	tsɯ31	v33ɕi44	tsʼɯ55	tɕy35	ȵv33	tsv33	sv33	kɯ21
鳳儀	tsɯ31	v33ɕi44	tsʼɯ55	tɕy35	ȵv33	tsv33	sv33	kɯ21

針對所舉語例進行相關說明。

詞例「雨」，雖在部分語源區以雙音節合璧詞結構表示，但其主要語義結構
爲濁唇齒擦音[v]，其[ɕi]的部分屬於語尾稱詞表示「雨」水的屬性；詞例「拘」
之音讀撮口[-y-]音即等同於[ui]，白語語音系統撮口音不發達，故以[ui]記音方
式表示；再透過表格內的「煮」在白語北部語源區所反映的兩種語音演變現
象發現，在白語北部語源區具有擦音（塞擦音）的游離現象，在舌面音顎化
初始之時，其韻讀仍保有與合口搭配的語音現象，而非僅搭配細音[i]，隨著語
音發展，從語料所呈現的音讀概況可以看到，營盤語區的聲母音讀出現翹舌

音現象，系原舌面音內的細音[i]與聲母作用後的結果所致；詞例「拘」屬於漢語借詞之借用，此字在白語詞彙系統內原同於「『扣』或『捆』」之語音，因此以軟顎舌根音表示，借入漢語後才顎化爲舌面音，其韻母表現出裂化複合元音現象，形成白語音讀和漢語借詞音譯音讀並列。

實際觀察白語魚虞韻的具體情況，主要爲——魚虞混同層和魚虞有別層。在魚虞混同層方面：第一層爲[o]類層；第二層爲[o]持續高化形成[u]類層，並由[u]前化形成[i]和[ɯ]二層，筆者認爲，由[u]前化爲[ɯ]，再由[ɯ]前化爲[i]時，[ɯ]和[i]間應歷經：[ɯ]>（[y]）>[yi]>[i]的語音演變過程，但白語語音系統內的撮口[y]音並不發達，這是因爲白語明代時期本悟《韻略易通》重韻歸併的影響所致。

如此的重韻歸併，白語吸收並如實體現本悟《韻略易通》重韻歸併的特色，換言之，白語韻讀如實反映「韻略」才能「易通」的語音現況；此韻母語音與蘭茂本《韻略》及漢語普通話相較，其韻母系統已甚爲精簡化（具備單韻母、二合韻母和三合韻母的複合韻母），特別是陽聲韻母明顯整併，此現象影響白語韻母系統普遍元音鼻音化，即以元音的鼻化來體現原陽聲韻尾的發音現象，這樣一來，在主要元音韻腹相同的情形下，用以區辨用的前/後鼻音韻尾因重韻歸併消失，取而代之的區辨方式則是將「主要元音『鼻化』」，然而，由於主要元音鼻化即鼻化韻現象，使得先全韻的齊齒和撮口間的重韻鼻化合流，間接使得撮口[y]韻在西南官話的語音系統內，尚未形成完整音節體系便消失。因此，白語語音系統內的[y]音不發達，搭配組合能力亦弱，白語內部近現代漢語借詞則有借入撮口[y]韻字詞，遂逐漸將撮口[y]韻融入語音系統內，但整體音節的搭配能力仍未完善，白語語音系統內主要以開口和齊齒的搭配能力較強、合口次之，這也是魚虞韻由[u]韻前化的音變模式「[ɯ]>（[y]）>[yi]>[i]」在演變過程中並未在語音內見得[y]音的過渡之因。

在魚虞相混的語音現象內，仍有其同中有異之處，筆者認爲這也是早期白語族詩人感到差異的地方，也是讓他們在作詩用韻時能如實區辨而甚少混用的關鍵，現今白語實際語音現象普遍以北部方言區之韻讀[o]甚至高化[u]爲主，早期南部方言得以區辨的語音特徵已逐漸往[o]→[u]層合流，此早期相異魚虞有別的語音現象，在白語內部是出現在魚韻但未見於虞韻，主要好發在魚韻內的見系字和知章系書母字，諸如：「鋸」、「踞」、「去」和「黍」及「箸」

等詞例，屬於少數特例字。試看下列表 5-3-10 之相關音讀概況分析，便能窺其理：

表 5-3-10　魚虞有別之特例現象概況

例字	中古聲紐	共興	洛本卓	營盤	辛屯	諾鄧	漕澗	康福	挖色	西窯	上關	鳳儀
鋸	見開三	fv42	fv42	fv42	fu42 ɕ'iɚ55 ts'e55	fv42 tʂ'e33 ʂe33	se44	fo42 s'e44	fv31 se44	fv33 se44	fv33 ts'e44	fv33 ts'e44
踞	見開三	ku42	qv42 kv42	ko42	kuo42	kɚ42（緊）	kv42	ko42（緊）	kv32	kv32	kv32	kv32
去	溪開三	ŋe42	ja42	ŋa42	a21	ŋe21 su33 sua33	ŋv44	ɣɚ21（緊）	ŋɚ21	ŋie21	ŋɚ21	ŋie21
黍	書開三	so33	su33	su33	si33	sʅ44	si33 mã31	sv33	si33	si33	si33	si33
箸	知開三	dʐo42	dʐo42	dʐo42 dʐʅ42	tso44	tʂɚ21（緊）	tsṽ31	tso31	tsv31	tsv33	tsv35	tsv31

針對所舉語例進行相關說明。

　　詞彙「鋸」，在白語整體語區相當穩定，在表示名詞工具語義的「鋸子」時，其主要音讀為[fv]，北部語源區不分詞性皆以[fv42]為音讀，但隨著漢語借詞語義滲透影響，中南部語源區表示「鋸」的語義遂逐漸引申出表示「鋸」的動作語義，並於詞彙結構內增列名詞「鋸」所轉喻的動作義：用鋸切割表示裁切語義，形成以語音解釋引申詞義之「音譯＋義譯」的語音形式，屬於中古時期來源於漢語借詞之詞例，以[ts'ε55]/[ts'e44]/[tʂ'ε33]/[se44]/[ʂε33]等音節結構，表示鋸子來回切割物件以裁開的動作意義，透過[s'e44]的語音亦可知其單元音韻母逐漸高化並具備[-i-]介音讀，因而鏈動聲母形成塞擦音化和翹舌化現象，辛屯和康福因其語音系統仍保留滯古聲母具擦音送氣的語音現象，因此分別以舌面擦音和舌尖擦音送氣表示。

　　需特別說明者為詞例「去」。詞例「去」在白語詞彙系統內依據語義現象而有「行／走」及「來／回」等語義相類詞彙的形成，這些詞彙之所以形成，可回溯唐樊綽《蠻書》內所記：「……大事多不與面言，必使人往來達其詞意，以此取定，謂之行諾。……」一句有關。〔註36〕「行諾」不僅表現出「行／

〔註36〕〔唐〕樊綽：《蠻書》。收錄於明《永樂大典》及清《四庫全書》內，採用版本為

走」語義，更突顯翻譯員「來／回」往返傳遞語義的狀態，因爲翻譯員「來／回」的動作才爲了此動作而將其定名爲「行諾」，在諾鄧語區具有雙重語音現象，不僅保有上表 5-3-10 內之詞例「去」的音讀，同時也保有其他音讀現象，例如：[su33]/[sua33]，其音讀現象和《蠻書》內所記的語音演變狀況能形成對應：表示詞例「來／回」之音讀：[ja33]→[jɯ35]；表示詞例「行／走」之音讀[su33]→[sua33]/[ŋe21]，語義引申表示步[pe33]，諾鄧的音讀現象除了[ŋɛ21]／語義引申音讀[pe33]爲源自於漢語成分外，餘者音讀則源於彝語相對應：[sɯ21]（《彝語簡志》）〔註 37〕，依據語義語音的源流觀之，此三個音讀屬於上古早期[ja33]→[su33]→上古晚期至中古早期[ŋɛ21]的演變現象。

針對白語魚虞有別及後續深攝入聲緝韻的探討，主要採用陳忠敏提出的「層次關係特字理論」進行分析說明，此理論主要說明中古以前即早期滯古語音現象，雖然在現今語音系統內已殘存不全，但仍有少數的字詞音讀仍保留這些特殊滯古音讀，這種語音雖然在主流音讀內屬於特例，然而，透過這些特例詞例的音讀，卻爲層次的分析提供相當重要的語音價值〔註 38〕，這有助於在研究過程中，推論更早期的白語音讀滯古現象；陳忠敏在文章內指出，即便繫聯各點讀音有所不一致，但仍然有其對應關係，這種不一致往往是同源成分自源產生，而非異源成分借入影響，因爲這種特例仍屬於同一層次內的自體演變。〔註 39〕

藉由「層次關係特字理論」觀察白語魚虞有別的語音現象及入聲緝韻的演變，並透過上表 5-3-10 所舉數條語料例字，發現白語語音系統內殘存的南部方言魚虞有別的遺跡，即是：ɯ<（y）<yi<i<iɛ/ie<ɛ/e<v 的語音演變現象，魚韻中古時期有[i]及[ɯ]兩個層次，而以[ɯ]做爲共同來源及語音演化的源頭，

民國向達校注版本。向達校注：《蠻書校注》（北京：中華書局：1962 年）。此處引句查詢於：《蠻書》——中文百科在線，網址：http://www.zwbk.org/zh-tw/Lemma_Show/155786.aspx。

〔註37〕查詢自陳士林、邊仕明、李秀清等編著：《彝語簡志》（北京：民族出版社，1982 年）。

〔註38〕陳忠敏：〈方言間的層次對應——以吳閩語虞韻讀音爲例〉，本文收錄於丁邦新和張雙慶編：《閩語研究及其與周邊方言的關係》內（香港：中文大學出版社，2002 年），頁 73～83。

〔註39〕陳忠敏：〈方言間的層次對應——以吳閩語虞韻讀音爲例〉，頁 73～83。

前化爲[i]並裂化爲複合元音[iɛ]/[ie]，由複合元音演變爲單元音的主因，乃是因爲見系字軟顎舌根音之故，受到發音部位的影響，前高元音的[-i-]和舌位靠後的軟顎舌根音搭配時，發音不甚和諧因而誘使介音被吞食，在發音和諧及省力原則的前提下，[-i-]介音逐漸脫落消失，進而形成中古早期魚虞有別的韻讀主要元音：[ɛ]、[e]和[v]，並具有兩種演變現象：第一類爲「ie→e/舌根音聲母___」；第二類爲「ie→i、ɿ、ʮ擦化或塞擦化[s]/[dz]___」，第二類爲舌根音受[-i-]介音影響而擦化和塞擦化。

　　總論白語魚虞韻各時期層次的音讀狀況，由於[i]經過裂化爲複元音[iɛ]/[ie]再脫落介音形成單元音[ɛ]/[e]在白語內部保留甚少，雖然屬於較[o]類層更早的語音形式，但已較少見因此列爲「層次 0」予以區隔，魚虞有別及魚虞相混的中介音則爲[ɯ]，基本所反映的語音演變模式爲：

層次 0：ɯ<*i<*iɛ/*ie<*ɛ/*e<*v（保留少，屬於中古時期早期的滯古現象：
　　　　魚韻）

層次 1：o（中古時期合流：產生高化近央化唇齒擦化：ɔ/v）

層次 2：ɔ、v<*u；u<*ɯ（中古時期重疊層）

三、蟹攝的歷史層次

本部分著重探討白語蟹攝字讀音的演變現象及其歷史層次。

　　總體而論，白語蟹攝有四等，一等韻包括泰韻、哈韻、灰韻三韻；二等韻包括佳韻、皆韻和夬韻三韻；三等韻包括祭韻、廢韻；蟹攝四等則只有齊韻，在開合口方面，哈韻只有開口，灰韻只有合口，其他諸韻開合口俱全且普遍能透過中古《切韻》系統推導。分別就蟹攝的開口和合口之共時和歷時兩個角度發現，在共時平面部分，白語蟹攝開口的讀音根據主要元音的不同，在主流層次韻讀方面經由語音演變的過程形成重疊現象，分二點說明：

　　（一）蟹攝屬於果假攝鏈移環之其中一環，透過漢白同源詞例「開」亦可得知，蟹攝的固有存古音質爲[ɯ]，[ɯ]音本就具有[i]元音成分且上古音即表示[ə]，因此蟹攝的存古固有音質[ɯ]實爲[əi]，屬於特殊的單音化語音卻表示複音化成分之音質。

　　（二）由存古固有層韻讀[ɯ]單音化後形成[i]音質脫落的低元音[a]，及保有[i]音質成分的[e]或[ɛ]元音兩條路徑演變，低元音[a]使得蟹攝開口二等內，部分少數字例併入「麻沙韻」之果假攝，[e]或[ɛ]音的發展在蟹攝內成爲主流

層次韻讀，並有高化爲[i]的韻讀形式，形成高化[i]韻讀形式的蟹攝音讀，遂與止攝形成合流的語音現象；蟹攝合口的音讀承自開口音讀，同樣以[ɯ]展開語音演化，以低元音[a]及保有[i]音質成分的[e]或[ɛ]元音爲固有層展開語音演變，因合口之故還原[u]介音並產生裂化作用形成複元音成分。此外，筆者研究認爲，蟹攝還有一條語音發展路線，暫且將其視爲非主流層次音讀，即是[o]（[ɔ]）音及其裂化的複元音[ou]與高化[u]爲主元音的發展路線，並與效攝合流混用。

由此可知，白語蟹攝主要層次音讀爲[ɯ]（即[əi]），根據此音讀單音化後形成[i]音質脫落的低元音[a]，及保有[i]音質成分的[e]或[ɛ]元音兩條路徑演變，並在合口成分以複元音形成音讀形成。

透過分析，以下將白語「蟹攝」韻讀整理歸納如下表 5-3-11 所示：

表 5-3-11　白語蟹攝韻讀語例

韻	白語韻母音讀類型		中古漢語韻母類型		韻讀相關例字列舉	
蟹開口一等	陰聲	ɯ / ua	陰聲	咍開一	陰聲	(1) 開 / 開（水煮開）
		ɯ/iɯ/i		海開一		待 (2) 倍
		ɯ/v/i		代開一		茱 (3) 在
		a/ɛ/i		泰開一		丐
蟹開口二等	陰聲	a/ɛ/ɚ/e iɛ/i	陰聲	佳開二	陰聲	鞋膎街柴崖
		a/ɔ/ɛ/e io/ɯ		蟹開二		買 (4) 灑
		a/o		卦開二		曬（晒）
		ɯ/i		皆開二		齋
		ɛ		駭開二		(5) 駭
		ɚ/e/o/i		怪開二		(6) 拜祭
蟹開口三等	陰聲	ɛ/e/ia	陰聲	祭開三	陰聲	彘（豬）／祭
蟹開口四等	陰聲	e	陰聲	齊開四	陰聲	雞齊
		e/i		薺開四		洗米弟 (7) 泥 (8) 底眯（閉）
		ã/ɔ/e/o（ð）/ou/u		霽開四		(9) 細

「蟹攝開口一、二、三、四等」特殊詞例說明：

（1）「開」字的白語音讀爲[q'ɯ55]（小舌）和[k'ɯ55]（軟顎舌根）並存，北部語區多兩者並存，中部和南部語區則以軟顎舌根[k-]爲主，上古漢語音讀爲[k'əi]，此例屬於漢白同源之詞例；[ɯ]音質本身即具備[-i-]音成分，而[ɯ]在上古漢語時期即爲央元音[ə]，因此[ɯ]音屬於漢白同源之詞例，而漢白同源之「開」在白語詞彙系統內是以具體打開實體物件之「開」爲主，白語不同於漢語，其「開」有兩義：表示水煮滾之開水義及打開具體物件之開義，「水煮滾之開水義」屬於引申語音，白語整體音讀以[xua55]表示，突顯此「開」的語義是與「火」有關。

（2）「倍」字在辛屯白語以清唇齒擦音[f]表示其重唇並母的聲母音值：[fɯ55]，即重唇聲母與韻母[i]介音再次產生唇化作用，進而形成[f]音值。

（3）「在」字的白語音讀爲[tsɯ42]，上古漢語音讀爲[dzə]，此例屬於漢白同源之詞例；漕澗白語將單音節「在」字雙音節化表示時間副詞「正在」時，其主元音由[ɯ]音往近央化的唇齒擦音[v]發展，這是受到聲母的影響所致，聲母塞擦化促使主元音因發音省力原則而朝向擦化發展，形成以唇齒擦音[v]的近央化音表示；但在表示同爲時間副詞的「現在」一詞時，白語不僅詞義進一步延伸爲「立即／立刻」外，更透過「在」字的聲母與韻讀成分內的[-i-]介音產生顎化作用而形成舌面音[tɕ]，韻讀並高化爲[-i-]來表示引申後的新語義，例如：在：tsɯ42→正在：tsɣ42→現在：tɯ33 tɕ'i42。透過此詞例「在」發現在白語詞彙系統內，「在」除了語音同源於漢語外，藉由語義深層對應原則、聲訓條例及詞根同源引申等原則查核後可知，此[tsɯ]音讀在白語詞彙系統內的語義爲：

在→所處／所在→介引作用→財→是。另外，白語透過雙唇鼻音[m]音表示「無」進而代換聲母形成[mɯ]音讀，隨即表示否定語義「不在」。

（4）「灑」字蟹攝[a]與假攝麻韻混併入「麻沙」韻內。

（5）「駛」字本義表示「馬行勇壯貌」；白語以「駛」字來借指漢語「傻」的語義，以「駛」的假借義爲之，表示「佁，愚，無知也。」例如《廣雅》和《蒼頡篇》內便有此釋義之說：駛，痴也。（《廣雅》）；駛，無知之貌。（《蒼頡篇》）

（6）白語詞彙系統內，「祭」和「拜」同音讀；差異在於「祭」字具蟹攝開口莊母二等和精母三等，「拜」字蟹攝開口幫母二等。白語北部共興、洛

本卓和營盤等語區，其音讀皆為[pa21]，已然脫落[-i-]介音，但漕澗語區卻出現顎化之舌面和舌尖音，例如[tso24 ji24]、[tɕʼiou42 tɕĩ42]，此即受到韻母介音的影響而產生。

（7）詞例「泥」和「捏」屬於一調之轉，透過主元音的高化及聲調的轉變形成將名詞「泥」加以塑形之動作，屬於中古時期借自漢語音讀[niet]而來，例如漕澗即以[ne24]表示動詞「捏」，以[nã31]表示名詞「泥」。

（8）詞例「底」字的白語音讀為[ti33]及顎化舌面音讀[tɕi33]，漢語音讀為[tie]，此例屬於漢白同源之詞例。

（9）詞例「細」字在白語詞彙系統內釋義為「小」或「毛」；白語語音系統內的音讀由語義分為兩條語音路線發展：一條為以低元音[a]為音讀：a→e；另一條以[o]為音讀的語音路線 ɔ→o（õ）→ou→u，此條語音發展是白語以「毛」的語義來釋義「細」，形成與效攝合流的語音現象。

韻	白語韻母音讀類型		中古漢語韻母類型		韻讀相關例字列舉	
蟹合口一等	陰聲	ε	陰聲	灰合一	陰聲	賠（陪）(1) 堆
		a/v/e/ɚ o/ui/u ɯ		隊合一		碓(2) 碎 (3) 背（負物） 背（小孩）
		ua/a/ã		泰合一		外
		ue/ui		賄合一		喂（餒）／罪
蟹合口二等	陰聲	ɚ/ε/ou u	陰聲	佳合二	陰聲	歪(4) 蛙
		v/io/y		皆合二		乖
		ue/ui		怪合二		壞
		a/ε/o ou/ua		卦合二		畫賣
		ɯ/o/ou ua/a/i		夬合二		(5) 快 (6) 話
蟹合口三等	陰聲	ua/o/a （ã）/iã	陰聲	祭合三	陰聲	(7) 歲說 (8) 篲
		ua/ia		廢合三		肺吠

「蟹攝合口一、二、三等」特殊詞例說明：

（1）詞例「堆」即釋義為「摞」，以「摞」表示將物件重疊放置之義，白語詞彙系統內做為單位量詞使用，其「摞」字歸屬果攝，顯示果攝與蟹攝其語

音源流相類同之現象。

（2）詞例「碎」在白語語音系統內的語音在聲母部分呈現出擦音游離的語音現象，其語音爲心母舌面擦音而非舌尖擦音[ɕa42]→[ɕo42]→[ɕu42]漕澗將「碎」以漢語借詞雙音節詞例「破碎」之「破」表示[p'o21]。

（3）詞例「背」表示「背負」語義時，其聲母以濁唇齒擦音[v-]爲主，並有舌面濁擦音[ʑ]及[t-]；表示「背小孩」時，其聲母則呈現鼻音[m-]/[n]或半元音[j-]等形式，受到語義鏈動語義變化影響。

（4）「蛙」字與假攝麻韻混併入「麻沙」韻內。

（5）「快」字與「在」字韻母的演變情形相當類同，韻母演變受到詞彙擴散的影響。

（6）「話」字和「畫」字與假攝麻韻混併入「麻沙」韻內，併入演變：o→ua→a。

（7）白語歲音讀爲[sua]，同音字另還表示血和說之語義。另一字「年」亦使用[sua]表示，屬於本族詞，表示年成穀熟歲收之義，因此白語借年字表示歲的語義，歲字本義爲星名，又表示值星歲次之義，因此，白語使用[sua]同音表示年和歲義，實因白族認爲年歲二字語義相當，並視爲不可分訓的聯綿詞語義，其語義源流當由穀[so44]/[si44]而來，透過主元音裂化[ua]爲複合元音而成。

（8）「篲」字白語釋義爲「掃帚」，並用以表示掃帚語義，與效攝合流混用。

針對蟹攝的韻讀演變分析，筆者研究發現，白語蟹攝的語音發展自滯古音[ɯ]分化肇始，在開口二等和合口二等韻部分，皆呈現紛雜的語音發展樣貌，三等和四等又呈現較爲穩定的語音形式。因此，本文研究將白語蟹攝開口部分的主元音，依據元音前後歸爲三類：第一類爲前元音[a]、[e]、[ɛ]和[i]，第二類爲後元音[ɯ]、[ɔ]、[o]、[y]和[u]，及第三類央化翹舌音[ɚ]與近央化的擦音[v]；蟹攝開口一等最常見的音讀是[ɯ]，此音讀爲滯古固有音讀層，亦即蟹攝存古音讀[əi]（[ai]），在蟹攝開口一等內亦形成：ɯ<*iɯ<*v 的語音演變現象，例如詞例「在」。「在」字的本義表示生存、存在，在語音發展的過程中，其韻讀成分內的[-i-]介音因與聲母產生衝突因而脫落，形成單元音韻讀形成，又因爲聲母塞擦音的擦音成分影響，在發音省力的經濟原則的前提之下，

韻讀朝向具擦音成分的近央元音[v]發展，筆者認爲白語在詞彙擴散的作用下，詞義促使主元音朝化高化發展，例如由「正」引申爲「現在」並轉喻表示「立即／立刻」即屬之，試看下列詞例蟹攝「在」的白語語區音讀現象之演變：

例字	中古聲紐	共興	洛本卓	營盤	辛屯	諾鄧	漕澗	康福	挖色	西窯	上關	鳳儀
在	從開一	dzŋ42	dʑi42	dʑɯ42	zẽ31	kɛ33	tsɯ24 ta44	ko42 ke35	tse44	tse44	tse44	tse44

除了詞例「在」之外，透過上表 5-3-11 蟹攝韻讀語例歸納發現，屬於泰韻開口一等的詞例「丐」（白語詞彙系統內亦可表示雙音節詞「乞丐」），其語音演變現象應該歸屬於「滯古固有音讀層的最底層」演變，試看下列對於蟹攝「丐（乞丐）」的語音整理分析：

例字	中古聲紐	共興	洛本卓	營盤	辛屯	諾鄧	漕澗	康福	挖色	西窯	上關	鳳儀
丐	見開一	tʼa44	tʼa44	tʼua44 tʼɛ44	kã44 si44 ti31	tʼu55 xe55 zŋ21 ȵi21 (緊)	tʼu42 xe42 zi31 no33	ka44 (緊) si44 (緊)	tʼu55 xe55 si31	ka44 se44	tʼu55 xɚ55 sŋ31	tʼu55 xɚ55 sŋ31

詞例「丐（乞丐）」，在白語多數語源區皆以多音節結構表示：[kã44 si44 ti31]、[tʼu42 xɛ42 zi31 no33]、[tʼu55 xɛ55 zŋ21 ȵi21 (緊)]等類形，其主體釋義的音節結構爲[kã44 si44]/[tʼu42 xɛ42]，詞尾屬於人稱單位詞表示「這類人」之語義。

「乞」的字形屬象形，詞性屬動詞，《說文》釋其本義示「氣」，借雲氣字以表示乞求之義，其本義表示「向人乞討」義，「乞，求也；丐，乞也」屬於同義互訓之例〔註40〕，因此，白語主要以雙音節的語音結構來表示「乞丐」，透過語義深層對應法來分析白語「乞丐」詞例的語音演變，可將其雙音節字音視爲一組音節結構來論其演變。透過上列「丐（乞丐）」的語區音讀現象發現，「丐（乞丐）」語音的演變屬於蟹攝滯古底層韻讀[ai]的遺存，比同屬滯古語音層的[ɯ]再早些再底層些，其音讀屬於[ai]脫落[i]尾後，前低元音[a]展開後化與高化的發展：[a]→[ua]→[u]（乞）；[a]→[ɛ]→[e]→[i]（丐），透過[ai]脫落[i]尾形成低

〔註40〕「乞」字釋義說解，此處查詢於線上《說文解字》：http://www.shuowen.org/。

化單元音[a]後，經由過渡裂化複合元音[ua]再展開高化[u]發展為ㄜ，再由低化單元音[a]逐節高化並演化至高元音[i]發展為ㄞ，二同義互訓字從相同的語音出發展開極相近的語音演變，此字亦顯示出蟹攝的語音滯固層。

此外，透過音讀可知，此字的音節組合呈現構詞力靈活的語音現象：[ka44 si44 ti21]→[ka44 si44 tsi21]（ㄞㄜ）→[t'u55 xe55 si31]→[t'u42 xɛ42 zi31]（ㄜㄞ），形成兩個同義並列結構詞前後互置的語音演變現象，並由此前後互置顯示蟹攝的語音演變現象；再者，由音讀[ka44 si44 ti21]內亦發現ㄞ（[ka44]）在演變過程受到「乞（臻攝溪開三）」字影響，在音讀表現的過程中亦產生元音鼻化的鼻化韻讀：[kã44]，這是因為受到「乞」字本屬臻攝的原故，雖然「乞」字屬於入聲字，但其舌尖鼻音臻攝的語音屬性仍留存，進而影響[ka44]（ㄞ）產生鼻化現象。

透過上表 5-3-11 蟹攝韻讀語例歸納可知，白語語音系統內在蟹攝的語音表現皆具有[ɯ]這個文讀層語音的韻讀形式，此音值即為漢語官話系統所表示的[əi]/[ai]，筆者認為，白語蟹攝這個滯古固有層音質[ɯ]雖然與漢語形成同源表徵，但細究可知，白語蟹攝[ɯ]韻讀演變，並非屬於來自官話文教傳播或其化因素的影響，而是屬於其語音內部自源性的改變；因此，進一步將從蟹攝一二等韻的分合情形，觀察其滯古固有層[ɯ]如何自源演變，再與蟹攝三四等進行對應比較。

採取方法當從韻讀語例表內擇取「該、街、外、快、話、在、齋、拜、柴、乖」等十字為例：「該和在」例為一等咍韻、「外」例為一等泰韻、「街和柴」例為二等佳韻、「快和話」例為二等夬韻及「齋和拜」例為二等皆韻；此些詞例再以開合口區分，有「外、乖、話和快」例為合口字，其餘六例則為開口字。擇取分析討論的詞例，在白語內的讀音演變概況如下表 5-3-12 所示：

表 5-3-12　白語蟹攝一二等韻詞例韻讀概況

例字	中古聲紐	共興	洛本卓	營盤	辛屯	諾鄧	漕澗	康福	挖色	西窯	上關	鳳儀
該	見開一	ge44	qai44	ke44	ke44	ke44	kai44	ke44	ke35	ke35	ke35	ke35
街	見開二	tʂʅ33	dzɛ33 dzʅ33	zɛ33	tsi44	dzʅ33	tsi31	tsi33 tsi33	tsʅ33	tsi33	tsʅ33	tsi33
外	疑合一	ua44	ŋua44	ua44	ua33	ŋua33	ua33	uã44^{（緊）}	ua44	ua44	ua44	ua44

話	匣合二	to42	tõ42	que42	tõ42 xua55	dzʐ31 ts'a31	to21	ta21（緊）	tou21	to21	tou21	tou21
快	溪合二	tsua42	tsua42	tsua42 tse42	tɕi42 tsua42	tʂɯ21 tɕɯ21	ts'v42 p'iã31	tɕi42（緊） tsua42（緊）	tɕi31 tua42	tɕi31 tua42	ŋə21 tɕɯ31	ŋiɛ21 tɕɯ31
乖	見合二	ua55	ua55	ua55	t'ã31	dʑy21	（見註）	t'ã31	（見註）	tɕy21	tɕy21	（見註）
在	從開一	dzʐ42 dʑi42	qv42	dʑɯ42	zẽ31	kue55 k'ue55	tsv42 tsɯ24	ko42 ke35 tsɯ33	kuɛ44	kuɛ44	kuɛ44	kuɛ44
齋	莊開二	jɯ44	jɯ44	zɯ44	jɯ44	jɯ44	tɕĩ33	jɯ44	jɯ44	ʐɯ44	jɯ44	jɯ44
拜	幫開二	pa21	pa21	pa21	pe31	pɛ42（緊）	tso24ji24 tɕ'iou42 tɕi42	pə42	pə32	pe32	pə32	pe32
柴	崇開二	si55	sẽ55	s'ẽ55	ɕ'i44	ɕi55kua33	ɕiã24	ɕ'i55	ɕi55	ɕi55	ɕi55	ɕi55

詞例「乖」在漕澗和洱海周邊之挖色和鳳儀語區，其語音結構呈現多音節現象，分別爲「漕澗 n̩v33n̩i42ko33」及「挖色和鳳儀 n̩io44n̩i55kuo21」；詞例「話」在康福語區內除了表內所列之語音外，另有將「話」以[pe55 xua44（緊）]表示，釋義爲「白話」，即現今語言環境所用的語言；詞例「在」則有兩種語義釋義影響語音演變的現象，例如漕澗即明顯區辨，表示「時間」的「在」時韻母元音近央化[v]，若表示說明「地點」在何處的連接詞「在」時，其韻母元音則後高化形成爲不圓唇元音的語音現象，其調值皆以漢語借詞調值[42]和[24]表示；較爲特殊者爲諾鄧的「在」，其借入漢語兩種「在」和「再」的語義，並採用送氣與否與之區辨，不送氣[kue55]表示「在」，送氣[k'ue55]則表示再一次的「再」。此詞例另有舌尖清濁塞擦音[ts]－[dz]/[dʑ]音讀，白語此音讀不僅與漢語同源，從語義深層對應原則進一步探查此音讀的同源現象顯示，白語此音讀透過梁啓超所言之聲訓條例——同一發音語，其輾轉引申而成之字可以無窮，進一步透過字義引申又表示「所在處」、「存在」和借源漢與表示介引作用的「介詞」用法，但此詞例不僅透過聲訓條例與漢語語義產生深層對應，更進一步透過漢語詞根同源原則並與「財（財物／財貨）」之語義對應，由於聲變一聲之轉及語義「所在」、「存在」的影響又引申表示「是」的語義。

進一步將解析蟹攝三四等詞例相關語音現象，採取的方法是擇取：彘（豬）、肺、歲、雞、泥和細等蟹攝三四等開合口字，加以對應其語音演變概

況。擇取分析討論的詞例，在白語內的讀音演變概況如下表 5-3-13 所示：

表 5-3-13　白語蟹攝三四等韻詞例韻讀概況

例字	中古聲紐	共興	洛本卓	營盤	辛屯	諾鄧	漕澗	康福	挖色	西窯	上關	鳳儀
彘豬	澄開三	te42 de42	de42	te42	tʼe42	de21	tai42	te42	te42	te42	te42	te42
肺	敷合三	tɕʼua44	tɕʼua44	tɕʼua44	pʼia44	pʼia21	pʼia33	fe44 (緊)	pʼia44	pʼia44	pʼia44	pʼia44
年歲	心合三	sua44	sua44	sua44	sʼua44	ʂua33	sua44	sʼua44	sua44	ɕua44	sua44	sua44
雞	見開四	qe55	qe55	qe55	ke55	ke35	ke24	ke55	ke35	ki35	ki35	ki35
泥	泥開四	nõ31	ne31	ni31	ne21	ni21 tɕʼi55 pʼa33	nã31	pʼɚ55 ne21 (緊)	ne21	ne21	ne21	ne21
細	心開四	mã42	mie42 mo42	mie42 mo42	mou42	mɔ42 mi42	mõ42	mã42	mou32	mo32	mu32	mu32

　　白語蟹攝整體語音概況皆由滯古語音[ɯ]（即[əi]/[ai]）展開演變，細究[ɯ]音值的語音來源共有三項，此三項語音來源亦是牽動蟹攝在元音鏈動推移的過程中，與果假攝及遇攝形成連鎖變化的主要因素：依據[ɯ]（即[əi]/[ai]）韻讀，其來源於上古微部[*-əi]和脂部[*-ei]；當[-i]韻尾隨著語音演變脫落形成單元音[ə]/[a]/[e]韻讀，其來源則為上古之部[*-ɯ]（[*-ə]）和支部[*-e]；另外，陳立中還認為蟹攝還有來源於上古時期月部[*-at]〔註41〕，而此來源可以在白語內部的詞例「說」獲得證實。

　　詞例「說」字在白語語音系統內有二種又讀，皆為入聲屬山攝，入聲音讀時為薛韻，其上古音讀分別為[ʎĭwat]和[ɕĭwat]，屬月部[*-at]一類，進而透過康福白語的「說」字音讀[tɕã31]和辛屯白語[tɕiã44]音讀，不僅可知月部[-at]在演化過程中其[-t]韻尾經過了：[-t]→[-i]→[-ai]→[-a]，即[-t]演變為[-i]，韻尾[-i]脫落形成單元音[a]的語音演變，由音讀[tɕã31]和[tɕiã44]又明顯得知蟹攝[a]類韻讀由[a]<[ia]的語音演變現象，聲母屬莊系三等與[-i-]介音產生舌面化的顎化現象，然而，此字在康福和辛屯以鼻化韻為主元音的語音現象，即表現其

〔註41〕陳立中：〈論湘語、吳語及周邊方言蟹假果遇攝字主要母音的連鎖變化現象〉《方言》第 1 期（2005 年），頁 20～35。

語音屬於山攝的又讀音，與以不具鼻化韻爲主元音的「說」字形成混用。

　　白語蟹攝的語音發展以滯古語音[ɯ]爲基礎展開演變，亦即其語音成分內具的複元音分兩條單元音進行發展，一支以低元音[a]進行並趨向與果假攝麻韻合流併入麻沙韻，另一支以具備[i]音成分的[e]/[ɛ]進行，並持續高化往前高元音[i]發展形成與止攝合流的語音現象，例如：「崖」和「餜（喂）」詞例即爲蟹攝和止攝合流之例，這條語音演變路線，在蟹攝二等韻內之唇、舌、舌齒音、影母字及見系和曉母內合口部分進行，形成具[-i]音韻尾或語音成分內具[i]音的懷來韻，以下舉出蟹攝與止攝合流之詞例分別說明，如下表 5-3-14 所示：

表 5-3-14　白語蟹攝與止攝合流之詞例列舉

例字	中古聲紐	共興	洛本卓	營盤	辛屯	諾鄧	漕澗	康福	挖色	西窯	上關	鳳儀
崖	疑開二	e42 p'iɛ55	e42 p'iɛ55	e42 p'iɛ55	t'ei44	p'iɛ55 tʂ'ɔ55	p'iɛ42 piɛ33 ŋɛ33 tsai44	p'iɚ55 ŋɚ33	p'iə55	p'iɛ55	p'iə55	p'iɛ55
喂	泥合一	ou55 ue42	o55 ui42	o55 ue42	zi55	uei21 ʔɔ35	ue33	ue42（緊）	ue32	ui32	ue32	ue32

　　詞例「崖」在漕澗語區有[p'iɛ42 piɛ33]和[ŋɛ33 tsai44]兩種語音表現形式，主要語音釋義表示「懸崖陡峭」之義，而白語整體詞彙語音結構系統內表達「崖」之語音時，亦是以「懸崖陡峭」之義爲其語音發展方向；詞例「喂」在白語音系統內普遍以中古時期漢語借詞音讀[ue]爲主，然而，在北部語區及諾鄧則有所不同，從表內語音讀構得知主要的聲母皆以零聲母爲主，在韻母元音的演變，則依據筆者研究所得出的演變原則進行，在指稱「人」之「喂」時以後元音爲主，在指稱「動物」之「喂」時則以前元音爲主要韻母現象；詞例「多」在白語詞彙系統內以古本字「夥」表示，此例在

　　此外，蟹攝由於受到詞彙擴散的影響而使語音往後化發展，即筆者暫且認定爲非主流音讀層之[ɔ]、[o]、[y]和[u]及近央化的擦音[v]，特別是後元音[o]及其相關音讀類型，主要形成與效攝合流的語音現象，例如：用以表示「掃帚」的「篲」字及用「毛」訓釋「細」字語義的「細」詞例，其音讀概況如下表 5-3-15 所示：

表 5-3-15　白語蟹攝與效攝合流之詞例列舉

例字	中古聲紐	共興	洛本卓	營盤	辛屯	諾鄧	漕澗	康福	挖色	西窯	上關	鳳儀
細	心開四	mã42 mo42	miɛ42 mo42	miɛ42 mo42	mou42	mɔ42 mi42	mõ42	mã42	mou32	mo32	mu32	mu32
篲	邪合三	tʂui44	ʈue44	tsui44	tɕue42 ke44	tʂue33 kɔ21 (緊)	tɕui44 kɯ33	tsui31 kɯ31	tsue44	tsui44	tsue44	tsue44

　　為何蟹攝會形成如此的語音發展過程？筆者研究認為，與上古時期語音韻尾[-i]和[-t]丟失，因而帶動蟹攝主元音同時採用順時針方向及逆時針方向發展的語音演變，形成前後錯置的現象有關。然而，一般而言，低元音的層次發展較之高元音的層次更為古老，但白語蟹攝的語音發展較為特殊，其較古老的層次屬於高元音性質的[ɯ]，但由於此音讀所內含的音質屬性，透過分析可知，如此並不與低元音層次屬於古老層次的原理相違合，使得蟹攝即在[ɯ]音基礎下展開語音發展。

　　以下總結白語韻讀蟹攝的讀音類型及其借入時的層次，以開口和合口區分：

蟹攝開口：層次 1：ɯ（əi/ai）（上古時期層次）

　　　　　　層次 2：ɯ<*a（第一條發展路線：果假攝）

　　　　　　　　ɯ<*i<*e/ɛ、*ɚ、*i（第二條發展路線：止攝）

　　　　　　　　ɯ<*u（第三條發展路線：遇攝和效攝）（中古時期層次）

蟹攝合口：層次 1：a<*ua、*ia；e/ɛ<*ui、ue（中古時期層次）

四、流攝的歷史層次

本部分主要針對白語流攝字讀音的演變現象及其歷史層次。

　　總體而論，白語流攝尤、侯開口一、三等字普遍能透過中古《切韻》系統推導，從共時和歷時兩個角度來看，從共時平面觀察，白語流攝字的讀音根據主要元音的不同，基本可以分為主流層次及非主流層次兩種語音現象，共二個層面：第一類主流層次韻讀以[ɯ]及其變異[u]形成為主要元音，少數例字出現複元音[iɯ]和[iu]，例如北部語源區之營盤形成語音演變的過渡區，筆者將此類稱之為[ɯ]類層；第二類非主流層次韻讀以元音高化後的音讀[u]形成為主要元音，與第一類不同，此類並非[ɯ]之變體，因高化後形成主流音讀，故將之獨立一類稱之為[u]類層；包含韻讀以[u]及其變異[o]、[ɔ]和[v]形成為主要元音，相關例字例如：「母」和「泥鰍」，另有漢語釋義為「背」，白語以「負」

（負，恃也，依恃）爲義之字，其韻讀以[o]之變體[v]爲主，亦歸屬於[o]韻讀之例，稱之爲[o]類層；換言之，在白語流攝音讀系統內，即包含主流韻讀[ɯ]及非[ɯ]之變體的非主流韻讀[o]，兩類皆屬流攝音讀的韻母表現形式。

較爲特殊的是，白語流攝的主流層次音讀爲[ɯ]，但[ɯ]類層內亦包含因高化作用而形成的前元音[i]，及其進一步高頂出位而形成的舌尖化[ɿ]/[ʅ]，此處將之稱爲[i]類層。透過分析，以下將白語「流攝」韻讀整理歸納如下表 5-3-16 所示：

表 5-3-16　白語流攝韻讀語例

韻	白語韻母音讀類型		中古漢語韻母類型		韻讀相關例字列舉
流開口一等	陰聲	u/ɯ/i o/v/ã	陰聲	侯開一	陰聲 (1) 頭鈎 (2) 漏猴樓 (3) 貿（換）豆投摟／(4) 喉（嚨） (5) 籮筐
		ɯ		厚開一	後厚傴垢 (6) 走
		u/o/ɔ			(7) 母
		ɛ/e			走（跑／跳）

「流攝開口一等」特殊詞例說明：

（1）詞例「頭」字在漕澗白語有二種情形：文讀音[tsṽ31 sã42]，白讀音則借自漢語音讀同白語各區音讀爲[tɯ31]，受到陽聲韻尾重新整併的結果影響，使得非鼻音字例亦出現鼻化現象，產生自體陰陽對轉的特殊語音模式，且[tsṽ31]音讀受到[tɯ31]音讀影響，在聲母產生舌尖音顎化現象（[t]音受到韻母[ɯ]本身具有的[-i-]音影響），韻母從高化往央化發展。

（2）詞例「漏」字白語音讀各語源區音讀大致穩定[ɣɯ42]，北部方言區共興和營盤採用小舌音讀[ʁɯ42]表示，漢語音讀爲[lɔ]，白語吸收漢語而來，屬漢白同源詞例。

（3）詞例貿[mɯ31]的漢語語義譯義爲「換」，取其貿易即交換之義而來，共興韻讀出現變體[mu31]。

（4）詞例「喉嚨」一詞在白語語音系統內具有小舌音和軟顎舌根音並列的語音現象：[qu31]/[ku31]，上古漢語音讀爲[ɣɔ]，屬漢白同源詞，根據此詞例二度語音對應，又與侗臺語音讀[ɣɔ2]同源，受有漢語及侗臺語音系影響而成。

（5）詞例「筐」釋義爲使用竹或柳條所編成之盛物品之器皿，白語音讀爲[k'v55]/[k'ð55]呈現出韻母元音逐漸高化並增添鼻化成分以表示此字具有鼻音韻尾成分，此詞例音讀源自於彝語音讀[k'o55]而來，屬於彝語層親族同源語例，但細查後發現，白語僅在語音上有所源，在語義上受到漢語影響，不僅做爲單位量詞使用，例如：一筐荣[k'v55 ts'ɯ31]，亦擴大其語義範疇指稱所有的筐子，而非狹義專指「用竹篾編的掏荣或米的竹器」。

（6）詞例「走－跑－跳」三者有相類的語義關聯，依其韻攝觀之，三詞例屬於流攝與效攝語音混同之例：走，趨也，本義爲跑，跑字本爲走字之後起字，趵也，足跑地急走也，跳，躍也，同屬於足部的動作語義，大此白語語音系統使用相同音讀 8.詞例「節」特別指稱「竹節」，後引申做爲表示章節一段之義。其白語音讀爲[pɛ44]/[pe44]表示，此詞例音讀屬於白語自源詞例。

（7）詞例「母」字屬於漢白同源之詞例，康福白語詞例「母」的音讀具有鼻化和非鼻化的語音現象，其韻母由單元音化爲複元音：[mau33]－[mãu33]。

韻	白語韻母音讀類型		中古漢語韻母類型	韻讀相關例字列舉
流開口三等	陰聲	ɯ/i	尤開三	牛 (1) 油流浮 (2) 蜉（蚍蜉）
		ɯ/u		(3) 霧鍪（鍋）稠
		e/i/ɣ/ɯ		(4) 柔（嫩）揉收
		o/v		泥鰍
		i/ɣ/iɯ ɯ/u/o v/ɛ/a	有開三	負（背）/ (5) 醜／班鳩（鴿）／韭臼守柳手九舅 (6) 酒
		o/ɯ/u	宥開三	舊／覆（蓋）/救 (7) 不 (8) 臭 (9) 富姻（愛）
		ɯ/ɔ/a		後退（溜）

「流攝開口三等」特殊詞例說明：

（1）「油」在白語語音系統內有表示動物油（油之總稱），及植物油（由「油」細部區分而出）兩種，自身詞彙系統內部又以「油」表示「脂」，即「油脂」語義。

（2）蚍蜉漢譯螞蟻。

（3）「霧」字爲漢白同源詞，各語區語音一致[mɯ31]及其變體[mu31]，僅洛本卓和共興出現鼻化元音[mũ31]。

（4）「嫩」字北部方言區洛本卓音讀為[ɲi31]，共興韻讀為[nẽ31]

（5）白語北部語源區之營盤，流攝有開三「醜[tʼiɯ33]」和流攝侯開一「投[tʼiɯ31]」韻讀皆為[iɯ]，具有雙重[-i-]介音成分。

（6）詞例「酒」在白語詞彙語音系統內有兩種音讀表現：其一是以「酒」的釀製物為音讀，直接以製作物件做為音讀解釋；其二是依據漢語形音義而來，「酒」字屬會意字，從水從酉，其「酉」本為形似酒壇／酒杯貌，白語借此音讀，義謂「酒曰尊」，以「尊」為「酒」字音讀，形成兩種音讀並列疊置為「酒」字音讀，做為以「義」領「音」之例。

（7）不[pɯ33][mu33]，然洛本卓和營盤表示「不」時音讀零聲母[a31]。

（8）白語各語源點臭[tsʼu31]字韻母皆為[u]，為[ɯ]之後起變體。

（9）詞例「富」之音讀在白語語音系統內又同於釋義做「姻」即釋義為「愛」之詞例，其音讀具軟顎舌根音清濁相對現象[go55]－[ko55]，其語音源於彝語音讀[gɯ33]、[ŋgu33]而來，屬於彝語親族同源詞例。

在韻讀演變情形的基礎上，進一步將流攝相關例字之白語詞彙語音予以歸納如表 5-3-17 說明：

表 5-3-17　白語流攝讀音韻母分布概況（一）：開口一等

分布 代表點	流開一						
	定		來	見	匣		澄
	豆	頭	樓	垢	猴	厚	稠
共興	dʐũ31	tɕɯ21	nɯ21	qɯ44	ɕuĩ55	qɯ33	ku55
洛本卓	dɯ31	ʈɯ21	nɯ21	qũ44	sõ55	qɯ33	ku55 so35 te42
營盤	di31	di21	nɯ21	qɯ44	ɕuɛ55	ɢɯ33	ɲi31
辛屯	ti31 po31 kɯ33	ti31 po21	lɛ21	ɕui33ke33	vu31 sʼua33	kũ55	ku55
諾鄧	dɯ21	dɯ21 bɔ21	nɯ21	gɯ44（緊）	ɣu21 sua35	gɯ33	qu35
漕澗	tɯ33 ɣo33 tsi33	tɯ21 po33 tsṽ31 sã42	lɯ33	kɯ44	u31 suã24	kɯ44	ku24
康福	tɯ31	tɯ21pa21（緊）	lɛ21（緊）	kɯ33	ɣu21 suã55	kũ33	ku55
挖色	tɯ31	tɯ21 pɔ21	nɯ21	kɯ44	sʐ55	kɯ33	ku35

西窯	tɯ31	tɯ21 pɔ21	nɯ21	kɯ44	sɯ55	kɯ33	ku35
上關	tɯ31	tɯ21 pɔ21	nɯ21	kɯ44	sɿ55	kɯ33	ku35
鳳儀	tɯ31	tɯ21 pɔ21	nɯ21	kɯ44	si55	kɯ33	ku35

　　白語流攝端系候韻「頭」字之語音甚爲特殊，漕澗白語端系「頭」字有二種語音表現方式，第一種爲基本語音，「頭」與「豆」字同音，即借入漢語音讀[tɯ]而來並增加頭的外在形貌，將頭視爲袋子將臟器包置在內部，因此其由尾增加單位量詞[po]（韻母主元音由低高化發展 ɔ→o）；此外在漕澗借自漢語「頭」的語音、語義而形成的頭專門標示指「腦袋」，另有將「頭」示爲整體詞表示之語音[tsṽ31 sã42]，實際語言環境內的語詞使用基本以[tɯ]爲主並展開聯串的語義使用；辛屯和漕澗皆以三音節詞表示[ti31 po31 kɯ33]、[tɯ33 ɣo33 tsi33]。匣母「猴子」在辛屯、諾鄧和康福等語區亦以雙音節詞表示[vu31 sʼua33]（辛屯）、[ɣu21 sua35]（諾鄧）、[ɣu21 suã55]（康福），洱海周邊四語區是將「猴子」以借用漢語借詞後的天干地支屬相語義表示其音讀，即以「申」統一表示本義動物「猴」和借用表示屬相義的「猴」，還原借用本義「猴」做爲屬相語義表示歲次後，其還原後的韻讀語音仍爲後高圓唇元音[u]；此外，在開口一等詞例「厚」旁置入開口三等詞例「稠」做爲韻母元音前、後的對應。

　　接續列舉關於流攝開口三等，相關例字的語音演變現象分析，如表 5-3-18 說明：

表 5-3-18　白語流攝讀音韻母分布概況（二）：開口三等

分布	流開三						
	疑	昌	來		精	以	並 / 奉
代表點	牛	醜	溜（退 / 後退）	流	酒	油	蜉
共興	ŋɯ21	tʂʼɿ33	la42	qɛ42	tsõ33	zɻ31/tsɻ55	pv21
洛本卓	ŋɯ21uĩ21	quo42	lɯ42	qɛ42	tsõ33 dzõ33	ji31/tʂɻ55	bu21
營盤	ŋɯ21	tʼiɯ33	lo42	qɛ42	tsɯ33	jɯ31/tsɻ55	pɯ21
辛屯	ŋɯ21	xe55 tsu55	a31ti55ɯ55	kɯ33	li31 tɕi44	jou33/iou33	põ21
諾鄧	ŋɯ21（緊）	na21a55	lɔ21 ɣɯ33	kɯ21	li21 tɕʼi55 dzɻ33	tʂɻ35 jɯ21	bɯ21
漕澗	ŋɯ33	na33ã33	tʼue42	ɣɯ31	tsv33	tsi24 tsɯ21 jɯ31	pɯ31

康福	ŋɯ21 （緊）	ts'au31	t'ue55 （緊）	kɯ21 （緊）	lɯ31 tɕi55 tso33	tsi55 jɯ21	pa21 （緊）
挖色	ŋɯ21	ts'ou31	t'ui55/lɔ32	kɯ31	tsɿ33	jɯ21/tsɿ35	pɯ31
西窯	ŋɯ21	ts'o31	t'ui55/lɔ32	kɯ31	tsɿ33	ʑɯ21/tsi35	pɯ31
上關	ŋɯ21	ts'ou31	t'ui55/suo35	kɯ31	tsi33	jɯ21 tsɿ35 k'v33	pɯ31
鳳儀	ŋɯ21	a33xe44	t'ui55/ts'v55	kɯ31	tsi33	jɯ21/tsi35	pɯ31

　　詞例「醜」在諾鄧語區另有中古漢語借詞語音結構搭配漢語「副詞＋形容詞」的語義深化之語音特徵而形成[xɛ55 tʂuɛ21]的合璧結構，相同結構的合璧雙音節結構在醜之相對詞「美」亦相同，例如「美」之語音結構為[xɛ55 fe33]和[xɛ55 tɕ'ɔ55]；康福語區另有本源層次的語音結構[x'ã55 pɯ21 （緊） xua31]；表示「溜（退／後退）」語義則另有本源層次的語音結構[lau55 te55 ɣɯ33]。

　　詞例「牛」的音讀雖然看似相當穩定發展屬於上古時期漢語借詞音讀，然而，此詞例在上古時期應該有二個語音現象，即唐代樊綽《蠻書》內所記音讀「牛謂之舍」〔註42〕，將牛字音讀同於舍。詞例「舍」為「假攝，上聲，書母馬韻開口三等字」〔註43〕，其上古和中古音讀皆為[ɕia]，「舍」字在現今白語詞彙內釋義為「村／邑」即簡易居所或居住房屋、城市，主要音讀為[jɯ44]/[ɕɯ44]/[ʑɯ44]，而以牛元音讀[jɯ44]為白語表示「村/邑」的基本音讀，而以舌面擦音為音讀之音則在複合合璧詞內保存，例如表示「鄉村[ɕɔ35 jɯ44]」（諾鄧）、「村頭村尾[jɯ44 dɯ21 jɯ44 ŋɯ21 （緊）]」（諾鄧），以漢語借詞牛的音讀表示整體村落的概念，以上古時期漢語音讀表示古義，顯示詞例「牛」在白語詞彙語音系統內著實歷經音義動盪；再者，作為動物名的「牛」在白語詞彙系統內雖然已經由漢語借詞軟顎舌根音讀為聲母的音讀[ŋɯ21]為基本音讀，然而，透過以牛為詞根所組合而成的複合合璧詞彙，則發現其音讀又有以舌尖邊音[l-]做為聲母音讀的語音：耕牛即用以耕作之用的牛隻[lɔ42 xɛ55]，而此種以舌尖邊音[l-]做為聲母的音讀在彝語內部可找到語音相近似的音讀：[lɯ33]（《彝語簡志》）；現今白語內部已在特定詞彙用法內才能尋查到比[ŋɯ21]音讀時代再早的彝語源音讀，此兩種語音皆屬於白語詞彙「牛」的上古時期音讀，差異在

〔註42〕 〔唐〕樊綽：《蠻書》。此處引句查詢於：《蠻書》—中文百科在線，網址：http://www.zwbk.org/zh-tw/Lemma_Show/155786.aspx。

〔註43〕 查詢於線上漢字古今音資料庫：http://xiaoxue.iis.sinica.edu.tw/ccr/。

借源的時間早晚之別，以語義而論白語族借豢養牛隻之處以表示舍，語義擴大表示人所居處之地，以[jɯ44]/[ɕɯ44]/[ʑɯ44]爲音讀，而半元音的基本音讀屬於中古時期漢語借詞音讀，而[ɕɯ44]/[ʑɯ44]音讀在彝語內部亦可找到語音相近似的音讀：[si33]（《彝語簡志》）〔註44〕，屬於上古時期音讀現象。

以下再透過表 5-3-19 列舉流攝特殊字例音讀，深入剖析相關演變現象：

表 5-3-19　流攝特殊字例韻讀

例字	中古聲紐	共興	洛本卓	營盤	辛屯	諾鄧	漕澗	康福	挖色	西窯	上關	鳳儀
蜉	奉開三	pv21	bu21	pɯ21	põ21	bu21	pɯ31	pa21（緊）	pɯ31	pɯ31	pɯ31	pɯ31
母姆	明開一	mũ33	mõ33	mo33	mou33	mɔ33	mo33 mu33	mau33 mãu33	mɔ33	mɔ33	mɔ33	mɔ33
臭	昌開三	tʂʼu31	tʼv31 tʼu31	tʼiu31	tsʼu31	tsʼu31	tsʼu31	tsʼu31	tsʼu31	tsʼu31	tsʼu31	tsʼu31
九	見開三	tɕi33	tɕi33	tɕɯ33	tɕɯ̃33	tɕɯ33	tɕɯ33	tɕɯ33 tɕau33	tɕɯ33	tɕɯ33	tɕɯ33	tɕɯ33
手	書開三	ɕɯ33	ʂʼɯ33 ʂ̩33	ɕi33	sʼɯ33	ʂɯ33	sɯ33	sʼɯ33	sɯ33	sɯ33	sɯ33	sɯ33 sou33
豆	定開一	di31	dɯ31	dɯ31	tɯ31	də31	tɯ33	tɯ31	tɯ31	tɯ31	tɯ31	tɯ31
柔嫩	日開三泥合一	nẽ31	ȵi31	ȵɯ31	jɯ̃21	ȵɯ21	ȵɯ31	jɯ̃21	ŋɯ31	nɯ31	ŋɯ31	nɯ31

（表格註：灰底色詞例爲漢白同源詞；「豆」字白語北部方言區之大華出現濁擦音[ʑɯ31]。）

討論白語流攝韻讀前，首先針對流攝在漢語古韻的演變進行說明，這有助於分析流攝在白語韻讀系統的演變。根據王力在《漢語語音史》書內及顧黔探討江蘇泰興方言時，對流攝內各韻的演變關係構擬均有所解釋，筆者在王力和顧黔的討論基礎上〔註45〕，又再進一步深入分析白語相關語音概況，如下表 5-3-20 所示：

表 5-3-20　上古諧聲時代至近代初期流攝各韻演變關係

上古時期		中古早期		中古中期	中古晚期	近代時期
諧聲時期	《詩經》時期	魏晉南北朝	《切韻》時期	隋至中唐	晚唐五代	宋
**i	*i	幽部[*u]	流攝	尤侯幽	侯部[*ou]	尤侯部[*əu]/[*iəu] 脣音除外	尤侯部[*əu]/[*iəu] 脣音除外
	*ɯ					

〔註44〕查詢於陳士林、邊仕明、李秀清等編著：《彝語簡志》。

〔註45〕王力：《漢語語音史》，頁 219～220、顧黔：〈江蘇泰興方言流攝的內部差異及歷史演變〉《方言》第 2 期（2016 年），頁 193～196。

**u	*ɯ	魚部[*ɔ]	遇攝	魚	魚部[*o]	魚模部[*u]尤韻輕唇	魚模部[*u]尤韻輕唇
**o	*o	模部[*o]		虞模	模部[*u]	侯韻重唇	
	*ua						

　　透過上表 5-3-20 的整理並對應白語韻讀現象可知，除了流攝外，遇攝和效攝與流攝的語音演變皆有相當程度的關聯性，因此，這三韻在白語語音系統內應發生過合音、異化的支流音變現象，於此先說明流攝演變情形。

　　自宋代等韻圖肇始即有流攝的設立，在中古《切韻》時期包括尤韻、侯韻和幽韻三韻，尤韻和侯韻洪細對立，其中候韻居韻圖一等位，尤韻和幽韻屬於三等，但幽韻因其三等位置已置入尤韻，因此暫居四等屬假四等韻。回溯此三韻的上古來源不一，中古侯韻來自上古侯部[*oo]和之部[*ɯ]；中古尤韻來源包含上古之部[*ɯ]及幽部 1[*u]、幽部 2[*ɯu]，幽部 3[*iu]（真三等韻）；中古幽韻來源包含上古侯部[*oo]和幽部 1[*ru]、幽部 2[*rɯu]，幽部 3[*riu]（假四等韻）。〔註46〕根據王力《漢語語音史》內所言，尤幽兩韻在中古為流攝三等重韻，與一等侯韻配列〔註 47〕，因此，一等侯韻的語音演變歷程為：[ɔ]>[u]>[ou]>[əu]；三等尤幽韻其語音演變歷程為：[iu]>[iou]>[u]（非系）/[iəu]（當中來自尤韻和之部的部分字，其上古音為[iuə]，在中古以前即已演變為[iu]）。

　　白語流攝尤侯韻讀主要以不圓唇元音[ɯ]為主，其產生高化作用後形成的韻讀以圓唇元音[u]為主；此外，筆者研究也發現，白語流攝韻讀[ɯ]不僅前元音化形成[i]（[ɳ]/[ɻ]），也因元音裂化形成[iɯ]/[iu]/[au]/[ou]/[uo]/[ui]/[ue]等語音形式。白語流攝在開口一等韻其聲母主要有端系、泥來母、見系、曉匣母和幫系字；開口三等則有泥來母、見系、影喻母、章系和莊系及幫系字。開口一等端系字部分出現元音央化與前化及前裂現象，曉匣母和幫系字演變較為複雜，當不圓唇元音[ɯ]遇唇音幫系及喉音曉匣母時，其元音產生裂變及低化現象，並具有鼻化現象，這種鼻化現象也在開口三等出現，開口三等出現元音前化作用，前化形成元音[-i-]同時也影響了聲母進一步產生顎化作用。

〔註46〕鄭張尚芳：〈上古韻母系統和四等、介音、聲調的發源問題〉《溫州師院學報（社會科學版）》第 4 期（1987 年），67～73、周晏菱：《龍宇純之上古音研究》，頁 165～170。

〔註47〕王力：《漢語語音史》，頁 219～220。

　　根據白語的語音實錄，筆者將白語流攝的語音演變流程三類層，及流攝之語音歷時演變現象，以圖 5-3 分別顯示如下：

圖 5-3　白語流攝[*ɯ]之語音演變概況

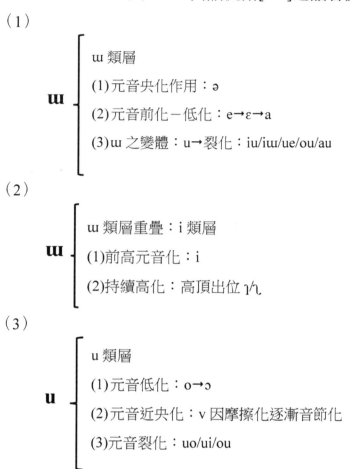

（1）

ɯ {

　ɯ 類層

　(1)元音央化作用：ə

　(2)元音前化－低化：e→ɛ→a

　(3)ɯ 之變體：u→裂化：iu/iɯ/ue/ou/au

（2）

ɯ {

　ɯ 類層重疊：i 類層

　(1)前高元音化：i

　(2)持續高化：高頂出位 ɣ ʅ

（3）

u {

　u 類層

　(1)元音低化：o→ɔ

　(2)元音近央化：v 因摩擦化逐漸音節化

　(3)元音裂化：uo/ui/ou

　　透過上圖 5-3 白語「流攝」語音演變規律三類層圖所示，並從歷時角度觀察白語流攝演變，形成這些音讀差異，實際上反映了語音發展的不同歷史層次，既有以聲類為條件亦有以詞彙為條件的語音演變。綜合上表 5-3-22 和上圖 5-3 的分析顯示可知，流攝主流層[ɯ]類層和[u]類層為滯古層次，至中古時期以[ɯ]類層為主產生元音前化作用形成的[i]類層，及從[u]類層演變而來以做為韻母使用的[v]，主要經由不同聲類產生變化屬於後起變化，流攝內亦有因詞彙擴散促使元音高化產生音變的語音現象，這些差異代表的是兩個不同歷史層面上的韻母狀態。流攝主要音變現象可統整為下列四點原理：

第一：[ɯ]韻母的音變

[ɯ]>[v]＿幫系聲母（含非系字）、[ɯ]>[ũ]＿明母；[ɯ]>[i]＿端系聲母，以

白語北部方言區之共興爲代表。當[ɯ]韻母的出現與發音部位較靠前的幫系和端系相拼合，此屬於以聲類爲條件的音變，其音理爲：幫系或端系的同化使得主元音[ɯ]逐漸前化或近央化形成[i]、[v]，特別是[v]，因摩擦力作用而使其逐漸音節化；當[ɯ]韻母與唇音鼻音聲母拼合時，不僅在非鼻音韻尾字形成鼻化音外，其韻讀亦變體爲[u]。

第二：詞彙擴散促使語音擴散

流攝內「揉－柔」及其引申義「嫩」，透過詞彙擴散進而形成語音演變，本義「揉－柔」爲三等尤韻字，上古時期本就具有[-i-]介音，因此筆者認爲，其韻讀[ɯ]原本應當爲複元音[iɯ]的形式，因舌面高元音[i]高化到頂後又持續高化，形成鼻音化高頂出位語音現象，在洛本卓和共興高頂出位甚爲顯著，因此以[ȵi31]和[ȵẽ31]表示「嫩」這個新的引申語義，然而，除了洛本卓和共興外，在辛屯、康福和洱海周邊四地（挖色和上關以舌根鼻音爲聲母[ŋ]、西窯和鳳儀以舌尖鼻音爲聲母[n]）的語音，則呈現未高頂出位的語音現象，屬於早期借入語音現象，但辛屯和康福出現半元墊音[j]形成過渡，此[j]進一步鼻音化高頂出位現象，形成翹舌音讀[ɻ]，此音持續高化則形成洛本卓和共興的語音現象，餘者語區則仍保留[ɯ]元音。

第三：元音前高化後的演變由[i]－[ɻ]、[ʐ]

前元音[i]從[ɯ]前化形成後，又再進一步高化產生舌尖化[ɻ]/[ʐ]現象，亦即朱曉農所言之高頂出位，這是因爲高元音發音時其摩擦成分增強的緣故﹝註48﹞，[i]的摩擦化在白語語音系統內甚爲顯著，與此相關的語音演變形式有舌尖往翹舌化演變：[ts-]→[tʂ-]/[-iu-]＿＿，很明顯例如臭字即是採用此種語音演變模式，[-i-]完成翹舌化作用後即脫落保留[-u-]，由此可知，[-i-]介音是增生而非受到元音高影響而產生，例如下列詞例「臭」、「酒」和「手」的語音演變現象所示：

關於詞例「臭」的語音歸納表：

例字	中古聲紐	共興	洛本卓	營盤	辛屯	諾鄧	漕澗	康福	挖色	西窯	上關	鳳儀
臭	昌開三	tʂʻu31	tʻv31 tʻu31	tʻiu31	tsʻu31	tsʻu31	tsʻu31	tsʻu31	tsʻu31	tsʻu31	tsʻu31	tsʻu31

﹝註48﹞朱曉農：〈漢語元音的高頂出位〉，頁 440～451。

舌尖往舌面化演變：[ts-]→[tɕ-]/[-i-]＿＿，在此條例之下，又受有詞彙擴散影響
語音擴散，並朝向塞擦音、擦音及翹舌化發展；例如「酒」字和表示特殊動作
「關門」之「關」即是採用此種語音演變模式，見下列詞例「酒」和「關門」
之「關」的語音歸納表所示：

例字	中古聲紐	共興	洛本卓	營盤	辛屯	諾鄧	漕澗	康福	挖色	西窯	上關	鳳儀
酒	精開三	tsõ33 dzõ33	tsõ33	tsõ33	tɕi44	dzʅ33 tɕʼi55	tsɣ33	tsõ33 tɕi55	tsʅ33	tsi33	tsi33	tsi33
關門	見合二	su33	ʂe55	tsou33	kuẽ44	tse35	tɕiã24	kũ55	tɕi35	tɕi35	tɕi35	tɕi35
鎖	心合一				tsʼou55	sɔ33	so33 pe42	so33	suo33	so55	suo33	suo33

此外，並有「擦音－舌面」再往翹舌化的語音演變現象：[s]→[ɕ][ʂ]/[-i-]＿＿，
例如「手」字即是採用此種語音演變模式，例如下列關於詞例「手」的語音歸
納所示：

例字	中古聲紐	共興	洛本卓	營盤	辛屯	諾鄧	漕澗	康福	挖色	西窯	上關	鳳儀
手	書開三	ɕɯ33	ʂʼɯ33 ʂʅ33	ɕi33	sʼɯ33	ʂɯ33	sɯ33	sʼɯ33	sɯ33	sɯ33	sɯ33	sɯ33 sou33

　　白語在齒擦音及塞擦音聲母、軟顎舌根音聲母、零聲母及舌尖塞音聲母皆
會形成舌尖化[ʅ]/[ɿ]的語音現象，唇音聲母在白語語音系統內的舌尖化仍未形
成；一般與舌尖化音變[i]>[ʅ]/[ɿ]相伴而生的是[ts-]→[tɕ-]/[tʂ]的聲母音變，白語
語音系統內亦有擦音化的聲母音變現象，從共時層面觀察，筆者發現白語語音
系統內舌尖化音變有三種現象：第一是顎化或擦音化現象形成於舌尖化之前，
特別是齒音和舌根音系列，早已完成[tɕ-]和[ts-]顎化或[s]/[ʂ]擦化；第二是語音
系統內出現[tɕi-]、[tsi-]或[si-]現象，屬於晚近的語音新興變化，例如：九[tɕi33]、
手[ɕi33]/[sou33]；第三則是因舌尖化進而形成的鼻音化[ȵ]，例如：柔－嫩
[ȵi31]、[nẽ31]。

　　第四：元音裂變

　　筆者研究認為，白語透過韻讀[ɯ]形成的元音裂變：[iɯ]或[iu]，是屬於語
素方面的演變，主要藉由[-i-]介音促使聲母產生顎化；此外，透過[ɯ]或[u]韻
讀所形成的裂變：[au]、[ou]、[uo]、[ui]和[ue]等語音現象，主要歸屬於複元
音現象顯著的現代層次的語音現象，受到漢語接觸影響而使其產生相應的語

音裂變。

以下總結白語漢源詞流攝的讀音類型及其借入時的層次：

層次1：侯開一/尤開三*ɯ（上古層次）

層次2：侯開一/尤開三*ɯ<*i、*u；*u<*o、*ɔ、*v、*a（中古時期層次）

層次3：侯開一*ɯ<*ou、*au；

　　　　尤開三*ɯ<*ou、*au、*uo、*ui、*ue（近現代時期層次）

五、效攝的歷史層次

本單元的重點，主要分析白語效攝字讀音的演變現象及其歷史層次。

總體而論，白語效攝內含蕭、宵、肴、豪四韻共一、二、三、四等字普遍能透過中古《切韻》系統推導，從共時和歷時兩個角度來看，從共時平面來看，白語效攝字的讀音根據主要元音的不同，基本可以分為主流層次及非主流層次兩種語音現象：第一類主流層次韻讀以[a]及其變異[o]和[a]形成為主要元音，少數例字裂化為複元音[ou]和[au]形式；第二類非主流層次韻讀以效攝與本攝內之語音相混，或與他攝間的語音相混情形為主。由此可知，白語效攝主要歷時層次音讀為[a]，並由此展開語音演變。

透過分析，以下將白語「效攝」韻讀整理歸納如下表 5-3-21 所示：

表 5-3-21　白語效攝韻讀語例

韻	白語韻母音讀類型		中古漢語韻母類型		韻讀相關例字列舉
效開口一等	陰聲	a/ã/v au（ao） o/ou	豪開一	陰聲	(1) 高桃逃 (2) 豪豬 (3) 熬（炖／燉）他
		a/ie/iɛ/i			毛 (4) 刀
		u/ui			(5) 草木灰 (6) 槽
		v/u/ou			薅草
		ɛ/v/ɚ u/iu/ɯ	皓開一		老 (7) 早抱好 道路
		ɔ/o			腦
		a/ã/ie/e/i	號開一		(8) 偷
		o/u			灶草嫂
		ui/uɛ/ye（iue）			掃帚（箒）

「效攝開口一等」特殊詞例說明：

（1）詞例「高」在中部漕澗和過度語區之康福，音讀形態具鼻化現象，差異在於聲調的表現，漕澗以[24]的借詞調值表示，康福仍以平聲[55]調表示，例如：[kã24]（漕澗）和[kã55]（康福），這是因為陽聲韻省併，使得陽聲韻「重某韻」重入相應的元音陰聲韻內之故，因此引發陰陽對轉的語音現象。

（2）[qa31]/[ka31]白語此字對譯漢語譯為「豪豬或刺猬」。

（3）詞例「熬」字在白語區普遍音讀以[ŋo]表示，聲調值則隨著各語區略有差異，北部語源區之營盤，詞例「熬」音讀以滯古小舌音[ʁo31]表示，本字的漢語音讀為[ŋau]，透過語音對應可知，屬於漢白同源詞例；此例甚為特殊，在後文特殊字例列舉表內將特別提出探討。詞例「熬」字在白語語音系統內所反應的現象，又可做為引申義「燉」的語義使用，白語詞彙系統內將「熬」和「燉」皆視為相同詞彙語音現象，具有[ŋo31]和[ko42]兩種音讀現象，並以聲母語軟顎舌根鼻音轉為軟顎舌根音，特強調其燉煮時發出的聲響及調值之轉做為「燉」之語義表現，使得白語語音系統的語音現象，即是「熬」之引申語義「燉」之音讀變化，由詞彙擴散引發語音擴散情形。

（4）詞例「刀」和「抬」、「擔」、「取」在白語語音系統內屬於同音讀現象[ta55]/[tã55]/[tiɛ55]/[ti55]，白語以動作之抽象引申將「刀」和「抬」看似不相關的兩詞以同音讀表示，以刀被拿起之動作表示將刀舉起、抬起之義；當表示「刀」之語義語音時，主要源自原始彝語音讀[*ta2]而來；當其韻母主元音逐漸高化並表示「抬」／「擔」之語義時，則受到原始苗瑤語音讀[*ntam]、侗臺語音讀[tuŋ1]和漢語湘江方言音讀[daŋ1]影響加以接觸內化而形成。

（5）詞例「草木灰」為植物燃燒後的灰燼，可用來做為肥料使用。

（6）詞例「槽」在北部語源區之共興，其音讀以「前顯高裂化之元音前、高化」音變：[dʑui31]表示。

（7）詞例「早」字在北部語源區之洛本卓語音變化具有[tso33]（文讀）和[tsui33]（白讀）二音讀；北部語源區之營盤則是以舌面音[tɕui33]表示，其韻讀部分與洛本卓白讀音相同，形成「前顯高裂化之元音前、高化」音變所致。

（8）詞例「偷」字白語北部方言區用以表示「盜」義，其韻讀則為共興[di31]→營盤[de31]→洛本卓[die31]，除了北部方言區外，其他中部和南部語源區普遍以[ta31]表示；詞例「偷」和「盜」分別居流攝和效攝，具此可見白語流攝和效攝韻讀具相當關聯性。

韻	白語韻母音讀類型		中古漢語韻母類型		韻讀相關例字列舉
效開口二等	陰聲	ɯ	陰聲	肴開二	泡
		a/ã			⑴ 教豹
		ã/o			⑵ 骹
		o/u			⑶ 牛皮胶／茅
		au（ao）/o/ou			⑷ 包
		ɔ/ua			⑸ 抓
		ui/u/iu/ɯ		巧開二	⑹ 飽⑺ 炒（熬／炖）／⑻ 巧爪

「效攝開口二等」特殊詞例說明：

（1）詞例「教」的白語音讀主要以滯古小舌音[q]及軟顎舌根音[k]並存，其韻母主要以低元音非鼻化和鼻化[a]和[ã]為主，並具有鼻化成分的語音現象：[qã55]和[kã55]及聲調差異的[kã44]和[kã24]調，及不具鼻化的語音現象：[qa55]和[ka35]，由聲調的表示可知，此詞例屬於白語借源於漢語的語音而來，以小舌音讀之自體語音現象表示。此詞例音讀在白語詞彙系統內又與「肝」、「缸」、「乾」、「旱」和「高」等語義詞例相同音讀，不僅受到漢語影響，亦受到侗台語音讀[qaŋ1]－[kaŋ1]影響而形成，「教」受到同音讀詞例「肝」和「缸」之韻尾鼻音影響而具有鼻化現象，具有陰陽對轉之語音現象。

（2）詞例「骹」為古本字，釋義表示「小腿」，北部語源區之洛本卓出現鼻化元音，與「骹」相對者為古本字「胯」，釋義表示「大腿」，其語音主要為[q'ua42]→[k'ua42]→[k'ɔ42]。

（3）詞例「牛皮胶」屬於中醫藥材類，屬專有名詞。

（4）白語語音系統「包」字，在方言區透露出唇音和舌根音間的相諧關係：洛本卓[po55]→共興[kou55]→漕澗[ko42]；辛屯白語並以元音高低區辨詞義，以借自漢語音讀[pau55]之低元音表示名詞性單位量詞，例如：一包東西的包；以[pou44]表示動詞語義，例如：「包」藥，把藥包起來的動作。

（5）詞例「抓」字白語語區基本音讀為：[tsua55]，在南部語源區之洱海周邊，其音讀本來以[sɔ55]（搜：流攝）表示「抓」的語義，中古中期 B 期借入[tsua44]音讀，並以兩音讀並存，屬於漢白同源詞例現象。

（6）詞例「飽」在白語語音系統內，呈現出特殊的唇音與軟顎舌根音對應之語音現象；此例音讀的主流與非主流對應為：[pv55]、[pu33]、[pɯ33]－[kv33]，

形成聲母唇舌通轉現象，受到聲母唇音、聲母唇音本具有之圓唇化及圓唇元音影響，產生唇音舌根音顎化現象，出現特殊舌根音讀[kv33]，此現象主要發生於白語北部語源區；此外，進一步經由語音對應發現，此例白語音讀主要接觸融合彝語音讀[bo33]、[bɯ33]，及彝語支系統拉祜語[bu53]而來，屬於彝語親族語詞例。

（7）詞例「炒」和近義詞「熬」和「炖（燉）」，白語音讀主要以軟顎舌根音及其舌根鼻音做聲母[kv42]、[kou42]、[ko42]－[ŋo42]、[ʁo42]系列音讀爲主流，主要音讀現象經語音對應發現，源自於古藏文[rŋod]及藏語[ŋa53]、[ŋo]，並配合擬其烹煮時食物滾熟之聲響而來，屬於親族語族同源歸化詞例。

（8）詞例「巧」在白語詞彙系統內之釋義等同於能願動詞「會」。

韻	白語韻母音讀類型		中古漢語韻母類型		韻讀相關例字列舉	
效開口三等	陰聲	v/o/u	陰聲	宵開三	陰聲	(1) 蕎熛（「熛」釋義爲熏肉）
		v/o/ou/u				橋燒椒搖 (2) 窯
		v/ɯ				(3) 漂
		a/e/io/ou/ui/ɯ		小開三		少舀（舀水）
		a/ɔ/e/o/u/ui（y）		笑開三		笑廟
效開口四等	陰聲	a/o/ou	陰聲	蕭開四	陰聲	(4) 撩
		ua		嘯開四		(5) 掉

「效攝開口三、四等」特殊詞例說明：

（1）詞例「蕎」即草本植物，其子實磨成粉亦可做爲食物食用。此詞例白語音讀呈現軟顎舌根音清濁相對之音讀[go33]－[kv33]/[ku33]，音讀源自於彝語[go33]而來，屬於彝語親族同源之例。

（2）詞例「窯」在白語北部語源區之共興，其音讀以半元音聲母表示：[jui31]，屬於增添羨餘音節的語音模式。

（3）詞例「漂」爲漢白同源詞例，各語區皆爲[pɯ31]，僅北部方言區之共興遇聲母爲唇音相關語音時，其韻母變體爲唇齒擦音[v]：[pv31]；此例又可釋義表示「浮」或並列結構「漂浮」，形成雙音節詞彙。

（4）詞例「撩」在白語詞彙系統內，等同於漢語釋譯爲「揭」、「拉」和「掀」，語源區語音演變，正巧顯現詞彙擴散影響語音，特別是韻部的演變，例如：洱海周邊[la55]→營盤[lo55]→共興[lou55]→昆明[tɕia44]（受語義擴散影

響，使得聲母產生舌面音顎化）；在洱海周邊並以「擠」之音讀[tɕe33]→[tɕi33]或[dʑi33]表示拉、揭甚至是拖的語義，不僅如此，[tɕi33]或[dʑi33]的清濁音讀對立系統，在白語詞彙系統內亦表示「近」，取其從事拖、拉動作後，物件便會與之相近之義表示。由此可知，白語詞彙系統內將『撩』、『揭』、『拉』、『拖』和『掀』視爲同義或近義詞組，並表示轉喻語義「近」，近現代時期再借入漢語音譯借詞[la35]，表示揭和拉的語義，並與早期借入的音讀並存於語音系統內。

（4）白語「掉」字又釋義爲「墜」，此時由舌尖塞音[t]音讀產生翹舌化形成舌尖鼻音[ɳi31]音讀，產生原因與韻母介音甚有關連，然而在白語語音系統內，此例仍普遍以舌尖塞音[t]爲主流音讀現象。

透過上表 5-3-21 的「效攝」韻讀歸納，進一步擇取表內各韻相關特殊演變例字之白語音讀予以對應說明，並歸納如下表 5-3-22 和表 5-3-23 所示，由於效攝四等皆具備，因此在分析時，分別將「效攝」的語音演變現象，分列一、二等及三、四等二表說明。

試看下列關於效攝一二等、和效攝三四等之相關特殊字例音讀概況列舉：

表 5-3-22　白語效攝特殊字例韻讀概況（一）：一二等

分布	效開一					效開二				
	見		影	精	端	泥來	見			莊	
	見	疑	曉	精	透／定	泥	見	溪	溪	莊	初
代表點	高	熬（熰）	薅	早	偷／盜	腦	教	巧	骹	抓	炒
共興	qã55	ʁo55 kv42	q'ou55	tsou33	de31	nõ33 qa55	qã55	q'u33	tɕo31	tsua55	t'u33
洛本卓	qõ55	ŋo55 õ55 ko42 （tsyi31）	q'v55	tso33 tsui33	die31	nõ33	qã55	q'u33	q'ua31 tɕã31	qa55	tɕui33
營盤	qõ55	ʁo55 kou42	q'u55	tɕui33	di31	nv33	qa55	q'u33	tɕo31	tsua55	t'iu33
辛屯	kã44	ã55	ko55	tsu33 k'ɚ55	tã44	nõ33	kã44	vɚ42	k'ua42	tsua55	ts'u55
諾鄧	ka35	ku21 tuɛ44 ɳo21（緊）	k'u55 k'ou55 tsua42	dzu21	da21	ɳo44（緊）	ka35	q'u33	tɕa21	qɛ33 kɛ33	tʂ'u33
漕澗	kã24	kao42 tuã33	k'u42	tsu33 k'ɛ42	tã31	nõ33	kã24	lua42	k'uɛ42	tsua44 tɕiɛ44	ts'u31

康福	kã55	a42（緊）	k'u55	tsu33	ta31	nau33	kã55	k'u33	tɕo21（緊）	tsua55	ts'u33
挖色	ka35	kou42	ko55	tsu33 ts'ə33	ta31	nɔ33 muɯ21	ka35	k'u33	kou31 tɕa42	ka55 sɔ55	p'u31
西窯	ka35	ko42	ko55	tsv33 ts'ɛ33	ta31	nɔ33 muɯ21	ka35	k'u33	kou31 tɕa42	ka55 sɔ55	p'u31
上關	ka35	kou42	ko55	tsu33 kə33	ta31	nɔ33 k'v33	ka35	k'u33	ko31 tɕa42	ka55 sɔ55	p'u31
鳳儀	ka35	kou42	ko55	tsu33	ta31	nɔ33 k'v33	ka35	k'u33	tɕa42 t'ui31	sɔ55 tsua55	ŋv31 o31

效攝三、四等特殊字例音讀概況，列舉例字如下，字例釋義部分，將同時並列白語詞彙系統內具有的古本義和今變義的雙重語義現象：

表 5-3-23　白語效攝特殊字例韻讀概況（二）：三四等

分布	效開三					效開四	
	幫	見	喻四		莊	來	端
	幫	明	群	以		書	來	定
代表點	爊 （熏肉）	廟	橋	窯	舀 舀水	燒 水燒開	撩 （拉／揭／拖）	掉
共興	p'io55	miõ55	gu21	ŋo31	qe55	ɕu55/χua55	lou55（揭） dʑi33（拉）	tua42
洛本卓	tɕ'o55	miɔ55	go21	ŋo31	qa55	fv55/xua55	lo55（揭） dʑi33（拉）	tua42
營盤	tɕ'uã55	mio55	go21	ʁo31	quɯ55	xu55/xua55	lo55（揭） ʑi33（拉）	tua42
辛屯	uõ42	nui44 tɕia42	ku21 tsu42	tsui42	ta55	s'u44/xua55	ɕuɛ55（揭） tɕiə55（拉）	tou42
諾鄧	p'io55	ʂe35 tɕɛ35	ku21 suɯ33	ŋo31	ɢɯ35	tʂɔ35/ta33 xua55	dʑi33/tɕi35 （拉開／平） ts'e33（拉琴） ɕo35（揭） ɕi33（拉）	quɯ21
漕澗	ɣv31/ŋṽ42	sã24	ku31	ju33	kɯ24	tɕ'u44/su42 xua33	tɕi31/k'a42（拉） tɕi31/t'o33（拖） ɕiou24（揭）	liao44 tou42
康福	õ42	miãu44 tsi33 suɯ44	ku21（緊） tɕa42（緊）	ju21	kɯ55	s'u55 xua44（緊）	tɕi33（拉） tɕə̃55（拉） la55（揭）	tua42 （緊）
挖色	uɛ35	se35	ku21	ou44	kɯ55	ou44/tɕo35 xua55	tɕe33（拖／拉） la35（揭）	tio44
西窯	uɛ35	se35	ku21	o44	kɯ55	o44/su35 xua55	tɕi33（拖／拉） la35（揭）	tio44

| 上關 | v35 | ze42
se35 | ku21
sɯ44 | ou44 | kɯ55 | ou44/xu35
xua55 | tɕe33（拖／拉）
la35（揭） | tiɔ44 |
| 鳳儀 | v35 | ze42
se35 | ku21
se33 | ou44 | kɯ55 | ou44/tɕo35
xua55 | tɕi33（拖／拉）
la35（揭） | tiɔ44 |

　　洱海周邊四語區將「窯」和「燒」視為相同語音詞彙表示，其語音演變呈現二種不同的層次結構，第一做為述補結構時，即補充說明動詞「燒」的物件時，其「燒」字借自漢語音譯音讀以單元音裂化為複元音[tsou35]表示，此屬於近現代語音層次音讀；第二做為單音節動詞語義時，仍維持單元音語音現象，聲母受到韻母介音影響而形成顎化舌面音語音現象；白語詞彙系統內的動詞所呈現的語音層次基本都有二層：第一層即做為單音節純動詞時的語音現象；第二層即是做為雙音節詞時的語音現象，例如以諾鄧和康福詞例「燒」說明。第一層本源層即中古時期借入漢語「燒[ɕǐau]」的語音而來：[tʂɔ35]（諾）和[s'u55]（康），隨後再因補語的不同而演變出不同的動詞，例如諾鄧以[ta33]表示燒開水，康福則以[xua44（緊）]表示燒開水；效攝在白語整體語音詞彙系統內的詞例語音，普遍隨著語義的引申演變而改變，屬於語義影響語音演變之擴散式音變語音現象。

　　對於效攝的來源，依據王力《漢語語音史》書內針對中古時期效攝之說明可知，效攝主要來自於上古時期的幽部和宵部，更進一步劃分其韻部與擬音現象，蕭、肴、豪三韻來自於上古幽部和宵部部分字，[註49] 例如：蕭韻上古時期分屬宵部 2[*eew]和幽部 2[*ɯɯw]，肴韻上古時期分屬幽部 1[*uu]、宵部 1[*aaw]及宵部 2[*eew]，豪韻上古時期分屬幽部 1[*uu]、宵部 1[*aww]及幽部 2[*ɯɯw]和宵部 3[*oow]。[註50] 如此亦顯示出效攝和流攝上古來源關係密切，進一步藉由表 5-3-21「白語效攝韻讀語例表」觀察發現，白語效攝和流攝語音現象亦呈現合流性質；宵韻則來自於上古宵部，例如：宵韻上古時期分屬宵部 2[*ew]、宵部 1[*aw]及宵部 3[*ow]；效攝在韻圖內四等皆有字，蕭韻屬於眞四等字、豪韻和肴韻分居一、二等，宵韻屬於三等，其韻圖內的位置若遇眞四等蕭韻字時，其宵韻全韻置入四等韻位置內。

〔註49〕王力：《漢語語音史》，頁 500～501。

〔註50〕鄭張尚芳：〈上古韻母系統和四等、介音、聲調的發源問題〉，頁 67～73、周晏菱：《龍宇純之上古音研究》，頁 165～170。

以下分析效攝四韻，在漢語官話系統內的主要語音演變現象：

蕭韻：io/iu>io>iou>iæu>iau；宵韻：io>iou>iæu>iau/au（知章系和日母）

肴韻：eo>eou>au/iau（見系）；豪韻：u/o>ou>ɑu>au

從上述語音演變現象可知，效攝四韻的主要元音在漢語官話系統內已經合流不對立，四韻不分等第在中古時期均爲開口呼，王力《漢語語音史》並將蕭宵二韻從合不從分，統一擬爲[iæu]。〔註51〕

透過效攝四韻在語音史上的演變概況，進一步來分析白語效攝四韻整體的讀音情況。白語效攝主要以幫系、端系、見系、泥母和來母、喻四、精莊系爲聲母，由表 5-3-21「白語效攝韻讀語例表」內單元音演變及裂化複元音流程的歸納可知，效攝在白語語音系統內的韻讀現象，並不全然以「等」爲條件加以區分，這與漢語的語音現象有所差異，爲何白語效攝會不全然以「等」爲區分條件？其主要原因出自於，「效攝」在白語韻讀系統內，雖然具有讀開口呼：[a]、[ɔ]和[ɯ]（亦包含其相關變體及複化音讀）、齊齒呼音讀爲[i]、[iu]、[io]和[ie]，與合口呼音讀爲[o]、[u]（亦包含其複化音讀）等語音現象，但白語實際的語音表現卻是：「非齊卻齊，該齊卻不齊」之異變。

總體歸納相關效攝各韻類之間的對應情況，如下表 5-3-24 所示：

表 5-3-24　白語效攝四等韻讀對應概況

	一等	二等	三等	四等
今讀開口呼	a au	a au	ɯ	a
今讀齊齒呼	i iu/ie	-----	io	ia
今讀合口呼	u/o ui/ou	u/o ua/ou	u/o ou/ui	o ou/ua

白語效攝四等基本上屬於合流的韻讀模式，蕭宵韻介音已然脫落且四等字蕭韻音讀基本可合流於二等肴韻內，除了四等蕭韻外，餘者三韻所對應的今讀韻讀數量都較爲豐富，具有歷史層次的疊置特徵，透過表 5-3-24 具已呈現其韻讀類型，從其韻讀類型亦發現，白語效攝各韻耗散雖不嚴重，但仍有少數韻讀只爲特定詞例而形成，屬於非主流層次韻讀，因此，透過研究分析認爲，這些

〔註51〕王力：《漢語語音史》，頁 501。

特例應是方言音變的殘留或是滯古層次的遺存，對於探究其變過程仍具有相當的重要性，此外，筆者在白語效攝的這些屬於非主流層次的韻讀內，亦發現由於漢語官話接觸的影響而混雜於其中的音讀現象。此些效攝特殊非主流層次類型有三類，分別解說如下：

第一類：效攝各等間相混

（1）豪韻混入肴韻：熬（[au]/[ou]）、高（[a]/[ã]）。

（2）豪韻混入肴韻：從包得聲之字語音相混「包－飽－抱－泡」（[ɯ]→[u]），又由於發音同為重唇幫系，因此與宵韻「漂」字相混（[ɯ]→[u]）。

（3）宵韻混入豪韻：少（[ui]/[ou]）

（4）蕭韻混入肴韻：撩、掉（[ua]/[ou]）

此些少數語音相混現象，亦透露出白語效攝各等曾經有過共同的音變規律，由於受到語音相互競爭影響，使得原初整齊的音讀產生各自變異的情形，更進一步透過研究亦發現白語效攝與他攝相混的語音現象，相關現象為以下分析所顯示的第二類狀況。

第二類：效攝與他攝相混

（1）蟹攝：豪韻「掃帚」在白語詞彙系統內以其本字「篲」表示，「篲」字屬蟹攝相混（[ui]/[uɛ]/[ye]）。

（2）臻攝：豪韻「熬」在白語詞彙系統內又「炖（燉）」同義，亦同義於「炒」，「燉」字屬臻攝相混（[[au]/[ou]]），中古後期借入漢語「燉[tuã33]」音以示區辨。

（3）流攝：效攝和流攝本是相同的合口三等韻。效攝「抓」字白語語區基本音讀為[tsua55]，在洱海周邊音讀本以[sɔ55]（搜：流攝）表示「抓」的語義，中古時期亦借入[tsua44]音讀與[sɔ55]並用，相同混用現象亦有以「偷」表「盜」之詞例。

第三類：因語義或字形相近而訛混

（1）因詞彙語義擴散影響韻讀產生變化，趨動語音擴散演變，例如「撩」字。

（2）因字形相近而相混，例如「抓」和「爪」字因其字形與「瓜」相近，因此漢語音讀訛讀為假攝韻讀，白語吸收漢語語音現象，在部分語源區內的音讀亦受影響而呈現[ua]的語音。

（3）近現代時期受到西南官話的語音特徵影響，使得白語效攝軟顎舌根音見系二等字，即漢語方言已形成齊齒呼音讀現象之詞例，白語實際的語音情形是吸收漢語成爲白讀層者具備[-i-]介音齊齒呼音讀，但滯古的存古語音現象，即白語本源成分音讀則仍然維持不具備[-i-]介音的開口呼音讀（見表 5-3-22 白語效攝特殊字例韻讀概況（一）：一二等），而成爲語音系統內的文讀層。

上述效攝語音現象雖屬特例且字例量較少，然而對於考察效攝韻讀的語音演變現象仍有其重要性。進一步從歷時音變的角度而論，蕭、宵、肴、豪四韻主要元音基本相同，差異只有介音之有無，雖然經歷了因語義或字形等因素產生的語音異化、同化和複元音化等音變過程，但仍在原有韻讀基礎上共同創新並具有一定的普遍性，主要類型分爲兩大類：

第一大類：從韻尾來看，以無韻尾爲主

白語效攝從韻尾來看，主要以無韻尾爲主，即主要元音是單元音爲主，複元音具有韻尾型爲少數，其常見的韻尾類型爲[-u]韻尾，因語音混用而形成的韻尾[-a]及元音因前顯高裂化而增生的[-i]韻尾。筆者認爲，效攝和流攝韻讀內的[ɔ]，應屬於複合元音單元音化過程中的中間過渡韻讀現象，複合元音在單元音化的過程中，依據語音學原理而論，普遍是主要元音和韻尾後此相互遷就而成，在舌位系統上各自讓步進而合併爲一個單元音系統，而效攝和流攝韻讀內的[ɔ]，也是白語韻讀系統內常見的單元音，應該是藉由複合元音[au]>[ao]>[ɔ]，漸次演化而成，形成此種演化的原因莫不與[au]和[ao]在發音聽感上與[ɔ]甚爲相似雷同所致。

此外，白語效攝和流攝的韻讀系統基礎主要元音都以單元音爲主，然而，透過整體語音演變流程可知，效攝和流攝在中古時期的主要元音基本爲複元音，但白語大量吸收漢語音讀，但在流攝和效攝韻讀內，白語現今基本都以單元音爲主的韻讀系統，因此筆者認爲，白語在中古早期應該經歷過複合元音單元音化的過程，然而再受到漢語影響而再次裂變爲複合元音，例如：早、掃帚、槽等詞例。

第二大類：從主要元音來看，低元音、高元音和圓唇元音為主。

前述言之，在白語效攝具有韻尾的情況下，其主要元音基本爲[-o-]和[-a-]（前），在漕澗白語亦出現[-ɑ-]（後），藉由本文研究認爲，在整體語音系統內，前[-a-]和後[-ɑ-]對於韻尾[-u]並不形成語音對立，這是因爲各語源區音系的發

音現象處理方式不同之故，關於主要元音[-o-]的形成，這是受到高舌位元音[-u]韻尾的影響而來，爲配合發音整體諧適度應運而生，高舌位韻尾連帶影響主要元音一併高化，將其發音部位一同上提。到此處並未有任何語音上的問題，然而，接下來要分析的語音變化現象，便能與筆者研究，爲何在表 5-3-26 白語效攝四等韻讀對應內，會歸納整理出效攝的一等韻出現[-i-]介音的語音概況有關，以下就此原理詳述分明。

受到高舌位元音[-u]韻尾的影響，而一併上提所形成的主要元音[-o-]，筆者研究時，進一步探查其他漢語方言的情形發現，此種現象在湘語、吳語和贛語內皆有之，不僅作用於效攝，對於同樣也帶[-u]韻尾的流攝也受到影響，依據語音學原理而論，流攝侯韻一等在語音競爭的前提下應當會產生元音低化以爲區別，較爲特殊者，即是觀察到白語流攝內似乎並未受到這波語變的影響，但在流攝開口一等「嫩」字共興和洛本卓形成[e]和[i]韻讀，除了元音前化和元音低化的影響外，本文研究認爲，這個音讀在一等韻內產生應非偶然，其影響了效攝在一等豪韻內出現[-i-]介音的語音現象；陶寰認爲，中古流攝侯韻一等本不應該出現屬於三等的齊齒[-i-]介音〔註52〕，筆者認爲效攝豪韻一等亦同，根據漢語史語音發展的規律和漢語方言語音演變的實際現象而論，這種次生的[-i-]介音主要是由前元音[e]或[ɛ]裂變而來的，產生這種裂變是因爲前元音在發音的過程中將口腔前部的空間縮小，爲了發音的和諧，聲母的位置也必需相應而前移，如此也促使[-i-]這個過渡音的生成，隨著時間的進展及語音演變，此種爲了語音和諧而增生的[-i-]，也可能因爲音節結構所需而成爲眞正的介音成分。

關於此種[-i-]由假變眞的語音演變現象，在白語語音系統內甚爲常見，例如在較難以產生[-i-]音的聲母如曉匣母（喉擦音）、幫系（唇音）及端系／泥來母（舌尖音）皆得已發現，例如流攝「豆」和「嫩」即屬之。此處再透過陶寰在〈吳語一等韻帶介音研究──以侯韻爲例〉文中論述〔註53〕，來說明白語效攝豪韻一等[-i-]介音的產生，主要是間接受到流攝短暫出現的[e]韻讀影響而產生；除此之外，雖然在漢語方言中，有一種較爲普遍的「u>iu；e>ie」音變現

〔註52〕陶寰：〈吳語一等韻帶介音研究──以侯韻爲例〉文，收錄於《吳語研究第二屆國際吳方言學術研討會論文集》（上海：上海教育出版社，2003 年），頁 15～21。

〔註53〕陶寰：〈吳語一等韻帶介音研究──以侯韻爲例〉，頁 15～21。

象，理所當然也會促使[-i-]介音的增生，即高元音裂化為複元音的語音現象，屬於顯化之前顯高裂化〔註54〕，主要產生於見系、精系、知系和照系等，會發生顎化作用的聲母類型內，屬於條件式音變的語音現象；而白語的主要語音現象，在一等韻出現[-i-]介音的詞例部分，其聲母卻出現在端系等未顎化的聲母內，當中一部分的原因也是受到同音類的感染所形成；另外，在《白語簡志》內，另外還探查到白語南部語區之大理昆明，詞例「撩（來母－開口－蕭韻四等）」字音讀為：[tɕia44]〔註55〕，其複元音形式[ia]內的介音[-i-]則非裂化作用所致，而是由於韻尾[-a]為低元音，由[-a]>[-ia]的語音現象，其中的介音[-i-]屬於音節結構的單純增生，亦屬於特殊的顯示之後顯高裂化現象，藉由增生介音音節回歸四等音讀初始態。

對於白語漢源詞效攝的讀音類型及其借入時的層次，從上古時期至今，其主流語音層次現象主要皆依循：「a>au>o>ou>u」的語音流程進行。

以下總結白語漢源詞效攝的讀音類型及其借入時的層次：

層次1：a（上古時期）

層次2：a<*o、*u（中古時期）；*au、*ou（中古中晚期）

貳、陰聲韻特殊語音現象：非鼻音韻之鼻化作用

分析白語韻讀的層次演變現象時，特別在陰聲韻部分，不可忽略重要的語音現象：白語語音系統內在「非鼻化字」上卻出現具有鼻化成分的音節結構。

形成這種非鼻化卻鼻化的語音結構特色之因，與聲母在滯古－上古語音層內本應具有鼻輔音語音性質，但隨著語音演變弱化消失，使得非帶有鼻音成分的「純陰聲韻」詞例，為保有其本該具有的鼻音現象，便增加看似突兀的鼻化成分。為何定論這些非帶有鼻音成分的詞例為「純陰聲韻」？這是因為，白語語音系統內還有一種「類陰聲」的韻讀詞例，由於入聲塞音韻尾已弱化消失，併入陰聲韻讀系統內，受到地域音變影響，使得地域方言的語音特徵，帶動自身方言的演變，加速具有鼻音成分的陽聲韻尾（雙唇鼻音、舌尖鼻音和軟顎舌根音），跟隨入聲韻腳步，趨向脫落韻尾而併入陰聲韻的韻讀系統內，達到「重某韻」的語音省併宗旨。

〔註54〕朱曉農：〈漢語元音的高頂出位〉，頁440～451。

〔註55〕徐琳、趙衍蓀：《白語簡志》（北京：民族出版社，1984年）。

筆者研究認爲，此種語音演變作用牽動白語整體語音系統進行第一度的語音整合與滲入，使得滯古－上古固有層產生語音演變，底層結構與新滲入的語音現象產生調合，形成新一層有別於滯古－上古層的借詞層（老借詞層）。透過層次分析，歸納整理「果假攝→遇攝→蟹攝→流攝→效攝」等陰聲韻攝演變脈絡的過程中，探尋到陰聲韻內本不具有鼻音現象，但其字例音讀卻具有鼻音的語音成分；針對此種非鼻化卻鼻化的「類陰聲」的語音現象探討，將整理採用丁邦新、張燕芬和沈明等學者，就陰聲韻爲何讀成如同鼻音韻尾現象的說法進行相關說明。〔註56〕

鼻音韻尾的脫落和產生實爲一體兩面，鼻音韻尾的產生順序，首先是聲母爲鼻音，除了聲母爲鼻音外，筆者研究白語聲母系統層次後認爲，白語在滯古－上古語音層內應該存有鼻輔音的語音現象，不僅能解釋白語以舌根音韻尾表示聲母，亦能說明陰聲韻非鼻化卻出現鼻化的原因；再者，當主要元音爲央元音或高元音時也是一項影響因素，然而，在研究過程中歸納白語韻讀語音系統時發現，除了高元音外（白語央元音在語音系統內雖有使用，但普遍程度仍非顯著），在前、後低元音及其演變過程中形成的相關音位變體，皆具有承載鼻音韻尾脫落消失後，省併滲入的鼻音成分；不僅如此，連帶鼻音韻尾弱化消失的順序亦有所影響，鼻音韻尾消變依序爲雙唇鼻音[-m]>舌尖鼻音[-n]>軟顎舌根鼻音[-ŋ]，這也使得白語韻讀系統的陰聲韻，在承載鼻音韻尾的「重某韻」併入時，遇到舌尖鼻音[-n]和軟顎舌根鼻音[-ŋ]時，形成相應的對應音值[v]和[ɯ]，陽聲鼻音韻尾和入聲塞音韻尾相同，歸併入陰聲韻讀的基本原則，便是依據其韻尾消失後的主元音進行併入。因此，陽聲鼻音韻尾 9 韻攝，在韻尾脫落歸併入陰聲韻攝的主元音內時，基本朝向兩條演變階段進行，分別歸納說明如下：

第一次：依據鼻音韻尾生成的次序

軟顎舌根鼻音[-ŋ]>舌尖鼻音[-n]（雙唇鼻音[-m]），逆序依據雙唇鼻音和舌尖鼻音再至軟顎舌根鼻音展開韻尾合流過程，屬於語音演變的語流音變現象，

〔註56〕丁邦新：〈論官話方言研究中的幾個問題〉文，收錄於《中央研究院歷史語言所集刊》第 58 本第 4 分（1987 年），頁 809～841、張燕芬：〈試論古陰聲韻在現代漢語方言中讀鼻音韻尾的條件〉《方言》第 3 期（2010 年），頁 255～258、沈明：〈晉語果攝字今讀鼻音韻的成因〉《方言》第 4 期（2011 年），頁 314～323。

是爲語音史上的歷史進程。

第二次：因接觸的外源干擾之省併

鼻音韻尾歷經語流音變後，爲合於方言自身的語音現象，再次依據方言內部的語音現象予以調整，屬於方言內部自身語音現象的歷史層次表現。以白語爲例，從研究過程中可以得知，在中古時期的語音洪流內，鼻音韻尾弱化脫落加以整併的過程中，形成元音鼻化的鼻音韻尾語音現象即屬於語音層次演變的主要表現。

白語語音系統陽聲鼻音韻尾的演變過程，符合清康熙昆明僧人宗常《切韻正音經緯圖》所反映的陽聲韻尾演變路徑。例如以果假攝內部的類陰聲實爲陽聲鼻音歸併爲例：果假攝內部純陰聲韻讀的詞例由滯古固有層音值前元音[a]，無論有沒有經歷後化爲後元音[ɑ]，基本上，都認爲其從低元音[a]/[ɑ]持續後高化爲[ɔ]、[o]甚至[u]，及受到漢語借入層影響而方言內部相應產生裂化複元音現象的語音情形，是語音層次內的語音演變過程；然而，當陽聲鼻音韻尾例如宕江攝或通攝，其軟顎舌根鼻音[-ŋ]脫落後的主元音，依據語音相同相近的歸整原則而併入果假攝內，形成通宕江果假攝開口以[a]/[o]、合口以[uo]爲基本語音表現形式；使得類陰聲字（即非陰聲字的陽聲字）透過鼻化或形成音節成分[v]及後不圓唇元音[ɯ]，維繫其陽聲屬性的方式，則爲語音史上的層次演變。例如：

第一類：本身即屬於鼻音聲母者，即以鼻化表示聲母鼻音性質者，詞例「麼」，白語以「麼」表示細微/細小之義：[mã44]（共興）和[mõ44]（洛本卓）。

第二類：陽聲韻尾併合以鼻化表示陽聲韻屬性，詞例「腸」或受漢語影響加上小稱稱呼「腸子」[tsõ44]（漕澗）、[dʐõ44]（共興）和[tõ44]（洛本卓），共興和洛本卓的聲母甚至受到詞例「腸」的聲母澄母[-i-]介音影響而產生翹舌化語音現象，屬於中古時期的語音演變，其韻讀主元音[õ]不僅是通攝鼻音韻尾脫落後歸併入果攝的現象，其鼻化成分亦是其不忘自身屬於陽聲韻的語音性質。

透過接觸的外源性干擾所引起的語流音變和層次變化，使得陰聲韻在本悟《韻略易通》的「重某韻」架構下承載更多的語音現象，諸如：語義古今義的轉換所產生的通轉現象、詞彙擴散引起語音擴散的陰聲韻自體通轉現象，陰聲韻自體鼻化形成陽聲韻之自體陰陽對轉現象等，這也是白語陰聲韻

攝的語音韻讀現象，出現具有看似不該出現鼻化成分的原因，這也使得白語一音多義的詞彙現象更是顯著。

分析完陰聲韻相關語音層次演變概況和音變現象後，接續將就白語陽聲鼻音韻尾 9 韻攝，和特殊止攝 Z 變韻的韻讀層次演變概況與音變現象進行探討。

第四節　白語韻讀層次的語音演變：陽聲韻攝

壹、陽聲韻尾併合：深攝、臻攝、梗曾攝、咸山攝、通攝和宕江攝

所謂陽聲韻，即是指中古《切韻》系統內的 9 個具鼻音韻尾的韻部加以歸納的總稱；此 9 個陽聲韻尾韻部分別為：包含雙唇鼻音[-m]韻尾的咸深攝、舌尖鼻音[-n]韻尾的山臻攝和舌根鼻音[-ŋ]韻尾的通攝、宕江攝及梗曾攝；本部分特別將此 9 韻歸整入一個單元內統一討論。

白語韻讀系統內關於陽聲韻鼻音韻尾的演變，承自漢語鼻音韻尾的演變，主要原因不外乎受到音節自身要素的影響，和語言接觸的誘發外因所致，以致於在重韻之外讓整體韻部系統又再更加簡化。漢語在鼻音韻尾的演變主要有合流、弱化和脫落三種現象，白語今日所見的鼻韻尾併合現象，筆者研究認為，其演變的途徑正是依循合流、弱化和脫落三種現象循序演進，即：鼻音韻尾歸併→元音鼻化→鼻化消失。將白語置入觀察，白語所在的演變階段，正是處於元音鼻化趨向鼻化消失的鼻化元音和口元音（又稱之為純元音）並存的過渡階段，在脫落併合的過程中，白語除了以元音鼻化表示原陽聲韻的鼻音成分外，在併合的過程中因語音的脫落，更有以[ɯ]和[v]表示原鼻音韻尾的語音現象，特別是原雙唇鼻音和舌尖鼻音韻尾及部分併入舌根音內的舌尖鼻音韻尾，即音節結構帶有央化主元音[ə]時，白語的第二種表示方式即採取相應的方言內部語音形式[ɯ]（即[ə]）或[v]表示，相關的語例現象，將分別於韻讀語例分析表的說明欄位內詳述。

關於白語鼻音韻尾的演變現象，筆者採用陳淵泉和張琨對於鼻音韻尾演變的說明：「最易發生鼻化運動的韻母是低元音及其搭舌尖鼻音尾時：[*a]/[*an]，其次是前半高展唇元音及其搭舌根鼻尾時：[*eŋ]，最不易變動者為舌面後半高圓唇元音及其搭舌根鼻尾時：[*oŋ]。」進行分析。換言之，陳淵泉和張琨兩位

學者的論點皆不約而同指出——「元音高低」當是影響鼻韻尾演變的首要條件。〔註57〕進一步深入分析白語實際的語音狀況，以做為佐證：

第一階段合流：雙唇鼻音[-m]、舌尖鼻音[-n]和舌根鼻音[-ŋ]三者最終將朝向舌根鼻音[-ŋ]合流，此即陳淵泉提出的鼻音韻尾由前往後併合現象，由此併合的順序逆推，現今白語部分語源於亦有恢復舌根鼻音[-ŋ]和舌尖鼻音[-n]韻尾的現象，例如鶴慶金墩語區，形成鼻韻尾和鼻化韻並存的語音現象。

第二階段弱化：陳淵泉指出，由鼻音韻尾轉化為鼻化音的次序同於合併的次序，陳氏更進一步指出，影響元音鼻化以用來承載鼻音韻尾弱化的語音現象的重要因素，與發音部位的高低前後密切相關，低元音和前元音容易在弱化脫落的過程中產生鼻化，但白語的鼻化基本亦依循低－前元音鼻化的規則為之，但其後－高元音例如：[u]和[ɯ]等元音亦有形成鼻化的語音現象，筆者研究認為，這符合鼻音韻尾向口元音（純元音）演變時所產生的元音高化現象。

第三階段脫落：依循 Ohala John 提出的「VN> ṼN>Ṽ>V」（V 為主元音，N 為鼻音韻尾）模式進行演化〔註58〕，而主元音「V」在白語語音格局內亦有近央化唇齒擦音[v]及後不圓唇元音[ɯ]兩種語音現象。

白語陽聲韻尾自中古以來主要朝向鼻化韻的語音格局演變，董建交認為，自宋代以降時期的詩詞用韻情況，已明顯呈現雙唇鼻音[-m]韻尾的深攝和舌尖鼻音[-n]韻尾的臻攝，及舌根鼻音[-ŋ]韻尾的曾梗攝四攝韻部的語音併合現象，這種併合現象不僅在漢語南部方言出現，甚至是官話韻書韻圖系統之《四聲等

〔註57〕歸納統整於：Chen, Mathew（陳淵泉）Nasals and Nasalization in Chinese : Exploration in Phonological Universals . Dissertation of Doctor of The University of California , Berkeley（1972）、Chen, Mathew Cross-dialectal comparison: A case study and same theoretical considerations. JCL, Vol.1, No.1（1973）,p38-63、Chen, Mathew An areal study of nasalization in Chinese. JCL, Vol. 3, No.1（1975）,p16~59、張琨：〈漢語方言中鼻音韻尾的消失〉文，收錄於《中央研究院史語所集刊》第 54 本第 1 分（1983 年），頁 3～74。

〔註58〕Chen, Mathew（陳淵泉）Nasals and Nasalization in Chinese : Exploration in Phonological Universals、Chen, Mathew Cross-dialectal comparison: A case study and same theoretical considerations,p38-63、Chen, Mathew An areal study of nasalization in Chinese,p16-59、張琨：〈漢語方言中鼻音韻尾的消失〉，頁 3～74。

子》、《切韻指掌圖》及《洪武正韻》等都具備陽聲韻合流的語音現象〔註 59〕，愈至近現代時期，其陽聲韻尾的合流現象愈加顯著，時至明清時期已完成併合流程。

由此觀察白語深攝、臻攝和梗曾攝等四韻攝的語音併合現象發現，深攝和臻攝兩攝主要以前高化元音[i]爲主要元音音讀表現；曾梗兩攝主要有兩種語音演變現象：一類爲合流果假攝的[o]及其高化[u]爲音讀，一類則爲合流深攝和臻攝以前高化元音[i]爲音讀的語音表現現象；因此，白語深攝、臻攝、曾梗攝的語音合流現象，其主元音主要以[i]和[o]及其高化[u]爲主，韻尾表現則以元音鼻化之鼻化韻爲主，筆者認爲，此四韻攝合流受到元音推鏈影響所致，合流之後形成的主要差異，在於此四韻攝間有無文白異讀，及其有如何表現的文白異讀語音現象，主要以元音鼻化爲文讀音以做爲鼻音韻尾的遺留，以口音表示白讀音；白語正處於元音鼻化及純元音（亦有稱爲口音）兩者兼具的過渡時期，因此，鼻化文讀和口音白讀皆存於語音系統內，例如在洱海周邊挖色、西窯、上關和鳳儀四語區之音讀則再弱化鼻化成分，以口音白讀爲之，與陰聲韻甚無差別。

因此，本文在陽聲韻的研究部分，主要將白語韻讀系統內，以此陽聲 9 韻併合的韻攝置爲同一單元內觀察，需特別說明的是關於舌根音[-ŋ]通攝部分，因其鼻音韻尾的併合並未在雙唇鼻音[-m]韻尾和舌尖鼻音[-n]韻尾的範圍內，所以將特別額外說明其語音合流現象，通攝的合流現象與曾梗攝相同，主要以合流於果假攝的[o]元音爲主元音，而在近代時期約莫元代《中原音韻》時期，通攝與曾梗攝便形成合流的語音演變現象；因此，這五攝在語音併合上有相當的類同性質。

基於深攝、臻攝、梗曾攝和通攝五攝在語音併合上有相當的類同性質的前提下，筆者將白語語音系統內，韻尾已脫落併合爲鼻韻尾的陽聲韻讀歸併爲一單元，依循雙唇鼻音[-m]、舌尖鼻音[-n]和舌根鼻音[-ŋ]合流的次序，依序分析其整體語音演變現象及其層次表現，然而，爲符合實際語音演化現象，根據歸整後的韻讀情形，具有共同來源的咸山攝在合流後的語音現象差異甚微，在開合口依介音予以區辨，配合白語此種語音情形，特別將雙唇咸攝和舌尖山攝併

〔註 59〕 查詢於董建交：《明代官話語音演變研究》（上海：復旦大學語言文學所博士論文，2007 年）。

合爲咸山攝加以分析說明。因此，白語陽聲9韻主要演變分爲二條路線進展：第一條從單元音韻母高化展開「深攝→臻攝→梗曾攝」之演變；第二條因韻尾省併後，從單元音韻母低化並「重」入果／假攝韻內，漸次高化並後化「a－o－u」之「咸山攝→通攝→宕／江攝」演變，白語也透過此種陽聲韻的演變，體現其吸收本悟《韻略易通》內「重某韻」之「重韻」概念。

由於白語陽聲韻尾兼具元音鼻化及口音化兩種現象，韻尾弱化脫落的結果使其朝向陰聲韻併合，主元音仍依循上古漢語即白語陰聲韻主元音[*i]（脂部）、[*e]（支部）、[*ɯ]（之部）、[*a]（魚部）、[*o]（侯部）和[*u]（幽部）等六個類〔註60〕，依照語音相同相近原則進行併合；在分析白語陽聲韻部的同時，爲了明確其滯古固有層的語音及其不同的層次演變現象，必要時將輔以中古時期各學者的音質構擬做爲對應參照。

一、單元音韻母高化路線

（一）深攝的歷史層次

本部分的主要重點是分析白語深攝字讀音的演變現象及其歷史層次。

總體而論，白語深攝侵韻三等字例不多，只有開口三等韻，涉及的音韻條件簡單，大致仍能透過中古《切韻》系統推導，主要的發展變化和聲母的聲紐類型有關。從共時和歷時兩個角度來看，透過共時平面可知，白語深攝字的讀音根據主要元音的不同，基本可以分爲主流層次及非主流層次兩種語音現象：第一類主流層次韻讀以[i]及其高頂出位的[ɿ]或[ʅ]爲主要元音，影響聲母產生顎化和擦音化作用，進一步元音後化形成非主流層次韻讀[ɯ]及其央化[ə]、[v]爲主要元音，需特別注意的是，白語深攝已然在語音演變史上經歷了鼻尾失落並高化的變化，亦即：*iã>*i/*ĩ的語音演變過程，以及在鏈移中將主流層次[i]推出位的語音現象，亦即：*e、*ɛ、*v>*i。由此可知，白語深攝主要歷時層次音讀爲[i]，並由此展開語音演變。經由上述的分析，以下將白語

〔註60〕 在此補充說明此上古六大元音系統的擬音現象。第一是關於[*ɯ]（之部）此音即鄭張尚芳、龍宇純、王力等學者所擬之[ə]元音；第二是關於「魚」部，主元音擬爲[*a]；第三關於「幽」部，王力擬作[*u]、李方桂擬作[*-əgw]和[*-əkw]、鄭張尚芳則擬爲[*u]、[*iw]和[*ɯw]；第四關於「宵部」方面（侯部），王力擬作[*o]、李方桂擬作[*-agw]和[*-akw]、鄭張尚芳則擬爲[*ow]、[*aw]和[*ew]；第五關於脂部和支部的擬音，擬作[*i]或[*e]在舌面元音圖內皆爲前元音，但卻有音位高低之別。

「深攝」韻讀整理歸納如下表 5-4-1 所示，並於表格下針對特殊白語例字加以說明：

表 5-4-1　白語深攝韻讀語例

韻	白語韻母音讀類型		中古漢語韻母類型		白語韻讀相關例字列舉	
深開口三等	陽聲	ã/iã/ɛ v/ẽ/ɯ/i	陽聲	侵開三	陽聲	(1) 心 (2) 深 (3) 針參沉 (4) 金 (5) 尋庹
		ɯ̃		寢開三		枕 (6) 飲喝
	入聲	uo/ou ɛ ɯ/i ɔ	入聲	緝開三	入聲	澀十拾邑入吸 (7) 汁

「深攝開口三等」特殊詞例說明：

（1）「心」字白語音讀爲[si55]、[sẽ55]和[ɕĩ55]等語音形式，漢語上古音讀爲[sǐəm]，屬於漢白同源詞之詞例；需特別說明的是，白語收雙唇鼻音韻尾的「心」字音讀不論爲舌面擦音還是舌尖擦音，都是屬於中古時期雙唇鼻音韻尾字，白語以同音字表示收舌尖鼻音韻尾[-n]的新和薪（柴）字，表示白語語音系統內的雙唇鼻音韻尾亦併入舌尖鼻音內，歸入臻攝與之合流。

（2）白語收雙唇鼻音韻尾的「深」字音讀不論爲舌尖擦音還是翹舌擦音，都是屬於中古時期雙唇鼻音韻尾字，白語以同音字表示收舌尖鼻音韻尾[-n]的「陣」字，表示白語語音系統內的雙唇鼻音韻尾亦併入舌尖鼻音內，歸入臻攝與之合流。

（3）漕澗白語「針」字韻讀出現近央元音[v]：[tsv24]。

（4）白語收雙唇鼻音韻尾的「金」字音讀爲[tɕĩ55]，白語以同音字表示收舌尖鼻音韻尾[-n]的巾和筋字，表示白語語音系統內的雙唇鼻音韻尾亦併入舌尖鼻音內，歸入臻攝與之合流；「金」字亦屬於漢白同源詞之詞例。

（5）詞例「尋」之音讀有：[ze21]/[ji31]/[jĩ31]/[zi31]/[ɕĩ31]等結構，同音亦表示計量長度的單位量詞「庹」，以成人張開手臂左右伸直之長度以計量長度的單位量詞，在漕澗白語音讀受漢語接觸影響爲[t'o31]、康福白語音讀爲[p'e31]，此詞例基本音讀屬於自源語音現象。

（6）詞例「飲」字白語音讀爲零聲母鼻化或非鼻化[ɯ33]、以喉塞音爲聲母[ʔɯ44]、以舌根音爲聲母[ɣɯ33]和[ŋə̃33]等語音形式，漢語上古音讀爲

[ĭəm]，屬於漢白同源詞之詞例；此條詞例和詞例「參[sɯ33]」之主元音[ɯ]即用以代之原雙唇鼻音韻尾之主元音[əm]→[ɯ]。

（7）詞例「汁」之音讀為[tsɔ21]，此例屬於與假攝相混之例，其音讀透過假攝動詞「榨[tsa44]」而來，藉由「榨」的動作而將物件的內容物逼出，為區辨動詞和被動作後所形成的新物，以韻母元音高化以示分辨：「a→ɔ」。

透過上表 5-4-1 的韻讀歸納基礎及特殊例字說明，進一步將深攝相關例字之白語語音概況，列舉如下表 5-4-2 所示，並舉出數條詞例加以對應佐證。表 5-4-2 就雙唇鼻音韻尾「深攝」之特殊字例音讀概況整理：

表 5-4-2　白語深攝特殊字例韻讀概況

分布 代表點	深開三					
	精	（影母）	見	章	莊	影
	心	影	見	禪	生	影
	心	邑（村）*	金	十／拾	澀	飲
共興	çĩ55	ji44	tçĩ55	tʂʅ42	a42 tsua42 （kʼui42）	uĩ33
洛本卓	sẽ55/sʼẽ55	uĩ44/ʔĩ44	tçi55	tʂe42	ʂe42	uĩ33
營盤	si55	jou44	tçi55	tse42	sʅ42	ɯ33
辛屯	çi44	jou44	tçi44	tsi42	a42 tsuo42 （sɯ35）	ɣɯ55
諾鄧	çi44	ʐɯ44	tçi35	tʂʅ42/dʐʅ42	ʂʅ42	ʔɯ33
漕澗	çiã24	jɯ44	tçiã24	tsi42	si21 （tsʼi21）	ŋũ33
康福	çĩ55	jɯ44	tçĩ55	tsi42/si35	si44（緊）	uĩ33
挖色	çi55	jɯ44	tçe35	tʂʅ42	sa42	ɣɯ33
西窯	çi35	ʐɯ44	tçi35	tsi42/si35	sɚ42	ɣɯ33
上關	çi55	jɯ44	tçe35	tʂʅ42	çi42	ɣɯ33
鳳儀	çi35	jɯ44	tçe35	tsi42	çi42	ɯ33

需特別說明者為詞例「邑」字，白語詞彙系統以「邑」表示村落、村寨之義，受到漢語詞彙滲透影響，古今義已有所轉變，現今必需要表達「村」的語義而非「邑」，才能讓受調者發出正確音讀，在南部語源區內，[jɯ44]的音讀有些以今義「村」釋義，亦有以古本義「邑」釋義者，故表內以「邑（村）」

表示，聲類部分則以「精系（影母）」表示，透過此例音讀反映的聲類現象可知，精系的語音演變與喉音之間，在演進過程有其相關影響性。

此外，透過詞例表亦發現有一例較爲特殊的詞例，即「澀」字。此字的特殊音讀可以發現，白語舌齒音與舌根音關係密切：以軟顎舌根音[kʼui42]爲音讀，即白語以「澀」古本義「不光滑」之語義爲音讀，或直接依據語義轉譯音讀而來，相同的語音現象亦有[tsʼi42]，此音讀爲不光滑／粗糙之語音，其韻母元音形成高化的語音演變→齒齦塞擦音化[tsua42]/[tsuo42]再發生→擦化[s]/[ɕ]且複元音單元音化形成[sa42]→高化[ʂe42]→[si21]，[-i-]持續高頂出位[sʅ]/[ʂʅ]，並以[i]做爲雙唇鼻音、塞音併合後的主流韻讀，辛屯亦有[sɯ35]音讀屬於音讀漢語借詞音讀而來。

白語深攝詞例的聲母主要分布於見系、影系、精系和章系。深攝爲雙唇鼻音韻尾[-m]，白語吸收西南官話特色，主要以元音鼻化表示中古時期鼻音韻尾，透過深攝的韻尾發現，白語表示鼻音現象時並非一致，有些語源區甚至未特別將鼻音成分顯現，亦有合流於陰聲韻讀內的情形。

白語深攝語音演變現象相當整齊，在影母字韻讀主要以不圓唇元音[ɯ]爲主，並產生高裂顯化現象形成複元音[ou]；章系字則是明顯具有前元音持續高化的舌尖化高頂出位現象，透過元音的變化進一步誘發聲母產生翹舌化[tʂʅ]和[ʂʅ]及擦音化[sʅ]的語音現象，例如詞例「心」字即爲此例；查詢《白漢詞典》發現，「心」字在白語北部蘭坪彌羅嶺亦有取其「在身之中被包絡」之義，而將包絡之內如同位居房間內的樣貌表現在字義上，而以[sʅ55 kʼo33]表示，而類似漢語詞綴特徵的[kʼo]，即將心被包絡的樣貌予以表現；另外，筆者研究過程中，發現白語深攝字與臻攝字有語音合流現象，這需回溯上古語音韻部分合現象而論。上古侵緝兩部不僅包含中古深攝字，也包含了咸攝的覃咸兩韻的韻字，連通攝內的東冬韻部分字和江攝部分字在上古未分化時期也都隸屬於侵部的範圍之內，隨著時代演變語音合流分化後，咸攝和通攝自魏晉時期肇始從侵緝內分離出來。侵緝兩部自上古至中古時期不斷的分化整合，白語亦吸收漢語方言的語音現象，弱化消失的雙唇鼻音韻尾深攝，其語音現象亦與舌尖鼻音韻尾[-n]逐漸合流，透過特殊詞例（1）、（2）、（4）所言，部分白語「深攝」例字的讀音類型，其語音因合流整併後，同樣表示隸屬於臻攝的詞例，甚至特殊詞例（7），透過詞彙擴散引起語音擴散，進一步使韻讀「重」

假韻攝內，體現白語吸收《韻略易通》「重某韻」的韻讀省併現象。

總結白語語音系統內，關於「深攝」的讀音類型及其借入時的層次：

層次 1：侵開三*ɯ<*i（上古層次）

層次 2：侵開三*i<*ɻ、*ɻ（中古至近現代：與臻攝合流）

（二）臻攝的歷史層次

本部分的主要分析白語臻攝字讀音的演變現象及其歷史層次。臻攝與深攝相類同，其語音演變形式皆朝向元音高化進行，最終以併合入[i]元音爲主。總體而論，白語臻攝包括眞韻、欣韻和臻韻開口三等和魂韻和文韻合口一、三等，普遍能透過中古《切韻》系統推導。從共時和歷時兩個角度來看，就共時平面而論，白語臻攝字的讀音根據主要元音的不同重建，可以認爲臻攝在主流層次部分的音讀，當屬於後起新的音讀[i]及其高頂出位[ŋ]/[ɻ]的語音現象，原滯古層在演變過程中已成爲非主流層次音讀。兩種語音現象分別爲：第一類主流層次韻讀以[i]及其變異形成爲主要元音；第二類非主流層次韻讀以[a]及其裂化複元音形成爲主要元音。由此可知，白語臻攝主要歷時層次音讀爲[i]，並由此展開語音演變。

經由歸納整理，以下將白語「臻攝」相關韻讀概況分析如下表 5-4-3 所示：

表 5-4-3　白語臻攝韻讀語例

韻	白語韻母音讀類型		中古漢語韻母類型		韻讀相關例字列舉	
臻開口一等	陽聲	a/ɯ/i	陽聲	痕開一	陽聲	根
		ɯ/ũ		恨開一		恨

「臻攝開口一等」特殊詞例說明：

（1）白語詞彙系統內的單位量詞「根」，其語音不僅是聲母，韻母元音亦隨著表述的名詞不同而有不同的語音演變現象。

（2）詞例「恨」和流攝詞例「舊」，屬於語義深層對應之引申詞例，並透過語義對應進而產生陰陽對轉語音現象，較爲特殊的是，詞例「恨」的音讀現象來源有二：音讀爲基本軟顎舌根清擦音[xɯ44]/[xũ44]時，主要同源於漢語，此詞例在諾鄧除了基本音讀外，亦有同源於彝語[tsʼɻ21]音讀的語音現象[tsʼɻ21]，以心中具有怨懟之氣義表示。

韻	白語韻母音讀類型		中古漢語韻母類型		韻讀相關例字列舉	
臻開口三等	陽聲	i/ĩ	陽聲	眞開三	陽聲	銀[1]人申伸辛新薪眞巾親
		i		軫開三		忍
		i		隱開三		近
		i/ɿ		震開三		信[2]刃 （信可釋義爲雙音節相信）
	入聲	v/i	入聲	質開三	入聲	七漆蛭佴日一栗筆
				櫛開三		虱蝨

「臻攝開口三等」特殊詞例說明：

（1）詞例「人」之音讀[ȵi21]源自於漢語南部客家梅縣方言[ȵin53]音讀現象。

（2）詞例「刃」字爲日母字，在白語語音系統內的聲母歸入舌齒音系列並發送氣成分，其聲母爲舌尖塞擦音[ts]時採用[i]而非[ɿ]，聲母爲翹舌塞擦音[tʂ]時，則採用[ɿ]；此外，受到陽聲韻尾脫落合併的影響，此字在韻母部分亦有出現鼻化現象，例如：洛本卓[tʂʻĩ31]。

韻	白語韻母音讀類型		中古漢語韻母類型		韻讀相關例字列舉	
臻合口一等	陽聲	õ/uã/uĩ	陽聲	魂合一	陽聲	孫猻門溫昏
		o/ua/u		混合一		[1]棍[2]滾
	入聲	a/v/ua uɛ/i/ɿ	入聲	沒合一	入聲	骨／乳房／奶汁挖快 窟窩 （詞例「快」在白語詞彙系統內又釋義表示猝和卒）
臻合口三等	陽聲	ɛ/v	陽聲	文合三	陽聲	分軍[3]雲
		v		問合三		暈

「臻攝合口一等和三等」特殊詞例說明：

（1）詞例「棍」字本義爲「轉」，但白語並非借本義，而是取其漢語假借後的意義而來，表示棍棒，屬於元明之際借自漢語，元曲及元雜劇才開始將「棍」作「棍棒」之義使用，例如：①是那一個實丕丕將著粗棍敲，打的來痛殺殺精皮掉。（《元曲選·紀君祥·趙氏孤兒》）；②山兒，我如今放你去，若拿得這兩個棍徒，將功折罪；若拿不得，二罪俱罰。（元·康進之《李逵負荊》）。

（2）詞例「滾」白語音讀爲[lo33]/[lu33]，此詞例音讀源自於彝語音讀

[lɯ33]/[lu33]而來，屬於彝語親族語同源詞例。

（3）詞例「雲」在白語音讀系統內呈現二條演變路徑：一是從「臻攝合口三等」之[-i-]演變，二是從「臻攝合口一等」逐漸趨向央元音化[-v-]演變，因其合口性質之故，並增添羨餘逐步高化發展的元音音節[ɔ→v→o→u]表示，白語此種特殊的語音表示，是由於詞例「雲」，為結合侗語和藏語合璧產生的新音節結構詞，配合漢語音讀影響而產生的一等和三等游離二用的語音現象（語音演變情況見下表「白語臻攝特殊字例韻讀概況」）。

透過上表 5-4-3 的韻讀整理，進一步將相關例字之白語音讀歸納如下表 5-4-4 所示，並提出數條詞例予以對應比較，透過詞例表的分析發現，臻攝例字最為特殊的詞例是「雲」字，此字屬於白語本源詞，音讀狀況看出語音演變的層次現象，北部語區共興和營盤以滯古小舌音讀為第一層音讀[ʁe31]（滯古－上古層），歷經小舌音語音轉變過渡期，產生相應的軟顎舌根鼻音為第二層音讀[ŋe31]（中古中晚期），近現代時期受漢語借詞音讀影響，使得聲母鼻音脫落為單元音零聲母音讀[e31]，並朝向近於漢語撮口音讀的近央化濁唇齒擦音[v21][vo21][vv21]，一字例具有三層歷史層次的語音演變現象，此詞例在中古早期，亦有透過語音直接描述字例的外在現象為音讀，以音釋字義，形成多音節語音結構現象，例如：[mo31 qo31]、[pɯ21 kv42]、[vu21 lo21]、[v21 kɔ35]、[v21 je21]等，其音讀突出表現「雲」字屬於「氣」的成分部分。

表 5-4-4　白語臻攝特殊字例韻讀概況

分布	臻開一	臻開三					臻合一				臻合三
	見	疑	日	心	來	幫	心	明	見	精	云
代表點	根2	銀	人	辛	栗	筆	孫	門	骨	卒（快）	雲
共興	qua42 tʂɯ42	ȵi21	ȵi21	tsʼe55	ji42	fe44	ɕue55	mɛ21	qua44	tsua42	ʁe31 ŋe31 e31
洛本卓	qua42 tʂe42	ȵi21	ȵi21	tsʼẽ55	ji42	fv44	sõ55	me21	qua44	tsua42	ã31 ŋa31 mo31 qo31
營盤	qua42 ȵɯ42	ȵi21	ȵi21	tsʼi55	jɯ42	fe44	ɕui55	me21	qua44	tsuɛ42	ʁe31 ŋe31 e31
辛屯	kuã55 juɯ42 tʼa2 dzɯ21	jĩ21	jĩ21 kə̃55	tɕʼi55	li35	fu55 kuã55	sʼuã55	mei21	kua44	tɕi42 tsua42	vu21 lo21

漕澗	mi21	n̠i21	n̠i33 kv24	tɕ'iã42	tɕ'i42 li21	vo42	suã42	mã31	kua44	ts'v42 p'iã31	puɯ21 kv42
諾鄧	n̠e21 n̠ɯ42 t'a2	n̠i21	n̠i21⁽緊⁾ kɛ35	tɕ'i55	tɕ'i42 li21	fu31 kua21	sua44	me33	kua44	tʂɯ21 tɕɯ21	v21 kɔ35
挖色	n̠ɯ32 mi44te44	n̠i21	n̠i21 kɚ35	tɕ'i55	tɕ'i42 li21	vo42 pi35	sua55	me21	kua44	ŋɚ21 tɕɯ31	v21
西窯	n̠ɯ32 mi44	n̠i21	n̠i21 kiɛ35	tɕ'i55	tɕ'i42 li21	vo42 pi35	ɕua55	me21	kua44	ŋiɛ21 tɕɯ31	vv21
上關	mi31 mi44te44	n̠i21	n̠i21 kiɛ35	tɕ'i55	tɕ'i42 li21	vo42 pi35	sua55	me21	kua44	ŋɚ21 tɕɯ31	v21
鳳儀	n̠ɯ32 te44	n̠i21	n̠i21 kɚ35	tɕ'i55	tɕ'i42 li21	vo42 pi35	ɕua55	me21	kua44	ŋiɛ21 tɕɯ31	v21 je21
康福	kua44⁽緊⁾	jĩ21⁽緊⁾	jĩ21⁽緊⁾	tɕ'ĩ55	tɕ'i55 li31	fo44⁽緊⁾	s'uã55	ma21⁽緊⁾	kua44⁽緊⁾	tɕi42⁽緊⁾ tsua42⁽緊⁾	vo21⁽緊⁾

　　詞例「根」在白語詞彙系統內表示「植物『根』部」和「單位量詞」兩種語義用途，相關區辨於聲母分析章節內已具說明，本處授引詞例「根 2」在白語詞彙系統內的變化做為韻母演變分析。「根 2」的語音演變伴隨著表示的單位名詞不同而有不同的音節成分，例如表內的辛屯表示「根」即有兩種語音，以軟顎舌根音[kuã55]表示者，其名詞主要以長條形且具有近似圓形樣貌為主的物件，例如棍棒或筆等；以半元音為聲母表示者，其名詞主要以較細長條之片狀物件為主，例如草或手指；然而，從單位量詞的語音演變可知，單位量詞的聲母和韻母元音的演變與其所搭配的名詞屬性有極為密切的關係，不僅如此，與所搭配的名詞之外在形貌亦有所關聯，猶如單位量詞「根」，搭配植物名詞「草」時便有二種語音現象：[juũ42]和[t'a21]，若搭配再更細長條之物件，例如針、線或繩子時，其「根」的聲母則為舌尖鼻音[n̠e21]和[n̠ɯ42⁽緊⁾]，表示頭髮時在諾鄧則有[dʐɯ21]的語音現象，以韻母元音逐漸高化且不圓唇表示出其細小的語義特徵。因此筆者認為，其聲母的發展由軟顎舌根圓唇至脫落圓唇成分以舌尖化，並因[-i-]音的影響使聲母舌尖翹舌化，韻母輔音則漸次發展為不圓唇高化現象。

　　透過詞例表內的語音演變狀況可知，詞例「辛」其詞義表現在白語詞彙系統內甚為特殊。「辛」字本義為象形名詞，象古代刑刀之形並用形釋義為罪，因獲罪遭刑而使用的器具，在上古時期南方文學作品代表《楚辭》內，即已出現「辛」字，並已經引申用以表示食用時帶有刺激性味覺感受的食物，至

中古早期《聲類》內並進一步對此物解釋：「江南曰辣、中國曰辛」（按：中國指江北與江南相對），由此是第一度的詞義引申，白語在中古大理南詔約莫隋唐之際與漢語接觸，吸收此字釋義，遂以辛表示辣義，兩單音節詞以同音讀表示；唐人撰《周書》又以辛字表苦，《周書》：「柔武以匡辛苦。注：辛苦，窮也。」〔註61〕，至宋代文人蘇軾詞作〈浪淘沙・昨日出東城〉內即以辛表示辛苦、辛勞語義：「東君用意不辭辛，料想春光先到處，吹綻梅英。」〔註62〕至中古中期唐宋之際，白語亦借入辛的另一項表示「辛苦」的引申義，透過詞例表內的辛屯、漕澗及洱海周邊四語源區發現，由單音節詞引申而來的雙音詞「辛苦」一詞的「辛」，其語音的演變似與其他地區表示辛的語音不同，雖然都是受到漢語借詞的影響，但方言自身的內化表現卻不同，即融合自身語變和漢語滲透的影響而形成。此外，據本文研究認為，辛屯、漕澗及洱海周邊四語源區的「辛」字語音表現，是受到詞彙擴散進而誘導語音擴散的影響，由苦字韻讀[u]影響辛字原韻讀[i]，使「辛」字由原本的雙唇鼻音臻攝朝向苦字的陰聲韻遇攝靠攏，進一步觀察發現，「辛苦」的「辛」字韻讀為複元音[ou]及後化單元音[ɔ]或[o]，突顯中古時期借入詞彙後受到苦字的韻讀影響促使自身的音讀系統產生變化所致；另外，白語也同時借入了「辛」字的假借義「天干地支」義，韻讀則與表示辣義的辛字同音，以前高元音[i]表示。

關於臻攝整體的語音演化部分，臻攝開口三等主要以高化[i]為主要元音，合口三等雖不具[i]介音，但由韻讀的發展可知，其主流音讀[ɛ]實具有[i]元音的語音成分，而此處形成的[v]音，根據研究歸納認為，[v]實際上是漢語撮口[y]音的替代，其形成過程即當[ɛ]音讀內有的[i]音在持續高化的過程中形成滑音[u]：[ɛ]>[i]>[iᵘ]>[v]，由於語音演化使得白語語音系統內部撮口[y]音並不發達，因此，依據最小借入原則指出，即一種語言的音系是一個相對穩定的語言結構，民族語在借入音讀（指借入文讀音）時，總是要遷就符合屬於自身語音系統的主體音系結構，盡量在已有的語音系統音節結構內擇取適當的語音表達，而非引進新的語音系統複雜自身語音系統。因此，依據此原則可知，白語的[v]用以承載撮口[y]音讀，即是依循此最小借入原則進行。此外，關於

〔註61〕 「辛」字語義查詢於在線新華詞典：http://xh.5156edu.com/html3/18639.html。

〔註62〕 〔宋〕蘇軾著、劉石導讀：《蘇軾詞集（卷一）》（上海：上海古籍出版社，2009年）。

臻攝合口部分則有文白異讀，由[o]裂化形成的複元音形成，屬於借入漢語的文讀音；則合口一等韻則以低元音[a]持續高化演變：[a]>[v]>[o]>[i]/[ɿ]，並有由[o]裂化形成[uã]、[uĩ]等音質。

總結白語漢源詞臻攝的讀音類型及其借入時的層次表現：

層次1：眞欣臻韻開三*i（上古至整體中古時期層次，至近現代時期）

層次2：魂韻合一 a<*i/*ɿ；o<*uã、*uĩ（上古至整體中古時期層次，至近現代時期）

層次3：文韻合三 e（ɛ）<*v（中古至近代時期層次）

（三）梗曾攝的歷史層次

本部分主要重點是分析白語梗曾攝字讀音的演變現象及其歷史層次。總體而論，白語梗曾攝即包括陽－入聲韻之中古二等庚韻／陌韻和耕／麥韻、三等庚韻／陌韻和清／昔韻及四等青／錫韻等韻部，各韻開合口皆具，統計中古時期梗曾攝共有 20 個韻母，若不計入聲在內亦還有 10 個韻母，可見中古梗曾攝所包含的韻部量頗多，然普遍仍能透過中古《切韻》系統推導。

分析梗曾攝演變現象，依然需從共時和歷時兩個角度來看，從共時平面解釋，白語梗層攝字的讀音以等第及陽－入韻尾併合結果做為區分，初步根據主要元音的不同，可以分為主流層次及非主流層次兩種語音現象：曾攝開口一和三等韻讀在陽聲韻和入聲韻方面因韻尾脫落而呈現語音合流的態式，並演變為與深攝和臻攝合流一途，併合後的曾攝開口一和三等韻讀之主流層次韻讀以[i]及其持續高頂出位形成[ɿ]或[ɿ]音讀為主要元音；梗攝開口二等部分在陽聲韻和入聲韻尾脫落併合的過程中產生些微差異，陽聲韻併合後的主流層次韻讀以[i]及其持續高頂出位形成[ɿ]或[ɿ]音讀為主要元音，入聲韻雖以後化元音[u]或[ɯ]做為主要元音，但仍具有[i]元音的語音成分；梗攝開口三等和四等及合口三等，呈現兩條演化路徑：一條以[i]元音為主要元音合流於臻攝即「人辰韻」；一條以[o]元音及其高化[u]為主要元音合流於果假攝。由此可知，白語梗曾攝主要歷時層次音讀以[i]和[o]兩個元音為主，並由此展開語音演變。

以下將白語「梗曾攝」韻讀現象，整理如下表 5-4-5 所示：

表 5-4-5 白語梗曾攝韻讀語例

韻	白語韻母音讀類型		中古漢語韻母類型		韻讀相關例字列舉	
曾開口一等	陽聲	e/ə/ɯ/ũ/ŋ	陽聲	登開一	陽聲	崩燈[1]增
		u		等開一		肯
	入聲	e/v/u/ɯ/i	入聲	德開一	入聲	[2]塞墨黑得勒捆[3]刻缺
		ɯ/i/ŋ		職開一		[2]賊
曾開口三等	陽聲	ɛ̃/uã/ə/ɯũ/i	陽聲	蒸開三	陽聲	稱凝蠅
	入聲	o/ɯ/i/ŋ	入聲	職開三	入聲	纖食息織力識飾拭（詞例「息」在白語詞彙內亦可表示「止息」）

「曾攝開口一等」特殊詞例說明：

（1）詞例「增」字在白語北部方言區營盤，其韻讀出現舌尖元音[tsɿ55]。

（2）詞例「塞」和「賊」屬於入聲例，在入聲韻尾脫落的省併過程中，語音朝向陰聲蟹攝合流發展，體現《韻略易通》之「重蟹」攝韻之語音現象。

（3）詞例「刻」和「缺」白語以相同的音節語音結構[kʼv55]/[kʼu55]表示，韻母由近央元音往前高元音發展。「刻，鏤也」，此詞之古本義即表示雕刻在木頭上雕刻，雕刻即在完整的木頭上進行加工，加工即有所缺落或脫落，因語義相同相近，白語因而將二詞例採用相同音讀表示，此詞例音讀的主要來源有藏文[rko]、藏語[ko55]和彝語音讀[kʼe55]，屬於藏彝語親族語同源詞例。

韻	白語韻母音讀類型		中古漢語韻母類型		韻讀相關例字列舉	
梗開口二等	陽聲	ɛ̃/o/ŋ/ɿ	陽聲	庚開二	陽聲	撐[1]坑（「坑」在白語詞彙系統內又可表示洞或溝）
		a/i		耕開二		[2]氓
		a/ã		梗開二		[3]打
	入聲	a/ɛ/o/u	入聲	陌開二	入聲	[4]百柏格客窄白脈額魄劇擇（「劇」在白語詞彙系統內又可表示最或極）
		ɯ		麥開二		麥隔

「梗攝開口二等」特殊詞例說明：

（1）詞例「坑」在白語詞彙系統內亦等同於「洞」或「溝」，例如洱海周

邊語區即以「溝」表「坑」，更將「溝」之音讀[k'ɔ]→[k'o]表示屬性相關連之「溪」和「河」，在白語南部洱海周邊語區的詞彙系統內，主要將「溝－溪－河」視為語義相關連之組詞，表示小河道之義。

（2）詞例「氓」漢語釋義作「民」，白語詞彙系統內指古本義：黎民百姓之稱而非引申義表示「流氓」的縮小語義用法，此詞例亦可釋義作「他們」。

（3）詞例「打」在白語詞彙系統內又表示動詞「敲」，音節結構屬於漢源歸化特色，其本字應重新確定為「朾」，釋義為「撞擊」、「敲擊」，不同於中古漢語韻圖內的位置，此字在白語詞彙內為「端母開口二等梗攝」，其音讀為鼻化與非鼻化兩讀之[ta44]、[tã44]和元音高化[te44]等音讀，若對照韻圖相關位置發現，韻圖外轉第 33 開之「端母開口二等梗攝」位置，其例字為「盯」，但依據釋義可知，此字應該不是白語詞彙系統內表示「打」義的古本字，「打」之古本字由語義對應可知，應該是木部之「朾」，依據王力的擬音其漢語音讀[tæŋ]，對應白語「打」字的音讀發現，兩字之音讀和語義甚有所關連，白語在北部方言區共興和洛本卓、過渡語區之康福皆出現鼻化元音之音，且聲母卻仍未翹舌化，仍是以舌尖的型態出現，應屬於中古早期 A 期的漢語借源，做為舌齒音之古本源（詳細音讀概況見下表特殊字例韻讀概況表）。

（4）詞例「百」字在白語詞彙語音系統內亦有另一同音字「柏」，兩詞例使用相同音讀：[pɛ44]→[pe44]→[pə44 (緊)]/[pə̃44]表示，「百」和「柏」漢語上古音讀同為[peak]，此詞例可謂漢白同源之例，而此例在白語語音系統內，以入聲字具有元音鼻化現象，亦屬其語音特色。

韻	白語韻母音讀類型		中古漢語韻母類型		韻讀相關例字列舉
梗開口三等	陽聲	ə/e/ɯ/i/ŋ	陽聲	證開三	陽聲 乘馱 (1) 認孕
		a/ɛ/e/ɯ		庚開三	明平鳴迎
		v/ua/ue ia/iɛ/o/i		映開三	病命
		ã/iɛ/o		清開三	(2) 清稀名 (3) 糖聲輕
		i		勁開三	淨
	入聲	a/ɛ/o	入聲	陌開三	入聲 屐（亦表示草鞋）
		ɛ/iɛ/i/o õ/u/ui/iu		昔開三	赤石 (4) 蓆隻

梗開口四等	陽聲	a/iɛ/e o/i	陽聲	青開四	陽聲	釘聽星零[5] 屏青	
	入聲	ɛ/o/ua i/iɛ	入聲	錫開四	入聲	錫[6] 踢覡[7] 壁	
梗合口三等	陽聲	ð	陽聲	庚合三	陽聲	兄	

「梗攝開口三等和四等」特殊詞例說明：

（1）「認」和「孕」及曾攝開口三等詞例「稱」，在白語語音系統內同屬於與臻攝混用，並併入「人辰」韻之例。

（2）詞例「清（稀）」在白語詞彙系統內亦有借用動詞「看[xa55]」的語音表示，以能看到表示清楚、清徹之義，在北部語源區之洛本卓、中部語區過渡帶辛屯即有之；此外，本詞例亦有音讀以重唇音讀[pa42]→[po42]表示，此音讀即為借用「薄」的語義表示「稀」而來，例如在中部語區漕澗即有之，除此之外，此例普遍音讀即以漢語借源音讀，舌面音顎化[tɕʼe55]（韻母亦逐漸高化發展）表示，其音讀與同屬梗攝開口，但隸屬四等之「青」，以相同音節表示。

（3）詞例「糖」在白語詞彙系統內表示古本字「餳」，釋義為「糖塊」，與漢語借入後的「糖」屬於與宕攝混用例。此例音讀基本以[ta31]和[tã31]及[to31]表示，在漕澗另有[ka42 tsi31]、諾鄧有[ka35 mi33 tɕɛ33]，從其音讀[ka]至普遍音讀[ta]得以佐證白語聲母演變之軟顎舌根音與端系之演變甚有關連。

（4）詞例「萆」有兩釋義：第一作為名詞表示「蓑衣和雨衣」之義，《說文》：「萆，雨衣，一曰衰衣」；《廣雅》：「萆，謂之蓑」；第二作為動詞表示「蔽」、「遮蔽」或「蓋」之語義，由雨衣／蓑衣披或覆蓋在身上用以遮蔽的動態樣貌引申表示動詞語義，名詞和動詞的語義區分，使用主元音之高低予表示。

（5）詞例「屏」漢語普遍釋義為「遮蔽」，白語語音系統內以「蔽」的語音表示，韻母元音由低元音並裂白為複合元音再以單元音高化[-i-]發展；進一步由「遮蔽」的語義引申為「隱藏」，「遮蔽」需有外在物件與以「遮掩／遮蔽」，因此引申出「隱藏」詞彙，並以「藏」表示。

（6）詞例「踢」在白語語音系統內之音讀為[tʼua]→[tɕʼɛ44]（受韻母介音影響而產生聲母舌面音顎化作用）表示，漢語中古時期音讀為[tʼiek]，此詞例可謂中古時期漢白同源之例。

（7）詞例「壁」在白語詞彙系統內之語義等同於「籬笆」及「圍牆」。

透過上表 5-4-5 的韻讀歸納，進一步將相關例字之白語音讀列舉如下表 5-4-6 所示，並提出數條詞例予以對應說明。試看下列特殊字例韻讀概況分析，首先標舉曾攝開口一三等字例韻讀概況：

表 5-4-6　白語曾攝開口一三等特殊字例韻讀概況

分布　　代表點	曾開一						曾開三				
	端	精	來	曉	心	從	船	心	疑	以	書
	燈	增	勒	黑	塞	賊	食/吃	息	凝	蠅	拭
共興	tũ55	tsũ55	kɯ44	χɯ44	tsʼɯ55 tsʼi55	tsɯ42	ju44（dzu42）	çã55	ŋɯ44	zɻ55	ʂo42
洛本卓	tɯ55	tsɛ̃55	ke44 kɯ44	χɯ44	tɕʼi55	tsɻ42	ju44（za42）	çõ55	ŋũ44 ũ44	çõ55 mõ55	çi42
營盤	tɯ55	tsɻ55	kɯ44	xɯ44	tɕʼɯ55	tsɻ42	zɻ44（dza42）	ça55	ŋɯ44	iũ55	sɻ42
辛屯	tẽ33	tɕʼiã55 kʼɯ33	lɛ55 tɕʼɚ44	xɯ33	tsu33	tsɯ42	ju44 si35（tsou42）	çi35	tẽ44	sɯ21 zu21	ma55
諾鄧	tɯ35	tsi55	ke44	xɯ55	tʂʼɯ55	dzɯ42	ju44（tso42）	ça35	ŋɯ21	zɯ21（緊）	ʂɯ21 tʂʼo55 ma35
漕澗	tũ24	tsṽ44	si42 kʼuã31	xɯ33	tsu24	tsɯ42	ju44（tsau42）	çiã24	tɯ44	zũ42	tsʼa24
康福	tũ55	tsi55	le44 tsʼɯ44（緊）	xɯ44（緊）	tsʼɯ55	tsɯ42（緊）	ju44 si35（tsa42）	çã33 çau33	tũ44（緊）	zũ21（緊）	tsʼa55 pɯ42（緊）
挖色	tɯ35	tsv44	le44 tɯ44	xɯ44	tsu35	tsɯ42	ju44（tsou42）	ça35	tɯ44	sɯ21	sɯ44 ma35 tsʼa35
西窯	tɯ35	tsv44	le44 tɯ44	xɯ44	tsu35	tsɯ42	ju44 zu44 ɣɯ44（tso42）	ça35	tɯ44	sɯ21	sɯ44 ma35 tsʼa35
上關	tɯ35	tsv44	le44 tɯ44	xɯ44	tsu35	tsɯ42	ju44（tsou42）	ça35	tɯ44	zɯ21	sɯ44 ma35 tsʼv35
鳳儀	tɯ35	tsv44	le44 tɯ44	xɯ44	tsv35	tsɯ42	ju44（tsou42）	ça35	tɯ44	zɯ21	çɯ44 ma35 tsʼv35

藉由詞例表 5-4-6 內的語音演變概況，特別舉出中古時期借入的漢語借詞詞例「增」，其韻讀部分有二種演變模式：

（1）透過語義深層對應法則可知，「增」字在中古時期借入後，其韻讀主元音演變朝向合流梗攝發展是依據其本義爲之，「增」字本義即表示增多之義，《說文》和《廣雅》皆將「增」字本義釋義爲「益」和「加」，「益」和「加」又引申表示「多」的語義〔註 63〕，因此白語在果攝歌韻「多」字，其上古韻部屬於歌部，其[i]尾脫落後以低元音[a]展開果攝語音一脈的發展，然而，筆者認爲，白語「多」字的語音演變實與「增」字的本義，即上古韻部屬錫部、中古屬入聲昔韻的「益[ĭek]」密切相關。

（2）「增」字在中古時期以本義借入白語音讀系統後，即以韻尾脫落後的音讀爲之形成：[tsi55]（康福），其音讀主元音即以前高元音[i]表示，「多」字的音讀皆爲：[tɕi55]，即是受到本義「益[ĭek]」的讀音影響而產生聲母顎化作用爲舌面音[tɕ]，韻尾[e]介音保留高化爲[i]，因此使得果攝「多」字發展成不同於果攝的音值；隨著漢語音讀再次深化，「增」字的韻讀主元音朝向央元音化的音譯發展：[tsṽ44]→[tsũ44]→[tsĩ44]（漕澗），透過音譯的借入方式，也形成「增產」和「增加」詞例：[tsṽ44 tsʼã31/tsũ44 tsʼã31]（增產）和[tsũ55 tɕa55]/[tsĩ44 kʼɯ44]（增加）。

詞例「食」在洱海周邊之西窰語區，其聲母屬於去零化的語音演變現象，由半元音讀發展爲濁擦音語音現象，強化其聲母音值以表示「吃」的動作義，然而，「食」字作名詞時，其音讀明顯屬於音譯近現代漢語借詞音讀而來[si55]。進一步認爲，「食」字整體音讀現象在白語語音系統內甚爲複雜，如同漢語一般，存在類比和語音變化相互關聯的語音現象，「食」字做爲動詞時又等同於「吃」和「嚼」等食用的動作語義，但其語音來源卻不全然相同，等同動詞做爲「嚼」義理解時，其音讀來源除了藏彝親族語外，亦受有上古和中古漢語音讀影響。

換言之，當詞例由「食」表示動詞動作義而延伸出「吃」和「嚼」的動詞語義時，兩詞分別隸屬於臻攝和宕攝，在調值方面二詞同屬中古入聲，雖然語義上有引申關聯性，但兩詞例在白語的詞彙語音系統內所表示出的語音結構，卻分屬於兩種不同的語系層面來源，不僅有藏彝親族語音成分，由詞例「嚼」

〔註 63〕 字義解釋查詢自《説文解字》線上查詢系統：http://www.shuowen.org/、在線《漢典》：http://www.zdic.net/、在線新華字典：http://xh.5156edu.com/index.php，以下字義解釋查詢來源皆同，在此一併加註說明。

之白語音讀爲：[tsou42]/[tsao42]/[tso42]/[tsu42]及[ʔa44 mo42]等語音形式，及其語義表示「反芻」、「用牙齒咬碎」之義可知，白語詞例音讀主要又可與漢語上古及中古音讀[dzɔk]對應，白語音讀並擬其咬碎時的磨擦聲響，因而在聲母部分主要以塞擦音[ts]-[dz]或擦音[ʑ]爲主。

再者，詞例「吃」之語義由「嚼」字引申而來，釋義作「食」表示動詞動作語義，表示「將東西送入口中而咽下」並引申具有「結巴」的語義，詞例在白語音讀以半元音爲聲母爲主[j-]，音讀主要源自於上古及中古漢語音讀[kjət]而來，由來源本義「嚼」字韻母逐漸高化形成不圓唇[ɯ]，此韻母音讀具有[i]和[ə]兩種語音成分，白語此詞音讀並透過韻母主元音[ɯ]內所具有的央元音讀[ə]，擬其咽下及結巴之語音；此外，此詞例韻母之[i]音則與聲母半元音[j-]作用而形成濁擦音[ʑ]，韻母並高頂出位形成舌尖元音，屬於近現代語音演變現象，此詞例音讀亦有單元音裂化爲複合元音現象[jou]，屬於借自語義「嚼／咬」而音譯的語音現象。此兩詞例屬於語義之引申進而鏈動語義演變化發展之語義－語系層面之同源層次，詞例「吃」除了動詞動作語義外，由唐代樊綽《蠻書》內所記「飯謂之喻」〔註64〕可知，詞例「吃」在白語詞彙系統內又可表示名詞的食物「飯」，而現今白語表示「飯」的音讀爲[x'ɚ55 zi33]（康福）／[xe55 sɻ31]（兩音讀差異在軟顎舌根音是否送氣），而表示名詞語義的半元音讀[jɯ44]則爲此複合音讀的連音現象所致。

此外，詞例表在曾攝開口三等列舉的入聲職韻「拭」字，白語詞彙系統內又將其釋義爲「擦」，此例透過詞彙擴散作用影響其主元音的發展，詞例「拭」上古音讀爲：[sjək]，入聲韻尾脫落消失後，其介音和主元音分別對白語音讀產生演變：介音對白語聲母產生舌面擦音[ɕ]和翹舌擦音[ʂ]的聲母發展，在洱海周邊語區形成塞擦音化[tsʻv35]；其主元音[ə]白語採用自身的語音系統音讀[ɯ]表示，然而，從詞例表內的共興語區音讀，可以看出詞彙擴散影響主元音後化的影響，由「拭」進一步借入其本義「擦」的漢語釋義，在共興進一步將主元音後化爲圓唇[o]表示，同樣表示原詞例「拭」字，則由[i]音高頂出位以舌尖後元音[ɻ]表示；除了共興，雲龍諾鄧的三種語音，除了第一種語音屬於「拭」字音讀外，其餘二音讀值得一提：第二種音讀爲拭字的白話語義「擦」，

〔註64〕〔唐〕樊綽：《蠻書》。此處引句查詢於：《蠻書》－中文百科在線，網址：http://www.zwbk.org/zh-tw/Lemma_Show/155786.aspx。

「擦拭」爲並列結構同義詞，先有拭的音讀[ʂɯ21]借入後才有擦的語義借入
[tʂʻɔ55]；第三個音讀[ma55]屬於近現代的漢語語義借入表示物件與被擦拭物
間的接觸動作，因此引申表示「抹」的語義。

　　進一步分析梗攝開口二三等及開口四等特殊字例韻讀概況，如下表 5-4-7
說明：

表 5-4-7　　白語梗攝開口二三等特殊字例韻讀概況

分布 代表點	梗開二						梗開三				
	溪	明	端	莊	明	疑	清	明	群	並	昌
	坑	氓	打	窄	麥	額	清（稀）	命	屐	葦	赤
共興	kʻõ31	bei55	tã44	tʂʅ44	mɯ44 go21	ŋɛ44	tɕʻɛ̃55	ȵuɛ̃42	qɛ42	bi44	tsʻiɛ44
洛本卓	kʻu55	bi55	tã44	tʂɛ44	mɯ44 ku21	ŋa44	tɕʻã55 xa55	ȵua42	qa42	dʑui44	tʻa44
營盤	kʻo31	vi55	te44	tiɛ44	mɯ44 kv21	ŋa44	tɕʻo55	ȵõ42	qo42	bi44	tʻo44
辛屯	tou42	uã55	ta33	tse55	mu33 ko21	ŋə33	ɕiou33 xa33	mĩ55	ŋe21	pi44 se33	tɕʻə44
諾鄧	kʻua21	pa55	du21 tse42 tɛ33	tʂɛ33	mɯ33 gɔ21（緊）	ŋɛ33	tɕʻɛ55	miɛ42	tsʻu44 kɛ21	dzɯ21 ʂɛ33	tʂʻɛ33
漕澗	kao42	pa55	tɯ33	tsɛ44	mũ33 kṽ33	ŋɛ33	tɕʻv42 po42	miɛ42	ŋã21	pi21	tsʻɛ44
康福	tõ44（緊）	pa55	tə̃44（緊） ta31	tsə̃44（緊）	mɯ44（緊） ko21（緊）	ə̃44（緊）	tɕʻə55	miə42（緊）	kə42	pĩ31	tsʻə44
挖色	kʻɔ31	pa55	tə44	tsə44	mɯ44 kv21	ŋɛ33	tɕʻə55 tɕʻi55 tɕɯ32	mia55	ŋe21	pi31 se33	xuo35
西窯	kʻɔ31	pa55	te44	tse44	mɯ44 kv21	ŋɛ33	tɕʻe55 tɕʻi55 tɕɯ32	mia55	ŋi21	pi31 se33	xuo35
上關	kʻɔ31	pa55	tə44	tsə44	mɯ44 kv21	ŋɛ33	tɕʻə55 tɕʻi55 tɕɯ32	miɯ55	ŋe21 tsi44	pi31 se33	xuo35
鳳儀	kʻɔ31	pa55	te44	tse44	mɯ44 kv21	ŋɛ33	tɕʻe55 tɕʻi55 tɕɯ32	miɯ55	ŋi21	pi31 se33	xuo35

　　詞例動詞「打」，在諾鄧和康福具有兩種語義影響語音演變的層次現象，在
諾鄧普遍表示「打」的語義爲舌尖濁塞音[du21]，表示被動語義的「打」時，
其聲母不僅產生塞擦化亦帶動韻母元音低化發展[tse42]，若是表示漢語「打」
字句時，則音讀爲[tɛ33]；康福也有相同的表現方式，在主動從事「打」的動作

時以韻母元音爲翹舌音[tʂ̃44]表示，例如「打中[tʂ̃44^{（緊）} tɯ44^{（緊）}]」，隨著近現代漢語「打」字音讀不具翹舌音後，白語借入漢語口語話詞彙例如「打比方[ta31 pi31 fã55]」，即完全音譯漢語借詞音譯轉入，並用借入的漢語「打」字音讀[ta31]表示抽象的打字句，除了上例打比方外，另外還搜集到「打賭[ta31 tu31]」、「打佧[ta31 kʼo21 sue55]」、「打呵吹[ta31 xʼa33 tɕʼa55]」等詞例，全然將漢語詞彙音譯借入自身詞彙系統內，形成兩種層次音讀現象。

先不論詞例形容詞「清」的另一語義「稀」，單純就「清」義而論，此例屬於白語語音讀統內表現漢語借入後的「重紐」現象，依韻圖位置而論，「清」字居韻圖外轉第 33 開，屬於假四等之例，其音讀在白語語音系統內與眞四等「青」相同；此外，在韻圖上亦屬於假四等位之「輕」，在白語語音系統內屬三等現象，其聲母屬於舌尖化[ts]，呈現由舌面音往舌尖音顎化的語音現象。

以下列舉關於梗攝開口四等之相關詞例語音演變現象，如表 5-4-8 所示：

表 5-4-8　白語梗攝開口四等特殊字例韻讀概況

分布 代表點	梗開四				梗合三
	透	透	心	幫	曉
	聽	踢	星	壁	兄
共興	tʂʼe55	tɕʼe44	sã55	po33	jo55
洛本卓	tɕʼiã55	tɕʼe44	çã55	bɯ33 xɔ33 dzuo33	ɳṽ55 ɳõ55
營盤	tɕʼo55	tɕʼe44	ʂe55	tɕua33	qo55 ɳõ55
辛屯	tɕʼiə̃55	tɕʼiə55	çʼie33	pʼie33	tou55
諾鄧	tɕʼe55	tsua35 tɕʼe44	çe44 kʼo44	pie33 pʼie33	jo35
漕澗	tɕʼv42	tɕʼe44 pʼa44	çv42	ɣõ33	ko33 zv24
康福	tɕʼɚ55	tɕʼɚ44^{（緊）}	çʼɚ55	piɚ44^{（緊）}	jõ33
挖色	tɕʼɚ55	tʼua44	çɚ55	u33pɔ33	kɔ44
西窯	tɕʼe55	tʼua44	çe55	u33pɔ33	kɔ44
上關	tɕʼɚ55	tʼo44	çɚ55	u33pɔ33	kɔ44
鳳儀	tɕʼe55	tʼo44	çe55	u33pɔ33	kɔ44

關於梗曾攝的合流演變，需回溯其早期韻讀整體使用概況來看。梗攝庚、耕、清、青四韻部在上古晚期約莫魏晉南北朝時期仍是同中有異的語音形式，王力依據當時代的詩人用韻考證，庚、耕、清、青四韻部實際使用情形是庚、耕、清同用，但青韻獨用〔註65〕；據此，進一步根據李榮、馮蒸、尉遲治平及薛才德等學者的研究可知〔註66〕，梗攝在庚、耕、清、青四韻部同用通押的比例較之獨用爲多，但與曾攝的互通情況則是截至中古中晚唐時期仍分用不相混，但此種分用不相混的語音現象至宋代產生變化，甚至有併合現象；此外，周祖謨對庚、耕、清、青四韻部的合流及併合指出：「曾攝蒸登兩韻轉入梗攝，此爲宋以後之變音，與《四聲等子》、《切韻指掌圖》合。」〔註67〕透過學者們的說明得以知悉，劃分白語梗攝庚、耕、清、青四韻部，和曾攝蒸登兩韻部的歸併合流的時間，主要歸納成下列所示：

魏晉南北朝 （上古晚期）	中古中晚期 （晚唐）	宋代	白語語音現象
1. 梗曾兩攝未合併 2. 梗攝庚耕清同用 3. 青韻獨用	1. 梗曾兩攝未合併 2. 梗攝庚耕清青同用通押	曾攝蒸登兩韻合流併入梗攝	梗曾攝趨向合流通攝、臻攝和止攝

從白語梗曾攝與臻攝合流這點，筆者歸納韻讀類型時，發現梗曾攝內的少數詞例，例如：認、孕（梗開口三等，證開三：日母和以母）、稱（梗開口三等，蒸開三，昌母，一字二讀：又讀）及肯（曾開口一等，等開一，溪母）等詞例發現，由於受到發音省便的語用方式及音系簡省的音理原則影響，元音發展逐漸前化後，使其音讀不約而同皆具有[i]音成分或[uã]（元音[ɯ]亦具有[i]音成分），合流入臻攝音讀內的結果，進一步形成「人辰」韻，若將鼻音韻尾還原說明，即是原舌根鼻音[-ŋ]韻尾的這四條詞例合流併入舌尖鼻音[-n]韻尾內，試看

〔註65〕王力：〈南北朝詩人用韻考〉《清華學報》第 11 卷第 3 期（1936 年），頁 783～842。

〔註66〕李榮：〈我國東南各省方言梗攝字的元音〉《方言》第 1 期（1996 年），頁 1～12、馮蒸：〈《爾雅音圖》音注所反映的宋初三、四等韻合流〉《漢字文化》第 4 期（1997 年），頁 55～57、尉遲治平：〈論中古的四個等〉《語言研究》第 4 期（2002 年），頁 42～46、薛才德：〈漢語方言梗攝開口二等字和宕攝開口一等字的元音及類型〉《雲南民族大學報（哲學社會科學版）》第 1 期（2005），頁 138～143。

〔註67〕周祖謨：〈宋代汴洛語音考〉文（1942 年），收錄於《問學集（下）》（北京：中華書局，1966 年），頁 581～655。

下列表 5-4-9 相關韻讀概況分析：

表 5-4-9　白語梗曾攝之人辰韻特殊字例韻讀概況

例字	中古聲紐	共興	洛本卓	營盤	辛屯	諾鄧	漕澗	康福	挖色	西窯	上關	鳳儀
肯	溪開一	ẽ33 ua33	lɯ33	ta21 lɯ33	a55	qʼu33	kʼu31 tɕʼuɛ42	to33 ji55⁽緊⁾	tɔ33 lɯ33	tɔ33 lɯ33	tɔ33 lɯ33	tɔ33 lɯ33
孕	以開三	fv44 kʼo44	xu44	ɣe44	fu31	tsɯ31 tsi33	fo33⁽緊⁾	tsɯ31 tsi33	fv44	fv44	fv44	fv44
認	日開三	ʐũ55	ʑɯ55	ʑɯ55	zɯ55	jɔ21	zɯ55	sɯ44	sɯ55	sɯ55	sɯ55	ʑɯ55
稱	昌開三	tɕʼuẽ55	tɕʼuẽ55	tɕʼuẽ55	tɕʼui55（tɕʼy42）	tɕʼui55	tɕʼuã42	tɕʼuẽ55 tɕʼuĩ55	tsʼo55	tsʼo55	tsʼo55	tsʼo55

　　表格語例內之「孕」在白語語音系統內以多音節[fu31/fo33⁽緊⁾ o33 to21⁽緊⁾]，以單音節結構表示即[fu31]/[fo33⁽緊⁾]，亦有以外貌形態語義其音讀，例如以腹部突起成圓形貌說明[fv44 kʼo44]。

　　前文針對梗曾攝的讀音演變概況已有初步分析，關於讀音部分仍有三點有待進一步說明：

　　（1）帶有[-i-]介音的讀音：裂化為複合元音（[ie]）/[iɛ]/[ia]

　　此種語音演變現象甚為普遍，根據潘悟云和鄭張尚芳所言〔註68〕，介音的生成除了經由[ɯ]的前化，即[ɯ]>[i]之外，透過[e]的逐步裂化也能達到[-i-]介音的生成機制，即：e>ie>iɛ>ia，此種演變現象受到元音高化和低化的作用影響。白語梗曾攝內的[i]音質成分，除了二等字主要透過[e]的裂化形成[i]音質外，餘者皆能透過此兩種演化原則而成。

　　（2）不帶有[-i-]介音的讀音：[e]/[ɛ]

　　由單元音的主流音讀進而裂化為非主流音讀的複元音現象雖屬普遍的語音演變機制，但受到聲母的影響，特別在二等韻讀時，若韻讀發音與聲母相衝突時，將使介音丟失形成不帶介音成分的單元音。

　　（3）[i]音質持續高頂出位

　　梗曾攝在[i]音質部分仍有持續高頂出位的演變形成[ʅ]和[ɿ]的語音現象，這

〔註68〕潘悟云：《漢語歷史音韻學》，頁 295、鄭張尚芳：〈漢語方言異常音讀的分層及滯古層次分析〉文，收錄於何大安主編：《南北是非：漢語方言的差異與變化》（第三屆國際漢學會議論文集・語言組）（2002 年），頁 97～128。

類的語音現象主要發生在聲母爲舌齒音時，因聲母和原[-i-]介音拼合進而產生舌尖化的語音作用所致，使得介音舌尖化進而高頂出位形成舌尖元音[ʅ]和[ɿ]。

　　經由上述語音現象的討論，以下總結白語梗曾攝的讀音類型和基本的層次類型：

　　曾攝：層次 1：e/ɛ<*i（上古層次）

　　　　　層次 2：v、ɯ（中古層次用以表示鼻音韻尾脫落後的主元音和韻尾）

　　　　　　　　　i<* ɤ/ʅ（中古層次）

　　　　　層次 3：ə（近現代層次）

　　梗攝：層次 1：a（上古層次）

　　　　　層次 2：a<*o（中古層次：演化過程出現過渡複元音韻母音讀[ua]

　　　　　　　　　或[ue]）

　　　　　e<*i、ʅ、ɿ；ie、iɛ、ia（中古層次）

二、韻尾省併之重某韻路線

（一）咸攝、山攝的歷史層次

　　本部分主要分析白語咸攝和山攝讀音的演變現象及其歷史層次，將此二攝至於同單元來看，是因爲從白語韻讀演變現象的歸納中發現，此二攝彼此間有著語音鏈移推鏈的關聯性，由咸攝和山攝彼此鏈移著鼻音韻尾脫落後的語音演變概況。這部分筆者分爲三部分討論：先就咸攝和山攝整體韻讀演變歸納整理，並舉出相關例詞；再透過韻讀表和例詞列舉表，最後總體論述咸山攝語音層次的演變現象。

1. 咸攝韻讀演變概況

　　總體而論，白語咸攝包含一、二、三、四等字，普遍能透過中古《切韻》系統推導。從共時和歷時兩個角度觀察，從共時平面音讀概況，白語咸攝字的讀音根據等第的不同，基本可以區分爲一四等以低元音[a]爲主，和二三等以逐漸高化的[ɛ]和[i]爲主，來說明其語音演變現象，同樣將其音讀以主流層和非主流層來區分：第一類主流層次韻讀以[a]及其鼻化音形式[ã]變異形成爲主要元音；第二類非主流層次韻讀以高化後的元音[i]及其高頂出位的[ʅ]/[ɿ]主要元音。由此可知，白語咸攝主要歷時層次音讀爲[a]，並由此展開語音演變。

　　經由整理，將白語咸攝和山攝韻讀歸類狀況，分別以表 5-4-10 歸納咸攝韻

讀、表 5-4-13 歸納山攝開口韻讀概況，與表 5-4-17 歸納山攝合口韻讀現象，分三張表呈現咸攝和山攝相關韻母演變情形，再分別舉出相對應的例字予以說明。

首先，先就咸攝的韻讀概況進行歸納討論為表 5-4-10：

表 5-4-10　白語咸攝韻讀語例

韻	白語韻母音讀類型		中古漢語韻母類型		韻讀相關例字列舉	
咸開口一等	陽聲	a/ã	陽聲	覃開一	陽聲	(1) 含䔖
		a/ã		談開一		(2) 三毯敢
		a/i		敢開一		膽
	入聲	a	入聲	合開一	入聲	踏 (3) 盒
		a		盍開一		(4) 臘 (5) 渴砸擠 (6) 蓋
		a/ua				蹋

「咸攝開口一等」特殊詞例說明：[註69]

（1）詞例「含」字漢語上古音讀為[ɣəm]，對應白語音讀鼻化或未鼻化之小舌音與軟顎舌根音並存的語音現象：[qa31]/[ka31]/[kã31]，可謂漢白同源之例，此外，白語此詞例又可與侗臺語音讀對應[ŋkem2]，屬於重疊來源之詞例。

（2）詞例數字「三」漢語上古音讀為[səm]，對應白語音讀鼻化或未鼻化之音讀[sa55]/[sã55]，可謂漢白同源之例。

（3）詞例「盒」在白語內又釋義為「箱」，在白語詞彙系統內有兩種現象：其一是盒等同於箱，皆以漢語借詞音讀[ɕiã55]/[ɕa35]表示（例如洱海周邊四語區和辛屯）；其二是深入吸收漢語借詞而將二詞語分開：盒[ɣa21]/[xau55]和箱[ɕa44]/[ɕã55]（例如諾鄧和康福）。進一步分析其語音形貌，表示「盒」時其與音和表示盛酒的酒器「盂」同音，其音讀為[ɣa42]→[ɣo42]/[ʁa42]→[ʁɛ42]→[ʁo42]，其音讀借自上古漢語音讀[ɣəp]而來，屬於漢白同源之詞例。

（4）詞例「臘」在白語詞彙系統內屬於近現代漢語借詞例，主要表示舊曆歲制「十二月」即所謂「臘月[ja42 ŋua33]」或醃漬物「臘肉[la33 (緊) kɛ21]」借詞「臘」在聲母部分受到補語的聲母不同而有半元音和漢語音譯邊音的聲母語音現象。

[註69] 特殊詞例說明內，若引出漢語方言擬音者，不論上古或中古皆採用王力擬音予以說明，以下皆同，於此統一說明。

（5）詞例「渴」字白語音讀為[qʹa44]/[kʹa44]，漢語上古和中古音讀皆為[kʹat]，屬於漢白同源之例。

（6）詞例「蓋」字在白語詞彙系統內用以廣義表示可用以遮蔽的物件，同音字亦有「罩」[qʹa44]/[kʹa44]，洱海周邊語區亦將「扣」也同樣以[qʹa44]/[kʹa44]做為音讀現象。

韻	白語韻母音讀類型		中古漢語韻母類型		韻讀相關例字列舉	
咸開口二等	陽聲	a/ɛ/e	陽聲	咸開二	陽聲	蘸
		ɔ̃/ou				(1) 咸（鹹）
	入聲	a	入聲	狎開二	入聲	壓 (2) 匣鴨
		a/ia/ɛ				(3) 甲鱗隔殼
		a/ɛ		洽開二		(4) 夾剪炸

「咸攝開口二等」特殊詞例說明：

（1）「咸」字即味覺「鹹」字。在白語音讀系統內以「苦」的音讀表示，「苦」字為「遇攝、姥韻合口一等」，屬於同音異義的詞例，形成咸攝開口特殊語變現象[ɔ̃]或[ou]，透過韻讀概況，將其歸屬於咸攝與遇攝混用現象。

（2）詞例「匣」字白語表示收藏物件的盒子，又釋義為「糧櫃」，專指放置米糧等食物的櫃子。

（3）詞例「甲鱗隔殼」這組詞，在白語內以相同字音[qɛ44]/[kɛ44]表示，除了「鱗」外，漢語上古音讀「甲隔殼」同屬入聲字，音讀為[kep]/[kek]，歸屬於漢白同源之語例範圍。

（4）詞例「夾」和「剪」在白語語音系統內的音讀同屬[qa42]→[kɛ42]→[qe42]→[qo42]，其元音逐步高化發展，其漢語上古音讀為[kep]，詞例「夾」屬於漢白同源之詞例；此外，詞例「剪」白語音讀除了與「夾」同語音外，其中古時期借入漢語「剪」字音譯語音[tsĭan]而形成[tsai42]語音，此時白語將「剪」字的語義擴增為「剪裁」，並以「裁」的語音做為「剪」的語音並承載「剪」後的結果，此例屬於漢白同源之詞例。

韻	白語韻母音讀類型		中古漢語韻母類型		韻讀相關例字列舉	
咸開口三等	陽聲	ã/ɛ̃/ĩ/ɣ̃	陽聲	咸開二	陽聲	(1) 鹽鐮尖 (2) 閹淹
		ã/v/ɛ̃/e				腌
	入聲	a/ɛ/e/ue/i	入聲	葉開三	入聲	接折 (3) 葉

「咸攝開口三等」特殊詞例說明：

（1）詞例「鹽」屬於白語底層本源詞，其音讀屬於上古時期，透過唐代樊綽《蠻書》之音讀記音「鹽謂之賓」，而現代白語表示「鹽」的音讀都為[pĩ55]/[pi35]可知，其音讀屬於本源現象，但受漢語借詞影響，在聲調值方面出現借詞聲調[35]，韻母部分則裂化爲複合元音：[piã21]（漕澗），具有漢語借詞成分，這樣的語音演變現象則從底層本源趨向漢源歸化的語音現象，既保有底層語音特徵又具有漢語借詞語音現象。

（2）詞例「閹」、「淹」和「腌」同屬於咸攝開口三等字，同屬影母全清。

（3）詞例「葉」的音讀具有聲母翹舌擦音送氣及不送氣對應現象：[ʂɚ44]/[ʂ'e44]。

韻	白語韻母音讀類型		中古漢語韻母類型		韻讀相關例字列舉	
咸開口四等	陽聲	a/ã/ua/ɔ	陽聲	添開四	陽聲	(1) 拈點
		e/iɛ/õ				
	入聲	a/iɛ	入聲	添開四	入聲	貼碟蝶疊 疊可表雙音節折疊

「咸攝開口四等」特殊詞例說明：

（1）陽聲和入聲韻讀內的複元音讀[iɛ]，由單元音讀[ɛ]受到漢語接觸影響而使得白語整體韻讀系統產生裂化而成，屬於近現代音讀之文讀層次。

（2）白語詞彙系統內特殊詞彙「拈」，即漢語釋義做「撮」或「捧」，特別突出其用「手指」搓捏或拿東西之義，做為單位量詞使用，其音讀隨著搭配的名詞不同而有不同的語音演變形態；然而，白語詞彙系統內部另有針對單位量詞「撮」借入漢語音讀[ts'ua44]之語音。

透過上表5-4-10咸攝的韻讀歸納及相關例字說明，進一步將相關例字之白語音讀現象列舉如下表5-4-11咸攝開口一二等，和表5-4-12咸攝開口三四等所示；考量白語韻讀在咸攝四等皆俱全，且詞例份量較多，因此將例字範例表分爲開口一二等和三四等說明，例字表後並舉出數條詞例予以對應解說。首先歸納咸攝開口一二等相關例字：

表 5-4-11　白語咸攝特殊字例韻讀概況（一）：開口一二等

分布 代表點	咸開一					咸開二				
	從	見	精	端	透	影	來	見	牀	匣
	蠶	蓋	擠	膽	踏	壓	鱗/殼	夾/剪	炸（煠）	鹹
共興	tsa21	q'a44	tse44	ti33	ta42	ja44	qa42	ʁa42 qo42	tsa55	q'o31 ts'õ31
洛本卓	zã21	q'a44	tsa44	ti33	ta42	a44	qa42	ɢa42 qa42	tsa55	q'u31 ts'õ31
營盤	zã21	q'a44	tsa44	ti33	ta42	ja44	qe42	qe42	tʂa55	q'u31 ts'õ31
辛屯	tsã21	k'e31 t'ã33	tsui21 kɯ55 kou55	tã33	ta42	a44	kə44	kə42	tsa55	ts'ou31
諾鄧	tsa21	ke55 k'a33 t'a33 p'ɯ21	tsue33 ts'ue55	da21	ta42（緊）	ja44	kɛ44	kɛ42（緊）	ʂu33 tʂa33	tɕ'o21
漕澗	tsã31	p'ɯ31	tɕi31	tã33	ta42	ja44	lĩ31	tɕia24	tsa31	ts'õ31
康福	tsã21（緊）	p'ɯ31 t'a44（緊）	tsue44（緊） tɕi44	tã33	ta42（緊）	ja44	kə44	kə42 tɕa35	tsa55 tsã55	ts'ãu31
挖色	tsa21	k'a44	ə44	ta33	ta42	ja44	ke44	kə42 tɕa35	tsa55	ts'ou31
西窯	tsa21	t'a44	a44 e44	ta33	ta42	ʐa44	ke44	kə42 tɕa35	tsa55	k'o31 ts'o31
上關	tsa21	k'a44 mɯ42	tɕi44	ta33	ta42	ja44	kɛ44	kə42	tsa55	ts'ou31
鳳儀	tsa21	k'a44 mɯ42 p'ɯ33	a44 e44	ta33	ta42	ja44	kɛ44	kiɛ42	tsa55	ts'ou31

　　白語詞彙系統內的動詞具備語義構詞現象，即語義牽動語音發展的層次演變現象，並產生相對應的聲變和韻變，但在聲調值性類別上，白語卻未相應產生調變狀況。例如上表白語咸攝開口一二等詞例「蓋」和「擠」，隨著動補結構之補語的屬性差異，其語音亦隨之演變，諸如「蓋」字在白語語音系統內的基本音讀為[k'a44]或[t'a44]，以音讀漢語借詞「蓋」或取其覆蓋塌上之音為之，隨著補語加上如「蓋章[ke55]」、「蓋頂[p'ɯ31]」、「蓋土[k'e31]」或「蓋上被子衣物等[t'a44]」等，其其語音亦隨之演變，從聲母的演變亦可得知其軟顎舌根音和唇音間的語音關聯性；此外「擠」字亦然，表示人擠人時諾鄧以

[ts'ue55]表示、康福則以[tɕi44]表示，辛屯則有[kou55]→[kɯ55]兩種韻母由複合元音單音高化演變的語音現象，表示擠牛奶等液體時則以[tsue44]/[tsui21]表示，以送氣與否做為語義上的區辨。

詞例「鹹」的語音發展已然普遍為聲母塞擦化甚或舌面化，但較為特殊的語音現象，即是白語在上古早期具有採用小舌音和軟顎舌根音為聲母，以擬「苦[q'o]/[k'o]」的音讀表示「鹹」，以苦釋鹹這是取其味覺感受，借用自身語言系統內的語義解釋，即極重的「鹹」味便形成苦味的現象轉用表示「鹹」的語音，聲母並由軟顎舌根音往舌尖塞擦音發展，此後兩詞例音讀分開且調值亦有所差異；詞例「指甲」、「鱗」、「殼」、「隔」在白語詞彙語音系統內屬於相同的語音結構，具有相當程度的語義關聯性，存在類比和語音變化相互關聯的語音現象。人體之指甲在動物身上即為鱗亦為殼之相類之物，使其與內部臟器相區隔，由於屬於外在容貌，需要修飾使其不雜亂，因此又有「夾」和「剪」使用相同的語音結構作為音讀現象，白語詞彙系統內的這組語義親族詞，不僅源自於上古和中古漢語音讀而來，亦受有藏緬彝親族語影響，例如：緬語[kre3]、羌語[qar]及彝語音讀[ka55]等語音現象，接觸滲透內化而成，進一步而言，同樣語音結構在白語語音系統內，亦承載語義「流」和「垂」的語音形式。

接續分析並舉出相應的白語咸攝開口三四等例字的韻讀概況說明，如表5-4-12說明：

表 5-4-12　白語咸攝特殊字例韻讀概況（二）：開口三四等

分布　　　　代表點	咸開三					咸開四				
	來	精	精	影	定	透	定		泥	端
	鐮	尖	接	閹	折	貼黏	碟 碟子	疊 折疊 單位詞	拈	點
共興	jɛ31	tsɯ55	tʂa44	kɯ55	ti44	tɕ'a44 niã55	ta42	ti42	ȵia31 ȵa31	ɢe33
洛本卓	ȵa31 ȵia31	tsɛ̃55	tɕa44	kv55	q'ue44 tɛ44	tɕ'a44 p'e55	ta42	te42 （q'ue55）	q'e31 nõ31	qe33
營盤	je31	tsi55	t'a44	kv55	tɕi44	tɕ'a44 tɕ'i55	ta42	tiɛ42	ȵi31	ɢe33
辛屯	jĩ21	tɕi55	tɕa44	kɯ44	tse44	tɕ'ia55	tiɛ35	tse42	ja31	kei55 ku42

諾鄧	ji21	t'io55	tɕa21	n̠ia44	dze35	tɕ'a44 ŋa35 n̠a44	dɔ33	tɕa21 dze35	ja21 (緊)	qu42 ke21 z̠ɔ33
漕澗	jã31	ji31	tɕia44	ke24	tsɛ24	tie24 t'ie24	tɕia42	tiɛ24 ta24 lo33	ja31 p'ɯ31 tsv42 tso42	tiɛ31
康福	niɛ̃55	tsɛ̃55	tɕa44 (緊)	miɚ̃55	tse44 (緊)	tɕ'a44 (緊)	tie55	tse42 tse42	ja21 (緊)	kɛ̃31
挖色	ji21	tɕe35	tɕa44	nv35 mia44	tɕa33	ŋa35 n̠a44	ti35	tɕa42	p'ɯ31 t'ou33	ge31 tɕ'i33
西窯	ji21 z̠i21	tɕe35	tɕa44	nv35 mia44	tɕa33	ŋa35 n̠a44	tiɛ35	tɕa42	p'ɯ31 t'o33	gi31 tɕ'i33
上關	ji21	tɕe35	tɕa44	nv35 mia44	tɕa33	ŋa35 n̠a44	tiɛ35	tɕa42	p'ɯ31 t'ou33	ge31 tɕ'i33
鳳儀	ji21	tɕe35	tɕ'a44	vv44	tɕa33	ŋa35 n̠a44	tiɛ35	tɕi42	p'ɯ31 t'ou33	gi31 ta21

　　詞例「鐮」在白語語音系統內，主要音讀現象爲零聲母或零聲母具鼻化成分，僅在洛本卓和康福語區，其音讀在聲母呈現泥來母混用的泥母舌尖鼻音[n-]/[n̠-]現象，在康福白語音讀並伴隨鼻化成分，筆者研究認爲，此種語音現象屬於鼻音韻尾脫落演變過渡音，因鼻音韻尾脫落且受到元音固有鼻音性的音變特徵影響，依據語音性質而在聲母增生新的鼻輔音，即增生泥母舌尖鼻音[n-]/[n̠-]，主流音讀現象則是受後同化影響，聲母鼻輔音隨著韻尾鼻音一同脫落。分析完咸攝的韻讀演變現象後，進一步將針對山攝韻讀進行相關歸納說明。

2. 山攝韻讀演變概況

　　白語山攝字讀音的演變現象及其歷史層次，總體而論，白語山攝開合口四等對立，普遍能透過中古《切韻》系統推導，從共時和歷時兩個角度來看，山攝的語音演變較爲複雜，從共時平面來看，白語山攝字的讀音的主要元音受到開合口不同而有所差異，在山攝開口部分，基本可以分爲主流層次及非主流層次兩種語音現象：第一類主流層次韻讀以[a]爲主要元音，屬於固有本源層並以此展開語音演變；第二類非主流層次韻讀以高化後的[i]爲主要元音，並以此爲發展。由此可知，白語山攝開口主要歷時層次音讀爲[a]，在產化過程中並伴隨後化、前化與高化的語音作用，並由此演變；山攝合口部分之音讀演變異常複雜，多以裂化的複元音爲主，雖然與開口同樣以[a]爲固有本源層並以此爲源頭

展開語音演變，但其語音變化主要以裂化複元音為主，而這些裂化的複元音形式便是白語用以承載鼻音或塞音韻尾脫落後的新語音形式。

由於山攝具備開合口且開合口四等皆具全，因此將白語山攝依開口和合口韻讀分兩表整理，再依據開合口分為開口一二等、開口三四等及合口一二等和合口三四等，分別列舉相關特殊詞例的語音概況說明。經由歸納整理，以下先就山攝開口四等具全的相關韻讀演變情形，統整呈現如下表 5-4-13 所示：

表 5-4-13　白語山攝韻讀語例（一）：開口

韻	白語韻母音讀類型		中古漢語韻母類型		韻讀相關例字列舉	
山開口一等	陽聲	a	陽聲	元開一	陽聲	寒
		a/ã/õ		寒開一		乾肝彈
		a/ã/e/i				(1) 鞍（馬鞍）
		a/ã/ɛ/e		翰開一		汗
	入聲	a/ɛ/e/ɚ/o	入聲	曷開一	入聲	(2) 撒 (3) 獺割（肉）
		i/ɯ				
		ɛ/e				喝斥（罵）

「山攝開口一等」特殊詞例說明：

（1）詞例「鞍」即置於馬背上的「馬鞍」，在白語語音系統內的音語相當整清，屬零聲母主要元音高化的發展現象：a55→e55→ĩ55。然而，此詞例「鞍」據查元代李京所編著《雲南志略‧諸夷風俗》，李氏歸屬於白人語範疇內，其所記早期白語音讀為[ta55 ni55]，釋義為「淖泥」並記作「搭褳」，此物原為「舊時漢族民間所用的一種裝物的口袋」，後將之置於馬背上做為「馬鞍」之用，亦屬於採用漢語詞彙之用途及語義而轉譯為音讀之詞例，然而此音讀並未於白語語源區內查詢到，僅保留於古籍文書內，需再進一步探查其他白語語區是否仍有其古音讀之保存。

（2）詞例「撒」在白語詞彙系統內做動詞使用，分別透過不同的補語牽動著韻母元音的演變，例如：「撒『尿』」其韻母元音以高化為主：*e→*ɚ→*ɯ→*i；表示「撒『種』」其韻母元音維持低元音化發展：*a→*o，以韻母元音逐漸高化的發展可知，白語詞彙「撒『尿』」屬於晚期借詞現象，其詞例在聲母部分則以舌尖[s-]和舌面擦音[ɕ-]為主。

（3）詞例「獺」白語音讀為[tɕʻã44]。

韻	白語韻母音讀類型		中古漢語韻母類型		韻讀相關例字列舉	
山開口二等	陽聲	ã/e/ui/ĩ	陽聲	產開二	陽聲	眼
		a/ɛ/v/ɚ e		潸開二		(1) 板
		v/e/o		山開二		間山
		a		襇開二		閒（白語表示裂縫）
	入聲	a/ia/ua ue/o/i	入聲	點開二	入聲	(2) 殺 (3) 八拔
		ã/ɛ/ɯ/u		鎋開二		瞎

「山攝開口二等」特殊詞例說明：

（1）詞例「板」之相關音讀演變爲：聲母穩定以重唇音發展，韻母元音的演變則逐漸高化[pa33]→[pɛ33]→[pv33]→[pɚ33]→[pe33]，語義釋義爲「成片的較硬物體」。

（2）詞例「殺」字在白語音讀各區爲[ça44]/[çia44]，漢語上古音讀爲[çeat]，此例屬於漢白同源詞例，亦與彝語音讀[se55]、[xo21]對應。

（3）詞例「八」字在白語語音系統內的音讀基本爲[pia44]/[pa35]，漢語上古音讀爲[pet]，此例屬於漢白同源詞例；然而，此例在北部語源區因其介音[-i-]及原唇音即具有[-u-]圓唇音之古音理現象，產生特殊唇音顎化爲舌面及舌尖塞擦音的語音現象。（詳細說明見第三章）

韻	白語韻母音讀類型		中古漢語韻母類型		韻讀相關例字列舉	
山開口三等	陽聲	a/ã/o	陽聲	仙開三	陽聲	編偏蟬平
		ã/ɛ/ẽ		元開三		趕
		i		獮開三		恓（想）淺
		i		線開三		面箭
	入聲	i	入聲	薛開三	入聲	舌 (1) 熱

「山攝開口三等」特殊詞例說明：

本組詞例受到漢語接觸影響，進而促使方言自身產生語音變化，由低元音[a]進一步裂化爲複合元音[ia]，再往前高單元音演變：a<*ia<*o<*i。

（1）白語詞例「熱」在其詞彙系統內有兩種釋義：第一表示「溫度之『熱』」、第二由溫度之熱轉變詞性表示動詞用，特別表示將飯等餐食加熱／加溫，詞性由形容詞轉品爲動詞時，語音亦隨之改變，釋義仍以「熱（飯食）」

表示。

韻	白語韻母音讀類型		中古漢語韻母類型		韻讀相關例字列舉	
山開口四等	陽聲	ẽ/i/ĩ/ɯ a/ã/e ia/iɛ/ui	陽聲	先開四	陽聲	看
				銑開四		(1) 扁
	入聲	ɛ/e	入聲	屑開四	入聲	(2) 節（竹節）

「山攝開口四等」特殊詞例說明：

（1）同屬山攝但開合口有別之扁和寬二字，屬於詞義引申分化之詞例，由「扁」字作形容詞之本義，形容「物體平寬而薄」進而分化出相關語義的「寬」及从「扁」得聲字「偏」，使得「偏」語音具有「扁和寬」兩種音讀現象，而此組詞例的語音源流當溯源自開口三等「平」字，「平」和「扁」字音讀其差異除了調值方面為[21]和[33]調外，其音讀在韻母部分「扁」為複元音讀[pie]，[-i-]介音與聲母產生顎化作用而脫落形成單元音韻母[pe]語音，除了此種語義引申之外，白語詞彙系統內的「扁」亦等同於「癟」，用以形容穀物不飽滿之樣貌。

（2）詞例「節」特別指稱「竹節」，後引申做為表示章節一段之義。其白語音讀為[tsɛ42]/[tse42]，此詞例音讀可與原始藏緬語音讀[tsik]、彝語[tsi55^{（緊）}]、傈僳語[tsi55]等親族語對應，屬於藏緬親族語系借用轉化之詞例。

透過上表 5-4-13 的韻讀歸納，進一步將相關例字之白語音讀現象，歸納如下表 5-4-14 說明山攝開口一二等字例、表 5-4-15 說明山攝三等字例，及表 5-4-16 說明山攝四等字例等三張表，並提出數條詞例予以對應表現語音現象。以下分別透過字例進行分析：

表 5-4-14　白語山攝特殊字例韻讀概況：開口一二等

分布	山開一					山開二				
	匣	定	影	匣	曉	疑	生	見	並	曉
代表點	寒冷	彈	鞍	汗	喝（斥）	眼	殺	山	間	拔	瞎
共興	qa44 ka44	ta44	ĩ55	ʁã31	χɛ44	ui33	ça44	ʂo55	qẽ55	dʐua42	tɯ55
洛本卓	qa44 ka44	to44	e55	ŋã31 ã31	xɛ44	mĩ33	ça44	ʂɛ55	qo55	tɕio42	tẽ55
營盤	qa44 ka44	to44	a55	jɛ31	χɛ44	ŋui33	xa44	ço55	qɛ55	pia42	ta55

辛屯	kɯ44	ta21	a55	ŋa21	s'ua44	ui33 s'o55	ɕ'a33	so42	kã44	ts'o55	mu33 xã42 tã55
諾鄧	gu35 ga21	da21	a55	ɣa21⁽緊⁾	xɛ21⁽緊⁾	ŋui44 p'o44	ça33	ʂɔ31⁽緊⁾	kɛ33 dʑɛ21	pia42 t'ue42 tʂua42 tɔ42	tɛ35 ŋue33
漕澗	kɯ24	t'ã42 t'ɛ̃42	a55	ŋã31	ɣɯ33	uã44	çia44	sv42	kɛ44	pia42 ma31	ã33 tu33
康福	kɯ35 ka21⁽緊⁾	ta21⁽緊⁾	a55	ɣã21⁽緊⁾	sua44⁽緊⁾	ũ33	s'a44⁽緊⁾	so42⁽緊⁾	kɤ̃55	ma21⁽緊⁾	tɤ55 lu33
挖色	kɯ35	ta21	a55	ŋa21	ɣɯ44 xɚ44 lɯ44	ue33	ça44	sv32	kɚ42	tɕi33 sɔ55	te35
西窯	kɯ35 kua21	ta21	a55	ŋa21	ɯ44	ui33	ça44	sv32	ke35	tɕi33 sɔ55	te35
上關	kɯ35	ta21	a55	ŋa21	ɣɯ44 xɚ44 lɯ44	ui33	ça44	sv32	kɚ44	tɕi33 sɔ55	ça35
鳳儀	kɯ35	ta21	a55	ŋa21	ɯ44 lɯ44	ui33	ça44	sv32	kɤ35	tɕi33 sɔ55	ça35

　　詞例「拔」主要音讀現象為[pia]，此音讀主要為借自漢語借詞音讀[bat]而來，在白語北部語源區出現聲母顎化及濁塞擦音化音值現象，這是將「拔」字依其本義「擢也」、「拔起」、「拔出」或「抽／拉出」之語義演變而來，因此在白語詞彙系統內，「拔」字音讀又有以「抽」、「拉」或「抓」語音表示，顯示出這些詞例的詞源釋義具有相當的關聯性，並由此影響語音的演變發展；特別說明的是詞例語音出現雙唇鼻音[ma]的音讀，此音讀特別專指「拔『草』」之「拔」的語音，與一般普遍動作的「拔」或專指「拔『刀』」之「拔」以示區辨，又如諾鄧表示一般普遍動作的動詞「拔」即有兩種音讀[pia]和[t'ue]，再細部表示「拔『草』」的「拔」時，其語音卻轉以近「抽」的語音表示[tʂua42]、[tɔ42]或[sɔ55]，更特殊的是近現代民俗醫療方面的漢語借詞「拔『火罐』」，白語借入後以直譯「火」的語音並以韻母單元音及借詞調值表示[xu35]。

　　下表 5-4-15 說明山攝開口三等之韻讀概況：

表5-4-15　白語山攝特殊字例韻讀概況：開口三等

分布 代表點	山開三							
	明 面	精 箭（矢）	匣 舌	日 熱（日／入）	清 淺	並 平	滂 偏	知群 追 追趕
共興	mi42	tɕi42	tie42	n̠ie44 uĩ44	tɕʼi33	bɛ21	qʼua55	tɕi42
洛本卓	mi42	tsẽ42	ʈɛ42	n̠i44 uĩ44	xɯ55 xɯ55 a31 mu33	pã21	tɕʼuã55	tɕi42
營盤	mi42	tsi42	di42	jẽ44 uẽ44	tɕʼie33	pɛ21	pʼiɛ55	tɕi42
辛屯	mi42	tɕi42 mou42	tie42	ou55 ji44	po33 pie33	pɛ̃21	piɚ55	tɕi42
諾鄧	jɔ21	tɕi42 mɔ21	dzɛ21 pʼi21	ɯ31 n̠i44 ue35	tɕʼi33	pɛ21	piɛ55	tɕi42（緊）
漕澗	mi42	tɕiã31	tsai42 pʼiã31	n̠i44 uã24	tɕʼiã31	pv31	piã21 ɕiã21	tɕi42 kɛ44
康福	mi42 kã55	tɕi42 ma42（緊）	tse42 pʼi33	uĩ33 jĩ42（緊） **lue44**	tɕʼi33	pɚ̃21（緊）	piɚ̃55（緊）	tsi55 tɕe42（緊）
挖色	mi32	tɕi32	tse42	ɣɯ31 n̠i44 **lue44**	tɕʼi33	pɚ21	kʼua21	tɕe42
西窯	mi32	tɕɛ55	tse42	ɯ31 n̠i44 **lui44**	tɕʼi33	pe21	kʼua21	tɕe42
上關	mi32	tɕɛ55	tse42 pʼi33	ɣɯ31 n̠i44 **lue44**	tɕʼi33	pɚ21	kʼua21	tɕe42
鳳儀	mi32	tɕi32	tse42	ɯ31 n̠i44 **lue44**	tɕʼi33	pe21	kʼua21	tɕe42

（表格註：表格內粗黑字部分為詞彙擴散影響語音擴散演變的特殊語音例）

詞例「熱」白語將漢語兩種釋義完整借入，第一類以氣候之暖來表示熱的語義，第二類以食物（水）之煮滾煮熟表示熱；在洱海周邊四語區即具備此兩種借詞釋前之音讀現象「[ɣɯ31n̠i44]和[ɯ31n̠i44]」及「[lue44]和[lui44]」（產生元音高化發展）；詞例「熱」另外還有語音以「溫」[uẽ44]/[uĩ44]（產生元音高化並鼻化發展），表示加溫以到達「熱」的現象，釋義為「溫熱／溫暖」，

白語詞彙系統並以此語義和語音表示雙音節動補結構「溫／熱『飯』」，此條詞例音讀在白語語音系統內同時亦有表示日子的「日」和動詞進入的「入」，三個詞例使用相同音讀表示，也因爲如此，在詞例「熱」的部分因借入釋義煮滾之熱的語義，遂演變出不同的音讀，如此也產生「熱」字的雙重語音層次現象，而表示日子的「日」和動詞進入的「入」則未產生如同「熱」的語音演變情形。

　　詞例「淺」在白語詞彙系統內有兩種釋義並影響語音發展：其一「淺」表示深淺之「淺」，此時音讀爲中古時期借用漢語音讀而來；其二「淺」表示味覺濃淡之「淺」，此時音讀爲[po33]或[pie33]，爲加以區辨並借入漢語「淡」的語義表示音讀爲重唇音之語音例，洛本卓的語音依據字面解釋理解，以「黑消失[a31 mu33]」表示由深轉淺、轉淡的語義，其音讀有兩種現象：以重疊字形式[xɯ55 xɯ55]表示黑到發光發亮，色澤由深轉淺之義。另外，詞例「平」的語音發展亦是受到漢語借詞詞義所致，「平」字其字形爲从于从八，八有分別之義，由此分析白語「平」字音讀亦是借自漢語上古「八」字音讀而來[pet]；詞例「偏」呈現出的語音特色與白語詞彙語音系統內借入漢語借詞的語義有關，因「偏」字从「扁」得聲，因此具有「偏」字音讀，又因「扁」字的語義表示「物件平寬而薄」之義，進而亦具有「寬」字的音讀，是語義鏈動語音發展的詞例現象；詞例「追」受到漢語影響而形成同義雙音節詞「追趕」，在漕澗和康福語區呈現此義音讀，而康福語音[tsi55 tɕe42^{（緊）}]的[tsi55]音讀，即漕澗語音[kɛ44]形成舌根音去顎化作用還原的舌尖音讀語音現象。

　　下表 5-4-16 舉出山攝開口四等相關韻讀概況：

表 5-4-16　白語山攝特殊字例韻讀概況：開口四等

分布　　代表點	山開四			
	並	清	透	溪
	扁（瘺）	千	天	看
共興	piɛ̃33	tɕ'ie55	xẽ55/hẽ55	ĩ55qe42
洛本卓	tɕui33	ts'i55 tɕ'i55	χẽ55	ʔe55qe42
營盤	piɛ33	tsʅ55	xĩ55	ʔe55qe42
辛屯	piə̃55 piã33	tɕ'i55	xe55	xã42
諾鄧	piɛ33 p'i44	tiɔ33 tɕ'i55	xe55	ʔa33

漕澗	piɛ55 p'i31	tɕiã42	xã55	ã44
康福	piã̃33 pia31	tɕ'i55	x'ẽ55	x'ã55
挖色	piɚ33	tɕ'i55	xe55	a33
西窯	piɛ33	tɕ'i55	xe55	a33
上關	piɛ33	tɕ'i55	xɯ55	a33
鳳儀	piɚ33	tɕ'i55	hi55xi55ɣi55	a33

　　白語山攝開口四等較爲特殊者即是屬於其自源本語詞之「天」，在北部語源區洛本卓亦保有小舌音讀現象；詞例「看」借源自漢語，但從音節結構觀察發現，此例不純然屬於借源成分，確切而論應屬於「漢源歸化」類，吸收自漢語，又保有自身語音現象，在北部洛本卓、營盤及中北過渡語區諾鄧，亦有在聲母增添羨餘音節喉塞音現象，以便突顯其省併的鼻音韻尾。

　　接續將分析關於山攝合口語音現象。經由歸納整理，在山攝合口部分的韻讀概況，如下表 5-4-17 所示：

表 5-4-17　白語山攝韻讀語例（二）：合口

韻	白語韻母音讀類型		中古漢語韻母類型		韻讀相關例字列舉	
山合口一等	陽聲	uã/uẽ/uĩ	陽聲	元合一	陽聲	酸
		a/o/ɛ/i ɯ/iɔ/uã uẽ/uĩ		桓合一		端 (1) 算寬 直正 (2) 匹 (3) 豎
		uã/uẽ/uĩ		換合一		蒜
		o				半
	入聲	a/ua	入聲	末合一	入聲	(4) 秫闊鉢拔撮 (5) 脫（白語亦釋義解開）

「山攝合口一等」特殊詞例說明：

　　（1）「算」字白語音讀各區以[suẽ44]/[suã44]/[ɕuã44]呈現，中古漢語音讀爲[suan]，屬中古時期漢白之同源詞，白語鼻音韻尾脫落以鼻化元音表示原鼻音韻尾現象。

　　（2）單位量詞「匹」使用於接動物屬性的名詞時，其等同於借用原詞彙系統內表示人體名詞的「頭」爲單位量詞「頭[tɯ21]」和「隻」，特別是單位量詞「隻」，隨著搭配的名詞屬性而有不同的語音表現，例如：一隻鞋之隻[p'ao44]→[p'ɔ44]→[p'ou44]，其複合元音韻母亦逐漸高化發展，並與一雙鞋之

雙[tse44]→[tɕi44]呈現單複數相對，聲母語塞擦化朝向舌面音顎化發展，在調值部分皆以[44]調表示；若爲一隻鳥等動物時，其隻之音讀爲[tɯ42]/[dɯ21]，其聲母呈現清濁對立的語音現象，調值部分之[42]和[21]調屬於借詞調值，特爲特殊者爲表示一隻手之人體名詞時，其單位詞隻的語音現象亦爲[pʻɔ44]，與搭配無生命物件時的「隻」語音相同。

（3）詞例「豎」在白語詞彙系統內借入漢語詞彙之「直」的語義，釋義爲「豎立」並與「橫」相對，漕澗關於此詞例並有二層語音現象：其一爲本源層次[miao44]，其二爲漢語音讀借詞音讀現象[su42 li24]。

（4）「秣」字釋義爲餵牲畜的飼料或稻草、穀草。

（5）「脫」字白語表示解開義，其語音各區以[tʻua44]呈現，中古漢語音讀爲[tʻuat]，屬於漢白之同源詞。

韻	白語韻母音讀類型		中古漢語韻母類型		韻讀相關例字列舉	
山合口二等	陽聲	o/õ	陽聲	刪合二	陽聲	(1) 環（白語亦釋義爲耳環）
	入聲	a/ua/ue ui（y）	入聲	黠合二	入聲	(2) 滑 (3) 刮

「山攝合口二等」特殊詞例說明：

（1）詞例「環」表示雙音節偏正結構「耳環」，此例與詞例「炕」和「露（水）」，在白語語音系統內採用相同的音讀表示，同樣具備軟顎舌根音清[ko42]/[kõ42]－濁[gõ42]相對音讀，再者，具備小舌音[qo55]及調值改易後，則形成另一語義「耳環」，其音讀現象可與彝語音讀[ko33]/[gu33^{（緊）}]相對應。

（2）詞例「滑」在北部語區大華另有音讀爲重唇音[pi42]和雙唇鼻音[ma42]，此音讀特別標舉出「滑」在「光滑不粗糙的物體表面上溜動的動作」語義；此外，白語語音系統針對此詞例亦借入漢語音譯語音[xua]，及表示「滑稽」的近現代漢語詞彙，並演變爲[ɕɯ̃]音讀。

（3）詞例「刮」做爲單音節動詞時屬於漢白同源音讀現象[kua]，但白語表示「刮『風』」時，其語音演變爲塞擦音化語音現象[ts]/[tʂ]，產生此種詞音演變現象當與介音[-u-]圓唇音有關（詳細說明見第三章聲母層次演變）。

韻	白語韻母音讀類型		中古漢語韻母類型		韻讀相關例字列舉	
山合口三等	陽聲	ε/ui	陽聲	仙合三	陽聲	圓船[1] 川
		a/o		元合三		[2] 蹯挽
		e		阮合三		晚
		ε/uε/ni i		線合三		[3] 轉變
	入聲	ua	入聲	月合三	入聲	月蕨摘（撅）
		a/o/i ui/ue		薛合三		[4] 趄雪絕
山合口四等	陽聲	o/ua	陽聲	銑合四	陽聲	犬

「山攝合口三等」特殊詞例說明：

（1）仙韻合口三等詞例「川」的音讀保存於唐樊綽《蠻書》內記錄為：「川謂之賧」，「賧」字漢語釋義為：以財貨贖罪，漢語音讀為[tam]，白語音讀查詢自《白漢詞典》：[tã31]源自於中古時期漢語音讀。

（2）詞例「蹯」，漢譯為「蹄子」，表示野獸足掌之語義，音讀源自於彝語[bo21[緊]]（彌勒）而來。。

（3）詞例「轉」字在白語語音系統內亦表示如同漢語孺之一字二音現象，以線合三為去聲，獮合三為上聲。

（4）「趄」字為白語元明之際借入漢語用詞，漢語釋義為折回、盤旋。戲曲常見使用，例如《西廂記》內有言：「四野風來，左右亂趄。」白語此字音讀為[ja35]，依其韻母元音判斷，白語擬借入「旋[ziwan]」（白語音讀以半元音[j-]為聲母，鼻音韻尾消失）之韻母元音[a]為其音讀，因此歸入山攝；詞例釋義為「回家」，白語採用漢語古義表示「回」的動詞語義，並由此與「回」的引申單位量詞語義及語音有所區隔。

透過表 5-4-17 的韻讀歸納，進一步將山攝合口相關例字之白語音讀歸納如下表 5-4-18 山攝合口一二等例和表 5-4-19 山攝合口三四等例兩表，並提出數條詞例予以對應說明。以下先就山攝合口一二等相關例字音讀概況予以說明：

表 5-4-18　白語山攝特殊字例韻讀概況：合口一二等

分布 代表點	山合一							山合二	
	滂	禪	章	明	心		溪	匣	見
	匹	豎／直	正	秣	蒜	算	寬	滑	刮
共興	tiɯ42	tuĩ55	tuĩ55	ma44	ɕue31	ɕui42	q'ua44	dzʑue42	kua55
洛本卓	ʈu42	q'ɯ55	q'u55	ma44	suã31	suĩ42	q'ua44 q'o44	ʈuɛ42	pa55 kua55
營盤	tɕɯ42	tue55	tue55	ma44	ɕui31	ɕui42	q'ua44	duie42	kua55
辛屯	uɛ̃21	tui33	tse42	ma44	s'ua31	sua42	k'uã44	tsui42ua42	kua44 tsõ44
諾鄧	pɯ33	t'ɯ42 tue35	miɔ21 fe35	ma33	sua21	sue31	k'ua44	dze35	kua55 tʂ'u33
漕澗	jo42 tu42	miao44 su42 li24	tsv42	ma44	suã31	ɕuã33	k'ua44	tɕui42	kua24
康福	tu42	tũ55	tsə̃42(緊)	ma44(緊)	s'uã31	suã42	k'ua44(緊)	xua42(緊) ɕũ55	kua55 ts'au44(緊)
挖色	p'i44	miɔ32	tsɚ32	ma44	sua31	sue44	k'ua44	tsue42	kua35
西窯	p'i44	miɔ32	tsɿ32	ma44	ɕua31	sui44	k'ua44	tsui42	kua35
上關	p'i44	tsɿ35	tse32	ma44	sua31	sue44	k'ua44	tsue42	kua35
鳳儀	p'i44	tsɿ35 mio44	tse32	ma44	sua31	sue44	k'ua44	tsue42	kua35

　　詞例「匹」屬於近現代漢語音譯借詞語例，在白語區內將「匹」、「只」和「頭」皆視為同樣用以表示動物方面的同義單位量詞，因此皆以舌尖塞音[tɯ]語音表示；詞例「蒜」和「算」在白語詞彙語音系統內分別屬於上古時期和中古時期 B 層的漢語借詞，兩詞同屬於心母、山攝合口一等字，聲母皆不出舌尖擦音[s-]和舌面擦音[ɕ]，在具備滯古聲母現象的辛屯和康福則明顯得知，上古時期借入的「蒜」採用滯古送氣擦音表示，中古時期借入的「算」則採用不送氣音讀表示以做為區辨，韻母元音部分則由低元音逐步高化發展；詞例「刮」在白語詞彙系統內普遍是採用漢語借詞音譯讀音[kua]表示，但另有一音讀為聲母補音產生塞擦音化的語音現象[tso]，這是將動詞「刮」依據其補語的不同而演變，特別指稱「刮『風』」的語義時，其「刮」字音讀由軟顎舌根音演變為齒齦塞擦音，韻母則由複合元音[ua]往單元音化[o]發展，此例亦顯示出軟顎舌根音和齒齦塞擦音間的語音演變關係。

　　接續山攝合口一二等的探討，表 5-4-19 舉出山攝合口三、四等相關韻讀概況說明：

表 5-4-19　白語山攝特殊字例韻讀概況：合口三四等

分布\代表點	山合三							山合四
	云	船	並/奉	微	知	見	徹	溪
	圓	船	蹣	晚	轉	蕨（蕨草）	踅（盤旋）	犬
共興	uĩ21	jɛ21	bo33	mẽ33	zua42	kua44	ja44	q'ua33
洛本卓	uɛ̃21	n̪a21	po33	me33	zuã42	kua44	ja44	q'o33
營盤	ʑuɛ21	n̪a21	pa33	me33	zuɛ42	kui44	ja44	q'ua33
辛屯	ŋui21	ji21 sou55	pa31	mei33 ɕ'iɚ55	tsuɛ42	kua44 ts'ɯ31	ja44	k'uã33
諾鄧	ue21	ʑi21 sɯ55 sɯ55	pa21	me33 pe33kɛ21(緊)	tʂue21	kua33	ja44 ʑi42	k'ua33
漕澗	uã21 juã21	tɕ'uã31	pã31	mã33 pã33 kv44	tɕuã42	kua44 kuã44 lã44	ja44	k'uã33
康福	uẽ21	je21(緊) s'u55	pa21(緊)	me33	tsue42	kua44	jo44	k'uã33
挖色	ue21	je21 su55	pa33	me33 pe33 kɚ32	tsue32 ti21	kua44 la44	ja32	k'ua33
西窯	ui21	ʑe21 su55	pa33	me33 pe33 kiɛ32	tsui32 ti21	kua44 la44	ja32	k'ua33
上關	ui21	je21 su55	pa33	me33 pe33 kɚ32	tsue32 jue33	kua44 la44	ja32	k'ua33
鳳儀	ue21	je21 su55	pa33	me33 pe33 kiɛ32	tsue32 tsue32	kua44 la44	ʑa32	k'ua33

　　詞例「船」在白語語音系統內的音讀相當特殊，其以「船」的音讀加上表示「船」的單位量詞「艘」形成「物件名詞＋單位量詞」的語音現象，在諾鄧甚至以重複單位量詞[sɯ55]（艘）以表示眾多船隻的意義；表格內的詞例「轉」在白語詞彙系統內有兩種表現方式，第一類即自體轉動；第二類為被動「使轉動」之義，主動和被動在白語詞彙系統內於單字音節結構方面即有語音上的差異，例如洱海周邊四語區在表示主動「轉」的語義時，其音讀受漢語借詞音譯影響為[tsue32]/[tsui32]；在表示被動「轉」的語義時，其音讀則四語區有三種不同表示方式[ti21]、[jue33]及不分主被動統一使用[tsue32]表示，不論主被動，其普遍的語尾稱詞為[k'ɯ55]，表示迴旋、旋轉貌；詞例「蕨」在白語詞彙系統內有兩種表現方式，以單音節[kua44]和雙音節釋義為「蕨草[kua44 la44]」表示。

3. 咸山攝語音層次演變情形

　　透過上述討論，關於咸山攝的語音演變情形可歸納為以下三點現象，分別

說明如下：

（1）韻尾合流現象

首先分析咸山兩攝在白語韻讀系統內的韻尾合流現象概況。

中古《切韻》時期的咸攝包括一等覃／談韻、二等咸／銜韻、三等開口鹽／嚴韻和合口凡韻及開口四等添韻；山攝則包括一等寒／桓韻、二等刪／山韻、三等仙／元韻和四等先韻，山攝一、二、三、四等均有開合對立現象。白語已不具鼻音韻尾形式，中古時期中古咸攝收雙唇鼻音韻尾[-m]，山攝收舌尖鼻音韻尾[-n]，顯而易見者，此二韻攝的韻尾甚有差異，但從現代白語全語源區的語料來看，咸山二攝的韻尾已然完全合流，其合流的方向是：鼻音韻尾脫落，以山攝的存古音質[a]為主展開相關的語音演變。咸山兩攝鼻音韻尾脫落後，以[a]層音最為基礎，因此其所體現的語音層次相對而言也較早，根據羅常培《唐五代西北方音》內的研究發現，唐五代針對「覃談咸銜」四韻即擬為[am]第十攝；針對「寒山刪」三韻開口韻擬為[an]第十二攝。〔註70〕

白語鼻音韻尾已脫落，因此，不論韻尾僅論主要元音部分，以此對應歸納的白語咸山兩攝的韻讀可知，其存古層音讀為[a]亦可得證，由[a]音質再進一步前化及後化與高化演變而成的[ɛ]、[o]、[ui]、[i]即是代表[a]音質鼻尾韻脫落後的語音現象，換言之，即是[a]音質的鼻尾韻失落後促使語音後高化而來，其演變階段為：a（ã）>ia>iɛ>ɛ>ʋ>e>o>ui>i，[i]韻所體現的是這條演變過程的最新演變階段，筆者研究將之獨立為新一層，視為非主流層次，而由固有層[a]朝向新興層[i]前化的過程中所產生的[ui]，則屬於前化至[i]的過渡階段，從「眼」這個詞例的語音演化過程便能得知，山攝前半高元音[e]和複合元音[ui]，應該是從[a]演變過來的證據。

咸山兩攝合流之後，白語針對這已併合的韻尾產生演變，即形成鼻化音做為鼻音韻尾的存在遺跡。筆者認為，中古咸山攝的韻尾分屬雙唇鼻音[-m]和舌尖鼻音[-n]，漢語方言普遍語音現象早在唐代便已趨向咸山攝韻尾合流，即以雙唇鼻音[-m]併入舌尖鼻音[-n]內，然而，據此從白語族詩人用韻觀察，白語詩人用韻並未有咸山通押的現象，遲至元明清民家語時期的作品，似乎白語族詩人仍能將咸山兩攝視為二個不同的韻類，但是，透過「表 5-2-2 西南官話韻部演

〔註70〕羅常培：《唐五代西北方音》（北京：科學出版社，1961 年），頁 51～53。

變發展關係表」發現，咸山兩攝在《西儒耳目資》內已出現合流語態，究此筆者認為，白語在明末民家語時期應當承襲此併合方式，使得鼻音韻尾（[-m]和[-n]）從弱化進而脫落於音節結構內，特別是韻尾音節部分，時常因為發音機制或實際口說交流時而產生語音脫落。

進一步從白語咸山兩攝的開口呼發現，其普遍的語音基本形態以豐富的單元音為主，此些單元音即來源於古時具有鼻音和塞音韻尾的詞例，韻尾脫落後形成的新語音現象；此外，白語除了在咸山攝鼻音和塞音韻脫落後以單元音為主要語音形態呈現外，在咸山攝合口韻方面，更觀察到白語在鼻音和塞音韻尾脫落後的另一種替代形式，即是產生元音複化，以複合元音形態來表現這種鼻音和塞音韻尾脫落後的併合現象，形成以元音做為韻尾的語音現象，然而，在這種單元音或複元音的韻尾脫落的語音形態內，白語又承襲以元音鼻化來表示中古屬於陽聲韻鼻音韻尾的特徵，兼具條件式音變及受到自身語音現象產生變化所致。筆者透過語音學家 Ohala John 針對元音鼻化的現象提出演變公式為：「VN>ṽN>ṽ」〔註71〕，由此表示白語鼻音輔音韻尾從鼻尾韻至鼻化的語音現象，正可驗證白語鼻音和塞音韻尾脫落後的語音現象。

（2）主要元音現象

再者，將說明關於白語咸山攝的主要元音概況。

在開口一二等方面，透過韻讀語例歸納表可知，白語咸山攝開口一二等基本處於合流，普遍的主元音處於低元音[a]的階段，透過分析更發現到，白語在咸山攝開口一二等的音節結構中，[e]和[ɛ]並不構成音位的對立，兩者皆能視為是低元音[a]高化的結果，即：[a]>[ua]>[ɛ]>[ui]/[v]>[e]>[o]，形成[ua]和[ui]文讀音或近央擦化[v]過渡音值，且[a]和[ɛ]音又分別裂化為：a<ia 和 ɛ<iɛ 複元音現象，根據語音分析顯示，白語咸山攝發展至此[o]音質的產生，有逐漸往宕江攝合流的趨勢，此外，咸攝開口二等的[ɛ]音質，經由研究顯示，此音質成分在音節結構內，主要作用是誘使咸攝在三等持續高化產生[i]元音，更是使咸攝開口

〔註71〕 Ohala, John:The phonetics of sound change. The Handbook of Historical Linguistics. Brian D. Joseph and Richard D. Janda （eds.） Blackwell（1993）,p313~343、Ohala, John and Manjari Ohala.The Phonetics of Nasal Phonology: Theorems and Data,in M.K. Huffman & R. A. Krakow （eds.）, Nasals, Nasalization, and the Velum, Phonetics and Phonology Series, Vol.5.San Diego, CA: Academic Press,（1993）,p225~249

見系二等字，在演化過程中產生[i]介音的關鍵，在山攝開口一二等較之咸攝略有不同之處，即是其元音又再持續高化發展形成[i]元音，即：[a]>[ua]>[ɛ]>[ui]/[v]>[e]>[o]>[i]，此高化[i]元音亦影響了山攝合口和三四等音的語音演變。

透過上述說明可知，白語咸攝一二等在語音演變上與山攝雖處於合流，但略有差異的是，山攝又再持續高化形成[i]元音，但咸攝卻演化為後圓唇元音[o]便沒有在持續高化，而是由於此半高元音[o]音質的影響而改與宕江攝併合，而咸攝開口三等部分，則持續高化產生[i]元音，需注意的是山攝開口一等出現一[i]元音，根據研究顯示，其主要是受到[e]音的高化影響，使其產生[i]元音成分；在合口一二等部分，合口的語音演變較為複雜，主要就山攝而言，其語音演變以裂化的複元音為主，與開口一二等相同，在合口一等部分，其語音以主元音即低元音[a]高化與裂化為主，即：[a]>[ɛ]>[e]>[o]，由[o]繼續高裂化形成複元音[ua]、[ue]、[ue]和[ui]等文讀音音值，過程中伴隨[ao]及[iɔ]音質且持續高化發展為[i]，但山攝合口二等承裂化複元音的演化，並形成撮口[y]音，例如：「滑」字，此詞例透過漢白同源詞例「算」字來看，可歸併為裂化的複元音類別，形成類型屬於受到借入層的影響而產生的音質現象。

此外，在三四等音值演變部分，咸攝開口三四等主要仍是以低元音[a]為主持續高化發展，即：[a]>[iɛ]>[ɛ]>[o]>[ĩ]/[ĩ]；山攝開口三四等演化路徑與咸攝相同，即：[a]>[e]>[o]>[ĩ]/[ĩ]，合口三四等主要以單元音和裂化複元音兩條做為語音發展，即：[a]>[ɛ]>[e]>[o]，由[o]繼續高裂化形成複元音[ua]、[uɛ]、[ue]、[uo]和[ui]等音值與合口部分合流，而此些由單元音裂化為複元音形式的音讀即是白語用以承載鼻音/塞音韻尾脫落後的音值表現。

（3）前後錯置的語音形態

最後要討論的是，關於咸山攝的語音演變呈現「前後錯置」的語言現象。

形成此種語音現象的成因，主要與咸山攝在語音併合的過程中，受到音變的系統性原則影響所致，也就是受到鏈變推移（chain shift）和合併原則（merger）的經濟性和清晰性效用的影響。〔註72〕語音系統為了符合經濟性的使用原則，採取合併原則將音節結構從複合元音單音化，併合的結果使得同音字增加造成

〔註72〕朱曉農：〈元音大轉移和元音高化鏈移〉，頁1~6。

音讀混淆；為了區辨差異，鏈變推移的清晰原則便產生作用，由於語言系統內的語音變化是牽一髮而動全身，只要有一個音發生變化，都會對音系內的其他音形成改變，白語韻讀系統併合現象顯著，為了使語音區辨更加明晰，才會形成語音演變一前一後錯置的現象。

對於白語漢源詞咸山攝的讀音類型及其借入時的層次，筆者認為，從上古時期[a]開始至今，在咸山攝開口一二等部分基本語音演變路徑主要皆依循：[a]>[ia]>[ɛ]>[iɛ]>[ua]>[ui]/[v]>[e]>[o]的語音流程進行，特別在山攝更持續高化為[i]元音，然而，在咸山攝的演化條例內之複合元音[ia]和[iɛ]，是由[a]和[ɛ]裂化而來，而此音值的裂化是受到漢語接觸的影響而產生，屬於近現代文讀層次；咸山攝合口一二等部分基本語音演變路徑主要依循：[a]>[ɛ]>[e]>[o]的語音流程進行，然山攝合口二等進一步前高化形成撮口[y]音；開口三四等部分基本語音演變路徑主要依循：[a]>[iɛ]>[ɛ]>[o]>[ĩ]/[ĩ]；合口三四等則依循：[a]>[ɛ]>[e]>[o]>[ua]、[uɛ]、[ue]、[ui]，由[o]裂化為複合元音並形成文讀音質形式的音讀表現。以下總結白語漢源詞咸山攝一二等部分的讀音類型及其借入時的層次：

層次1：a（上古時期）

層次2：a<*ɛ、*e、*o；a<*y（中古時期：合口）

層次2：a<*i（中古時期：開口）

咸山攝三四等部分的讀音類型及其借入時的層次：

層次1：a（上古時期）

層次2：a<*ɛ、*e、*o；a<*i（中古時期：開口）

層次2：a<*ɛ、*e、*o；a<*ua、*uɛ、*ue、*ui（中古時期：合口）

（二）通攝的歷史層次

本部分主要分析白語通攝字讀音的演變現象及其歷史層次。

總體而論，白語通攝包括東韻一、三等、冬韻一等及鍾韻三等字，普遍能透過中古《切韻》系統推導，從共時和歷時兩個角度來看，從共時平面分析，白語通攝字的讀音根據主要元音的不同，基本可以分為主流層次內兩種語音現象的疊置情形：第一類主流層次韻讀以[o]及其裂化複元音[ou]，本文研究將此條路線獨立說明，不與[o]進一步高化為[u]類的第二類主流層音讀混同，分支不合流的原因在於，經由研究結果顯示，由於[o]因為借入漢語音讀

影響而生成的複元音[ou]，其間的過渡音質為[v]，此[v]為白語整體韻讀系統內用以承載「主元音＋鼻音韻尾」的音節成分，隨著與漢語的深入接觸而裂化出文讀層的複元音讀，屬於近現代語音層次；第二類主流層次韻讀以[o]的高化音讀[u]及其前化具[-i-]介音成分的[ɯ]為主要元音，朝向央元音化[ə]發展。由此可知，白語通攝主要歷時層次音讀為[o]和[u]，並由此展開語音演變。

以下將白語「通攝」韻讀整理如下表 5-4-20 所示：

表 5-4-20　白語通攝韻讀語例

韻	白語韻母音讀類型		中古漢語韻母類型		韻讀相關例字列舉	
通合口一等	陽聲	ε/v/ṽ/õ	陽聲	東合一	陽聲	蔥空筒籠 (1) 銅
		uã/ui		董合一		(2) 孔
		õ/ou		送合一		(2) 洞 (3) 送
		uã/ui				
		ṽ/õ/i		冬合一		膿
	入聲	o/u/i/ŋ	入聲	屋合一	入聲	哭穀
		o/u/ɯ		沃合一		(4) 沃毒
通合口二等	入聲	v/o	入聲	屋合二	入聲	(5) 囮
通合口三等	陽聲	ṽ/õ/ũ/ɯ	陽聲	東合三	陽聲	蟲風弓
		v/o/õ/u ou/ɯ		鍾合三		蹤龍封捧重 (6) 蜂 (7) 松
		v/ṽ		腫合三		種
		õ/ɯ		用合三		(8) 用
		ɯ/ũ		送合三		夢
	入聲	o/õ/ou ɯ	入聲	屋合三	入聲	腹竹熟谷縮 服（馴服）六
		v/õ/ou ui/u		燭合三		(9) 欲（又可釋義為「要」） (10) 曲（亦表示「彎」義）

「通攝合口一、二、三等」特殊詞例說明：

在陽聲韻鼻音韻尾的詞例，例如通合口三等系列例詞，白語表現原陽聲韻尾的方式，即有採取以[v]或[ɯ]，表現鼻音韻尾脫落併合後的主元音語音現象，亦是白語體現重新整併韻部後的語音現象。

（1）詞例「銅」白語音讀為小舌音和軟顎舌根音相互並存對應的語音現象[qε33]/[qõ33]－[kiε33]/[kε33]/[kə33]，此詞例音讀轉化自彝語音讀[gɯ21]而

來，白語受到漢語影響而借入相類語音[tv21]表示，具有二層語音層次：第一層為轉化自彝語親族語音讀而來，第二層為吸收自漢語借詞音譯而來

（2）詞例「孔」和「洞」屬於同攝同開合等第但聲調和聲母不同的二字，白語語音系統使用同音同調表示，即使用「坑」字音表示，顯示出原初字義白語將三者視為相同，同屬表示「地面上凹下去的地方」語義，也有將孔和洞視為相同屬性的現象而以孔或洞的語音表示。

（3）詞例「送」字白語音讀為[sõ31]/[çõ31]/[ʂõ31][sou33]，漢語上古時期和中古時期音讀為[sɔŋ]/[suŋ]，屬於漢白同源詞例，不僅如此，白語此詞例亦有源自於藏語[so55]及侗臺語[sun4]之語音而來，屬於親族語系同源詞例。

（4）詞例「沃」即釋義為「澆」，其語音演變為顎化舌面音[tɕo24]時，其音讀屬於借自漢語上古軟顎舌根音[kiau]進一步產生顎化作用而成，並符合近現代漢語「澆」字音讀現象；此詞例原初自中上古初期借入時，其詞例釋義本表示「沃」義，其音讀為[au44^{（緊）}]→[o44]→[ou44]→[u44]之零聲母現象及吸收自漢語上古音讀[auk]而來。

（5）詞例「瓳」字白語音讀為[p'v44]→[p'o44]→[k'v44]，漢語中古時期音讀為[bɔk]，此例屬於漢白同源詞例，亦是屬於江攝混用例，若依其釋義「小瓜」而論，「瓜」字屬於假攝字，顯示出其音讀江、通、假三攝已有併合混用的現象，值得注意的是，此詞例的聲母變化屬於舌根音圓唇化發展的語音現象。

（6）詞例「蜂（蜜蜂）」字白語音讀為[fṽ55]或擬其蜂飛時嗡嗡叫聲為[xõ55]，中古時期漢語音讀為重唇音讀：並母[buŋ]或滂母[p'ïwoŋ]，屬於漢白同源詞之詞例，亦屬喉唇通轉之例。

（7）詞例「松」字在白語北部方言區之大華出現了[ɳ]音讀。

（8）詞例「用」字白語音讀為[ŋɯ]-[jõ]-[nõ]-[zv]，漢語音讀為[jïwoŋ]，屬於漢白同源之例，白語聲母中古後期進行了顎化現象及擦音化。（語音演變概況詳見下表白語通攝特殊字例韻讀概況所示）

（9）詞例「欲」即漢語釋義為「要」或「足夠」，在白語語音系統內有兩種音讀：其一為翹舌鼻音、其二為半元音做為聲母，不論聲母如何演變，其韻母的演變主要依循以下演變進程：au→ɔ→v→o→iou→ou→u，其中裂化為二合元音和三合元音的音例，即受有漢語接觸影響所致。

（10）詞例「彎」又釋義爲「曲」，漢語普遍以雙音節並列結構「彎曲」表示。白語音讀主要演變型態爲：[k'ou42]、[k'ui42]、[k'v42]和[k'o42]，此詞例音讀源自於藏語音讀[k'u]和彝語音讀[k'u33]而來，白語在調值部分依循漢語陰入聲表示，其韻母主元音則以裂化複合元音逐漸往單元音化發展，屬於藏彝親族語同源詞例。

透過表 5-4-20 對「通攝」的韻讀歸納後，進一步將相關例字之白語音讀概況歸納爲表 5-4-21 所示，其後並提出數條詞例予以對應說明，藉以分析「通攝」在白語韻讀系統內的音韻現象。

表 5-4-21　白語通攝特殊字例韻讀概況

分布 / 代表點	通合一					通合三						
	清	泥	溪	見	定	來	澄	幫/非	以		明	知
	蔥	膿	孔	穀	毒	龍	蟲	風	用	欲	夢	竹
共興	ts'õ55	n̠i21	to44	so44	tɯ42	lɯ21	tʂ̩44	tɕuĩ55	ŋɯ42	nv44	muũ44	tse44 tʂ̩44
洛本卓	ts'o55	nṽ21	tõ44	sv44	tɯ42	lṽ21	tɕu44	tɕui55	n̠õ42	n̠õ44	muũ44	tsɛ44 tɕo44
營盤	ts'o55	n̠u21	to44	so44	tɯ42	lu21	tɕo44	tsue55	n̠o42	n̠u44	mɯ44	tsɛ44 tʂo44
辛屯	ts'õ55	nɯ33	tou42	s'o44	tɔ21	lo21	tso21	pi44	niou42	jõu55	mi55 mou55	tso44
諾鄧	ts'ŋ55	nu31	ŋui33	sŋ44	dɔ21	nɔ21(緊)	lɔ44(緊)	bi33 ʂ̩33	jɔ21 zɻ̩21	n̠ɔ44	mɯ33	dzʐ̩44(緊)
漕澗	ts'v44	nõ21	tv42 kao42	si33	tv42 tu24	nv31	lv33	pi24 si42	zv31	n̠õ44	muũ44	tsv/tso33
康福	ts'õ55	no21(緊)	tõ44(緊)	so21(緊)	tɯ42	nɔ21(緊)	tso21(緊)	pĩ55	jã42	jãu44	mɯ31	tso44(緊)
挖色	ts'i55	no21	kɚ44	si44	tɯ42	nv21	tsv21	pi35 s̩35	zv31 sv31	n̠ou44	muũ44	tsv44
西窯	ts'ŋ55	nuɛ21	ki44	sŋ44	tu35	nv21	tsv21	pi35 s̩35	zɔ31	n̠o44	mɯ44	tsv44
上關	ts'ŋ55	no21	ki44	sŋ44	tu35	nv21	tsv21	pi35 s̩35	zv31	n̠ou44	mɯ44	tsv44
鳳儀	ts'i55	no21	kɚ44	si44	tɯ42	nv21	tsv21	pi35 s̩35	n̠v31	n̠ou44	mɯ44	tsv44

詞例「孔」字在白語語音系統內有個同音字「洞」，兩詞例同屬通攝、同屬合口一等字，與梗攝溪開口二等字「坑」因語義相近似，同表示「地面上凹下去的地方」語義，因此演化之初採用「坑[k'uã33]」的語音表示，「孔和洞」兩詞例的差異若要區分僅在聲調和聲母部分，然而，透過在諾鄧白語可以看到此

詞例的語音演變，再經由與其他語源區的比較則可發現，白語日後借入漢語而將「洞」字語音改以漢語音表示，未借入漢語借詞音讀前，明顯發現兩詞例在韻母的表現是由單元音裂化為複元音的現象，也得以看見其鼻化元音部分，已演化為連同鼻化現象亦脫落的最後階段；在聲母方面，可以發現兩詞例，由軟顎舌根音受到韻尾鼻音脫落與元音鼻化脫落的雙重影響，其聲母以軟顎舌根鼻音表示的語音現象，雖然這是上古語音的遺留，但筆者認為，藉由此詞例整體演化過程可知，其聲母現象並非滯古表現，而是中古後期受到語音系統的影響而產生，另外，從韻母已表現裂化複元音現象亦能證明此字屬於中古後期的借詞演變，但這屬於「孔」字的演變，至於「洞」字，白語另借入音譯借詞[tṽ42]表示與詞例「孔」分開標明。

　　王力在《漢語語音史》書中針對通攝的語音構擬，上古時期基本以東韻擬為[*oŋ]（包含江和東，因發音部分高低亦有擬作[*ɔŋ]）、冬鐘韻擬為[*uŋ]，時至中古中晚期因通攝內各韻部間進行併合遂統一擬音為[*uŋ]而甚少變動。〔註73〕由此觀察白語通攝的演變現象發現，其通攝在鼻音韻尾弱化脫落後的主元音，莫不依循[*o]/[*u]<[*u]的演化路徑進行，[u]持續前化發展為內具[-i-]介音成分的[ɯ]音質，此音質使得白語通攝在非三等韻內卻出現如同三等韻的[-i-]音，並在泥母、雙唇鼻音明母、喻四以母等聲母內保存，三等具有的[-i-]音衍然留存於[ɯ]音內；需特別說明的是，筆者認為，[ɯ]在前化演進為[i]的過程中，應歷經一個產生滑音[iʷ]的語音階段，誘使[i]產生過渡唇齒擦音[v]音形成，使得通攝內的音質具有[v]的語音過渡現象。透過白語通攝的語音演變過程，筆者深入研究後認為，白語通攝的語音演變有吸收自12世紀末西北方言的通攝語音特徵，進一步根據龔煌城的擬音可知，龔煌城主要將12世紀末西北方言通攝之東一和冬韻擬為[*ũ]、東三擬為[*-jũ]及鐘韻擬為[*jo（w）]〔註74〕，李范文更進一步將東一和冬韻擬為[*uŋ]或[oŋ]，東三和鐘韻則為

〔註73〕王力：《漢語語音史》，頁215～216。

〔註74〕龔煌城：〈十二世紀末漢語的西北方音（韻尾問題）〉及〈十二世紀末漢語西北方音韻母系統的構擬〉二文，均收錄並查詢於龔煌城著：《龔煌城漢藏語比較研究論文集》內（中央研究院語言學研究所《語言暨語言學》專刊系列之四十七，2011年），頁455～501、503～549。

[*iuoŋ]〔註 75〕；據此觀察白語現象發現，龔煌城和李范文所擬之[-i-]介音或墊音[-j-]，當白語借入韻讀系統內的通攝語音予以表達時，正是發展爲[ɯ]做爲相應的語音表現，據此更進一步認爲，白語表現通攝鼻音韻尾脫落併合的語音現象時，其原舌根音韻尾[ŋ]依方言自身的語音現象採用[ɯ]和[v]音質取代。

因此，總結白語通攝的讀音類型和基本的層次類型：

層次 1：o、u（上古時期）

層次 2：o、u<*u；u<*ɯ；ɯ<*i、*v（中古時期：合流果攝）

層次 3：o<*ou；u<*uã、ui（近現代時期：元音複音化）

（三）宕江攝的歷史層次

本部分主要分析白語宕江兩攝字讀音的演變現象及其歷史層次。總體而論，白語宕江兩攝包括江攝來源於上古東部，中古時期只有江攝開口二等江韻一個韻部；宕攝則來源自上古陽部，包括中古時期開口唐韻一等、開口陽韻三等及合口音韻一等、合口三等陽韻等韻例部分，上古時期宕江兩攝雖然來源迥異，但宕江合流的時間相當早，時約中古時期即已完成語音合併，但正式蔚爲風尙則始於元代，王力《漢語語音史》，將此韻攝構擬爲[*aŋ]。〔註 76〕

從共時和歷時兩個角度來看，從共時平面來看，白語宕江兩攝字的讀音根據主要元音的不同，基本可以分爲滯古固有本源層次及演變後亦屬於本源的主流層次兩種語音現象：第一類滯古固有本源層次韻讀以[a]及其鼻化音[ã]爲主的主要元音，並由此音讀展開語音演變；第二類爲中古時期演化後的本源主流層次韻讀以[o]及其演化過程產生的過渡音讀、高化及裂化作用後所形成的主要元音音讀現象，並以中古時期演化而成的[o]爲主流音讀，滯古層音讀[a]逐形成非主流音讀。由此可知，白語宕江攝由於鼻音韻尾及其塞音韻尾脫落之故，主要層次音讀的發展逐漸趨向果攝與之產生併合混用的語音現象。

以下將白語「宕江」兩攝韻讀概況整理如下表 5-4-22 所示：

〔註 75〕李范文：〈宋代西北方音──「番漢合時掌中珠」對音研究〉（北京：中國社會科學出版社，1994 年），頁 313。

〔註 76〕王力：《漢語語音史》，頁 215～217。

表 5-4-22　白語宕江兩攝韻讀語例

韻	白語韻母音讀類型		中古漢語韻母類型		韻讀相關例字列舉	
宕開口一等	陽聲	ã/ṽ/o/õ/ou/u	陽聲	唐開一	陽聲	(1) 藏唐囊髒行喪 (2) 塘芒踉（踉即釋義表示跳躍）
		o		蕩開一		(3) 跳舞
		a/v/e/o/õu/ɯ au/ou/ie ue/ui（y）		宕開一		(4) 炕塝 (5) 燙湯
	入聲	a/o/ou/ua/ui/ɯ	入聲	鐸開一	入聲	鑿 (6) 摸索作粕（亦表示酒糟或渣子）(7) 落搏薄
宕開口三等	陽聲	a/o/õ/ou/u/ɯ	陽聲	陽開三	陽聲	(8) 長 (9) 腸嘗床 (10) 糠狼薑兩霜張羊方亡梁晾香箱脹 (11) 牆 (12) 涼（又可釋凍）
		a/e/õ/ou/ɯ		養開三		癢 (13) 養（與通攝「送」同音）
		v/õ/ou/u				二（兩）
		ã/õ/ũ		漾開三		恙（釋義生病）
	入聲	a/ɔ/au/o/ou/u/ɯ/i	入聲	藥開三	入聲	雀藥腳蜇（蜜蜂）著 (14) 若縛嚼斫/勺子
江開口二等	陽聲	v/o	陽聲	江開二	陽聲	江 (15) 双雙撞
		õ		講開二		項（脖）
	入聲	ɔ/v/o/u/uo/ɯ	入聲	覺開二	入聲	(16) 學 (17) 角 (18) 啄濁（亦可釋為雙音節渾濁）
宕合口一等	陽聲	v/o/õ	陽聲	陽合一	陽聲	黃皇
		ua		唐合一		(19) 光
宕合口三等	陽聲	ua	陽聲	陽合三	陽聲	網

「宕攝開口一、三等及合口一等、三等」和「江攝開口二等」特殊詞例說明：

（1）詞例「藏」的白語音讀為：[tsõ31]/[dzõ31]/[tsou31]，或音譯漢語借詞語音[juĩ31 tsõ31]/[tsõ31 kʼɯ31]/[tsou31 õ31]等；此字漢語上古和中古音讀為[dzaŋ]，屬漢白同源之詞例。

（2）詞例「塘」字的白語音讀主要為：[pɯ31]/[bɯ31]（唇塞音清濁對立），此字吸收自彝語[bɯ33]音讀而來。

（3）詞例「跳舞」之音讀為[qo33]/[ko33]（小舌音讀和舌根音讀並存），其語音為擬聲而造，表示跳舞時扣扣的聲響而來。

（4）詞例「炕」即釋義為「烤」，白語詞彙系統內多釋義為「烤火」，音讀為具有兩種現象：其一以語區區分，在北部語源區和中/南部語源區以軟顎舌根音清－濁相對為聲母；其二以聲母送氣與否區辨單音節動詞及雙音節詞彙，在白語南部語源區受漢語影響甚深，分別以不送氣表示單音節動詞「烤[ko]/[kou]」、以送氣表示雙音節詞「烤火[kʼã]/[kʼo/[kʼou]]」，白語此音讀主要可與彝語音讀[ko33]相對應，亦受有漢語音讀[kʼaŋ]影響所致。

（5）詞例「燙」本作「湯」，「湯，熱水也」，由熱水語義引申出「燙」，加上火部表示用火烤煮使之熱燙之義，白語詞彙系統內並以「滾」之音讀表示「燙」，取其因熱水煮沸而「滾燙」之義，漢語以聲調變化表示兩詞之不同，白語「湯」和「燙」皆屬底層本源詞例，「燙」字在中古時期借入漢語「滾」之軟顎舌根音讀並保有合口呼語音現象，雖為本源詞例，但借用漢語音讀現象而具有兩種語音形式：燙[lue44]→[lui44]→[ly44]及[kui44]。

（6）歸屬於宕攝的詞例「摸」其音讀現象與遇攝相混，使得宕江攝除了和果攝相混外，亦有詞例與遇攝相混。總體歸納詞例「摸」在白語整體語音系統內的音讀主要以雙唇鼻音[m]為聲母，其音讀現象有：[mɔ44]→[mo44]/[mõ44]→[mou44]→[mu44]→[mɯ44]，受到中古時期漢語借詞[mu]音譯影響而形成，除此之外，「摸」在白語語音系統內於漕澗亦有一語音[tsʅ31 sʅ44]，亦是取「摸」的語義：用手輕摩物體所發出的聲響而來。

（7）詞例「落」在白語詞彙系統內有以借入漢語雙音節「脫落」語義表示「落」的語音用法。

（8）詞例「長」在白語北部語源區之共興和洛本卓，具有舌尖翹舌音讀清濁對立的語音現象，分別為：[to21]－[do21]。

（9）詞例「嘗」，即釋義為「吃」，此詞例字在白語詞彙系統內有二義，此處特別強調吃進食物咬的動作，故又譯為「嚼／咬」。此字白語同源於藏語[za]或彝語[dza31]而來，屬於親族語同源詞例。

（10）詞例「糠」釋義為表示將稻、麥或穀子的果實去除穀或皮而成的穀物，其去除穀皮時使用「簸」來篩去其外皮，因此在洛本卓亦有將「糠」以簸之音讀表示[pɔ55 qɔ55 tɕui55]。

（11）詞例「牆」據查元代李京《雲南志略·諸夷風俗》書內屬於白人語之音讀，此音讀當時記為零聲母濁齒唇擦音[v42]，其語義依據漢語語義釋為

「磚牆」，因此在中古後期以至近現代白語語音系統內，「牆」的音讀有以漢語「壁」的音讀結合者，亦有以元代民家語時期所記音讀「磚牆」為音者，亦有以軟顎舌根鼻音為聲母[ŋũ33]（白語北部洛本卓即有一音讀為此）及[ŋãu33]（康福）音讀。

（12）韻母音讀出現由低元音[a]裂化的複元音[ia]：a<*ia，此音屬於借入層，借入近現代漢語借詞而產生的音讀，屬於文讀層；白語固有層本以「凍」義表示「涼」，借入漢語釋義後遂將兩義分開，表示涼之底層詞「凍[tv44]」便形成詞彙底層之白讀層。

（13）白語詞彙系統內，在詞例宕攝「養」和通攝「送」原以相同音讀表示，呈現通轉現象，然而，隨著近現代漢語借詞音讀深化之後，除了北部語源區兩詞例仍普遍以[so33]或[ço33]或[sou33]表示外，在多數語源區以[so33]或[ço33]或[sou33]表示「送」的音讀、而以半元音讀等為「養」的音讀。

（14）白語詞彙系統內「若」字即漢語釋義為「你」又可對應為「汝」，普遍以人稱代詞「你」做為釋義。

（15）白語詞彙系統內具有詞例「双」和「雙」字，此例韻讀在白語北部方言區大華出現舌尖元音[ʂ̩55]，在白語詞彙統內亦做為與單數相對的單位量詞使用，隨著搭配的名詞不同，其語音亦隨之演變，屬於語法音變現象。

（16）詞例「學」字白語音讀為[ʁɯ42]/[ɣɯ42]，中古時期漢語音讀為[ɣɔk]，屬於中古全濁入聲字例，屬於陽平入聲，在白語調值系統內屬於陽平入聲 42調範圍之詞例，詞例屬於漢白同源之詞例。

（17）詞例「角」在白語詞彙系統內有兩種釋義：其一表示動物的器官，其二屬於近現代漢語借詞，表示錢幣的單位詞。其語音現象小舌音和軟顎舌根音兼具，其音讀為[qou42]/[qð42]－[kv42]/[ko42]，其聲調值顯示屬於漢語陰入聲之現象，此詞例音讀借源於彝語音讀[k'ɯ33]或羌語音讀[qɯ55]而來，然白語借入後其送氣成分消失並以不送氣之小舌及軟顎舌根音表示，屬於親族語借源詞例。

（18）詞例「啄」及「挖」和「鋤」白語以相同的語音結構[tv42]/[to42]/[ti42]表示，三詞語義與「挖掘」相關白語因而採用相同語音表示，此詞例音讀源自於原始藏緬語[*tu]及彝語音讀[du55]而來，屬於藏緬彝語親族語同源之例。

（19）[ua]音讀由固有底層音質[a]裂化成的複元音型態，其裂化動因受到

漢語接觸影響所致。

　　透過上表 5-4-22 的韻讀歸納，進一步將相關例字之白語語音現象列舉如下表 5-4-23 及表 5-4-24 兩表，並提出數條詞例予以對應說明。首先，表 5-4-23 先就白語宕江攝之「宕攝開口一等及江攝開口二等」之特殊字例韻讀情況予以歸納說明：

表 5-4-23　白語宕江攝特殊字例韻讀概況（一）

分布　　　代表點	宕開一					江開二		
	泥	來	並	透	溪	匣	見	生
	囊	落	薄	燙（滾）	炕烤烤火	學／讀	角	雙
共興	nõ31	lo42	bo42	kui44	gu42	ʁɯ42	qo55	ʂõ55
洛本卓	nṽ31	lo42	po42	n̠i44	gõ42	ɣɯ42	tɕ'i44	çõ55
營盤	no31	lo42	bɯ42 kv42	le44	gv42	ʁɯ42	qo55	ço55
辛屯	no31	ɣou42	po42	lui44	k'ou55	ɣɯ42	kuo55 ko44	ço44
諾鄧	nu21	tua21	pɔ42	lue44	gɔ21	ço35	qɔ33（緊）	tse33 ʂɚ55
康福	na21	tua42（緊） lo55	pa42（緊）	lue44（緊）	k'ã44 kãu31	ɣɯ42（緊）	ko44（緊） tɕo35	tɕĩ33 s'õ55 k'ɚ33
漕澗	no31 ɣo33	tua42 ɣau42	pao42	lui44 （ly44）	k'õ31 ko33	ɣɯ42 ço24	kv44 tɕio24	suã24 tɕã33 sv42
挖色	nu21	lia42	pou42	lue44 kui33	kou42 k'ou31	ɣɯ42	kv44 xɔ42	sv55
西窯	no21 ne21	lia42	po42	lui44 （ly44） kui33	ko42 k'o31	ɣɯ42	kv44 xɔ42	sv55
上關	nu21	lui42	pou42	lue44 fe33	kou42 k'ou31	ɣɯ42	kv44 xɔ42	sv55
鳳儀	no21 ne21	la42	pu42	lue44 kuI33	ko42 k'o31	ɯ42	kv44 xɔ42	sv55

　　承上表 5-4-23 的歸納，表 5-4-24 主要歸納白語宕江攝之「宕攝開口三等及其合口一等」之相關詞例語音概況：

表 5-4-24　白語宕江攝特殊字例韻讀概況（二）

分布　　代表點	宕開三							宕合一
	見	溪	以	從	心	日	來	匣
	薑	糠	養／送	牆 （磚牆） （圍牆）	送 （通合一）	若／汝	兩	黃
共興	kõ55	tʂʼõ55	ʂõ33	ɣo33	ʂõ33	no31	nõ42	ʁã21
洛本卓	kõ55	tʼõ55	sou33 sõ33 çõ33	ŋũ33 ũ33bɯ33	sou33 çõ33 sõ33	nɯ31	n̠o32	ŋo21/õ21
營盤	ko55	tʼio55	çõ33	ou33pʼie33	çõ33	na31	n̠o32	ʁo21
辛屯	tɕʼi55 kou55	tsou55	ja31	v42 tɕuã55v42	ja31	nou55	lõ42	ŋv21 ɣo21
諾鄧	tɕʼi44 kɔ33	tʂʼɔ44（緊）	jɯ35	tʂʼue35ɣo33 ɣo33pʼie33	ʂɔ33	nɔ21	nɔ42	ɣɔ21
漕澗	kõ24	tʼiõ55	xã42 ue33	tɕuã24 ɣõ33	sõ33	no31	nõ33	vṽ31 ṽ31
康福	tɕʼi55 kãu55	tsʼãu55	e42（緊） ŋɚ21	ŋãu33	sʼau33	nãu31	niã31	uõ21（緊）
挖色	kou35	tsʼo55	ja31	u33pɔ33	sou33	nɔ31	nou32	ŋv21
西窯	ko35	tsʼo55	ʐa31	u33pɔ33	so33	nɔ31	nou32	ŋv21
上關	kou35	tsʼo55	ja31	u33pɔ33	sou33	nɔ31	n̠o32	ŋv21
鳳儀	kou35	tsʼo55	ja31	u33pɔ33	so33	nɔ31	nou32	ŋv21

　　江攝詞例「雙」在表格內所歸納的語音是單純表示與單數單位量詞相對而言的雙數單位量詞「雙」，隨著搭配的名詞不同，「雙」的語音亦隨之相應演變，例如表示一雙「鞋」時，其「雙」的語音由舌尖擦音[s]、舌面擦音[ɕ]或翹舌擦音[ʂ]等聲母受韻母[-i-]介音影響而形成舌面顎化輔音[tɕ]，韻母主元音則高化還原[-i-]音形成[tɕi44]（諾鄧則為未顎化的僅形成塞擦音化的[ts]輔音），若表示人體名稱一雙「手」，其「雙」的語音則為[ʂɚ55]，表示一雙「筷」時其「雙」的語音則為[sv42]和[kʼɚ33]，形成一詞多重層次的語音架構。

　　歸屬於宕攝的詞例「兩」和止攝的詞例「二」，在白語詞彙語音系統內呈現二種層次型貌，第一關於單位量詞「兩」，此詞例屬於近現代漢語借詞借入使用，並在借入時受到自身方言系統「泥（娘）來相混」影響，使得來母的兩字其聲母為舌尖／舌尖翹舌鼻音現象，僅辛屯聲母與漢語借詞輔音相同為來母邊音[l-]，韻母部分則受到漢語借詞影響而由單元音裂化為複元音方向演

進：ɔ→ou→o/õ（漢語借詞韻尾鼻音影響）→iã（漢語借詞音譯語音，漢語韻尾鼻音影響而鼻化）；第二是做爲單數詞使用的「二」，其語音屬於底層本源詞系統，然而，做爲十位數詞時「二」卻借入漢語借詞音譯語音，在白語整體語音系統內的十位數詞「二」的相關語音結構有：[ne44]、[nõ33]、[nou32]、[ɣɛ42]或[ɚ42]等現象，在聲調調值的反映方面，[42]和[32]調承載漢語借詞調值外，白語滯古調值層[44]和[33]調已然混入漢語借詞調值，使得滯古調值層已不全然承載本源詞調值現象。

　　詞例「養」和「送」屬於同音但語義相異的同音異義詞。這兩詞例屬於同源於漢語又同源於藏語和侗臺語親族語之同源詞例。然而，透過上表 5-4-24 關於白語宕江攝特殊字例韻讀概況分析的語音發展可知，「送」字音讀與養字差異甚大，怎會同樣表示「養」的語義？「送」字的語音與漢語屬於同源關係，至中古時期語義進一步由「送」的本義「遣」加以引申，表示將人事物由甲處傳至乙處的概念，「養」正巧表示將食物傳至人或物使其能維繫生命，因此借用之初便以義近語音表示，更用以專門表示「養雞」的動作。

　　由此可知，時序演進至近現代時期，「養」字在白語語音系統內才借入中古漢語音讀[jǐaŋ]，並依據自身方言的語音現象予以調合漢語音讀。藉由觀察洛本卓的三項隨著語義簡易化的語音表現：標號 1[sou33]的語音屬於早期借入尚無法完整表達語義時，採用表示「送」東西給別人時雙手捧著物件的動作，並包含所送之物的語義以示語音即[q'e44 tɕi31]；標號 2[çõ33]的語音屬於中古時期的借入，語音擦音化同樣仍是以雙音節詞表示「送」的動作和所送物件的動作義，並以元音鼻化表示韻尾鼻音的語音現象；標號 3[sõ33]將送的物件簡化爲單音節詞「送」表示；上文明言之，近現代時期爲區辨「送」和「養」，借入漢語「養」字的音讀表示形成相應零聲母音讀：[ja31]，此外，根據研究的歸納顯示得知，白語針對零聲母的語音現象亦有增添聲母的語音現象：[xã42]及[ŋɚ21]，受到近現代漢語影響，在「養」的語義又再借入「餒（喂）」的語義和語音[ue42]/[ui42]表示，其韻母元音朝向高化[-i-]發展；詞例「牆」受到詞彙擴散影響而產生偏正式複合詞「磚牆」，和述補式複合詞「圍牆」，在諾鄧並列兩種音讀現象，其中的[ɣo33p'ie33]音讀則釋義爲漢語「牆壁」，且韻母呈現裂化作用以複元音[ie]表示。

　　再者，筆者研究依據合攝的原則將江攝和宕攝合併分析，實際觀察白語宕江攝陽聲韻母（即宕江攝韻母），兩者已經合併鼻音韻尾消失，白語亦具有文白異讀現象，即便白語借入漢語借詞以漢語借詞語音為音讀，但在語源點內部仍有再為漢語借詞區辨文白讀的情形，即便如此還是能將其語音演變規律加以疏理出來；因此，白語就鼻韻尾消失的應變原則，仍然依循有文白異讀方言點的併合方式行之，即是白讀音脫落鼻音韻尾後和本音系的陰聲韻合流，由於白語文白異讀的語音現象對整體語音系統的發展並未產生極大變異，因此併入陽聲韻的陰聲韻其歷史層次和共時層面仍未顯複雜。

　　江攝詞例少主要包括江韻開口二等、宕攝詞例主要包括開口一三等和合口一等，韻母分別主要為上古東部，王力指出此現象在宋代時始併入陽韻內〔註77〕，白語語音系統不具備鼻音韻尾，而以元音鼻化做為鼻音韻尾的象徵，其韻讀的演變則需借助上古音值鼻音韻尾脫落原則來看。

　　透過整體韻讀歸納分析發現，白語宕江攝的演變在鼻音韻尾脫落之後遂逐漸與果攝產生合流現象，明顯形成一種語音系統自發性的波浪擴散元音後化演變機制：[a]>[v]>[o]>[u]>[ɯ]，從宕攝開口和一等和三等韻內，筆者研究發現了其與果攝雷同的演化機制，這條演化機制與中古《切韻》所記載的演化現象不謀而合，中古《切韻》宕攝和果攝的主要元音皆擬為[ɑ]，雖然白語為較前的[a]，但隨著語音演變，其仍舊依循[a]>[ɔ]>[o]的演化路徑，甚至在[o]之後又再高化並裂化為複合元音[u]及[uo]或[ua]的語音現象，白語內部還有前化不圓唇[ɯ]及[i]和近央化擦音[v]的語音現象產生，如此一來，使得宕江鼻音韻尾脫落後逐漸合流於果攝內。

　　歸納白語宕江攝的發展主要遵循的語音演變原則為：鼻音韻尾弱化消失，入聲塞音韻尾亦脫落消失，同樣併入陰聲韻內；鼻音韻尾脫落消失，不論是否保留鼻化韻語音現象，其主要元音普遍朝向後化和高化的圓唇音發展，與果攝韻讀系統合流，在白語語音系統內具鼻化音和不具鼻化音成分音讀皆並存。而宕江攝與果攝韻讀系統的合流現象，根據汪榮寶、羅常培、施向東、儲泰松及劉廣和等學者，對於梵漢對音的研究可知〔註78〕，其主要時間大抵不超過8世

〔註77〕 王力：《漢語語音史》，頁215～217。

〔註78〕 汪榮寶：〈歌戈魚虞古讀考〉，頁 241～265、羅常培：《唐五代西北方音》，頁 166　　～167、劉廣和：〈介音問題的梵漢對音研究〉《古漢語研究》第 2 期（2002 年），

紀中葉至 10 世紀中葉以前的這段期間，即在中古中晚期唐五代肇始，自宋代漸趨定型此種宕江鼻音尾脫落拼合果攝的語音演變現象。

在漢語方言內，以高元音系列爲主要元音的鼻音韻尾較不容易產生鼻韻尾脫落或鼻化的語言現象，反觀低元音系列主要元音的鼻音韻尾則較容易產生鼻韻尾脫落或俔化的語言現象，從發音原理來看，由於低元音發音開口度大且舌位低，與韻尾鼻音在發音上產生抵制，處於發音弱勢的鼻音韻尾遂產生鼻化，白語便是如此的語言現象；此外，與果攝合流的宕江攝，其語音演變已趨向以舌面後圓唇元音爲主流語音層次，並以高化[u]和裂化爲複合元音[uo]或[ua]演變，依循——[a]>[ɔ]>[o]的演變機制，與果攝相類，發展至[o]元音時並持續高化並裂化，高化後的[u]同時也有發生裂化作用爲[ui]朝向前化爲不圓唇[ɯ]發展，在宕攝開口一三等和江攝開口二等皆有此語音現象；再者，透過白語宕江攝的語音演變發現，受到聲韻拼合的發音生理現象影響，裂合的複合元音[u]會因同化作用進而脫落形成近央化的擦音[v]，唇牙喉音主要爲鈍音、舌齒音主要爲銳音，隨著聲韻拼合的作用，同化的演變將更爲顯著。

總結白語宕江攝的讀音類型和基本主流層次類型：

層次 1：a（上古時期）

層次 2：a<ɔ<*o、*uo、*ua；o<*u、*ui；u<*ɯ（中古時期：合流果攝）

層次 3：a<*ia（近現代時期借入層：漢語借詞影響）

第五節　白語止攝的層次發展及小稱 Z 變韻

「止攝」的主體音讀主要以純元音性的[i]爲主，影響「Z 變韻（子變韻）」及「小稱變韻」的形成。此種純元音性的[i]與旁及其他內，具有[i]音成分的[ɯ]、[e]、[ɛ]或複元音[ua]、[uɛ]、[ue]或[ui]等元音，分爲二類屬性：第一類做爲韻母主要元音並在語音演變的過程中繼續承載高化作用，甚至高頂出位由舌面元音朝向舌尖前元音和舌尖後元音發展，亦即由官話韻書系統內的「支辭」韻分化爲「衣期」和「支之」並由「支之」再進一步產生央化翹舌音[ɚ]；第二類做爲韻母介音，白語整體語音系統內受到[i]音質做爲介音的影響深遠，在語流音變

頁 1～7、施向東：〈玄奘譯著中的梵漢對音研究〉文收錄於施向東：《音史尋幽：施向東自選集》（天津：南開大學出版社，2009 年）、儲泰松：〈梵漢對音與中古音研究〉《古漢語研究》第 1 期（1998 年），頁 45～51。

的過程中，牽動著聲母系統的語音演變，由底層固有音朝向顎化、翹舌化及唇化發展，除了聲母系統外，在韻讀系統內亦關聯著各攝及各攝間開合口及等第間的語音演變。因此，筆者在討論的過程中，將止攝獨立在陰聲韻和陽聲韻外討論，分別就其在整體語音系統內的影響探討其歷史層次發展。

壹、止攝的歷史層次

本小單元的主要重點是分析白語止攝字讀音的演變現象及其歷史層次。

總體而論，白語止攝包括三等韻的支、脂、之和微等四韻亦有開合口之分，普遍能透過中古《切韻》系統推導，從共時和歷時兩個角度來看，從共時平面來看，白語止攝字的讀音根據主要元音的不同，基本可以分為主流層次及非主流層次兩種語音現象：第一類主流層次韻讀以[i]及其音位變體[ŋ]和[ɻ]及舌面央化翹舌音[ɚ]和近央化擦音[v]，或相關內具[i]音值成分的[ɯ]、[e]和[ɛ]等語音形式；第二類非主流層次韻讀，筆者認為以具合口屬性的後化半高元音[o]及其高化的[u]為主的後元音圓唇路線，並透過元音裂化作用形成複合元音[uɛ]、[ue]和[ui]等語音類型形成合口呼。

然而，白語止攝如此的演化方式，基本可以視為是中古時期以後的發展主流模式，但溯及既往，止攝的整體演變源流即其滯古語音層的源頭發展，筆者研究認為，仍是承襲果攝一脈的元音鏈移發展路線而來，特別是透過蟹攝的發展一路展開演變。在蟹攝的語音層次演變單元內，本文談論過其主要的滯古層音讀[ɯ]，此音讀在白語止攝韻讀系統內同樣存在，白語止攝韻讀在上古時期的滯古語音層即是從[ɯ]音展開分化演變，分別以低元音[a]逐步高化至高元音[i]並往高頂出位持續演化，即高元音[i]獨立演化為舌尖音系列的[ŋ]和[ɻ]語音類型，低元音[a]的語音演變受到滯古層[ɯ]內的[i]元音影響產生同化作用，進一步高化形成[ɛ]和[e]，受到後化作用影響，形成以後元音[o]高化往[u]發展並裂化為具合口性質的複元音語音類型。

較為特殊的語音現象，是在白語陰聲韻攝內，具備看似突兀，卻有其語音發展不得不為之的語音演變過程，即：「陰聲韻攝內出現鼻化音質」的語音狀況。止攝所包含的支、脂、之和微四韻本屬不具鼻音韻尾亦非入聲韻尾的韻部，但卻在語音演化的過程中出現具鼻化成分的音讀現象，例如：從母志開三的詞例「字」在洛本卓出現濁塞擦鼻化音[dzũ31]及擦音鼻化音[zũ31]的語音現象，會

有如此語音現象，最主要的原因是因為白語整體語音系統內，其具備鼻音韻尾成分的陽聲韻，由於韻尾脫落合流於陰聲韻部內，這也是形成不具鼻音成分的詞例卻出現具鼻化成分的語音現象，止攝接收中古時期舌根鼻音成分的梗曾攝和通攝和舌尖鼻音成分臻攝的鼻音[v]成分，使得鼻化現象亦存在於止攝的語音系統內。總體而言，白語止攝主要歷時層次音讀為[i]，並由此展開語音演變。

透過上述簡要分析，以下將白語「止攝」韻讀整理如下表 5-5-1 所示：

表 5-5-1　白語止攝韻讀語例

韻	白語韻母音讀類型		中古漢語韻母類型		韻讀相關例字列舉	
止開口一等	陰聲	ɯ/ɯ̃	陰聲	尾開一	陰聲	擽
止開口三等	陰聲	i	陰聲	之開三	陰聲	鮐(1) 箕旗
		v/ɯ/i		止開三		子(2) 耳市
		a/e/ɚ/iɛ				齒（牙齒）/ (3) 柿
		ɯ/v/ɿ ia/ɚ/ɯ ua/ou/u		志開三		字 痣
		ɛ/ui/uɛ i/ɿ/ʅ		旨開三		(4) 屎死指姐秕
		a/o/ɔ̃ ɯ /ui/i		紙開三		紙(5) 庳（低／矮）/ 舐／被（子）/ 彼（他）／是
		e/ɯ/i		寘開三		刺罵（罵）
		e/i/（ɚ） au/v/o ɯ/ou/u		至開三		(6) 四(7)利／二十／二兩／屁(8) 地 (9) 二
		e/i/ɿ/ʅ		脂開三		虮蜉／脂犁眉
		i		微開三		饑
		i		未開三		(10) 衣
		e/ui/i		支開三		披撕(11) 皮騎多疤(12) 雌

「止攝開口一、三等」特殊詞例說明：

（1）詞例「箕」即「簸箕」，箕，簸也，本義為揚米去糠的器具，後引申義表箕帚之「帚」（又作掃）義，此語音在辛屯和康福以裂化複元音韻母呈現，其複元音韻母由低至高[pau33 mau33 tɕi55]→[pou31 mou31 tɕi44]、諾鄧以單元

音韻母呈現[pɔ33 mɔ33 tɕi35]，辛屯語區又有另讀為直譯音譯漢語「箕帚」音讀表示[tɕi44 se42]；洱海周邊四語區詞彙系統明確表示①動詞去糠：[tɔ35]及②名詞去糠器具：[pɔ33 me33 tɕi35]或[pɔ33 mo33 tɕi35]；諾鄧表示動詞去糠或簸米的動作時，其單音節「簸」音讀為重唇濁音[bɔ44]，與白語整體語區之重唇清音[pɔ33]形成清濁對立。

（2）詞例「耳」在白語語區讀音亦有元音鼻化的語音現象，例如在中部語源區漕澗即屬之[n̥ṽ33]，屬於自體本身陰陽對轉之語音型態。

（3）詞例「柿」為水果類，白語音讀為[t'a44]（韻母為開口元音）→[t'ɛ44]→[t'ia44]→[tʂ'a44]（產生高化[-i-]介音），音讀演變原則由韻母元音為開口[-a-]朝向高化[-i-]介音發展，爾後，聲母輔音又與韻母[-i-]介音形成翹舌化作用，此音讀屬於白語方言詞音讀現象，屬本源詞例。

（4）詞例「屎」字其白語音讀為[si31]，上古漢語音讀為[ĭei]、中古音讀為[ɕi]，屬於漢白同源詞之詞例，白語音讀為舌尖擦音。

（5）白語詞彙系統內依其語音釋義為古本義「庳」者，與漢語釋義為低或矮之語義對應。

（6）詞例「四」字其白語音讀為[si44]/[ɕi44]，漢語上古音讀為[sĭei]、中古音讀為[si]，屬於漢白同源詞之詞例，白語音讀具有舌尖擦音和顎化舌面擦音兩種聲母輔音現象。

（7）詞例「利」在白語詞彙系統內部有三種釋義：第一釋義為「利息」其語音為重唇音且韻母元音朝向不圓唇元音發展[pv42]→[pɯ42]，此音在近現代並直接音譯漢語借詞之音讀而表示[li42 ɕi24]；第二釋義為「鋒利[ji31]」；第三類釋義則由鋒利／銳利語義引申為「快」的語義。

（8）詞例「地」字其白語音讀為[tɕi31]，上古漢語音讀為[dĭai]、中古音讀為[di]，屬於漢白同源詞之詞例，白語音讀形成聲母顎化舌面音，其產生顎化之因即受到韻母介音[-i-]的影響有關。

（9）詞例「二」字相當特殊，其具有二層語音特徵：其一當白語音讀為[ne44]、[nõ33]、[nou32]、[ɣɛ42]或[ɚ42]時，屬於漢白同源詞之詞例，白語音讀為此時，主要表示十位數詞之雙數詞及單位量詞「兩」；其二為單數數詞時[kou33]/[kõ33]，其白語音讀屬於底層本源語音之本源詞。

（10）詞例「衣」在白語詞彙語音系統內亦有兩種表示方式：其一是以重複「衣」的音讀以類似重疊詞的方式表示[ji55 ji55]，此時第一個[ji55]為動詞表示「穿」，第二個[ji55]即為名詞「衣」，受漢語借詞音讀響亦可以一個[ji55]音表示；其二亦受到漢語借詞之語義影響，以廣義詞「衣褲」之音讀[ji55 kuã55]表示，形成一詞多音的重疊表現形式，兩種音讀皆並存於白語詞彙語音系統內。

（11）詞例「皮（皮膚）」其白語音讀之韻母元音由裂化複元音往單元音化發展，即[pai31]→[pe35]，上古漢語音讀為[bĭai]、中古音讀為[bĭe]，屬於漢白同源詞之詞例。

（12）詞例「雌」在白語詞彙系統內釋義為「女陰」即指稱女性生殖器。

韻	白語韻母音讀類型		中古漢語韻母類型		韻讀相關例字列舉	
止合口一等	陰聲	ui/uε	陰聲	至合一	陰聲	(1) 燧
止合口三等	陰聲	e/ui/y	陰聲	旨合三	陰聲	水簋
		v/i/ŋ		紙合三		跪
		v/o		微合三		飛
		ε/v/u ɤ/ʅ		尾合三		灰鬼 (2) 虺尾
		u/ŋ		未合三		胃
		ue/ui		寘合三		餧喂

「止攝合口一、三等」特殊詞例說明：

（1）白語北部方言區之洛本卓，在詞例「燧」具有鼻化和翹舌成分[tʂuẽ42]之音讀現象，亦屬於止攝自體陰陽對轉之例。

（2）詞例「虺」即釋義為「蛇」，此二字同樣屬於止攝內，漢語隨著語音演變遂由止攝分別混用於蟹攝和果假攝內，而筆者將此例置於止攝內討論，較能符合其語音演變的規律現象。

透過上表 5-5-1 的韻讀歸納，進一步將相關例字之白語音讀現象，整理為表 5-5-2 止攝開口三等及表 5-5-3 止攝合口三等兩表，並提出數條詞例予以對應說明。首先，表 5-5-2 是關於止攝開口三等之特殊字例韻讀概況分析：

表 5-5-2　白語止攝特殊字例韻讀概況（一）：止攝開口三等

分布　代表點	止開三							
	昌 齒	並 蚍	清 雌	幫 庫	來 罿（罵）	見 箕	日 二	章 痣
共興	tɕu33 pa44	tsu21 dzu21	tɕui44（tɕy）	dʑui33	ka44（lɯu44）	tɕi55	kõ33 nẽ44	ʂu42
洛本卓	tɕu33 pa44	tɕi21	piɛ44	dʑui33	xɛ44（lɯu44）	tɕi55	qu33 ne44	ɕu42
營盤	tɕu33 pa44	dzu21	piɛ44	dʑuɛ33	χɛ44（luɨ44）	tɕi55	kv33 ne44	ɕua42
辛屯	tsi33 pa44	pi21	pi44	pi33	s'ua44	tɕi44	kou33 ne44	ɕou42
諾鄧	dʐʅ44 pa44	bi21（緊）	bi33	pi55	xɛ21（緊）	tɕi35	kɔ33 ne21	ɕɯ21
漕澗	tsi33 pa44	pi31	p'i44	pi31	ɣɯ33	tɕi24	kõ44 ɣɛ42 nai44	ɕiõ31
康福	ts'i44（緊） pa44（緊）	pi21（緊）	pi44（緊）	pi33	sua44（緊）	tɕi55	kãu33 ne44（緊） ɚ55（緊）	ɕɚ42（緊）
挖色	tsʅ44 pa44	pi21	pi44	pi33	ɣɯ44	tɕi35	kou33 ne44	ɕɯ21
西窯	tsi44 pa44	pi21	pi44	pi33	ɯ44	tɕi35	ko33 ne44	ɕɯ21
上關	tsʅ44 pa44	pi21	pi44	pi33	ɣɯ44	tɕi35	kou33 ne44	ɕɯ21
鳳儀	tsi44 pa44	pi21	pi44	pi33	ɯ44	tɕi35	kou33 ne44	ɕɯ21

　　承表 5-5-2 白語止攝開口三等的分析歸納，接續針對白語止攝合口三等，相關詞例的音讀概況舉例論述，以表 5-5-3 所示：

表 5-5-3　白語止攝特殊字例韻讀概況（二）：止攝合口三等

分布　代表點	止合三				
	群 跪	見 鬼	曉 旭	云 胃	書 水
共興	tʂʅ42 dʐʅ42	tʂʅ33	tʂ'ʅ33	zʅ42	ɕui/ɕy33
洛本卓	dʐʅ42	tʂe33	tʂ'ɛ33	zɛ42	ɕui/ɕy33
營盤	zɚ42	tsʅ33	ts'ʅ33	zʅ42	ɕui/ɕy33

辛屯	k'o21	ko44	k'o33	ue42	ɕui/ɕy33
諾鄧	kɔ21 (緊)	qɔ44 (緊)	k'ɔ44 (緊)	v21	ɕui/ɕy44
漕澗	kv31	kv44	k'v44	ue42	ɕui/ɕy21
康福	ko31	ko33	k'o33	vo42 (緊)/ue44 (緊)	ɕui/ɕy33
挖色	tɕi21	kv33	k'v44	v42	ɕui/ɕy33
西窯	tɕi21	kv33	k'v44	vv42	ɕui/ɕy33
上關	tɕi21	kv33	k'v44	uei55	ɕui/ɕy33
鳳儀	tɕi21	kv33 tɕui33	k'v44	ui55	ɕui/ɕy33

　　詞例「二」相當特殊，此詞例在白語語音詞彙系統內具備二種層次現象，其一屬於滯古底層本源詞結構，其做為單數數詞使用時，以軟顎舌根音輔音所表示的音節結構為本源詞語音（見表 5-5-2 所示的語音概況說明），進一步再分析做為單數數詞的詞例「二」，其聲調值語音現象具有[33]和[44]調兩種類型，由此滯古本源詞語音現象可知，白語調值[33]和[44]調屬於滯古調值語音層，然而藉由漢語借詞同源成分的[ne]或[ɚ]所表示的調值現象（[ne]表[44]調，央化翹舌音[ɚ]表[55]緊調僅在康福白語）可知，滯古調值層已然混入漢語借詞的語音成分；其二屬於中古漢語借詞音讀現象，此音讀與本源音讀並不構成衝突，借入漢語同源音讀成分的語音僅適用於序數之十位數詞或表示月份時的表現，例如「十二」可表示為[tʂʅ21 ne21]（諾鄧）、[si21 ne44]或[si21 ɚ42]，其調值表示為漢語借詞調值現象，另外「二」還具有來母字音讀則是借源漢語「兩」的音讀而來，如此可見詞例「二」在白語詞彙語音系統內兼具滯古本源層－漢源借詞層兩種層次現象。

　　詞例「蚍」即「蚍蜉」亦即俗稱「螞蟻」與「螞蝗」屬不同種類的動物，「螞蝗」即俗稱「水蛭」，此處討論止攝詞例「蚍」，因此表格內以單音節詞「蚍」的音讀結構說明，「蜉」字將依其韻攝歸入「流攝」內分別討論。在北部語源區之共興，此詞例在聲母部分呈現出塞擦化「[ts]－[dz]」之清濁對立的語音現象，塞擦音化的形成受到韻母輔音[-i-]的影響所致；白語韻讀系統內撮口[-y-]音不發達，因此記音時仍記為[-ui-]。

　　詞例「罦」即漢語釋義之「罵」，在白語詞彙系統內有二種表示方式：第一種較單純以單音節結構表示[ɣɯ44]，第二種則是重複[ɣɯ44]加強語音表示「罵」，較為特殊的是第二個重複音結構之聲母由濁軟顎舌根擦音清化為清軟

顎舌根擦音，且韻母元音由不圓唇[ɯ]朝向央化發展，且調值維持次高平調不變調：[ɣɯ44 xə44 lɯ44]；詞例「箕」在止攝範圍內所表示者爲名詞之「去糠的器具」語義；詞例「跪」在白語詞彙系統內亦有四音格詞的表現方式[tsɛ44 k'o44 tsu21 ko21]，詞義引申表示誠心「跪拜」之義，以重疊之韻母元音高化及送氣成分脫落的語音方式表示。

白語止攝主要以[i]音爲主流韻讀，合口韻具備圓唇成分。依其在韻讀系統內的作用分爲二條演化路徑說明：

第一條：做爲韻母結構內的主要元音

止攝的[i]音質做爲韻母結構內的主要元音時，其將由舌面元音性質朝向舌尖元音性質發展，即受到元音高化之高頂出位的影響形成舌尖前元音[ɿ]和舌尖後元音[ʅ]，在白語整體語音系統內，此三者的使用，是呈現[i]和舌尖前元音[ɿ]同時並用於舌齒音內的舌尖音「[ts]、[ts']、[s]」聲母語音系統內，此即是王力所言，在「支脂之」三韻內的舌齒音聲母的舌尖輔音，使韻母具舌面音性質的主要元音產生高化作用的主因〔註79〕，換言之，即是聲母系統爲了發音省力，間接作用使其發音部位上提而產生；相對而言，[i]高化後並產生後化作用，進而形成舌尖前元音[ɿ]，同樣在白語整體語音系統內與[i]並用，舌齒音內的翹舌音「[tʂ]、[tʂ']、[ʂ]、[ʐ]」聲母語音系統內，由於和[-i-]介音相互排斥，因此，將舌面前[i]後移以符合發音的經濟省力原則，因而形成舌尖後元音[ʅ]。

另外，止攝做爲韻母結構內的主要元音還有一條以後化圓唇音爲發展路徑的後元音[o]及其高化[u]與裂化爲具合口性質的複元音語音類型，或有甚者朝向近央化的擦音[v]，這條朝向圓唇音質發展的演變現象，筆者研究認爲是古音遺子及受到方言自身的演變所致，在裂化爲合口複元音[uɛ]、[ue]和[ui]的部分，依據語音演變的外在影響條件而言，主要是受到《中原音韻》至《韻略易通》內的「齊微」和「西微」韻的語音成分影響，擦音[v]則受到方言自身的語音演變影響而產生的語音類型。以下總結止攝的的讀音類型和基本的層次類型：

層次1：ɯ（上古時期滯古層次）

〔註79〕王力：《漢語史稿》，頁164～165。

層次 2：ɯ<*a<*ɛ/*e<*i；i<*ʅ、*ʅ（中古時期：前化高化影響）

　　　　　ɯ<*o<*u（中古時期：後化高化影響）

層次 3：*u<*v（方言自身演變）

　　　　　*uɛ、*ue、*ui（近現代時期古音遺子）

　　　　　*y（漢語接觸形成）

在「止攝」的基礎語音演變架構下，接續將深入探討[i]音的其他特殊語音演變現象。

貳、止攝[i]音值特殊語音變化

承接止攝[i]音值在白語韻讀系統內的語音演變作用，進一步將分析止攝[i]音值做為韻母結構內的主要元音外，其做為韻讀系統內的介音所產生的相關音變現象，即第二條演化路徑。

第二條：做為韻母結構內的介音現象

[i]音質做為介音的影響在語流音變的過程中，牽動著聲母系統的語音演變，由底層固有音朝向顎化、翹舌化及唇化發展，這個部分的說明可做為聲母系統部分的探討補充。在此之前，筆者將說明[i]音質做為介音屬性時，如此牽動主要元音產生語音變化的作用。

透過止攝主元音[-i-]的語音演變發現，其做為介音在整體音節結構內，主要的作用是牽動著主要元音進行持續高化，或由前往後進行後化的語音演變。在高化方面，主要的產生原因即[-i-]介音帶動主要元音由低元音往高元音發展，由於[-i-]介音本身即屬於高化的元音性質，因此，主元音的低元音相應的回饋便是將其發音的舌位向上抬起以配合高化的介音屬性，根據研究分析可知，在白語內部看到的相關範例，即是由主元音[i]展開列化，再由裂化後的介音屬性的[i]帶動裂化的主元音高化，例如：命

mĩ55（辛屯）→ mia42（洛本卓）→miɛ42（漕澗）/mjɛ21（諾鄧）→miɯ55（洱海周邊）這個詞例屬於漢語借詞例，透過語料的歸納分析看到，在辛屯白語以單元音鼻化表示語音，其餘語源區莫不以裂化複元音表示語音，而裂化而生的主元音，根據洛本卓、漕澗到洱海周邊挖色、西窯、上關和鳳儀四語區，受到[-i-]介音的影響而逐步高化，至洱海周邊採用高化的[ɯ]代指原陽聲韻尾的語音現象。

　　前高元音[i]及其具有[i]音質成分的前半高元音[e]皆具有使聲母產生顎化的語音作用，此處影響聲母進行語音演變現象的[i]音質則改變其屬性，轉以介音音質在音節結構內作用。介音在音節結構裡的位置主要介於聲母和韻母之主要元音間的語音成分，介音在白語語音系統內影響深遠，不論是元音性介音亦或輔音性介音，皆撼動著白語整體語音演變現象，因此，筆者特別將轉為介音作用的[i]提出說明。

　　元音性介音在白語語音系統內的作用不分等第開合，依其實際存在情況分為純元音性和半元音性兩類，兩類介音在白語語音系統內分別表示：純元音介音[-i-]/[-u-]/[-y-]，然而[-y-]介音在白語內部使用較不普遍，屬於近晚期借自漢語之介音；半元音介音[-j-]/[-r-]/[-l-]/[-w-]，是藏緬語學者為區辨純元音介音而定義，其屬性與漢語近似，兩類都對白語語音系統產生影響。[i]音質做為介音時，主要對聲母產生顎化、翹舌化及唇化等影響：

第一：舌根及舌尖前塞擦音顎化

　　聲母與高元音[i]、[-i-]介音甚至是墊音性質的[-j-]組合時產生的舌面音色彩的聲母現象，何大安也有談及相關的演變情況：變化項 A 受到特定條件影響而產生新的語音生成項〔註80〕，換言之，顎化作用即是在特定條件下形成的條件式音變，主要作用於舌根音和舌尖前塞擦音：A>B/___C→k/ts>tɕ/__i/j/e；顎化形成的新興聲母[tɕ]，進一步再受到相同的作用影響，則會形成翹舌化語音現象：tɕ>tʂ/__i/j/e。

第二：舌尖前塞音顎化

　　經由研究歸納整理白語的語音演變現象發現，當中受到高元音[i]、[-i-]介音甚至是墊音性質的[-j-]影響而形成顎化作用者，除了舌根音和舌尖前塞擦音外，舌尖前塞音亦有受到相關[i]音質作用而形成顎化：t>tɕ/__i/j。例如：屬端系聲母的釘、聽、獺、貼、踢等詞例，其聲母形成的顎化現象即是受到t>tɕ/__i/j 條例影響，除了獺之外，其餘詞例屬於四等之故，韻母還原[-i-]介音進而形成高化作用，主要好發於白語北部方言語源區，試看下表 5-5-4 所列舉之相關詞例：

〔註80〕何大安：《規律與方向》（北京：北京大學出版社，2004 年），頁 17～26。

表 5-5-4　[-i-]音影響聲母舌尖前塞音顎化語例

例字	中古聲紐	共興	洛本卓	營盤	辛屯	諾鄧	漕澗	康福	挖色	西窯	上關	鳳儀
釘	端開四	tsɛ̃55	tsɛ̃55	tɕɛ55	tɕiɚ42 tɕiɚ55	tɕɛ42 ta42	tɕv42 tɕv24	tɕɚ42	tɕiɚ55	tɕiɚ55	tɕiɚ55	tɕiɚ55
聽	透開四	tʂʼɛ̃55	tɕʼã55	tɕʼɛ55	tɕʼiɚ55	tɕʼɛ55	tɕʼv55	tɕʼɚ̃55	tɕʼɚ55	tɕʼe55	tɕʼɚ55	tɕʼe55
獺	透開一	tɕʼã44	tɕʼã44	tɕʼã44	----	----	sue31 **tʼa31**	----	----	----	----	----
貼	透開四	tɕʼa44 niã55	tɕʼa44 pʼe55	tɕʼa44 tɕʼi55	tɕʼia55	tɕʼa44 ŋa35 n̪a44	tie24 tʼie24	tɕʼa44(緊)	ŋa35 n̪a44	ŋa35 n̪a44	ŋa35 na44	ŋa35 na44
踢	透開四	tɕʼɛ44	tɕʼɛ44	tɕʼɛ44	tɕʼiɚ55	tɕʼɛ44 tsua35	tɕʼɛ44 pʼa44	tɕʼɚ44(緊)	tʼɔ55	tʼɔ55	tʼue55	tʼɔ55

詞例「釘」有兩種詞性，第一種為本義名詞釋義為「用以貫穿物體使結合牢固的東西」；第二種為引申義名詞轉品為動詞之「『釘』釘子」的「動作」，由漕澗之音節結構相同但聲調值不同的語音現象可知，其表示[42]調值者為動詞語義，表示[24]調值者為名詞語義。

第三：唇音的顎化

歸納整理白語關於唇音顎化的語音演變現象可知，當中受到高元音[i]、[-i-]介音甚至是墊音性質的[-j-]影響而形成顎化作用者，除了舌根音、舌尖前塞擦音和舌尖前塞音外，在白語北部方言區內亦有歸納出唇音部分亦產生顎化作用：p>tɕ/__i/j，試看下表 5-5-5 所列舉之相關詞例：

表 5-5-5　[-i-]音影響聲母唇音顎化語例

例字	中古聲紐	共興	洛本卓	營盤	辛屯	諾鄧	漕澗	康福	挖色	西窯	上關	鳳儀
扁瘤	並開四	piɛ̃33	tɕui33	piɛ33	piɚ55 piã33	piɛ33 pʼi44	piɛ55 pʼi31	piɚ33 pia31	piɚ33	piɛ33	piɛ33	piɚ33
屏	並開四	po44	tɕua44	piɛ44	miɛ̃31 **pa55**	pe33	suã24 **piã24**	pẽ33	pe33	pe33	pe33	pe33
吠	奉合三	dʐua42	tɕua42	zo42	piã42	ʔɯ35	pia42	piã42(緊)	mɚ21	mɛ21	mɚ21	mɚ21
八	幫合二	tɕua44	tɕua44	pia44	piã44	pia33	pia44	pia44(緊) pa35	pia44	pia44	pia44	pia44
肺	敷合三	tʂua44	tɕua44	pʼia44	pʼio44 fi44	pʼia21	pʼia33	fe44(緊)	pʼia44	pʼia44	pʼia44	pʼia44

　　詞例「扁」字在白語整體詞彙系統內亦採用古本字「瘪」，屬於借入漢語「扁」字的形容詞本義而來，並由此形容詞本義再分化出相關詞例「寬」，及其从「扁」得聲之「偏」字。「扁」字作形容詞用時其本義表示「物體平寬而薄」，然而，「扁－寬－偏」詞例的語音現象之發展源流當溯源於「平」。平[pã21]而扁[piε55]/[q'o55]（舌根圓唇化影響）則寬[q'ua44]，偏則因其聲符从扁之故，因此其語音現象具有扁和寬兩種結構[q'ua44]/[p'iə44]；再者，取其「扁」之不成熟之形貌又引申出「瘪」字，白語詞彙系統用以借指穀物不成熟之雛縮不飽滿之樣貌，其音讀在辛屯語區將韻母元音低化及調值低降為中平調以示語義區辨，相同現象在漕澗亦可見；洱海周邊語區不分何種動物之叫聲，其一律統一採用[mə21]/[mε21]表示，而表格特殊字例所列舉之詞例「吠」本義為犬鳴，並表示廣義的動物鳴叫聲，白語借入後主要表示「犬（狗）」之鳴叫聲，白語詞彙系統內依其語義區辨語音，遂將排除犬鳴之外的動物鳴叫聲以雙唇鼻音[mε21]/[mə21]表示；白語詞彙系統內關於臟器部分之小稱詞為[k'ɔ33]，亦能省略僅以臟器名表示。

　　第四：特殊唇化現象

　　此種特殊的唇化現象主要是透過止攝內的[o]及其高化音質[u]進行如同[i]音質的顎化作用，這是因為受到[-u-]介音後、高且圓唇的語音作用影響進而形成唇化作用。王洪君提到此種[-u-]介音影響下的唇化作用〔註81〕，唇化可以指稱不圓唇音變為圓唇音的語音演變現象，即受到同化作用影響，使得不圓唇音受到相鄰音質的影響而形成圓唇音，以符合發音省力的經濟作用，例如：包、飽和抱，特別是「抱」字在白語內的此種唇化作用，是受到語義的影響而促使唇化的產生，由不圓唇音[pia44]指抱起不具生命作用的物件，受到語義影響當指稱抱起具生命作用的人時，即形成唇化作用[pu31]（漕澗）及[pia44]（洱海周邊：挖色、西窯）→[pɔ55]（洱海周邊：上關、鳳儀，此音值圓唇化現象有借入侗臺語影響），試看下表 5-5-6 所列舉之相關詞例：

〔註81〕王洪君：《漢語非線性音系學：漢語的音系格局與單字音》（北京：北京大學出版社，2008 年），頁 179～180。

表 5-5-6　聲母唇化語例

例字	中古聲紐	共興	洛本卓	營盤	辛屯	諾鄧	漕澗	康福	挖色	西窯	上關	鳳儀
包	幫開二	pou55	po55	kou55	pou55	ɢɔ33	po55	pau55	pɔ55	pɔ55	pɔ55	pɔ55
飽	幫開二	puɯ33	pv33	kv33	puɯ55	bu33	pu21	puɯ33	pu33	pu33	pu33	pu33
抱	並開一	buɯ31	pv31	kv31	puɯ55 kuɯ55	pu33	pao31 pu31	puɯ33	pia44 pɔ55	pia44 pɔ55	pia44 pɔ55	pia44 pɔ55

　　洱海周邊四語區表示「包」時有三種語音現象，主要藉由詞彙擴散影響語音擴散所形成。第一種是指將物件包圍，未特別指出包圍物件之物的材質，即包圍[ue]；第二種是指將包圍物的材質特別指出，相關引申詞例有「包袱」或「荷包」，此時「包」字則以突顯其材質的詞彙取代原[pɔ]的語義，而以衣[ji]/[ʑi]表示，例如：「包袱」[ji35 v42]或「荷包」[ji44 nu21]，在調值上則屬於漢語借詞調值；第三種即表示單位量詞語義，即上表 5-5-6 所表示之詞例，亦屬於借入漢語借詞之用。

　　另外，筆者研究過程中還發現另一類唇化現象，即是介音對聲母產生唇化的影響，專門指稱：「具有唇音色彩的介音，誘使非唇音聲母改換為唇音聲母的特殊語音現象。」這個部分主要產生在介音具有元音性介音[u]，在白語內部連同帶有圓唇性質的介音皆會產生變異，例如下表 5-5-7 所列舉之相關詞例說明：

表 5-5-7　聲母受唇音介音而代換語例

例字	中古聲紐	共興	洛本卓	營盤	辛屯	諾鄧	漕澗	康福	挖色	西窯	上關	鳳儀
逃(定)	豪開一	mõ33	muɯ̃31	muɯ31	mu33	mu21	mu21	muɯ21 (緊)	mou21	mo21	mou21	mu21
撈(來)	豪開一	ne31 tʂʻuɯ44	ne31 tʂʻuɯ44	ʐ̩31 tʂʻuɯ44	vuɯ21	lɔ33 v21	lao44	vo21 (緊)	v21	vv21	vv21	v21
拴(清)	仙合三	bo21	u31	u31	u33 fo21	ba21 (緊)	pã31	pa21 (緊)	v21	vv21	vv21	v21
拴牛	---	quɯ55	quɯ55	kuɯ55	lau55	ba21	pã31	fo31	fv31	fv31	fv31	v31
換(匣)	換合一	muɯ̃33	muɯ̃33	muɯ̃33	muɯ44	muɯ̃33 xue33	muɯ̃33	muɯ33	muɯ33	muɯ33	muɯ33	muɯ33

　　詞例「換」在白語詞彙系統內普遍以偏正結構「更換」[qa44 muɯ̃33]或「交

換」[sa55 mũ33]表示，受到漢語音譯影響，近現代時期又借入漢語音讀[xõ55]並由單元音裂化為複元音[xue55]表示「換」的音讀，並與本源底層結構[mũ33]形成疊置。

另外，透過語料的歸納顯示，在辛屯白語內還發現詞例「會」也產生了這樣的語音變易[vər42]；康福白語內亦有，例如：「掏／挖／撈」→[vo42]、「塗」→[miũ31]等詞例，皆屬於受到韻母音節系統內元音性介音[u]或相關圓唇性質的介音影響而使聲母變換為唇音。

第三條：特殊子變韻語音現象

子變韻（Z 變韻）的語音現象與兒化相類似，兒化是兒尾和前一音節合音而成，子變韻則是音節內的子尾和前字音節合為一個音節，聲調不起變化，主要在韻母部分產生變化，子變韻主要關涉的原理是古韻「之幽」兩部通押的語音現象〔註 82〕，藉由「之幽」兩部的通押使產生子變韻後，其韻母轉換為圓唇音[o]或[u]即已獲得證明，然而，根據研究顯示，在白語內部得以發現，關於這類止攝開口三等且上古屬於精母之部的字，在子變的過程中除了轉化為圓唇音[o]或[u]外，白語內部的子尾亦有二種表現狀況：

（一）漢語小稱詞綴現象

白語詞彙受到「漢語小稱詞綴」的影響，在詞素後加上[tsi33]或[tsɿ33]表示漢語小稱的語義，這個小稱詞綴固定以調值[33]調表示類輕聲的子尾音節，白語以這樣的增添羨餘音節成分來表示子韻的現象甚為普遍，筆者認為是受到漢語影響刻意為之的語音現象，在各語源區內都能歸納出這類的表義方式，直接列舉出相關範例並在語音後括號表示語區，例如：碟子[tiæ55 tsi33]、盤子[pa̠21 tsi33]（康福）、箱子[ça35 tsɿ33]（洱海周邊），亦有為了配合漢語小稱子韻而刻意為之者，在洱海周邊四語區詞例內便有這樣的範例，例如：鞋[ŋe21]→[ŋe21 tsi33]、褲[kua35]→[kua35 tsi33]。由此子韻獨立音節的語音現象，不僅看出舌面[i]元音已發展出舌尖元音[ɿ]的語音現象，白語受到漢語影響在原單音詞素上增加羨餘小稱子韻的語音現象更是顯著，值得注意的是，這個小稱子韻[tsi]白語除了表示無生命的事物外，更用以表示同樣具有「小」或「年輕」之義的有生命之「人」甚至是群體，例如：小孩子[sv44 tsi33]（漕

〔註82〕陳衛恒：〈古韻之幽交涉與今方言子變韻現象音變原理的一致性〉，頁 102～105。

澗）、徒弟[tæ31 tsi33]（康福）、漢族[xã55 tsi33]（康福），爾後為了與表示無生命物件的「子」做為區隔，透過詞彙擴散將聲母由精母之部轉變為日母真部「人」→[n̩i21]（諾鄧）/[zw̃42]（康福）；更有甚者，此[tsi33]小稱詞綴除了承載上述兩語義外，還有承載表示時間或日子的時間義，例如：一會兒[a33 kã55 tsi33]→[a33 kə̃55]（辛屯），將子韻合併並以鼻化表示，如此形成第二種子變韻的語音表現情形，甚至將子尾小稱[tsi]擴大語義泛指一切細微小之物，例如：舌頭[tsæ̱42 p'i31]→舌尖[tsæ̱42 tɕĩ55 tsi33]，此處[tsi33]表示舌頭這個部位內的其他較細緻的部位，又如煙[jæ̃55]→[jæ̃55 tsi33]，此處[tsi33]表示形容煙微細漂浮於空中的抽象概念；還有將此額外增添的羨餘音節[－子]直接合入前字音節內，例如：穀子[s̩44]。

（二）韻母元音央化至翹舌化發展

第二種情形是以「韻母元音央化為[ə]並帶有翹舌音形成[ər]→[ɚ]一類的讀音」，例如：麥子[mə33]，又如透過詞例「桌子」在洱海周邊四語源區亦能看到子尾變韻的演變現象，單音節詞表示[tse35]→受到漢語借詞影響而增加子韻小稱詞綴[tse35 tsi33]→實詞素桌與小稱詞綴併合→[tsɚ35]又為了顧及漢語借詞的小稱詞綴，遂又形成併合後的新音節結構與子尾小稱[ts̩33]合成為一個音節結構的語音形成→[tsɚ35 ts̩33]、板子[pe33]→[pɚ33]、句子[tsv42]→[tɕiɚ42]（漕澗）等皆是屬於韻母元音央化進而形成帶有翹舌音的子變韻形式。

由上述二種情形的分析可知，子尾韻[tsi]音讀由強而弱，逐步透過儿化的作用併入前一音節內形成變韻，這是因為實詞根基本韻具有[i]音值成分，此[i]與子尾併合為一個音節，因而形成帶有儿化成份的子變韻形式；然而，由子尾演變至子變韻的過程是依據音理原則來進行，白語子尾變韻已有些詞例經由子尾[tsi]演化為央化翹舌現象[ə]/[ɚ]，並有形成朝向[o]/[u]演進的過渡音值[v]/[ɯ]的語音現象，根據王福堂和陳衛恒的推測可知﹝註 83﹞，由子尾弱化所形成的央元音[ə]往[o]/[u]演進的過程應具有一過渡音值，如此才能合理解釋如何由央元音[ə]轉化為圓唇[o]/[u]音類。白語子尾演變至子變韻的過程，筆者認為正處於

﹝註 83﹞陳衛恒：〈古韻之幽交涉與今方言子變韻現象音變原理的一致性〉，頁 102～105、王福堂：《漢語方言語音的演變和層次》（北京：語文出版社，1999 年），頁 135～153。

此種朝向圓唇[o]/[u]音類的過渡階段，即出現[v]/[ɯ]音值，例如詞例「種子」：[tsṽ24]（漕澗）→[tsv]（洱海周邊）→[dzɔɹ44]（諾鄧）→[tsð33]/[tsð33 tsi33]（康福），呈現子尾變韻的演變現象。

止攝字還有一種語音演變現象，即是如同聲母舌齒音部分，形成「翹舌化語音現象前出現的擦音游離過渡」現象，受到韻母等第的影響，此種擦音的過渡音值現象更爲顯著，止攝字在開口三等部分，特別容易體現此種擦音和塞擦音發展不同步的語音現象，筆者認爲這是受到近現代時期，即《中原音韻》語音階段，由於[-i-]介音持續高頂出位的影響而，形成舌尖元音支思韻有著直接的關聯性。

第六節　韻讀層次特殊變化之鼻化延伸的陰陽對轉論

針對白語韻讀語音層次系統內的研究發展，白語韻母系統因受到本悟《韻略易通》之西南官話語音現象影響，在陽聲韻尾部分如同入聲韻尾，已脫落併入陰聲韻尾內，白語語音系統爲了表示詞例的陽聲現象，便在韻母主元音部分增添鼻化成分表示其陽聲韻的語音，然而，這種韻母主元音增添鼻化形成鼻化元音語音現象，便使白語語音系統內形式「陰陽對轉」的特殊語音情況。白語語音系統內的「陰陽對轉」主要是指：在白語韻讀系統內本屬陰聲韻讀詞例，卻讀爲具有帶鼻音成分的陽聲韻；本屬陽聲韻讀詞例，卻讀爲不具有帶鼻音成分的陰聲韻，藉由白語整體語音系統的歸納分析可知，陽轉陰的語音現象在白語方言內屬於較普遍的語音表現，陰轉陽的語音現象在白語方言內亦有之，主要需透過語義深層對應進一步深入探索才能如實說明此種陰轉陽的對轉語音現象。

所謂「陰陽對轉」理論主要源自於清代古音學家戴震及其弟子孔廣森，至清末民初語音學家章太炎將「陰陽對轉」理論發揮極致並以〈成均圖〉來解說此種語音演變現象〔註84〕，這組四音格並列結構詞組之各別釋義爲：「陰陽」指稱陰聲韻部和陽聲韻部的字通押或諧聲，「對轉」則說明陰陽韻部間之所以能夠通押，主要的關鍵在於彼此間具有相同或相近的韻母主元音，此外，在入聲韻方面，由於入聲韻尾短促與元音韻尾的陰聲韻相當類同，但入聲韻已脫落消失

〔註84〕竺家寧：《聲韻學》，頁 496～505、駢宇騫和王鐵柱主編：《語言文字詞典》，頁 351。

歸併入陰聲韻內，且陽聲韻與入聲韻因具有相對應的輔音韻尾，因此發音性質相近並同於陰聲皆能與入聲形成通轉的語音演變現象。

「陰陽對轉」是語音發展規律理論，其主要理論定義是說明當陽聲韻的鼻音韻尾脫落消失後，原陽聲韻的音結節構當形成與陰聲韻無異；又或原不具任何鼻音韻尾的陰聲韻，因語義延伸或由於類比和語音變化相互關聯的現象，使得陰聲韻增添鼻化成分以形成陽聲韻的一種音變現象。由此可知，「陰陽對轉」是語音歷時及歷史演變的整體音變現象，陽聲韻的鼻音韻尾脫落歸併之主要時間點起自於中古晚期即唐五代時期，亦是本文時間層次所畫分的中古時期 B，此時期同樣也產生了陰聲韻加上鼻化成分以形成陽聲韻的音變現象，這兩種語音演變情形同樣作用於白語語音韻讀系統內，且陰聲韻加上鼻化成分以形成陽聲韻的音變現象在白語語音系統內甚為普遍，必需透過語義深層對應探究其語義的引申是否對其鼻化的增添有所影響，此外，也必需藉由詞例的聲紐屬性加以區辨，特別是唇音、唇鼻音及舌尖和軟顎舌根鼻音做聲母時，都會影響原陰聲韻增加鼻化成分形成陽聲韻的語音現象；不僅如此，關於白語語音韻讀系統之鼻音韻尾問題，筆者認為可以借用當前學術界對於漢語的說明加以論證，也就是關於白語語音韻讀系統之鼻音韻尾問題，主要分為三條步驟進行：

（一）白語如同漢語在上古時期本即具有鼻音韻尾，但隨著與漢語接觸日益深入，並於中古晚期階段將鼻音韻尾逐漸脫落或消失併入陰聲韻內。

（二）白語在上古階段本未具有鼻音韻尾語音現象，由於詞彙語義的深化或語音連讀現象的加強，因而使原陰聲韻尾帶有鼻音韻尾成分。

（三）白語透過發音部位相同但方法不同之聲轉原則並配合語義深層對應條例，引申出詞彙語音系統內一音多義及陰陽對轉的語音演變現象。

然而白語整體語音系統呈現的語音狀況顯示，這兩種誘發陰陽對轉發生的因素，對於白語呈現此種陰聲韻具鼻化成分的音變模式具有相當程度的作用。唐作藩認為，所謂「陰陽對轉」即主要元音不變但韻尾變為同一發音部位的尾音或韻尾音脫落形成開韻尾模式，若詞例本身即不具有韻尾模式，則在主要元音上方增加鼻化成分表示，〔註85〕白語目前對於鼻音韻尾則有將舌尖[-n]和軟顎

〔註85〕唐作藩：《漢語音韻學常識》（上海：上海教育出版社，2005 年），頁 30～32。

舌根音韻尾[-ŋ]還原的語音現象。

詳觀白語三大方言語源區的實際語音現象可知，特別在白語北部語源區內，此種陰陽對轉的語音現象更甚於中部和南部語源區，以下將分別就白語語音韻讀系統內的此種「陰陽對轉」語音現象提出說明，其陰陽對轉好發的語音條件在白語韻讀六大主元音內皆有對轉現象，且多數時候語音結構內的聲母主要以濁音為主，特別是白語北部語源區，與中部及南部語源區之清音呈現清濁對立的語音型態，然而，受到漢語持續接觸與滲入融合，北部語源區逐漸亦形成一字音具有清濁兩音之過渡現象。

1. 陰轉陽

白語語音系統內的三大語源區雖均有大量的陽聲韻字，但依據目前實際的語音現象可知，各陽聲韻詞例已然不具有陽聲韻字韻尾，其鼻音韻尾脫落歸併後便形成陰聲韻，白語語音系統內將鼻音韻尾主要的三種語音形式[-n]、[-m]和[-ŋ]脫落並委以韻母主元音鼻化以保留其上古時期陽聲韻讀的語音特徵，而這種語音特徵，根據研究的過程發現，在白語語音系統內有部分例字採鼻化現象表示對應於陽聲韻尾的入聲韻讀內，試看下列舉例表示陰聲韻、入聲韻具鼻化轉入陽聲韻的語音情況及其相關範例佐證說明：

（1）效攝和山攝及效攝、山攝與江攝之轉

白語語音韻讀系統內在陰聲效攝和陽聲山攝及江攝之開口一、二等間具有陰陽對轉語音現象，即效攝一、二等平聲字轉入陽聲韻與山攝和江攝開口一、二等及宕攝一等平聲和上聲具同韻現象，例如：斜線「/」標號後為陽聲韻山攝和江攝及宕攝

① [qa55]或[ka55]/[qã55]、[qõ55]或[kã55]：高／旱、乾
② [qa55]或[ka55]/[qã55]或[kã55]：教：肝／缸
③ [χa55]=[xa55]→[xiɛ55]→[xo55]/[xã55]→[xɛ̃55]→[xiɛ̃55]：活（生）／湯（詞例山攝「活」因語義又可等同於詞例宕攝「生」）

（2）效攝和咸攝及遇攝之轉

白語語音韻讀系統內在陰聲效攝部分除了與陽聲山攝及江攝具有陰陽對轉的語音現象外，在咸攝和遇攝間亦有所轉，例如：斜線「/」標號後為陽韻咸攝和遇攝

①[ta55]、[ti55]/[tã55]：刀、取/擔

②[ko33]/[kʼãu33]：狡/租（元音裂化爲複元音）

（3）效攝自體陰聲韻轉陽聲韻

白語語音韻讀系統內的陰聲效攝具有自體陰陽轉的語音演變現象，例如：

①跑[mu21]（未鼻化陰聲）－[mõ31]（鼻化陽聲）

②花椒[su55]（未鼻化陰聲）－[sʼõ55]（鼻化陽聲且聲母擦音送氣）

（4）蟹攝一音之轉

白語語音韻讀系統內的陰聲蟹攝具有自體陰陽轉，及吸收漢語一字二讀語音現象而產生陰陽之轉的語音現象，例如詞例「切」和「蓋」分別表示自體陰陽轉及吸收漢語一字二讀語音現象而產生陰陽對轉語音現象之狀況：

①切：蟹攝、去聲、霽韻、清母開口四等韻次清，其音讀在白語語音系統內具自體陰陽轉之變：[tsʼua33]/[tsʼuã33]→[tsʼuĩ33]。此詞例之韻母主元音部分以裂化複元音表並高化演變。

②蓋：詞例「蓋」白語借入漢語去聲和入聲兩種語音現象並因此產生陰陽對轉語音現象。去聲部分爲蟹攝、去聲、泰韻、見母開口一等全清，其白語音讀有軟顎舌根音、舌尖塞音及唇音三種類型，分別以語音解釋語音「蓋」，並以軟顎舌根音和唇音爲主要「蓋」之語義：[kʼa44]/[pʼɯ31]，並以舌尖塞音[tʼa44]（搭）、雙唇鼻音[mɯ42]（蒙）表示在原物上用其他物件蓋或搭在其上；此後一音之轉進而由陰聲韻轉入陽聲韻讀內形成鼻化語音現象轉爲入聲語音，咸攝、入聲、盍韻、見母開口一等全清：[pʼuĩ31]。

此外，詞例「話」則屬於蟹攝自體陰聲韻轉陽聲韻之例；蟹攝詞例「改」又與陽聲韻山攝「換」和「開」形成陰陽對轉之演變現象，例如：「話」蟹攝、夬韻、去聲，匣母合口二等全濁，其音讀在白語語音系統內具自體陰陽轉之變：[to31]/[tõ31]、「開」蟹攝、咍韻、平聲，溪母開口一等次清，其音讀在白語語音系統內具自體陰陽轉之變：[kʼɯ55]/[qʼɯ55]；又如蟹攝開口一等上聲轉入陽聲山攝合口一等去聲具同韻現象：改[qa42]、[ke42]/換[qẽ42]、[kẽ42]，詞例聲母具有小舌音和軟顎舌根音兩種現象，且韻母主元音呈現高化發展；又如詞例「乖」蟹攝、皆韻、平聲，見母合口二等全清，其其音讀在白語語音系統內具自體陰陽轉之變：[tɕui21]/[tʼã31]，未具鼻化音的音讀其聲母顎化形

成舌面音，轉入陽聲韻之音讀則以舌尖塞音表示，韻母主元音由低元音往複元音[ui]即撮口音[-y-]發展。

（5）遇攝自體陰聲韻轉陽聲韻

白語語音系統內的陰聲遇攝之對轉情形主要以自身的陰陽對轉爲主要演變現象，例如：

①斧[puɯ33]/斧[pũ33]。遇攝、麌韻、上聲，非母（幫母）合口三等全清，其音讀鼻化陽聲及非鼻音原陰聲語現象皆保有之。

②柱子之「柱」和釋義表示托腮之「拄」，其語音結構在白語語音系統特別是北部語源區內，主要呈現出舌尖後翹舌塞音和塞擦音清濁相對的語音演變現象，與其具有語音相關聯性之詞例另有「拄」和「樹」，例如：詞例「柱」遇攝、麌韻、上聲，非母（幫母）合口三等全清，其音讀鼻化陽聲及非鼻音原陰聲語現象皆保有之；詞例「拄」遇攝、麌韻、上聲，知母合三等全清，其音讀上古皆屬於上聲，在聲母部分亦呈現清濁對立的語音現象，並存在鼻化陽聲及非鼻音原陰聲韻語音現象，試看二詞例之語音對比，並與另一同音但不同聲調之例詞「樹」／「棵」進行比對：

柱：[dɯ33]（此音讀未演變前爲[diɯ33]，因聲母受韻母[-i-]介音影響而翹舌化）→[tsɯ33]/[dʐũ33]/[dʐũ33]（濁音聲母具鼻化現象）

拄：[tɯ33]（此音讀未演變前爲[tiɯ33]，因聲母受韻母[-i-]介音影響而翹舌化）→[tɕ̧ũ33]

樹／棵：遇攝、遇韻、去聲，禪母合口三等全濁，其語音現象與詞例「柱」相同，皆具有陰陽對轉的語音現觸。

又如詞例「蠹」本義表「蛀蟲」，引申義表示侵蝕或消耗國家財富的人或事，其音讀爲遇攝、暮韻、去聲，端母合口一等全清：[ko55]/[kõ55]，亦屬於陰陽對轉之語音演變現象。陰聲韻攝遇攝在白語詞彙語音系統內因語義引申而共用同語音進而產生陰陽對轉的語音演變現象，例如詞例陰聲遇攝全濁上聲「豎」及曾攝入聲全濁「直」和山攝上聲次濁「遠」（斜線「/」後表示曾攝和山攝音讀）：[tu55]→[tui55]/[tũ55]→[tuĩ55]。

（6）流攝自體陰聲韻轉陽聲韻

白語語音系統內的陰聲遇攝之對轉情形主要以自身的陰陽對轉爲主要演變

現象，例如：「韭」流攝、有韻、上聲，見母開口三等全清：[kɯ33]/[kũ33]；「臼」流攝、有韻、上聲，群母開口三等全濁：[kɯ33]、[gɯ33]/[gũ33]；「舊」流攝、宥韻、去聲，群母開口三等全濁：[kɯ42]/[gũ42]；「鉤」流攝、侯韻、平聲，見母開口一等全清：[kɯ33]/[gũ33]；「九」流攝、有韻、上聲，見母開口三等全清：[tɕi33]、[tɕɯ33]/[tɕũ33]；「厚」流攝、厚韻、上聲，匣母開口一等全濁：[qɯ33]/[qũ33]=[kɯ33]等詞例。

（7）止攝自體陰聲韻轉陽聲韻

白語語音系統內的陰聲遇攝之對轉情形主要以自身的陰陽對轉為主要演變現象，例如：「字」止攝、志韻、去聲，從母開口三等全濁：[tsɯ42]-[dzũ42]、[zɯ42]；「髓」止攝、紙韻、上聲，心母合口三等全清：[ɕui33]/[ɕuĩ33]、[suɛ33]/[ʂuɛ̃33]，詞例「髓」在聲母部分具有舌面擦音和舌尖及翹舌擦音的語音現象，韻母主元音並自體產生陰陽對聲之語音變化現象，不僅如此，此詞例在康福白語和營盤白語具有舌尖擦音送氣與否之對立現象：[suɛ33]/[sʼuɛ33]，此詞例音讀源自於漢語上古和中古音讀[sǐwai]/[sǐwe]而來，因聲母和韻母介音產生舌面化進而產生舌面擦音聲母[ɕ]；此外，又如詞例「識」和「織」二詞在漢語內部分別具有止攝去聲和曾攝入聲一字二讀語音現象，白語吸收漢語一字二讀的語音現象，反應在語音系統內便形成陰陽對轉的語音現象，形式鼻化與非鼻化兩種音讀現象並以此表示一字二讀之音：[tiɯ42]→[tɯ42]→[tsɯ42]、[tsi42]、[tʂ42]/[tɕũ42]、[tɕĩ42]。此詞例的語音演變狀況在聲母部分由舌尖塞音與韻母[-i-]作用形成舌尖後翹舌音[ʈ]，更進一步朝向舌尖前[ts]和舌尖後[tʂ]塞擦音及顎化舌面音[tɕ]發展，韻母主元音部分則由後高化往前高化發展並高頂出位形成舌尖元音[ɿ]。

（8）果攝自體陰聲韻轉陽聲韻

白語語音系統內的陰聲果攝之對轉情形主要以自身的陰陽對轉為主要演變現象，例如：「我」果攝、哿韻、上聲，疑母開口一等次濁，此詞例以軟顎舌根鼻音[ŋ]做為聲母，在北部語源區之共興，其語音在聲母主要以舌尖翹舌鼻音為主，其韻母主元音部分並由低元音逐漸高化發展為[nĩ31]音讀；同屬果攝的詞例「簸」果攝、果韻、上聲，幫母合口一等全清，其音讀為[bɔ44]、[pɔ44]→[po44/po33/po42]→[pou44]/[pũ44]，此字音讀在聲母部分呈現唇音清濁對立的情形，韻母元音部分由單元音裂化為複元音並再度以後高化單元音為韻母主元

音，陰聲韻果攝在白語語音系統內亦好發此種陰陽對轉的語音演變現象，從詞例「我」不僅聲母以鼻音表示，連同韻母主元音亦有增加鼻化現象，雙重呈現其陰轉陽的語音特徵；又如白語詞彙系統內既表示詞例「果」亦表示果之單位量詞「粒」或「顆」之音讀：[q'o33]=[k'o33]、[ɣo33]→[kua44]/[k'ð33]，在聲母部分具有小舌音和軟顎舌根音並存的語音形式，在漕澗白語亦有演化為軟顎濁擦音[ɣ]的語音現象，在韻母主元音部分主要以單元音朝向裂化複元音發展的語音形式，其轉入陽聲韻仍以單元音為主，此例亦屬於陰陽對轉之語音演變現象；又如假攝之陰聲字例「斜」，其音讀與陽聲韻山攝產生對轉的語音演變現象，例如：[p'ᴣ̃55]（假攝：斜）－[p'ᴣ̃55]（山攝：偏），此例亦表現白語一音多義的語音特色。

2. 陽轉陰

（1）白語語音韻讀系統特殊陰陽對轉現象

綜觀白語語音系統內的語音演變現象，筆者還歸納出數條特殊的陽轉陰及入聲韻自體陰陽對轉的特殊語音演變現象。首先屬於陽聲韻的梗攝，其對轉情形可以詞例「打」為例進行說明。詞例「打」即屬於中古時期陽聲韻自身的由陽聲韻轉為陰聲韻的演變現象，白語借源自漢語借詞的詞彙「打」其音讀屬性為梗攝、梗韻、上聲，端母開口二等全清，其音讀為：[ta44]→[tɛ44]/[tã44]→[tɛ̃44]，白語北部語源區承自漢語此字中古音讀[tɐŋ]而來，因陽聲韻尾脫落的自體語音現象，便以韻母元音增加鼻化成分表示，此音讀在白語北部語源區仍予以保留，反而是中南部語源區則轉為去鼻化成分的陰聲韻讀現象，而與現今漢語音讀無異；白語詞彙系統內將屬於梗攝入聲的親屬稱謂詞「伯」和同屬親屬稱謂詞的果攝「爸」以相同語音表示，同樣亦具有陽聲韻之入聲轉入陰聲韻的陰入對轉的語音演變現象：[bv33]=[bo33]、[po33]/[põ33]。透過白語語音韻讀系統內的陽聲韻轉入陰聲韻的對轉現象進一步亦形成陰入對轉的語音演變現象，在臻攝入聲全清之詞例「侄」即形成陰入對轉的語音現象，例如：[tɕi42]/[tɕĩ42]。

（2）相同發音部位但發音方法不同之轉

白語語音系統內此種相同發音部位但發音方法不同之轉所產生的陰陽對轉語音現象，主要與語義深層對應原則密切相關，例如在詞彙系統內發現「『舊』和『恨』」詞組例即屬之。

舊字：流攝、去聲全濁，群母宥韻，開口三等字，屬於陰聲韻，白語音讀
　　　具有軟顎舌根清濁音讀兩種形式[kɯ31]/[gɯ31]，同源於漢語音讀
　　　[gĭu]。

恨字：臻攝、去聲全濁，匣母恨韻，開口一等字，屬於陽聲韻，白語音讀
　　　爲軟顎舌根清擦音[xɯ44]/[xũ33]，同源於漢語音讀[ɣən]。

　　對過往舊事感到憎恨或遺憾，透過語義抽象隱喻引申鍵動聲母之轉，不僅如此，進一步查詢黃布凡主編《藏緬語族語言詞彙》內亦發現，[註86] 詞例「恨」亦有與詞例「舊」以同音讀且直接於韻母元音上增加鼻化成分表示：[kũ31]顯示「『舊』和『恨』」兩詞語義和語音上具有相當關聯性，另外，還有以字義解釋表示語音，便從語音探究語義的音讀現象，例如北部語源區洛本卓以「恨事：[xũ33 tse44]」之「漢語＋彝語」的複合合璧詞彙結構表示「恨」的語音，形成語義／語音相同相近的對轉語音演變現象。

　　由此可知，陰陽對轉的語音演變現象在白語語音系統內具有相當的影響性，除了原陽聲韻讀因韻尾脫落消失併入陰聲韻，白語爲突顯原陽聲韻字而在韻母主元音上增加鼻化成分外，有些詞例並非屬於陽聲韻讀現象卻增加鼻化成分形成陽聲韻讀，除了受到語音陰陽對轉現象影響外，受到語音引申及漢語借詞釋義等因素影響，皆會誘使白語陰聲韻字增加鼻化成分形成陽聲韻字的語音現象，透過這種方式，亦屬於白語用以承載漢語借詞語義甚或一詞多義採用同音表示的特殊詞彙語音現象。

第七節　小　結

　　白語韻讀系統主要在滯古主體層和各時期借源層，兩者相互鏈變下產生韻略進而易通的基礎上進行層次演變。本文研究主要將白語語音史的時代區分爲上古時期、中古時期A（中古早期）、中古時期B（中古中晚期）及近現代時期，雖然在近現代時期統稱爲近現代時期，但明確細分則包含近代元明清時期及現代音譯時期兩個時期；承如第一章針對整體時期的劃分內所論，由於白語整體詞彙語音系統有著層層疊置的語音特徵，針對詞彙語音的精確時期斷定有時趨向籠統，在借入的過程內，針對滯古固有層而言，中古時期借入的詞彙性質屬

〔註86〕黃布凡主編：《藏緬語族語言詞彙》（北京：中央民族學院出版社，1992年）。

於新借詞，但此時的新借詞針對近現代借入的詞彙而言，已融入本族語形成民族語性質的滯古層則由新變老，成為老借詞層與近現代新借入的詞彙形成新老對比，使得時代區分複雜難辨。因此，筆者在分析說明的過程中，將此四個語音歷史時期進一步配合主體層、借用層和變體層及同源層次和異源層次等概念說明，以此彌補在時期斷定時因為同時期的疊置形成的不明確疏漏現象。

綜合白語韻母層次演變研究，主要可以總結為三點統整說明：

第一：藉由白語韻讀系統的語音層次演變分析可知，白語整體詞彙系統內與漢語呈現同源語音現象者是屬於白語歷史語音的直接證據，筆者藉由統整歸納白語整體韻讀系統後發現，白語韻部呈現精密的鏈移推動作用，此鏈動作用主要以王力所擬之[*i]、[*e]、[*ɯ]、[*a]、[*o]和[*u]等六個元音展開發展，此六個單元音亦屬於白語滯古－上古時期固有語音層即主體層的韻讀情況，並由此六個滯古－上古固有層內的元音系統，逐漸展開語音高化、後化甚或裂化成複元音形式等演化現象，裂化作用並受到漢語接觸影響所致。

然而，此六元音雖與漢語上古六元音同源，但是透過白語陰聲韻攝、陽聲韻攝和止攝相關分析可知，白語韻讀系統內的六元音與漢語雖相同源，仍無法武斷論其根源於漢語，特別在聲母屬舌齒音、唇音及相關舌根音等部分，特別是舌齒音之源流端系，在白語大量吸收漢語借源詞之中古時期，其例字音讀所反映出來的實際情形，與韻圖等第截然不同，此現象屬於吸收漢語又調合自身方言的語音特徵而成。然而，隨著中古時期至近現代時期的語言接觸，及韻尾入聲塞音和鼻音韻尾的漸次整併，使得白語韻讀系統內「重某韻」的現象顯而易見，各攝陰陽通轉情形亦屬普遍，原滯古－上古語音層內也混入整併後的中古語言特徵，白語調合整併後的語言現象，不僅借用元音系統音值，更應運而生新的音質成分做為對應，例如：近央化唇齒擦音[v]、央元音[ə]，及原滯古語音成分的不圓唇元音[ɯ]表示，甚至是撮口[y]音值亦逐步形成。

第二：白語中古南詔大理時期廣義包含中古時期 A（中古早期）和中古時期 B（中古中晚期）兩大時期，這也是白語從本族語朝向民族語發展的第一階段，與漢語接觸影響，本族語內部融合了漢語語音現象形成民族語。

筆者認為，白語語言系統內排除依據地緣屬性、自然環境或擬聲等方式形成的詞彙語音屬於停滯不變的類化石語音現象外，其他語音層次皆不斷地接受滲入而演變。因此，中古時期肇始，白語便在滯古－上古固有六主元音

的架構下，吸收漢語的語言特徵加以內化，透過白族文人的韻文作品通押混用現象，亦能為白語韻讀系統關於特例的發展如實解釋其演變情形，透過近現代時期即白語民家語時期有名的白族當地文人楊黼的作品，以 20 首組詞結合而成的著名詩篇〈山花碑文：詞記山花，詠蒼洱境〉內的韻腳，例如：「飽、物、虎、繞、曲、谷、雛、充、腹、宿、途、觸、游、舞、寶、譜、欲、霧、啄、種、老、好、竹、操、好、竹、燭、錄、著、囑、主、祿、武、儒、福、重、解、綠、度、草、古、花、地、土、無、上、角」等陰聲、陽聲和入聲的通押現象可知，整體韻讀系統在韻尾部分持續整併，且主元音朝向高化發展，分屬前高化[-i-]和後高化[-u-]和[-ɯ-]元音，筆者根據白語語音現象，將稱此三韻為 Z 韻、烏韻和央韻，對白語語音系統影響甚鉅，此首白語族民家語時期的著名韻文作品，其語音現象便是以後化和高化的烏韻為主。

　　隨著中古時期第一度對於本族語固有層的滲透後，至近現代元明清民家語時期，依據地緣屬性，官話的影響則為第二度固有層滲透，從江淮官話南京型至西南官話的影響，至現代漢語音譯詞的大量借入，使得白語語音系統內呈現出相應於漢語音譯借詞的複元音文讀層和單元音演化脈絡的白讀層；此外，在白語借入的過程中亦產生同音不同義的借用現象，此時需借助語義深層對應，找出白語借入後的語義對應關係，從中明確其同音但隨著語義演化而分屬不同的借入層次，或同層次先後借入漢語義的使用時機，例如前述討論分析的「宕攝『養』」和「通攝『送』」之陽聲韻省併通轉現象，這條組詞例相當有趣，除了韻部通轉外，白語為了解決此同用音讀的困擾，在聲母部分吸收近現代漢語音讀形成零聲母[ja31]表示，更有甚者因自身方言的特殊習性，更在零聲母前予以增加羨餘聲母表示，以便從讀音層面與「送」的音讀區隔。

　　第三：白語語音系統內部即呈現語音配合詞彙釋義，進而產生語音演化或新興語音結構的現象，形成單音節詞和形成述補結構時不同的語音結構，使得詞彙本身即具有兩層語音演變形式，這種隨著語義變化而改變的語音結構形態，筆者將其特別提出，不歸類在語音層次範圍內，屬於語義影響語音的另外層次變化形態，此種語音現象可以透過各韻攝相關例字的語音分析說明便可窺知緣由，特別是單音節動詞及其延伸之述補結構，顯著好發此種語義鏈動語音演變的語音結構現象。

　　因此，主體層是語言內部自源固有層，其演變往往是語言系統內部自源演

化而形成；主流層爲語言主要使用的普遍語音現象；非主流層則是有特定條件的條件式音變現象或使用較不普遍的語音現象；因此，主體層不一定是主流層，有時主流層卻是借源層或變層，而主體層卻成爲非主流層；主體層並非停滯不變，在語言長期相互競爭之下，成爲勝利者而保留在語音系統內者並非主體層次，有時移借異源層也可能在競爭的過程中取得勝利而成爲主流層予以留存。

李小凡認爲，作爲前一階段變化的結果，主體層在下個語音變化階段可能持續維持原貌，也可能因爲競爭而改變或不合潮流而弱化消失。﹝註87﹞從語音各演變層次的屬性，探究白語整體詞彙韻讀系統發現，屬於白語底層滯古主體層部分的上古時期層次，不僅可以是語言系統自身的方言演變，也包含從外部語音系統移借而來，此處的外部語音系統移借，依據語料證據就事論事而言，主要仍是以漢語官話方言語音系統爲主，還有另一種來源，即是筆者依據白語詞彙語音系統所反應的狀況，所定名之漢源歸化詞類，即外部系統進入底層滯古固有層後進一步交互融合所形成，兼具主流和非主流語音特徵，也具備自身演變和漢語滲透層的語音屬性，而這部分正與借源層來源重疊形成；此外，在研究的過程中更發現，在主體層和借源層之外，白語韻讀系統內甚爲普遍的語音現象，即是透過詞彙擴散作用進一步鏈動主元音產生語音變化現象的鏈變層，即藉由詞彙擴散進而誘使語音擴散的產生，本義借入後演變停滯屬於老借詞性質，隨著語言環境和語用複雜化，由本義透過擴散演變而成的新借詞，與老借詞同存於白語韻讀系統內。因此，白語整體韻讀系統內的主體層只有一個，即是上古時期六元音，語音的演變便依據此六元音加以演化，即便是透過詞彙擴散促動的語音擴散音變，甚至是受漢語借詞大量影響而裂化而成的複元音，其演變源流皆不離六元音系統，白語整體韻讀結構便在六元音的主宰下，「重某韻」、「韻略」進而「易通」。

﹝註87﹞ 此說即是所謂「移借原則」。根據李小凡〈論層次〉一文內的定義說明可知，「移借」主要指不同語言或方言彼此之間，因語言接觸過程所產生的層次現象，這種因語言接觸所產生的「移借」過程，與一般認知的語言內部自身演變所產生的「自主演變層次」相對應，兩者屬於不同類型的語音發展。李小凡：〈論層次〉，頁178～195。

第六章 白語聲調層次之裂動對應

　　唐代樊綽纂輯《蠻書・卷八・蠻夷風俗》內即已言明白語「四聲訛重」，且採用聲訓的漢字注音方式標注了十七個白蠻語詞及六個東爨語詞，並說明兩者言語並不相同。如此得已推斷，白語應是一種具備聲調的語言，白語聲調系統亦是研究其語音結構不可回避的重要議題；不僅如此，進一步再由《蠻書・卷八・蠻夷風俗》內所引之語「言語音白蠻最正，蒙舍蠻次之，諸部落不如也。」[註1]一語可知，白蠻語音爲當時代主要代表音讀與中原唐音標準音相近，既「最正」卻不表示白蠻語音主要也是當時代百姓溝通的口語音讀，因白蠻語音在口語音讀方面仍與官定標準語甚有差異，因此才需要口譯人員（即白語滯古詞彙「行諾」）先進行翻譯後再傳遞；由此可知，白蠻語音之正屬於官話標準音，與民間溝通口語音仍有差異，和蒙舍蠻（烏蠻）及其他周圍部落音又大不相同，形成文白異讀現象。

　　「聲調」是整體音節系統內覆蓋面最大的音位，本章將分析白語漢源詞的聲調歷史層次系統。白語聲調系統具備兩項要素：第一是歷時聲調系統，屬於層次對應範疇；第二是共時聲調系統，藉由主調（核心調）和次調（調位變體）構成，主要透過現今的共時語言描寫方法進行探究。因此，針對白語聲調的層

〔註1〕〔唐〕樊綽：《蠻書》。收錄於明《永樂大典》及清《四庫全書》內，採用版本爲民國向達校注版本。向達校注：《蠻書校注》（北京：中華書局：1962 年）。此處引句查詢於：《蠻書》－中文百科在線，網址：http://www.zwbk.org/zh-tw/Lemma_Show/155786.aspx。

次對應部分，仍然要以古漢語聲類及調類系統做爲層次分析的歷史參照，透過還原比較與平行周遍原則，加以區辨白語語法層和詞彙層之聲調調值，溯原其原初型態，以建立白語各次方言的音讀對應關係，並從聲調特例探索引發裂動的關鍵因素。

需特別說明的是，關於聲調的歷史層次分析，並非像聲母和韻母主要探究其在歷史分層上的層次演變現象，這是因爲白語內部的古漢源詞類的聲調表現，除了濁上歸去（特別指聲母全濁）較爲顯著外，其餘聲調值類的時代性並未特別明顯，此外，除了中古唐宋層的漢源詞類聲調系統外，上古及近現代漢源詞類的聲調系統，普遍情況較難以依據四聲八調系統進行層次對應。即便有如此侷限，本章仍力求突破限制，歸納出下列三項分析原則進行研究說明：

第一點：層次分析

利用聲調對應關係區辨白語老借詞層和新借詞層，並以《切韻》系韻書之《廣韻》聲類及韻類爲參照，歸納出聲類、韻類及白語聲調與《切韻》系韻書之《廣韻》四聲八調對應詞之老借詞層，分別使用何種詞來進行對應；分析白語不同讀音，判斷這些不同讀音類型是否屬於不同歷史層次之音讀，藉以排除由某些原因造成的非語音層次的變異現象；在層次分析的最後階段，參照鄰近方言的比較，建立白語相同讀音類型，是否仍然可以再次區分爲不同的歷史層次。

第二點：白語漢源語借入時的讀音判讀

判讀白語漢源語借入時的讀音，不僅仍然需要參照鄰近方言的讀音外，首先需參照該音類讀音在漢語史上的音讀爲何，再者透過白語漢源詞裡的白語或親族語（例如：彝語、侗臺語等親族語）共同詞的讀音，如果某音類轄屬的漢源借詞沒有白語共同詞，漢語史上該音類的讀音雖然較不具參照價值，此時仍然可以參照該音類讀音的親族語來源加以分析；換言之，在研究過程中無可避免會受限於無法明確借入時期的白語音讀，補救之道只能依據現代白語音讀進行判讀，除了借入時期的白語音讀外，當時代被借入白語語音系械內的的漢語方言音讀亦無法得知，因此依照歷史層次分析原則，根據研究已相當具權威性的中原漢語各時期的擬音與周邊親族語音讀予以對應比較，讀音以相同相近者爲劃歸準則。

第三點：判定歷史層次的時間階段

參照漢語、彝語及官話史，特別是白語所在地雲南西南官話之昆明及大理音系源流史來判斷其歷史層次的時間先後，採用昆明和大理兩地額外對應的原因在於，此兩地在白語族整體歷史發展的源流上屬於核心發祥地，居於主導地位之故；再者，亦根據白語漢源詞類，是否跟隨原生固有詞發生歷史音變來判斷借詞的早晚，並補充採用白語漢源詞所處的系屬分類的下位位置，來區辨分出借詞層次的時間早晚。

透過上述三項原則的輔助說明，本章將進一步深入針對白語漢源詞的聲調部分，進行歷史層次相關語音演變分析。

第一節　白語漢源詞的聲調系統

音位有音質音位及非音質音位二種性質。從音質音位的角度區分出元音音位和輔音音位，從音高、音強及音長等角度則區分出調位，又可稱為非音質音位、超音段音位或節律音位，具有韻律特徵，特別是音高結構，即是形成調位音位的關鍵〔註2〕；白語的語音系統如同漢語，韻腹和聲調皆具足，在音節結構內都是不可或缺的重要部分。

對於白語而言，區辨字詞語義有二種方法：第一是利用聲調，調位不僅可以用以區辨詞義，其調值緊鬆亦影響聲母輔音的音位產生變體及元音鬆緊的變化，其重要性不亞於元音和輔音音位，並列於音節結構內形成三足鼎立；第二是當聲調相同時，則需採用聲母輔音清濁送氣與否做為輔助區辨，因此，聲調和聲母清濁送氣與否對於辨義具有相當影響性，然而，隨著白語受到漢語濁音清化的音變影響，濁音逐漸與清音合流並以清以取代後，聲母清濁對於辨義的作用已不復見；此外，白語另外有一種特殊狀況，便是整體音節結構相同卻表示二個不同語義的字詞，即漢語一音多義現象，且白語內部音變構詞現象甚為活躍，此時便要透過更多的語料進行相關歷史層次分析，或尋求其深層的初形本義，才能對此問題更詳盡釐清。

〔註2〕 薛鳳生：〈論音變與音位結構的關係〉《語言研究》第 2 期（1982 年），頁 11～15、周錦國和李建中：〈音位『自由變體』和語言『經濟原則』〉《大理學院學報》第 6 卷第 5 期（2007 年），頁 42～45。

本節首先將列舉出已確認的白語漢源詞聲調系統，並就其調值和相關音變情形加以解析，逐一探究白語語音系統內聲調的歷史層次現象。

壹、已確認之白語漢源詞聲調

影響白語語音系統內最重要的兩項要素便是韻腹和聲調。以聲調而論，其產生受到音高和韻腹高低強弱的音量影響，這兩項影響聲調起源的要素，莫不與聲母的清濁對立、送氣與否及韻母的結構（單韻母、複合雙元音／三合元音韻母及帶有輔音韻尾韻母）有密切關連性，特別是韻母的結構對白語聲調的影響與聲母同樣具有影響力；然而，從古至今由於遷徙頻繁，使得少數民族語言層層疊置的接觸及語言政策統一性的影響，方言逐漸演變與古時面貌差距漸遠，無法逐一對應。綜論白語語料並搭配聲譜圖可知，白語語音系統在聲調方面，主要採行「舒促兩調」說，依據鬆緊元音分成鬆元音舒聲調和緊元音促聲調兩類，在聲調調值部分，白語受到西南官話影響主要分為「六聲調類」，依據聲母清濁並借助漢語聲調類型名稱，其調類可分為：陰平、陽平、上聲、去聲及入聲（歸入陽平為主、歸入陰平及去聲為次要），在各調類的調值方面卻因實際發音狀況而有細微差異，出現調型相同但調高差一、二度的現象，這種同質異性的調型形象，即可歸入調位變體範疇論述。

因此，分析白語聲調，首先需將白語區內三方言土語以雲南西南官話內的方言片做為分區點進行分類，第二步則以探討各方言片內重點區域的聲調類型為主、位處語源過渡帶的區域為輔，歸納整理出白語聲調調位表；由於白語聲調自始以來即屬於口耳之學，各語源區內由於發音部位高低導致調值複雜外，白語長期與漢語及各親族語言接觸融合之下，以致於各調值內部字例來源複雜；此外，白語聲調除了上聲不分陰陽、去聲陰陽區分不明顯外，平聲受漢語影響區分陰平和陽平，又受到雲南西南官話入聲消失併入陽平（亦有歸入陰平和去聲）影響，而有陰入和陽入之分，最特殊者為元音具有「鬆緊舒促」現象進而產生相應的調位變體和音變現象。

關於白語聲調調型的變化表現，首先將白語內部三方言土語區內部主要代表語源區，分別歸入雲南西南官話聲調系統內觀察，試看下表 6-1-1 的整體聲調概況歸納分析：

表 6-1-1　白語與西南官話聲調系統分類表

古聲調	主要類型		平		上	去	入	
古聲母 今聲調	去聲不分陰陽 入聲歸陽平		清	濁	清／濁	清／濁	清	濁
六聲調類	雲南		陰平	陽平	上聲	去聲	陰入	陽入
昆貴片	昆明（核心型官話）		55	31	53	213/31	44	31
滇西片－姚理	大理（核心型官話）		44	31	53	213/31	44/53	31
灌赤片	劍川	（向心型官話）	44	42	31	55	44	13
	洱源		44	53	42	24	44	31
	賓川		33	42	53	13	44	31
	雲龍		33	53	31	55	44	31
	下關		44	31	42	55	44	24
	麗江（邊緣型官話）		42	31	55	55	44	24
滇西片－保潞	藍坪（邊緣型官話）		24	21	33	43	44	11/21

　　根據本文研究顯示，白語區的聲調主要採行「舒促兩調說」，進一步依據中古聲類之全清、次清、全濁、次濁、清、濁等條件，及白語和雲南當地的西南官話聲調統計資料顯示，白語區在上聲和去聲方面，其依清濁區分陰陽的現象不甚明顯，在平聲和入聲皆依清濁有明顯的陰陽區分，因此，其相應的聲調類型依據陰平、陽平、上聲、去聲及陰入和陽入分類共有四聲六調八調值〔註3〕，總計有以下現象〔註4〕：

〔註3〕傳統說法皆將白語聲調依中古漢語聲調型態區分爲八調，然而實際而論，白語上聲調值較爲穩定，去聲調陰陽區分較不顯著，因此，本文在以下的討論依實際現象區分爲六調，調值現象則仍以八類爲論述基準。

〔註4〕表 6-1-1 至表 6-1-6，針對白語與其所在之雲南西南官話的聲調系統分類解析表，其聲調值類的分析歸納統計，除了筆者自行調查的資料外，另外還參照楊時逢：《雲南方言調查報告》（臺北：中央研究院歷史語言所出版，1969 年）、李榮：〈官話方言的分區〉《方言》第 1 期（1985 年），頁 2～5、黃雪貞：〈西南官話的分區（稿）〉《方言》第 4 期（1986 年），頁 263～270、吳積才和顏曉云：〈雲南方音概況〉於 1986～1987 年發表於《玉溪師專學報》系列單篇論文、羅常培和群一：〈雲南之語言〉於 1986～1987 年發表於《玉溪師專學報》系列單篇論文、吳積才等編著：《雲南漢語方言志》（昆明：雲南人民出版社，1989 年）、群一：〈雲南漢語方言史稿〉於 1998～2003 年發表於《昆明師範高等專科學校學報》系列單篇論文、李霞：《西南官話語音研究》，上海：上海師範大學碩士論文（2004 年）、李藍：〈西南官話的

表 6-1-2　白語聲調格局統計分析：陰平

調域調型	調值	調值緊鬆	調 位 變 體	白 語 分 區
1. 高平調	55	緊／鬆	1.白語區陰平調基本調值	
2. 次高平調	44	緊	2.[44]和[33]調為白語區	南：喜州混 41 調值
3. 中平調	33	鬆	陰平調之調位變體	
4. 中高升調	35		[35]調有時記為[34]	（南：周城） （中：大石）
5. 次高降調	42	緊		（中：麗江） （中：鶴慶甸北辛屯）
6. 低升調	24			（北：營盤）

在陰平調部分，白語區基本調值以[55]為主，其調位變體調值為[44]和[33]調，[35]調在南部周城和中部大石與基本調值[55]調並列出現，[42]和[24]調多分布於白語北部碧江片方言區（原怒江）及中部麗江一帶，較為特殊的現象是陰平調值[44]調，在白語南部大理片方言區的喜州一帶，其調值多混[41]調。

表 6-1-3　白語聲調格局統計分析：陽平

調域調型	調值	調值緊鬆	調 位 變 體	白 語 分 區
1. 中降調	31	鬆	白語區陽平調基本調值	
2. 低降調	21	緊	白語區陽平調之調位變體	
3. 高降調	53		此調有時記為[52]	（南：洱源） （中：雲龍石門）
4. 次高降調	42	緊	白語區陽平調基本調值	
5. 低平調	11		此調與[21]調並存	（北：營盤）
6. 低升調	13			（北：共興）

在陽平調部分，白語區陽平調以[31]和[42]調為主，[21]調為其調位變體，沒有高平調值，因雲南西南官話區較少見平聲陽平調為高平調值，絕大部分以降調為主，白語受其影響，陽平調值以降調為主，調值變化小。

分區（稿）〉《方言》第 1 期（2009 年），頁 72～87；表 6-1-7 則為表 6-1-2 至表 6-1-6
之聲調值類基統計歸納總表。

表 6-1-4　白語聲調格局統計分析：上聲

調域調型	調值	調值緊鬆	調 位 變 體	白 語 分 區
1. 高平調	55	鬆		
2. 高降調	53		此調因發音現象，有時記爲[52]	（麗江新派）
3. 次高降調	42			（南：洱源）
4. 中平調	33	鬆		南：喜州混 31 調值
5. 中降調	31	鬆	此調因發音現象，有時記爲[52]	（中：麗江） （南：下關） （南：洱海）

　　在上聲調部分，白語區上聲調以[33]和[31（或 41/21）]調爲主，[44]調爲其調位變體，未依清濁區分陰陽，和漢語方言不同的是，白語區上聲調並未有曲折調型，而是以平調及降調爲主，且據目前調查現象顯示，上聲調未見讀爲升調的情形，明顯存有接觸融合西南官話聲調特徵之跡。

表 6-1-5　白語聲調格局統計分析：去聲

調域調型	調值	調值緊鬆	調 位 變 體	白 語 分 區
1. 低曲折調	213		此調有時記爲[212]或[214]	昆明、大理
2. 中降調	31		此調有時記爲[41]調並與[32]調並存	昆明、大理 [32]調並存於大理周城，做爲白語南部方言區別中部和北部方言之特徵
3. 高平調 次高平調	55			
	44			金星、周城、大石、馬者龍等地並存[44]調
4. 高降調	42		此調有時記爲[43]	
5. 低升調	24		[24]調有記爲[25]或[35]	1.中：永勝記爲[25]或[35]調 2.南：洱源、賓川
	13		入聲派入，有時也記爲[12]	

　　在去聲調部分，去聲依清濁分陰陽的語音現象較不顯著，白語區去聲調值在昆明和大理地區由於受到城區和郊區、老派和新派的影響，而有曲折調[213]及中降調[31]並存，現今語調基本以[42]調爲主，並與[33]、[32]及[31]調混調使用，而去聲調值實際存古的調值現象應屬[31]調，受到漢語借詞影響而

以[42]調為普遍調值現象。

表 6-1-6　白語聲調格局統計分析：入聲（包含陰入和陽入）

調域調型	調值	調值緊鬆	調 位 變 體	白 語 分 區
1. 低降調	21	緊		普遍聲調現象：古入聲與陽平同調
2. 中降調	31			1. 南部喜洲此音記為[41]調 2. 特例：古入聲與上聲同調
3. 低平調	11		此調與[21]調並存	（北：藍坪）
4. 低升調	24			（北：共興和恩棋）
	13		入聲[13]有記為[12]	（中：鶴慶） 特殊低升[1]字調類，來源於羌語支羌語南部方言
5. 次高平調	44	緊		古入聲讀與陰平同調
6. 高降調	53		此調與[42]調並存	
7. 中高升調	35			1. 南部鳳羽地區漢語借詞入聲字讀為[35]調 2. 南部喜洲此音記為[24]調

在入聲調部分，白語區入聲調依清濁區分為陰入和陽入，由於古入聲韻尾[-p]/[-t]/[k]及陽聲韻尾[-m]消失歸併，且接觸融合西南官話處理入聲的原則，白語區入聲調的普遍語音現象為與陽平同調，即古入聲消失併入陽平調為基本，其次為古入聲併入陰平內並與之同調，入聲併入去聲並與之同調的情形較為複雜，不論入聲調如何歸併，入聲均不分化而合為一類呈現古漢語「去入通押」的聲調類型現象；在輕聲部分，輕聲在聲調系統內不屬於獨立調位，因為輕聲是語音弱化後的語言流變現象，其產生途徑是由本調（陰平、陽平、上聲、去聲、入聲）派生而來，因此在處理音位時，將輕聲歸為由音強所構成的重位系統而置於重音內。

由於發音省力的原則影響，「降調」可謂是每種語言內最普遍的聲調現象，白語亦不例外，透過上述聲調格局統計表可知，白語主要有高降調、次高降調、中降調和低降調四種類型，除了因語言經濟原則而產生的發音省力原則外，白語的聲調系統在整體的語音現象內，其調值的混用現象甚為顯著，漢語「以聲調區辨詞義」的語音原則，在白語內部已逐漸弱化消失，形成此聲調現象更重要的因素，莫過於白語區內的「雙語現象」。所謂「雙語現象」乃社會語言環境

競爭下的產物，白漢語雙方經由接觸融合所呈現的語言現象即屬之，根據鄒嘉彥、游汝杰所言，此種語音現象即屬於 Fishman 於 1972 年所提出的雙層語言現象和雙重語言現象相並存的情形〔註5〕，如下圖 6-1 所示：

圖 6-1　雙層語言和雙重語言現象關係圖

雙重語言現象

	＋	－	
雙層語言現象	A 雙重語言和雙層語言並存	B 有雙重語言無雙層語言	＋
	C 有雙層語言無雙重語言	D 無雙層語言無雙重語言	－

　　圖 6-1 內表示的「雙重語言現象」即 Fishman 所提出的雙語現象（Bilingualism），此種雙語成分亦包含「雙重方言現象」和「多重語言現象」；「雙層語言現象」即 Fishman 所提出的雙言現象（Diglossia），此種語言現象偏重於語言的社會功能，指在語言社會裡同時存在兩種以上的語言（方言），隨著使用的場合不同而有差異。〔註6〕從白語歷史發展源流可知，其語言整體現象屬於 A 階段，顯示雙重語言現象和雙層語言現象並存，隨著封閉意識逐漸開放，促使白語區不斷接觸吸收漢語或其他先進民族相關知識，雖然白語仍以本族語保存並使用，但漢語在白語區逐漸成為強勢主導語言，營造白漢雙語環境，形成聲調混同的關鍵之一，也形成白語區特殊的「方言島雙重方言制」〔註7〕，即在課堂教學上以振興白語為教學方案、家庭內部以白－漢混合的雙語模式交際，對外則主要以漢語為交流語言。

　　白漢語交融使用使得聲調的混用愈加界定不明；此外，白語在隔步不同音的影響之下，雖然從共時比較中發現，白語聲調系統與雲南西南官話的聲調系統格局大致穩和，但是，仔細比對分析，白語聲調系統在具體調值特點和調類分合上，與雲南西南官話系統卻存在相當差異，主要呈現出調合語言接觸後屬於符合自身語音系統的聲調特徵。

〔註5〕鄒嘉彥、游汝杰：《社會語言學教程》（臺北：五南圖書出版社，2007 年），頁 1～2、55～59、69～71。

〔註6〕鄒嘉彥、游汝杰：《社會語言學教程》，頁 55～59。

〔註7〕鄒嘉彥、游汝杰：《社會語言學教程》，頁 61。

　　總結上述表 6-1-2 至表 6-1-6 的分析可知，白語漢源詞聲調與古音對當關係，總結統整如下列表 6-1-7 所示：

表 6-1-7　白語漢源詞聲調與古音對當關係

影響條件古類 ＼ 今類今值		陰平	陽平	上	去	入（陰入／陽入）
平	清	高平調 55清／55濁	降調 31、42、21			
平	濁	高平調55 降調42、35、31、21	降調 31、42、21			
上	清			中平調 33/（31、44）		
上	次濁			中平調 33/（31、44）		
上	全濁			中平調 33/（31、44）	降調42、31 平調44/33	
去	清				降調42、31 平調44/33	
去	濁				降調42、31 平調44/33	
入	清		降調 31、42、21		平調44	降調42/31
入	次濁		降調 31、42、21		平調44	降調42/31
入	全濁		降調 31、42、21		平調44	降調42/31

　　古四聲調類中，平聲、上聲和去聲的分化及發展情形有諸多相似之處，例如：古平聲清聲母字現今念讀爲陰平，古平聲濁聲母字現今則念讀爲陽平；古上聲清聲母和次濁聲母現今則念讀爲上聲；古上聲全濁聲母和古去聲母字，現今則念讀爲去聲；此外，較爲特殊的狀況是，白語的聲調系統受有元音鬆緊的影響，使其音讀呈現高低音的差異，亦即白語聲調系統主要受到聲母影響，進而產生陰陽調類及入聲派入平、上、去三聲和去入通押的語音現象。

　　透過上表 6-1-7 的統整分析，此處先依據調類分合，說明白語漢源詞聲調相關現象爲以下七點：

　　（1）古全濁聲母字在現代各方言支系讀音幾乎念讀爲清聲母字，一般古全

濁平聲念讀爲送氣清聲母，古全濁仄聲念讀爲不送氣清聲母。

（2）平聲和入聲有陰陽之分，上聲和去聲依清濁區分陰陽較不顯著，且聲調方面最突出的特色便是實際調類數目較少；然而調值數則呈現較爲複雜樣貌，受到元音鬆緊及發音值高低影響，其調值數目較多。

（3）白語仍保有上古時期入聲韻尾遺跡，中古中晚期約莫宋代以後，輔音韻尾的入聲[-p]/[-t]/[-k]及雙唇鼻音[-m]消失，入聲以歸入陽平聲爲主，全清、次清、全濁和次濁絕大部分音讀現今主流音讀爲陽平，歸入陰平聲及去聲爲次要，歸入上聲爲特殊現象。

（4）中古平聲部分，全清和次清今讀主流音讀爲陰平，全濁和次濁今讀主流音讀爲陽平。

（5）中古上聲部分，全清、次清及次濁今讀主流音讀爲上聲，全濁今讀主流音讀爲去聲。

（6）中古去聲部分，全清、次清、全濁及次濁今讀主流音讀爲去聲，即中古去聲調今讀仍爲去聲。

（7）中古入聲部分，主要與去聲合流呈現「去入通押」的聲調現象；入聲在演變過程內承載不分陰、陽等韻部，使得白語聲調值類演變多樣。

白語聲調系統的辨義作用並不如漢語顯著，主要需搭配鬆緊元音或擦音送氣等特殊聲韻現象，才能更加突出聲調在音韻系統內的區辨性質。接續將針對白語漢源詞之聲調特徵深入解析。

貳、白語漢源詞之聲調特點

論及聲調相關類型，主要是以單字調字詞爲歸納核心，雙音節字詞因涉及語流音變現象，特別將其獨立分項說明，並不在聲調層次分析部分說明。早期白語借詞絕大多數和白語固有詞在調類應呈現相互對應情形，漢語的陰平、陽平、陰上、陽上、陰去、陽去、陰入、陽入相當於白語的第1、2、3、4、5、6、7、8調，由於白語在上聲和去聲方面，其依據清濁分陰陽的現象不甚明顯，因此，白語在聲調上實際僅有平、上、去、入四聲及陰平、陽平、上聲、去聲及陰入和陽入六調，然而，白語聲調受到元音高低前後變化、聲母送氣與否及元音鬆緊影響，而產生調值高低、調位變體及聲調嘎裂分化等特殊調值現象，但這些演化現象都在白語滯古聲調層的基礎上進行變化新生。

　　針對此種情形，以下將列舉天干地支詞的白語調類與中古漢語的調類來加以說明。爲何在語料內選以天干地支詞做爲說明，這是因爲天干地支詞可以保證是白語從漢語借入，並用來做爲屬相詞使用，且能從中發現白語聲調的特殊變化，此外，這類漢借詞從理論上而言，應該是被視爲同一時期借入的同一整體，最主要的是，這批詞彙從聲調表現上來看，確實比較符合聲調演變的相關規律。

　　爲了明確白語實際聲調現象，此處將調值數改以「1、2、3、4、5、6」等調型數值，來表示漢語聲調的陰平、陽平、上聲、去聲及陰入和陽入等現象，由於白語聲調調值數複雜，不若漢語調值和聲調相應搭配，因此，表格內的調型數值呈現方面，若與漢語聲調類型無法對應者，以白語聲調值表示，並在相關調值後以括號註記其相應數值。

表 6-1-8　白語天干地支詞之聲調現象

漢　字	子（鼠）	丑（牛）	寅（虎）	卯（兔）	辰（龍）	巳（蛇）
白語讀音	sv3	ts'o3	lɔ2	lo55	ts'ɯ42（2）	si55（4）
	ɕu3	ŋɯ21	la2	t'o55	nv2	k'v33
	ʂo3	ŋɯ21	lo2	t'au55laɯ44	lu2	tʂ'ɛ33
	so3	ŋw21	ʑɯ42（2）	t'ɔ55lɔ21	lõ2	k'ɔˠ44
	ʂɚ44		lɔ21ʑɯ42（2）		nv21ts'ɯ42（2）	k'v33si55
中古擬音	tsǐə3	ʈ'ǐɐu3	ji2	mau3	ʐǐɛn2	zǐə4

續表 6-1-8　白語天干地支詞之聲調現象

漢　字	午（馬）	未（羊）	申（猴）	酉（雞）	戌（狗）	亥（豬）
白語讀音	u3	ve55（4）	sɿ1/si1/sɯ1	ʑo3	k'ua3	xe55（4）
	mɚ3	jã2	ou2	ke35（1）	q'ua3	tɛ42（4）
	mõ3	jɔ2	ro2	qẽ1	q'õ3	te42（4）
	meɹ3u3	jou2	ŋo2	ke1	uã3	tæ42（4）
	mɛ3	jou21ve55（4）	u21suã55		kʰʷʌ3	
中古擬音	ŋu3	mǐwəi4	ɕǐɛn1	jǐəu3	sǐuĕt5	ɣɒi4

　　從上列 6-1-8 白語詞彙「天干地支」詞之語音演變表可以發現，白語從漢

語借入天干地支詞是屬於「借入意譯影響音譯」的借法，且音譯是以屬相義與天干地支詞譯並列，除了卯和戌之外，大底情形與漢語調類呈現一致對應的形式，然而，表格內以灰色底表示者，顯示其聲調是符合屬相義爲之，但與屬相義的聲調亦是呈現一致性的對應，特別是巳和亥兩字，中古漢語屬於全濁上聲者，白語並非採用上聲調值借入，而是符合聲變條例「全濁上聲歸併入去聲」來借入其聲調，連同其屬相義借詞音譯亦然。

細究白語區內部語源分區，主要分爲北部碧江片（原怒江片）、中部劍川片及南部大理片三方言土語區，除此之外，據實地調查顯示，白語區內亦有所謂地處此三方言土語區交叉地帶的「疊壓帶」，不僅兼具此三方言區的混合性語音特徵，同時也發展出屬於自身的獨特語音性質。

因此，在重構白語聲調之前，筆者研究過程，首先將白語區及其內部北、中、南三方言分區視爲三塊完整語音體，經由調查並交叉比對統計，總體整理白語區內部三方言分區之相關的聲調值類型，並將各區出現之相關聲調系統調值進行統計歸納，如下列表 6-1-9 所示。統計完成後，配合本文研究設定的田野調查方言點的相關語料聲調值類型歸納對應，再就此精確重構白語聲調系統，並於第參部分——〈白語漢源詞聲調調位系統〉內，重構界定分項說明。

聲調屬於聽感口耳之學，由於發音人內在發音狀況及外在語言環境所致，對於整體聲調發音走向皆會產生相對的影響，白語除了受此因素影響外，與漢語深入的接觸融合，更是使得白語聲調調值呈現複雜多樣的表現。因此，在重構界定白語聲調的同時，筆者仍舊將白語的聲調系統，採用調類 T1、T2、T3、T4、T5、T6、調值類型與古音傳統的陰平、陽平、上聲、去聲及陰入和陽入的調類名並列表示，並總結白語聲調內部的主流調值，及主流調值下因發音高低、受漢語等親族語干擾等因素，所產生之調位變體分化的相關特點，以便做爲後續層次分析之先備基礎；然而，在白語聲調的實質層次分析上，筆者研究進程將在此基礎上，以白語實質的調類系統爲分析主軸，藉由歷史比較法與藏緬彝親族語相互對應比較，確立滯古調值層及其內部層層疊置的調類現象，也揭示由滯古調值層爲漢語借詞而新興的調類形式。

表6-1-9　白語三方言分區之聲調系統調值對應統計歸納表

中古漢語	平（T1/T2）		上（T3）		去（T4）		入（T5/T6）	
	陰平	陽平	（陰）上	（陽）上	（陰）去	（陽）去	陰入	陽入
中部白語	55（45）	31	55		35（25）			24（13）
	44	42（32）	53		13（24）			
	42	53（52）	44		55（45）			
	33	21	31（41）					
南部白語	55	42（41）	53		213（13）		44	31（21）
	44（45）	31	42		42		35	53
	42	53	33		24（35/25）			41
	35（34）		31		32（31）			
	33				22			
					13			
北部白語	55	42（41）	44		21		35	
	44	53	53		24		21（11）	
	33	31			214			
	24	11（21）						
		13						

（表格註：各分區調值後的括號調值，表示因發音時產生的音高些微差異）

　　在上表6-1-9分析的基礎之下，爲了重構界定白語漢源詞聲調的動態活動範圍，除了借助調域之調類與調系概念外，亦結合白語聲調格局和聲調的界域及斜差理論，以下將進一步將白語漢源詞聲調系統及其調位變體調值重構擬定。

參、界定白語漢源詞聲調調位系統

　　在歷時的語言發展過程中，聲調的調值和調型往往和聲母的清濁送氣與否、前置輔音狀況、及韻母的長短音、緊鬆喉音及輔音韻尾有相當密切的關係。漢語聲調在中古時期即分爲平聲、上聲、去聲及入聲四聲，受到聲母清濁影響，漢語聲調在平聲分成陰平和陽平、入聲則消失歸入陽平或去聲，聲母濁音的上聲字則歸入去聲，演變至今形成調型／調值分別爲陰平[55]、陽平[35]、上聲[214]及去聲[51]四種調位類型。

　　然而，針對白語聲調系統的調值及其音變而論，透過歷史比較法進行相關

親族語言間的研究發現，白語聲調受韻母鬆緊及其特殊的擦音送氣影響，滯古聲調值類發展遠比聲母的清濁送氣與否等因素來得深遠，在白語語音發展的過程中，雖然與周邊親族語產生接觸融合，但影響層面仍不及漢語深廣；白語在不同的歷史層次借貸融合來自於漢語的詞彙及其結構，在調位系統方面受到漢語影響，但又與本身的語音規律加以調合產生相應變化，因此與漢語不全然相同。在白語自身語音特質與借貸漢語音值現象雙重調合的基礎上，將深入統整分析白語聲調基本調位及調位變體概況並予以歸納對應。

西方語言學家索緒爾提出六項會引發語音演變的相關原則：一是人類的自然素質，即發音器官影響，由於經濟省力前提之下，語音發展趨簡求易且化繁為簡，發音簡化的影響，使得在基本調位上產生相應的變體；二是社會政治原則，即語言的統治政策，例如明代制定官方韻書做為統一語言即屬之；三是底層原因，受到語言接觸層層疊置影響；四是將語言演變視為風尚；五是後天語言教育與先天語言進行接觸，產生洋涇濱語言過渡現象；六是地理環境，將語言演變視為對氣候土壤等外在環境的適應。〔註8〕詳觀此六項原則，都可能導致白語聲、韻、調之音節結構呈現複雜的演變機制因素，特別在聲調方面，除了此六項原則外，白語的聲調系統透過雲南西南官話聲調共性觀察，在韻母結構演變方面，則可視為其演變的第二因素，諸如：趙元任、丁聲樹和李榮等學者不約而同，皆以「入聲歸陽平」做為區分整體西南官話的首要條件，查閱整理黃雪貞、牟成剛及《中國語言地圖集》在西南官話篇中的論述，皆不約而同指出：「古入聲今讀陽平是西南官話，古入聲今讀入聲或陰平和去聲者，其亦屬西南官話」之區辨原則。〔註9〕

筆者由此認為，判斷西南官話的主要原則不外乎以下三項概括性原則：首先，古入聲今讀整體歸陽平（白語區除了歸陽平外，亦有歸入陰平內）、其次，古全濁聲母產生清化且平聲送氣、仄聲不送氣，最後，關於入聲韻尾[-p]

〔註8〕整理自索緒爾：《普通語言學教程》（南京：江蘇教育出版社，2002 年），頁 162～170。

〔註9〕黃雪貞：〈西南官話的分區（稿）〉，頁 263～270、牟成剛：〈中古入聲調在西南官話中的今讀類型與分佈特點探析〉《現代語文》第 4 期（2016 年），頁 17～18、中國社會規科學院和澳大利亞人文社會科學：《中國語言地圖集》（香港：朗文出版有限公司，1988 年），頁 83。

（雙唇）、[-t]（舌尖）、[-k]（舌根）弱化消失。白語位處於雲南大理白族自治州，方言分區歸屬西南官話區，進一步細分，白語受到的西南官話影響，當以雲南方言的西南官話為主，其聲調類型莫不具有接觸融合的痕跡。根據楊時逢所言，西南官話在雲南的發展和分布屬於漸變性〔註 10〕，因為此地較之鄰近貴州等地，受四川影響較小，社經地位及風俗文化向來較為獨立，也因為如此，雲南的方言類型較為瑣碎，雖然相距較遠的方言彼此間差異明顯，但方言內部的方言片彼此界線卻模糊難以切分，此現象在白語區內部甚為明顯，北部和中南部的語音差異大，但劃入區內的轄屬地，有時卻位處交界地帶使其語音具備雙重特徵，例如：辛屯、漕澗等地，再者，由於語言接觸影響之下，老派與新派讀音在聲調的發音格局上略有差異，使得白語區的聲調除了基本調值外，亦產生調位變體現象。

以下便針對白語聲調之調值分布，及其調位系統和變體概況提出說明。

白語漢源詞調位系統包含陰平、陽平、上聲、去聲和陰入及陽入六個調位，每個調位又包含「標準變體」和「非標準變體」兩類調位變體現象，使得調值表現又更加複雜。接續，本單元將在第貳部分——〈白語漢源詞之聲調特點〉的聲調格局分析基礎上，根據白語聲調每個調位的調值分布，進一步歸納白語漢源詞的調位系統，並列舉出特殊發音的方言區點，至於元音高低變化、元音前後變化、聲母送氣與否及元音鬆緊等特殊現象，對白語聲調產生的實質影響，將於第二節——〈白語漢源詞聲調層次分析及其解釋〉單元內詳述析論。

一、平聲之陰平調位（T1）

（1）調值分布

根據測算統計，白語陰平調位共有六種不同的調值，分別為 55（或 45）、44（或 45）、42（或 32）、35（或 34）、33 和 24。其中[55]為標準調值，其餘調值為非標準調值。其調值分布如下表 6-1-10 所示：

〔註 10〕楊時逢：《雲南方言調查報告》（臺北：中央研究院歷史語言所出版，1969 年），書前趙元任序言。

表6-1-10　白語陰平調值分布

調　值	55（或45）	44（或45）	42（或32）	35（或34）	33	24
方言點	北／中／南 南：檢槽	北／中／南	中：麗江鶴慶 甸北辛屯、漕 澗 南：洱海	南：周城 南：洱海 中：大石、 諾鄧	中：雲龍 南：祥云 北：妥洛	北：營盤 中：漕澗
比　重	主	次	少	少	次	少

從單個調值觀察，白語區陰平調以[55]調為主，其出現頻率遠遠多於其他調值的出現率，其餘非[55]調值的出現率中，又以[44]調和[33]調為主，[42]、[35]及[24]調的出現率較低，主要是地處方言疊壓帶的轄屬城鎮，較為特別的是，本次調查的語源點之「中部鶴慶甸北辛屯」，其陰平調除了[55]、[44]和[33]調外，亦有[42]調及[31]調，例如：天[xe55]／風[pi44]／星星[ɕ'iɛ33]／山[so42]／豬[te42]／蔬（荣）[tsʼɯ31]；另外，本次調查的「南部洱海周邊區域」和「中部雲龍漕澗」，其陰平調值具多元現象，「南部洱海周邊區域」除了基本陰平調值，例如：星[ɕeɹ55]／丁[tiɯ44]/街（道）[tsʅ33]外，亦有例如：灰[xue35]／金[tɕe35]／冬[tv35]／山[sv32]（僅此特例）等陰平[35]調，「中部雲龍漕澗」在[24]調即包含陰平和陽平，例如：沉[lo24]／刮[kuɑ24]／魚[ŋɣ24]，且部分陰平字也有[42]調，例如：生[xɣ42]／筐[khɣ42]等非緊元音陰平字，呈現其地處方言疊壓帶的特色，也說明了白語聲調系統內平聲具有二種特色：第一類是平聲不分陰陽；第二類是隨著漢語發展出分陰平聲和陽平聲的聲調現象。此外，不僅在「中部鶴慶甸北辛屯」陰平[55]調具多元調值類型，在白語北部方言區如共興語區，還有[22]調值的語音現象，顯見白語聲調系統內在古漢語平聲[55]調值部分呈現多元複雜的語音演變現象。

（2）陰平調調位系統

白語陰平調型以平調（高平、次高平和中平調）為主，其調值為 55、44 和 33，其調位系統如下列歸納：

調位	調位變體		
	標準變體	非標準變體	
陰平	55（主）	44（次）	33（次）

二、平聲之陽平調位（T2）

（1）調值分布

根據測算統計，白語陽平調位共有五種不同的調值。分別為 31、42[（或 41）/（或 32）]、53（或 52）、21（或 11）和 13。其中[31]和[21]為標準調值，其餘調值為非標準調值。其調值分布如下表 6-1-11 所示：

表 6-1-11　白語陽平調值分布

調　值	31	42（或 41/32）	53（或 52）	21（或 11）	13
方言點	北／中／南 南：檢槽	南：大理、賓川、玉溪 中：劍川、鶴慶甸北辛屯 北：維西（勒墨那瑪）	南：洱源 中：雲龍石門	中：鶴慶甸北辛屯 永勝、麗江 南：洱海 北：營盤	北：共興
比　重	主	主	少	次	少

從單個調值觀察，白語區陽平調以[31]和[42]調為主，[21]調在調查內出現頻率為次之，其餘調值[53]和[13]較少屬特殊現象。白語陽平調值主要為降調，此現象從止調調值和起調調值兩角度觀察如下表 6-1-12 可知：

表 6-1-12　陽平調值止調和起調調值現象

止調調值	調　值	起調調值	調　值
3	53、13	5	53
2	42、32	4	42、41
1	41、31、21、11	3	32、31
		2	21
		1	13、11

白語陽平調雖然屬於降調性質，但從止調和起調調值發現，其降調多落在低降調，中低降調次之，且對於止調而言，以調值[1]為常見調值，對於起調而言，則以[4]和[3]為常見；較為特別的是，本次調查的語源點之一「中部鶴慶甸北辛屯」，其陽平調兼有[44]、[42]和[21]調，例如：鹽[piɛ44]／名[mɚ44]↔魚[ŋo42]／床[tsou42]↔樑[ŋɚ21]／鞋[ŋe21]；另一項本次調查的語源點之一「中部雲龍諾鄧」，其陽平調亦以漢語陽平調值[35]調表示，主要是用來標示漢語借詞的聲調，例如：魚[ŋɚ35]/拿[tʌ35]/來[jɯ35]；另外，本次調查的語源點之一「中部雲龍漕澗」，其陽平調亦有出現[24]調，例如：鹽[piã24]。

（２）陽平調調位系統

白語陽平調止調調值以[1]為常見，起調調值以[4]和[3]為常見，非標準調值則以[21]為主。其調位系統如下所示：

調位	調位變體		
	標準變體		非標準變體
陽平	31（主）	42（主）	21（次）

三、上聲調位（T3）

（１）調值分布

根據測算統計，白語上聲調位雖然歸納有六種不同的調值，但整體語音現象較為單純，其調值分別為 55、53、44、42、33 和 31[（或 41）/（或 21）]。其中以[33]和[31（或 41/21）]調為標準調值，其餘調值為非標準調值。其調值分布如下表 6-1-13 所示：

表 6-1-13　白語上聲調值分布

調　值	55	53*	44	42	33	31（或 41/21）
方言點	南：洱海 中：漕澗	北／中／南 麗江新派	北：碧江 中：諾鄧、鶴慶甸北辛屯	南：洱源 （混31調）	北／中／南：喜州（混31調）	中：劍川、雲龍、漕澗、鶴慶甸北辛屯 南：洱海
比　重	少	主*	次	少	主	主

從單個調值觀察，白語區上聲調在語音發音變化上產生極大改變。表 6-1-13 內的灰底框所示聲調值，在楊時逢等人於 70 年代相關的雲南方言調查報告內，[註11] 以[53]調為白語區主要的上聲調值，現今麗江新派的上聲調值

<hr />

[註11] 楊時逢：《雲南方言調查報告》（臺北：中央研究院歷史語言所出版，1969 年）、李榮：〈官話方言的分區〉《方言》第 1 期（1985 年），頁 2～5、黃雪貞：〈西南官話的分區（稿）〉《方言》第 4 期（1986 年），頁 263～270、吳積才和顏曉云：〈雲南方音概況〉於 1986～1987 年發表於《玉溪師專學報》系列單篇論文、羅常培和群一：〈雲南之語言〉於 1986～1987 年發表於《玉溪師專學報》系列單篇論文、吳積才等編著：《雲南漢語方言志》（昆明：雲南人民出版社，1989 年）、群一：〈雲南漢語方言史稿〉於 1998～2003 年發表於《昆明師範高等專科學校學報》系列單篇論文、李霞：《西南官話語音研究》（上海：上海師範大學碩士論文，2004 年）、李藍：〈西南官話的分區（稿）〉《方言》第 1 期（2009 年），頁 72～87。

亦爲[53]調，但目前針對白語區進行調查發現，上聲調的語音發音以[33]和[31（或 41/21）]調爲主，以[44]調爲其調位變體，較爲特殊的是，本次調查的語源點之一「中部雲龍漕澗」在上聲調部分與平聲調相同，皆呈現方言疊壓的特殊現象，其上聲調雖以[31]調爲主，但也有部分上聲字有[24]調，例如：軟[nṽ24]/種子[tsṽ24] ⑤你[no31]/擠[tɕi31]，受到漢語上聲調影響，並未借入漢語上聲曲折調而是直調的升調部分，而以[24]調與[31]調並存。

（2）上聲調調位系統

白語上聲調型以中平調和中降調爲主，其調值爲[33]和[31]，其調位系統爲：

調位	調位變體		
	標準變體		非標準變體
上聲	33（主）	31（主）	44（次）

四、去聲調位（T4）

（1）調值分布

根據測算統計，白語去聲調位共有六種不同的調值。分別爲 213（或 214）、55（或 45/44）、42（或 33/32/31）、24（或 25/35）、22（或 21）和 13。其中以[42]調爲標準調值，其餘調值爲非標準調值。其調值分布如下表 6-1-14 所示：

表 6-1-14　白語去聲調值分布

調　值	213*（或 214）	55（或 45/44）	42（或 33/32/31）	24（或 25/35）	22（或 21）	13
方言點	南：大理祥云、玉溪	中：劍川麗江、鶴慶及鶴慶甸北辛屯	北／中／南南部檢槽記爲[33]調	南：漾濞洱源北：藍坪	中：漕澗	南：賓川
比　重	少（老派）	少	主	少	少	少

從單個調值觀察，白語區去聲調以[42]調爲主，並與[33]、[32]及[31]調混調使用，可視爲去聲調之調位變體，較特殊者爲白語去聲調在南部大理、昆明及祥云等語區早期有低曲折調[213/214]的調值，現今此低曲折調在南部大理、昆明偏降調[31]調及祥云偏升調[13]調兩種調值現象（受到城區和郊區、老派和新派的影響所致），白語南部方言並多以[31]調（或記爲[32]調）做爲與中部和北部在去聲調值之別。

（2）去聲調調位系統

白語去聲調型以降調爲主，其調值爲[42]，其調位系統爲：

調位	調位變體	
	標準變體	非標準變體
去聲	42（主）	33/32/31（[42]調混調）

五、入聲調位（T5、T6）

根據測算統計，白語入聲調位共有七種不同的調值。分別爲53（或42）、44、35（或24）、31、24（或13）、21（或31）和11（或21）。白語區入聲調值有三種現象，即歸入[31]（或[21]）調或53（或[42]）二種陽平聲調值同調、歸入[42]調與去聲同調，或歸入[44]調與陰平聲同調爲主，歸入[31]調與上聲同調爲特殊形式，其餘調值爲非標準調值。其調值分布如下表6-1-15所示：

表6-1-15　白語入聲調值分布（包含陰入及陽入）

調　值	53（或42）	44	*35（或24）	31（或21）	24（或13）	21（或31）	11（或21）
方言點	中：劍川 金華 南：大理 周城 北部方言 （歸入陽平調） 本調值亦與去聲同調	歸入陰平調	中：鶴慶甸北辛屯 南：鳳羽、喜洲 白語區漢語入聲借詞多採此調值	歸入陽平調	中：麗江	歸入上聲調	北：藍坪營盤、共興、大華
比　重	主	次	次	主	少	特殊	少

從單個調值觀察，白語區入聲調較爲複雜，白語從漢語借入的詞，大部分以入聲調值表現，並以歸入陽平聲的[31]（或[21]）調或53（或[42]）二種陽平聲調值爲主，以歸入[44]陰平調及[42]去聲調爲次，歸入21（或[31]）上聲調爲特殊語例，需特別注意者爲[35]調，白語區漢語借詞之調值多採用[35]調爲之。

（1）入聲調調位系統

白語入聲調型以降調爲主、平調爲次要，其調值爲[31]（或[21]）調或53（或[42]），其調位系統爲：

調位	調位變體				
	標準變體		非標準變體		
入聲	53（或42） （陽平：主）	31（或21） （陽平：主）	44 （陰平：次）	42 （去：次）	35 （漢語入聲借詞採用此調）

總結上述表 6-1-11 至表 6-1-15 的分析統計，對於白語漢源詞聲調值類系統重構界定，其各項條列說明如下表 6-1-16 之整理歸納：

表 6-1-16　白語漢源詞聲調系統重構界定

中古漢語	平		上	去	入	
	陰平	陽平	上	去	陰入	陽入
調　類	T1	T2	T3	T4	T5	T6
標準變體	55	31、42	33、31	31、42	44	42、31、21
調位變體	44、33	21	44、42	33、32、44		42
特殊調值	1. [55]調值在白語區聲調內有兩種類型： 　（1）依元音鬆緊而有鬆緊調之分。 　（2）不分鬆緊。 　（3）受到清濁陰陽影響[55]調又再次分化。 2. [42]和[31]調值可做為陽平及上聲和去聲調值表示，[44]和[33]調值除了為陰平調之調位變體外，亦可表示去聲和上聲調。 3. [44]、[42]和[35]調主要多用以表示白語內的漢語借詞，有時亦採用[55]調值表示漢語借詞，中部漕澗白語使用[24]調表示漢語借詞。 4. 南部方言主要以[32]調為主、[35]調為輔做為與中部和北部方言之別，並以中平[3]調為起調之常態原則。 5. [53]調、[35]調、[32]調及北部方言區出現之低調[12]調皆屬於白語聲調值類系統內承載新興漢語借詞聲調值類，此調值亦用以表示漢語入聲借詞之聲調值。 6. 白語區位處方言疊壓帶之縣／鎮，其聲調調值混用情形複雜，呈現白漢過渡之中介語現象。					

依據上表 6-1-16 的重構界定統整歸納，筆者詳盡梳理得出白語聲調值類五點現象：

第一點：白語以舒促兩調為基礎，透過元音鬆緊之韻變於本調內產生裂化，隨著與漢語接觸深化後，又受到漢語借詞影響，除了本調外，於次調內亦產生裂化；總結前人研究及調查結果，白語聲調受元音鬆緊影響的聲調值有：[55]、[44]、[42]、[33]、[31]、[21]調及特定語區諾鄧之新興漢語借詞調值[35]調；現今白語聲調值類系統主要以調值[55]調仍然在整體語區內維持具

備鬆緊兩調值，其餘調值現象在諾鄧和康福語區仍具有鬆緊兩調值現象，其餘語區基本以趨向合流而不分鬆緊。

　　第二點：由於聲調調值高低降調的語音性質落差幅度太大，及人們發音狀態趨簡求易的省力原則影響，使得白語區內部聲調混用現象愈易顯著。

　　第三點：在訪談的過程中發現，漢語以「聲調」做為區辨詞語意義的重要原則，白語既有吸收漢語以「聲調」做為區辨詞語意義用，多數情形產生聲調混用狀況，是因為白族人認為，是否需要明確將「聲調」準確發音到位以做為區辨原則並非重要，許多例字並未有固定調值，例如：螞蝗（即水蛭）[tɕi]和擠[tɕi]二字，不僅聲母和韻母相同，連聲調亦可以發次高平調[44]調或次高降調[41]調；又如：江和河其聲母、韻母相同[kõ55 kõ55]，不僅重複單字詞根，其聲調亦可在陰平調值[55]、[44]或[33]調值間發音。

　　第四點：白語區白漢雙語環境影響，由於漢語借詞借入後，聲韻調三方面皆要符合白語的語音規律，使得聲韻調皆產生相對應的語音變化，由於音節差異進而併入不同的調類內，使得聲調區辨度愈顯不明確。

　　第五點：不論白語聲調如何混用，音高仍是白語聲調區辨的重要性質，且白語聲調主要仍是以平調和降調為普遍調型，特別在降調後半部的音值部分，似受有嘎裂聲斷裂音高影響。

肆、白語聲調之語流音變

　　在上述第參單元，主要針對白語單音節單個調值進行聲調系統重構，本單元將接續將著重在白語單音節單個調值，及雙音節字詞之相關語流音變現象說明。由於白語整體的語流音變現象甚為特別，在聲母、韻母及聲調三方面皆有變化，相較於聲母和韻母的裂變現象，聲調的變化相對較為穩定，此部分的討論重點，將特別距焦於白語聲調部分進行相關的語流音變現象探討。

　　白語聲調部分的語流音變現象，即屬於今音系統的共時狀態單音節單個調值，或雙音節字詞語音之組合於連讀過程中所產生的變調音變模式，不涉及音節語音的歷史演變概況，是「音」的自體變化並受實際語言環境產生的語音條件制約，亦可視為是語音的創新演變模式。白語語音系統內的「共時連讀變調」主要可以區分為二種基礎類型：第一是自由連讀變調，第二是條件連讀變調；在「條件連讀變調」部分，又可以再細分為三小類型，分別是：第一是為「區

辨意義」而產生的變調,例如詞語本義和引申義之別所產生的變調,以變調取代更多的借入詞源、第二是「重複音變」之引申義變調,第三是「語法之語義引申」變調。〔註12〕以下分別探討其相關概況。

一、自由連讀變調

所謂「自由連讀變調」,即說明聲調彼此間的調值替換不受任何外在條件限制,且在一整體的語言單位內,處於同一位置的不同聲調其自由變換產生的音變現象。白語是一種單字詞根語言屬性語言,個別單字詞根可與其他意義的詞根組合成新的字詞,此字詞可為單音節字詞亦可為雙音節字詞或多音節字詞,而單字詞根在組合的過程中,便產生聲母、韻母及聲調方面的音變現象,音變現象一併也受到語義、語法及語用的影響所致。

經由進一步歸納整理白語詞彙語料得知,白語語音系統的自由連讀變調模式,依據其音節結構分析,彙整出七種音變現象類型,分別是:第一是兩音節間前後字相互影響之變調、第二是兩音節之後字受前字影響而變調、第三是三音節字詞之中間音節受前後音節影響而變調、第四是少數四音節字詞之前三個音節變調、第五是變調與聲母一同變化、第六是變調與韻母一同變化,第七是不受元音長短之時位影響而產生變調現象。需特別說明的是,由於第五、第六和第七項的聲調變化方式關涉到聲母及韻母,筆者將之歸屬於聲母和韻母層次章節內分析談論,本章主要談論聲調部分,因此僅就其聲調變化方式進行說明;此外,透過整理歸納也觀察到,白語自由連讀變調的現象相當單純,不同於漢語在連讀變調時聲調普遍好發變調,白語在語音連讀時產生變調的情形相當穩定,其自由連讀變調條例有 30 種音變類型,具有不變調、兩字組連讀前字變調／兩字組連讀後字變調、兩字組增音節變調,三字組連讀變調等類型,相關變化條例試看下列分項說明:

（1）55＋55→55＋44（33）

例如:tiæ̃55（電）＋tũ55（燈）→tiæ̃55 <u>tũ44</u>（電燈）

〔註12〕分類條例條目部分參考自王正華:〈拉祜語共時音變研究〉《雲南民族大學學報（哲學社會科學版）》第 21 卷第 1 期,（2004 年）,頁 153～157、李春風:〈拉祜語構詞法研究〉《西華大學學報（哲學社會科學版）》第 3 期（2008 年）,頁 53～56。

（2）55＋33→55＋44

例如：xe55（天）＋dɔ33（上）→xe55 dɔ44（天上）

（3）55＋21→55＋32

例如：xe55（天）＋mieɹ21（模糊）→xe55 mieɹ32（黃昏）

（4）55＋21→55＋35

例如：xe55（天）＋kɔ21（海）→xe55 kɔ35（銀河）

（5）55＋21→44＋42

例如：xe55（天）＋mɛ21（雷）→xe44 ma42（打雷）

（6）55＋44→31＋33＋44

例如：pjɛ31（白）＋xʷʌ55 çy44（開水）→pjɛ31 xʷʌ33 çy44（白開水）

（7）55＋44→55＋33＋33

例如：ʂɔ55（涼）＋xʷʌ55 çy44（開水）→ʂɔ55 xʷʌ33 çy33（涼開水）

（8）44＋44→44＋33＋33

例如：v44 ʃi44（雨）＋ti33（滴）→v44 ʃi33 ti33（雨滴）

（9）35＋35→35＋21

例如：ue35（溫）＋ue35（溫）→ue35 uo21（涼）

（10）35＋35→35＋55

例如：çɔ35（校）＋çɔ35（校）→çɔ35 çɔ55（學校）

（11）35＋44→35＋33

例如：piã35（鹽）＋tçy44（井）→piã35 tçy33（鹽井）

（12）35＋33→35＋55＋33

例如：ʐɯ35 fv33（涼粉）→we35 ʐɯ55 fv33（熱涼粉）

（13）33＋44→31＋44

例如：ɣɯ33（後）＋n̪i44（熱）→ɣɯ31 n̪i44（熱）

（14）33＋33→33＋42

例如：tõ33（統）＋tõ33（統）→tõ33 tõ42（每一／全部）

（15）33＋33→33＋55

例如：①kuã33（光）＋kuã33（光）→kuã33 kuã55（單單）

例如：②t'iæ̃33（天）＋t'iæ̃33（天）→t'iæ̃33 t'iæ̃55（每一天）

（16）33＋33→35＋35

例如：kuɑ33（單）＋kuɑ33（單）→<u>kuɑ35</u> <u>kuɑ35</u>（單單／單獨）

（17）33＋33→33＋31

例如：me33（米）＋me33（米）→me33 <u>me31</u>（米粒）

（18）33＋33→21＋33

例如：the33（鐵）＋ʂʅ33（銹）→<u>the21</u> ʂʅ33（鐵銹）

（19）21＋21→21＋35

例如：①tsi21（時）＋tsi21（時）→tsi21 <u>tsi35</u>（時辰／時候）

例如：②tɯ21（頭）＋mɑ21（毛）→tɯ21 <u>mɑ35</u>（頭髮）

（20）21＋55→21＋35

例如：tɯ21（前）＋mɯ55（面）→tɯ21 <u>mɯ35</u>（前面）

→21＋35

例如：tɯ21（前）＋mi55（面）→tɯ21 <u>mi35</u>（前面）

→33＋42

例如：tɯ21（前）＋mɯ55（面）→<u>tɯ33</u> <u>mɯ42</u>（前面）

（21）11＋35＋35→21＋35＋35

例如：ʥi11（地）＋fv35（方）＋miɛ35（名）

→<u>ʥi21</u> fv35 miɛ35（地方名）

（註：範例內標註雙底線部分表示原音讀產生音變現象）

以上例舉的 21 例白語自由連讀變調條件中，除了範例（6）～（8）、（12）在變調過程中，形式增加音結且新增音結調值受後面詞彙調值影響而增添外，其餘範例皆屬於雙音節變調。需特別說明者爲本部分的範例（1）及下列關於三音節變調條例之範例（22），此二範例同屬於「漢源歸化合璧詞」類型，即白語之漢語借詞的音變現象，以鼻化元音韻母和緊元音鼻化表示鼻音韻尾，屬於雙音節及三音節字詞之後字受前字影響而誘發的音變現象。

針對白語在上述詞條範例所表現出來的音變現象，本文研究特別借用「非音質音位自由變體」內的「調位自由變體」概念來定義。所謂「調位自由變體」即指「聲調的改變不影響詞義」〔註13〕的情形而言，透過上述詞條範例可知，白語在聲調自由連讀變調的同時，其原詞的意義並未附予新義表示；此

〔註13〕周錦國、李建中：〈音位「自由變體」和語言「經濟原則」〉《大理學院學報》第 6 卷第 5 期（2007 年），頁 43～45。

外，在上述詞條範例（6）、（7）、（8）和（12），因變調而增添音節也形成「非音質音位自由變體」內的「重位自由變體」模式，即形成多音節時，主重音並未有固定的位置，例如範例（6）「[pjɛ31 xʷʌ33 ɕy44]（白開水）」，其重音則出現在新添詞頭音節「[pjɛ31]（白）」；又如範例（12）「[we35 ʐɯ55 fv33]（熱涼粉）」，其重音則出現在音變詞「[ʐɯ55 fv33]涼粉）」的「[ʐɯ55]」。

　　然而，透過上述條例語料範例亦發現，白語內部在轉譯漢語借詞時，將漢語字詞帶有鼻音韻尾的部分以元音鼻化的方式取代，但是，隨著漢語借詞大量深入白語詞彙，白語逐漸還原鼻音韻尾[n]和[ŋ]及其與之相配的複合元音韻母。例如以範例（1）的「電燈」二字觀其韻尾進化過程如下所示：

　　　　電[ti]→[tiæ]/[tiæ̃]→[tiɛn]

　　　　燈[tə]/[tɯ]→[tẽ]/[tũ]/[tə́]→[təŋ]

　　白語原始讀音此二字皆不具鼻音韻尾或鼻化元音，隨著轉譯漢語借詞之需，而將漢語借詞中帶鼻音韻尾字以鼻化元音表示，然而，隨著與漢語接觸深入，鼻音韻尾亦出現於現今白語語言結構內，不論元音如何變化，聲調仍維持不變。以下範例（22）～（30）的自由連讀變調條件屬於多音節變化，範例（22）為末字受前字調影響而變調，範例（25）為中字受首字影響而變調，其餘在範例（23）～（26）皆為首字產生變調，較為特殊的是範例（28）～（30），三音節內的中字音節由於其語義類同於漢語「詞綴」的功能，對整體音節結構和語義並無影響，這是受到白語語言習慣影響所致，因此在變調的過程中，中字音節不僅產生語音脫落之縮減現象，其亦影響首字朝向中高調[35]調值變調，變化條例試看下列說明：

（22）55＋55＋42→55＋55＋55

　　　　例如：tau55 pæ̃55 tɕã42（豆瓣醬）→tau55 pæ̃55 tɕã55（豆瓣醬）

（23）①44＋33＋42→55＋33＋42

　　　　②44＋33＋33→55＋33＋33

　　　　例如：①pe44 nɯ33 tsuæ̃42（走一趟）→pe55 nɯ33 tsuæ̃42（走一趟）

　　　　　　　②ã44 nɯ33 tsue33（咬一口）→ã55 nɯ33 tsue33（咬一口）

（24）35＋55＋55→21＋55＋55

　　　　例如：ji35 tsã55 ər55（一丈二）→ji21 tsã55 ər55（一丈二）

（25）31＋21＋21→31＋31＋21

　　例如：jĩ31 tɯ21 tɯ21（上午）→jĩ31 tɯ31 tɯ21（上午）

（26）21＋33＋31→35＋33＋31

　　例如：①ju21 nɯ33 kər31（動一下）→ju35 nɯ33 kər31（動一下）

　　　　　②ŋər21 nɯ33 kər31（去一下）→ŋər35 nɯ33 kər31（去一下）

（27）21＋31＋35→21＋31＋25

　　例如：peɹ21（平）tɕi31fv35（地方）→peɹ21 tɕi31 fv25（平原）

（28）55＋55＋44→35＋（×）＋44

　　例如：pe55 ɑ55 nɑ44（去哪）→pe35 nɑ44（去哪）

（29）44＋55＋31→35＋（×）＋31

　　例如：piɛ44 ɑ55 si31（問事）→piɛ35 si31（問事）

（30）21＋55＋55→35＋（×）＋55

　　例如：tɯ21 kɛ55 tsi55（從前）→tɯ35 tsi55（從前）

　　由上述整理可知，白語自由連讀變調之聲調變換，皆在本調及其調變位體之聲調調值內進行換讀，除了範例（27）表示「平原」義的[fv35]由[35]調值變調爲特殊[25]調外，其餘變調條例並未產生新的調值。

　　另外，有一條特殊的自由連讀變調情況，是固定出現在本次調查的語源點——鶴慶甸北辛屯，特別是在漢語借詞內產生，其音變條例好發在調值爲高平[55]調內，其變化條例爲：「研究[jɛ̃42 tɕiou55]→[jɛ̃42 tɕiou33]」（高平[55]調與次高降[42]調合成雙音節詞時，[55]調降調爲中平[33 調]）；「英語[jĩ55 y33]→[jĩ33 y33]、短信[tuã33 çĩ55]→[tuã33 çĩ33]」（高平[55]調與中平[33 調]合成雙音節詞時，其都要變調爲中平[33 調]）；「數學[su55 xo35]→[su33 xo35]」（高平[55]調與中高[35]調合成雙音節詞時，高平[55]調要變調爲中平[33]調）。

二、條件連讀變調

　　所謂「條件連讀變調」的產生情形，即是說明語言單位在連讀時，受到外在環境的制約而產生的變調現象。在白語內部的條件連讀變調有三種類型：第一是爲區辨意義而產生的變調、第二是重複音變之引申義變調，第三是語法之語義引申變調。以下便以白語條件連讀變調的三種現象進一步探討。

1. 音節區辨意義之變調

音節區辨意義之變調在白語內部有二種現象：第一類的音變現象屬於「形態音變構詞」，常態模式以表達本義時爲本調、表達引申義時爲變調，白語內部有諸多單字詞例有如此情形，即使用相同音節結構但以不同聲調來區辨語義，或依據詞性不同而有不同的聲調或是區辨本義與引申義，白語在南詔大理時期、民家語時期及民國成立後的新白語時期皆陸續接觸融合漢源詞彙，新老白語讀音及漢語讀音並存影響，亦會產生聲調的變調現象，然而，歸納語料卻發現較爲特殊的情況，即是白語內部同音詞和同義詞顯著，常見以同音表現不同語義，形成此情形的原因是由於白語聲母和韻母已經逐漸趨向簡化，雖然調值依各地發音狀況略顯紛雜，但其聲調仍不發達，主要以單音節作爲詞彙的基本單位，以致於其構詞音節短缺的緣故。試看下列範例說明：

（1）①路[tʼu33]

　　②馬路[ma31 tʼu55]/公路[kõ55 tʼu55]

　　漢語借詞音讀：[ma31 lu55]/[kõ55 lu55]→端系與來母一聲之轉

（2）①鼻涕[bi21 ʃi21]

　　②膿鼻涕[qu55 pi21 çi31]/清鼻涕[tɕʼɛ55 pi21 çi31]

　　③擤鼻涕[xɯ33 pi31 çi31]/吸鼻涕[fv44 pi31 çi31]

（3）①泥巴[ni21 tʃʼi55 pʼʌ33]

　　②黏土[tʂɿ33 ku33 ni35]

　　③稀泥[pʼɛ55 ni31]/泥漿[ni31 tɕʌ35 tsɿ33]/污泥[ʃɛ35 ni31]

（4）①房子[hɔ̠21 kɛ35]

　　②房間[hɔ̠21 kɛ33]

（5）①火[xui33 ne21]

　　②石灰[xui35 tɕɛ33]

（6）①茂盛[xu44]

　　②旺盛[xɛ55 xɛ55 ʂɯ33]

藉由上列主範例中的各項子例可知，標號②和③者，其音節內皆有一個音節是標示標號①的內容，彼此間的區辨以聲調爲主，例如範例（2）這條漢語借詞例而言，其引申義②，其語義側重點在名詞「涕」之膿清，因此在[ʃi21]產生變調，反之，引申義③的語義側重在對鼻子做的動作上，因此在[bi21]產

生變調；範例（3）的標號②和③，其聲調②為中高升調、③為中低降調的差異，主要是為了區辨「泥」的性質是否改變的語義所致（②泥的質性改變，屬於泥的類別，③仍屬於泥的性狀特徵）。會形成此原故，是因為單音節置於不同詞語內時，為了突顯其語義的相異性，或受到其他音節的影響使然，由此可知，標號①者皆屬於本義以本調值呈現，標號②和③者為①義的深化引申，因此以變調值呈現；特別是在範例（6），除了變調外，連同韻也一併產生變化，並以重疊構詞的方式強調濃密茂盛至旺的樣貌，此例產生變韻的原因，主要是受到[ʂɯ33]的影響，而低化形成具有[-i-]音的韻母。

第二類的音變現象為內部屈折（internal flexion），屬於詞形變化類別，徐世璇指出，此種音變現象為用詞內部詞根語音產生變換，進而構成語法形式的一種語法手段，又可稱為語音交替構詞法或音變造詞[註14]，白語內部詞彙此種屈折音變現象甚為豐富，特別以變換聲調的方式為之甚為常見，例如：

（1）[pou44]包→[pou55]背
（2）[tsʼu31]臭→[tsʼu42]嗅（聞）
（3）[pɛ42]（天）亮→[pɛ35]（牆）裂→[pɛ31]翻（食物）

白語藉由變換聲調構成內部屈折，多數情形是在原詞的基礎上直接變換為另一種聲調（仍在本調或變調內為之，並未產生新的調值），從而達到改變語法格或詞義引申的效果。範例（1）由用紙、布等裹東西的「包[pou44]」，將聲調略微高化表示將此用紙、布等裹好的包「背」起之引申語義；範例（2）則是以變換聲調表示因果關係，因為有[tsʼu31]臭味才會有[tsʼu42]嗅（聞）的動作出現；範例（3）是以變換聲調表示抽象引申義，由天亮表示光線由黑暗中裂開之抽象義，承載近似這種「裂開」現象的牆裂和食物被翻開出現近似於裂開貌的情形。此外，白語內部還有一種特殊音變現象即是大量的同音異義字，即是以聲韻調完全相同的語音結構承載不同的語義，例如：[pʼi55]表示程度差異極微的緩和慢義、[tũ55]表示程度差異極微的直和豎義、[sɿ21]表示疼痛義，[tsʼɯ55]表示短和粗兩語義等詞條例，形成此種現象的原因，不外乎是因白語語音系統內詞彙量較少，隨著語言接觸現象、社會環境複雜化及外來同

〔註14〕徐世璇：〈漢藏語言的語音屈折構詞現象〉《民族語文》第 3 期（1996 年），頁 31 ～40。

音詞的深入（特別是漢語），詞彙量在不足以負載的前提下，又要表達新的詞彙概念和複雜的語義時，不得已只能借用現有詞彙使用並加諸新的詞義，遂造就同音多義的現象，這也使得原有的聲調系統產生不規律的現象。

正如徐世璇所言〔註 15〕，白語內部此種音變現象莫不屬於歷史範疇，具有歷史階段性特徵。這種階段性特徵的第一步表現是作為一種構詞的方式產生於某一特定的歷史階段，並在一定的歷史時期內發揮辨義及語法類別的作用；第二步是透過構詞表現出語音屈折的不同形式，而此差異普遍情形是產生於不同的時間層面，並與不同時期的語音演變發生相當的關聯性。

2. 重複音節音變之變調

白語內有許多單音節詞根重複現象，即疊音詞詞彙，主要在動詞、名詞、形容詞和方位詞部分皆能形成三音節及四音格式的重疊形式，但是否形成音變現象則各有不同。例如：

（1）動詞「買」和「賣」重疊為四音格詞[kɯ21 kɯ21 meɹ32 meɹ32]（買買賣賣），用以表示「買賣」義。

（2）名詞「衣」和「褲」重疊為四音格詞[ji35 ji35 kua35 kua35]（衣衣褲褲），用以表示「衣服」總稱。

此種現象的詞例在白語詞彙系統內甚為特殊，除了有詞彙構詞上形成重疊但不變調的情形外，也具有同時因重疊而形成變調構詞的現象，更有甚者是連同語法也產生變化，例如範例（2）所舉之四音格詞例[ji35 ji35 kua35 kua35]，除了表示「衣服」總稱外，語法作用也由零價名詞的「[ji35 kua35]（衣服）」，轉變詞性表示二價動詞的「[ji35 ji35 kua35 kua35]（穿衣）」語義，由「名詞－動詞」的語法詞性轉變，甚至是「動詞－名詞」的轉變，形成轉指構詞的結構變化，亦是論元整合的表現。

（3）方位詞「上」和「下」重疊為四音格詞[tou33 tou33 eɹ33 eɹ33]（上上下下），用以表示「上下」方位總稱。

上列所舉的三項重疊語例皆未產生構詞音變現象，而是以本調值進行重疊。

白語詞彙系統內普遍採用「詞根的重複音節」方式，來表示「單一」、「每一」、「加重詞根語義」的強調作用或「突顯物件特別」的部分，用以加強「印

〔註15〕徐世璇：〈漢藏語言的語音屈折構詞現象〉，頁31～40。

象」、「眾多」、語義擴大之「總稱」義及「白＋漢合璧」之重複強調等特質。單音節字詞之本義詞根重複後，不僅聲調產生音變，有時連同聲母和韻母也會連同一併產生變化；不僅如此，筆者在研究的過程中，還觀察到白語有時僅僅單純藉由詞根重複的組合方式，繼而引申出另一項新的語義，但新語義字詞的聲母、韻母及聲調皆不產生任何的語音變化，仍舊維持原調值呈現。歸納白語詞彙結構內出現的類型可知，白語疊音詞詞彙特徵有二種表現方式：第一類是皆不變化之完全重疊即原形重疊，第二類是變調重疊。此現象的變化條例試看下列舉例說明：

（1）44＋44→21＋21＋21

　　例如：kɛ44（鏡）　mi44（面）→kɛ21 mi21 mi21（鏡子）

　　說明：白語內以面[mi44]字重複，表示此物件可以映照出許多「形　　　　象」。

（2）42＋21→42＋33＋21

　　例如：ŋue42 ne21（磨盤）→ŋue42 ŋue33 ne21（磨眼）

　　說明：此物即是新石器時代人們使用乾磨的方式將穀物磨成粉末的　　　　器具，白語以重複[ŋue42]字引申表示此磨穀物的器具內的一　　　　個物件，即磨製穀粉時將穀物置入磨膛內的磨眼。

（3）①42＋42→42＋31

　　例如：jɔ42（樣）＋jɔ42（樣）→jɔ42 jɔ31（模樣）

　　例如：se42（生）＋se42（生）→se42 se31（人生）

　　說明：以重複「樣[jɔ42]」表示引申新義「模樣」，首字為樣貌本義維　　　　持本調次高降調[42]調，第二字白語用來表示樣貌的度量詞　　　　「樣」，做為修飾「模樣」，因此產生中低降調[31]變調，且引　　　　申新義由於調值影響而略帶輕薄語氣；以重複「生[se42]」表　　　　示人生，與模樣相同皆為第二字變調。

　　②42＋42→55＋42

　　例如：ʃi42（祭）＋ʃi42（祭）→ʃi55 ʃi42（祭祀活動）

　　說明：重複動詞「祭[ʃi42]」表示從事祭的活動時，不是只有單一而　　　　是全體，引申表示統稱語義，詞性由單音節動詞轉變為雙音節　　　　名詞表「祭祀活動」義。

（4）①55＋55→55＋21

例如：tɕ'y55（蛐）＋tɕ'y55（蛐）→tɕ'y55 tɕ'y21（蛐蟀）

說明：以蛐蟀的擬聲音[tɕ'y55]引申表示動物蛐蟀。

②55＋55→55＋44

例如：qɔ̠˞55（河）＋qɔ̠˞55（河）→qɔ̠˞55 qɔ̠˞44（河）

說明：藉由白族早期地理風貌配合擬聲原則而造。早期地理建築多橋，橋下河水流經撞擊橋墩產生扣扣聲響，因此，重複「[qɔ̠˞55]」的聲音用以表示「河」的統稱。

（5）35→21＋35

例如：tsou35（量詞：張）→tsou21（張）　tsou35（床）（張床）

（6）35＋35→35＋55

例如：ɕɔ35（校）＋ɕɔ35（校）→ɕɔ35 ɕɔ55（學校）

說明：以重複「校[ɕɔ35]」字表示從事教育學習的地方。

（7）31＋31→31＋35

例如：ʂu31（手）　ʂu31（手）→ʂu31 ʂu35（手手：手術）

說明：以重複「手[ʂu31]」字加強表示以手從事的動作行爲之義，並由此引申做爲「手術」義使用，因此在第二個[ʂu]字承載了加強的語義在內，此外，亦有擬其從事此種手部動作時發出的聲響以重疊。

（8）33＋33→55＋33

例如：tsɿ33（街）＋tsɿ33（街）→tsɿ55 tsɿ33（趕集／集市）

說明：白語內以「街[tsɿ33]」字重複，表示這多街道之義，用以表示前往「集市」做買賣或其他動作之義。

（9）33＋33→55＋33

例如：tsɿ33（娶）＋tsɿ33（娶）→tsɿ55 tsɿ33（入贅）

說明：白語之入贅義以招女婿[thʉ55 tsɿ33]之[tsɿ33]字重複，表示「男子被娶入女子家」之義。

（10）33＋33→35＋33

例如：pᴀ33（餅）＋pᴀ33（餅）→pᴀ35 pᴀ33（包子）

說明：白語以「餅[pᴀ33]」字重複表示餅的統稱，以第一個餅[pᴀ]

　　　　　　字產生聲調變化表示麵皮內包入餡料的麵類製品，除了取

　　　　　　[pʌ33]的字義外，[pʌ33]字更承載了製餅時的搓揉拍擊聲。

（11）33＋33＋44→31＋33＋44

　　　　例如：dʑi33＋dʑi33＋ɕy44→dʑi31 dʑi33 ɕy44（泉水）

　　　　說明：白語以重複[dʑi33]表示此水從地裡湧出之貌，並以第一個

　　　　　　　[dʑi33]字產生變調。

　　上列 11 條範例皆屬於白語雙音節和三音節疊音詞之「變調重疊」現象，更進一步分析此些條例的變調現象發現，白語內部的疊音詞重疊變調現象屬於「偏正式合成詞」結構，此種「偏正式合成詞」結構又可區分為二種關係到語法現象的變化條例：第一是「修飾語＋中心語」之中心語後置偏正、第二是「中心語＋修飾語」之中心語前置偏正，也就是「中心語的前置或後置」將影響詞根的變調方式。

　　首先，筆者觀察到範例（1）全數變調，範例（5）較為特殊，此例的變化是以做為量詞的「張」重疊變調表示，這是因為白語的「床」字與做為床的單位量詞「張」字同音，以致於採用重疊「張」字表示「量詞修飾語＋中心語」，範例（5）～（10）屬於「修飾語＋中心語」之中心語後置偏正，因此前字產生變調，後字仍維持本調值；範例（2）屬於在原字義中間插入重疊詞並產生中心語在前的重疊變調，範例（3）第一例、範例（4）的二條語例和範例（8）屬於「中心語＋修飾語」之中心語前置偏正重疊變調，為白語本身的語法結構，中心語在前保持本調不變調，做為語義引申的修飾語則產生重疊變調，呈現白漢接觸融合後的重疊並存現象，範例（3）第二例較為特殊，屬於為符合發音方便與否而產生的變調，[ʃi42 ʃi42]兩字皆以次高降調發音，導致發音費力，因此首字受後字次高影響而變調為高平[55]調與次高降調[42]組合。

　　上述範例（4）和（10）說明白語內部亦有諸多原形重疊及變調重疊的擬聲詞語例，此種擬聲現象在《白漢詞典》〔註16〕內得以一窺究竟。歸納此種虛詞類擬聲詞的重疊發現，白語妥善利用擬聲詞做為語言文化的承載點，遵循不造字原則，以音的推想造出與白族先住民的各種生活習慣、動物名稱或日常器物名，甚至是抽象或具體的動作樣貌有關詞例，然而，這些詞例有些

〔註16〕查詢於徐琳、趙衍蓀：《白漢詞典》（成都：四川民族出版社，1996年）。

為變調重疊，有些則為原形重疊；例如：①以模擬吹哨子時發出的噓噓聲響
[çy55 çy55]表示「（吹）哨子[çy55 çy55 tə31]」、模擬打陀螺轉動時發出的聲
響[y31 y21]表示「（打）陀螺[y31 y21]」、跳田[tɕʼɛ44 tɕʼɛ33]（又稱為跳格子或
跳房子的兒童遊戲名）、跳皮筋[tsʼuA55 tsʼuA44]（跳橡皮繩的兒童遊戲）、過
家家[tsʅ55 ʐɯ44 mA55 mA33]（模仿家庭生活的兒童遊戲名），蕩鞦韆[tɕʼɛ33
tɕu21 tɕu35]，模擬鞦韆前後搖擺時發出的聲響造詞。②模擬做動作時發出的
聲響表示語義[pʼi55 pʼi44 tsA35]拍（拍）手、模擬織布時發出的聲響表示語義
[te44 te55]織衣，摸擬做動作時的抽象貌表示語義[uA31 i44 uA33]翻翻表示翻
繩子的狀態，[tsʼɯ33 tsʼɯ33]（羞羞）表示紅著臉害羞或丟臉義。③模擬動物
叫聲來命名[ku55 ku55 tsi44]（布穀鳥）。④模擬器具敲擊後發出的聲音來命名
[ko44 ko44 ne21]（木魚）。⑤結合語義和擬聲來命名[ȵi35 pA33 pA33]（和麵），
此例的[pA33 pA33]不僅取其包子義，更取其做包子前將麵揉成團時的啪打聲。

除此之外，白語內部亦有重疊為四音格詞的原形重疊及變調重疊現象，但
多數情況的白語四音格詞重疊屬於聲調不變的原形重疊，相關說明如下：

（12）33＋33→44＋44＋44＋21

例如：kɛ33 pjɛ33（鄰居）→kɛ44 pjɛ44 sʅ44 u21（鄰居四處→左鄰右
舍）

說明：白語將[kɛ33 pjɛ33]變調並增字[sʅ44 u21]表示住在周圍的鄰
居，即左鄰右舍之義，其[kɛ33 pjɛ33]中平調變調受到增字
[sʅ44]次高平調的調值影響。

（13）21＋42→21＋21＋42＋42

例如：la21（虎）＋pã42（豹）→la21 la21 pã42 pã42（野獸）

說明：白語以虎[la21]和豹[pã42]重疊成四音格詞來表示「野獸」新
義，但不產生變調現象。

（14）55＋55＋44＋21→44＋44＋21＋21

例如：A55 me55（妹妹）＋tsʅ44 ȵi21（男子）→A44 me44 tsʅ21 ȵi21
（未婚女子）

說明：此條四音格的語音變化為二個合成詞的組成，第一度的音變
以[tsʅ44]影響[A55 me55]，由高平[55]調稍降為次高平[44]
調，最後自身也受到末字[ȵi21]低降[21]調影響而變為[21]調。

（15）55＋55＋55＋55→55＋55＋35＋35

　　　例如：kʼuã55 kʼuã55 çĩ55 çĩ55（慢慢）→kʼua55 kʼua55 çi35 çi35（慢慢）

　　　說明：此條四音格語例將鼻化元音韻母改爲非鼻化，且將[çĩ55]高平調改爲中高升調[çi35]，北部碧江方言此例[ɑ42 jɤ33 jɤ33]以增音詞綴[tsi33]表示。

（16）33＋21＋33＋21→33＋31＋33＋31

　　　例如：A33 ȵi21 ze33 ȵi21（捉迷藏）→A33 ȵi31 ze33 ȵi31（捉迷藏）

　　　說明：此條四音格語例重複[ȵi21]同時亦產生符合發音狀況的語音變化，並用以強調此遊戲的重點在人[ȵi]。

（17）31＋31→31＋55＋33＋31

　　　例如：jõ31 juæ31（永遠）→jõ31 si55 jõ33 juæ31（永世永遠→永永遠遠）

　　　說明：白語以重複永[jõ31]字並增音[si55]來表示四音格疊字詞「永永遠遠」之義。

（18）31＋31→31＋31＋31＋31

　　　例如：tɕʼi31 tsʼɤ31（嘈雜聲貌）→tɕʼi31 li31 tsʼɤ31 lɤ31（做事迅速如風一般）

　　　說明：白語以嵌音增調[li31]和[lɤ31]的方式來表示四音格詞的重疊變調，以[tɕʼi31 tsʼɤ31]模擬嘈雜的窸窣聲，用以形容做事如風一陣迅速之樣。

（19）31＋44→31＋21＋31＋21

　　　例如：mɔ31 ta44（某）→mɔ31 ji21 ta31 ji21

　　　說明：[mɔ31 ta44]爲白語借漢語泛指疑問詞「某」字的語音而成，一般多用來表示未定人「某人」或時「某時」，此時不僅重複人[ji21]，爲與整體音節結構韻律諧調，[ta]亦由次高平[44]調音變爲中低降[31]調。

　　範例（17）以增加[si55]（世）來強調長久永遠之語義，重複的字首永[jõ31]字爲本調，原詞的永字由中降調[31]變調爲中平調[33]做修飾語用；範例（12）的音變條例現象亦有僅重複前後字詞但聲調不產生變化的情形，例如：即將

／快要[tɕi42 tsua42]重複爲[tɕi42 tɕi42 tsua42 tsua42]快快要要，用以引申表示爲「快快／即將／將要」或漢語副詞「快快地」之語義（北方碧江念讀爲[tse42 lɯ44 tse42 lɯ44]，同樣以重疊不變調形式表示）；範例（18）爲雙音節擬聲詞採用聲母固定爲邊音[l]的條件下，以嵌音增調的方式，即嵌入增加第一和第三音節的最末音節和聲調爲之，並表現引申抽象語義。

除了上述重疊詞變調兼具語義引申的現象外，白語在音節重複的疊音詞詞彙特徵內仍有疊字卻不變調，且做爲加強語義、表示並列結構現象及動物性狀特徵的「原形重疊」模式。試看以下說明分析：

① 表眾多義：「船[ʑi21 sɯ55 sɯ55]」以重複[sɯ55]表示一艘艘的眾多義、「墳墓[mũ31 mũ31]」以重複[mũ31]表示眾多義、「酒席[ʃi35 ʃi35]」以重複[ʃi35]（席）表示眾多義。

② 表每一義：「個[tɯ21 tɯ21]」以重複[tɯ21]表示每一個或個個；「天[jĩ21 jĩ21]」以重複[jĩ21]表示每一天或天天之「每天」義。

③ 表並列結構之統稱義：「江和河[kõ55 kõ55]」二字不僅同音且皆以重複[kõ55]表示語義擴大後的統稱語義、諾鄧白語則以重複[ɢɔ21]→[ɢɔ21 ɢɔ21]表示做爲並列結構之湖海義，而這二例的語音屬於擬聲而造，是白族人早期擬水流聲撞擊橋樑時發出的扣扣聲而造出與之相似的[kõ]/[ɢɔ]音；「城市[tsə̃r21 tsə̃r21]」以重複[tsə̃r21]表示統稱語義、「樹[tsɯ31（樹） tsɯ31（棵）]」以重複[tsɯ31]表示全體的統稱語義、「村子[ʒɯ33 ʒɯ33]」以重複[ʒɯ33]表示村子聚落之義，「芽[ŋɛ21 ŋɛ21]」以重複[ŋɛ21]表示芽的全體統稱義。

④ 表針對特定語義的強調作用：「池塘」重複[pɯ33]、「溝」重複[k'au31]，「堤」重複[ts'i31]。

⑤ 表突顯事物某項特徵以示區辨之用：「壩子[ta31 ta31 pa̠44 tai33]」重複[ta31]以突顯壩子之「大」的特徵以加強其性狀、「毛驢[mãu55 ly55 ly55]」重複[ly55]以突顯驢這個動物的屬性。

⑥ 並列式結構之前字重疊：「簸箕」即是並列式結構重疊的現象，以重複前字「簸」的詞根[pau33]搭配「箕[tɕi55]」形成[pau33 pau33 tɕi55]表示揚去穀類糠皮或掃地時盛起塵土的器具。

⑦ 稱謂式重疊：「曾祖父[a̠55 kõ55 kõ55]」以重複老[kõ55]表示；「曾祖母」

[a̠55 t′e55 t′e55]」以重複太[t′e55]表示。

⑧動物性狀重疊:「喜鵲[tʂ̩21 piɯ55 piɯ44]」以重複[piɯ55]表示,且後字[piɯ]比本調稍降爲 44 次高平調;另外「胡蜂[s̩44 s̩44]」重複[s̩44]、「蜻蜓[ti21 ti21]」重複[ti21]皆未產生變調。

白語以「原形重疊」和「變調重疊」兩種方式突顯其字義引申原則,特別是「變調重疊」部分,其本調和變調同時存在於白語語音及詞彙結構內,形成所謂的「異調同義詞」類型,又由於白語「詞綴性」顯著,透過詞綴的重疊亦能加強特指性語義;此外,白語更藉由擬聲詞的原形重疊、變調重疊甚至是單音節字彙,融入白族古文明文化信息,例如單音節詞彙「(辣)椒[su]」和「酒[ts̩]」即是模擬食用後因食物特性所發出的聲響而造,又如「薑[kou]」即是模擬做菜時用力拍打薑所發出的扣扣聲而造等擬聲語例,著實將語言和生活文化深入融合。

3. 語法音節音變之變調

本部分主要探討白語語法如何影響語音變化以符合其語義特徵,即透過語音影響語法構詞或藉由語法構詞產生音變,語法主要關涉的內容在於篇章內相關作用,趨向語法方面的實質討論,則不在本部分的討論範圍內,此處專就語音的演變現象進行探討。白語語法音變主要是爲了語義深化及爲符合語用環境而產生,因此,其音變現象不僅改變語言單位的語音形式,有時也改變語義。試看下列依據詞性爲主進行範例分析說明:

(1)動詞語法音變

白語在動詞語法音變部分有三種類型,試看下列範例:

①叫[mɛ31](自動詞)→使叫[tɕɔ44](使動)

讓[sɔ31](自動詞)→使讓[ʂɛ44](使動)

融化[xua42](自動詞)→使融化[xuã55](使動)

②卡住[p′au55 k′ɯ33]→使卡住[<u>zu21</u> p′au55 k′ɯ33](使動)

看[xã42]→使給看[<u>zu21</u> kuo33 xã42](使動)

混合[ta55 xo55]→使混合[<u>zu21</u> ua55](使動)

③吃[jɯ44]→著吃/使吃著[<u>tso42</u> jɯ44](被吃)

④衣[ji35](名詞)→使穿(衣)[ji42](使動)

上述三類型皆是白語動詞音變之常態,範例①是改換聲韻調以示區辨,範例②

和③則是在動詞字首前加上類前綴語素（準詞頭）[zu21]和著[tso42]表示「使動／被」義，其中在範例③是受有漢語影響而產生的使動用法，較爲較爲特殊的是範例④，是從名詞引申至動詞使動的用法，表達「將衣服穿上的動作」，由於產生詞性轉變，因此藉由調中高升調變爲次高降調的音變方式來表示，而白語內部此種現象顯著，透過調值變化來表示詞性改易的現象。

（2）代詞語法音變

代詞依據其意義和功能，主要可分爲人稱代詞、指示代詞和疑問代詞三類。白語在代詞部分具顯著音變特徵，例如在人稱代詞表數及格部分，即有顯著的變調差異，試看下表 6-1-17 分析：〔註 17〕

表 6-1-17　白語人稱代詞之變調現象

條件　　人稱		第一人稱 自稱	第二人稱 對稱	第三人稱 他稱
單數	主賓格	ŋɔ21/ŋo31/ŋõ31 uo31/ŋo33/uŋ44 我	nɔ21/nɔ21/no31 nɯ31/nou55 nãu31/lou31 你 n̩i55 您（尊稱）	pɔ21（po21）/po31/uo31 mo31/mou31 pɯ31/bɔ42 他
	領屬格	ŋɯ55/ŋo55 我的	nɯ55/n̩i55 你的	pɯ55/mɯ55 他的
複數	複數 所有格	a55/ŋa55/ŋã55/ŋᴀ55 n̩a55 a31 tʂeʻ33 我們（排除）／我們的 n̩a55/n̩ia55/jã55 咱們（包含） ŋa55 kou55 tɯ̃21 ŋa55 kɔ̃33 n̩i44 我們倆	na55/nã55/nᴀ55 n̩i55 tʂeʻ33 你們／你們的 na55 kou55 tɯ̃21 你 們倆	mɑ55/pa55/uã55/pᴀ55 bi31 tʂeʻ33 他們／他們的 ou55 kou55 tɯ̃21 他們倆
反身	x	tɕi42 tɕia42/tu34 ku55 n̩i42/tʃi21 tʃi33 n̩i33/tu35 tᴀ35 n̩i21 自己／獨自 ŋɯ55 tʃi44 tʃi33（我的自己=特指我自己）		
別稱	x	ji21 kã55 別人		

<hr>

〔註 17〕語法音變部分內容除了本文調查所得資料整理外，另外查詢徐琳、趙衍蓀：《白語簡志》（北京：民族出版社，1984 年）、《白漢詞典》（成都：四川民族出版社，1996 年）；王鋒：《白語語法標注文本》（北京：社會科學文獻出版社，2016 年）等書籍，統一彙整並進行綜合論述，並配合相應小節討論所需，製作表 6-1-17 至 6-1-20 予以說明，特別於此註做統一說明。

總稱泛稱	x	ta55 tɕia55 tũ21 大家 ŋɛ35 人家=[ɲi21 keɹ35]/[ɲi21 kiɛ35]的合音 gɔ33 lɔ44 ɲi21 各人
現象條例說明		1.第一人稱複數所有格我們[ŋa55]，在本次調查的辛屯白語亦有[jã55 ŋa55 tũ21]說法 2.單數人稱的主賓格與領屬格的聲調調值變化，主要以中低降[31（21）]調變調爲高平[55]調。 3.白語在人稱代詞單數主賓格部分的調值變化主要有高平[55]和次高平[44]調、中平[33]調和中降[31（21）]調，其中平[33]調和中降[31（21）]調爲本調，北部方言區不僅調值較偏高且整體語音現象存古性較濃，例如：我[uŋ44]－你[nou55]－他[bɔ42]。 4.人稱代詞複數所有格部分，其主要調值以高平[55]調爲主。 5.在反身、別稱和總稱的人稱代詞部分，受漢語借詞影響，呈現白漢合璧特徵，且白語在此部分的固定詞綴爲[ɲi21]（人）。 6.在單數領屬格和複數所有格部分，亦有固定詞綴[ɣɯ31]表示，例如：我的和我們的分別可以[ŋo55 ɣɯ31]和[ŋa55 ɣɯ31]表示，詞綴[ɣɯ31]亦可省略。

（表格註：表格內語音間標示「/」符號，表示一詞有數種語音形態）

白語在指示代詞部分亦有相當程度的聲調值類的語音演變，如下表 6-1-18 所示：

表 6-1-18　白語指示代詞之變調現象

條件 ＼ 指稱	近指	白語	遠指	白語
指別／稱代人事物	這 這個 這件	ei55/kɯ31/nɣ21/li31 kɯ31 le42 nɣ21 tʃi21	那 那個 那件	na55/nA55/pɯ31 pɯ31 le42 nA55 tʃi21
稱代處所	這裡	ei55 lũ55 a55 ta55 li31 fo33（這邊） mɯ55	那裡	na55 lũ55 pu55 ta55 na55 fo33（那邊） mɯ55
稱代時間	這時	li31 pũ55	那時	na55 pũ55
指別或稱代性質狀態及程度、原因	這麼 這樣	ei55 nei44 tɕi55 tsʅ33	那麼 那樣	na55 nei44 nɯ31 ja55
稱代數量	這些 這種	ei55 tɕiər55 nɣ21 jA21	那些 那種	na55 tɕiər55 nA55 jA21
現象條例說明		1.白語指示代詞調值基本以高平[55]調爲主，中降[31（21）]調爲變調。 2.受漢語借詞影響，呈現白漢合璧特徵。		

（表格註：表格內語音間標示「/」符號，表示一詞有數種語音形態）

　　白語在表示疑問語氣的代詞部分，其聲調值類亦產生變化，連同聲母和韻母亦有不小的演變現象，如下表 6-1-19 所示：

表 6-1-19　白語疑問代詞之變調現象

條件 ＼ 疑問	疑　　問	白　　語
詢問人事物	誰、什麼、哪、其他、某	ma55 tũ21/A55 nA55 n̠i21 誰 a55 ma55/ma55 哪 za42 nei44/xa31 le21 什麼 au55 tɕia42 tɕia42/pɤ55 tɕa̠42 其他 mɔ31 ta44 某
詢問處所	哪裡	ma55 lũ55/tye33 a44 ua33 A55 nA33
詢問時間	幾時	a55 ma55 kɯ55 A55 nA33 kɛ33（tʂ̩21）
詢問性質狀態程度、原因	怎麼、怎樣、怎麼樣	za44 tou55 fã55 tsa44 kɔ35/tsɤ33 mɤ33
	什麼	za42 nei44/a55 le42/A55 se21 we44 A55 ʂe21（爲什麼）
詢問數量	幾（個）	kã55/ta44 kũ21
	多少	se44 tɕɯ42/tɕi55 ɕu33
現象條例說明	1.白語疑問代詞調值基本以高平[55]和次高平[44]調爲主，次高降[42]調爲變調。 2.白語各方言區針對疑問代詞的詢問有其主要的詞彙，即三方言區皆通行的疑問代詞——以[a55]爲詞頭進行搭配，例如：[a55 na44]、[a55 nɯ55]或[a55 le42]，或者以[a55 ma55]進行詢問，例如：[a55 ma55 pũ55]（哪段時間）、[a55 ma55 fo33]（哪邊：什麼方向）等，做爲詞頭的[a55]借漢語音「哪」音而產生，亦可省略；表示泛指疑問詞「某[mɔ31]」，亦是借漢語「某」字音譯而來。 3.白語北部方言區之語音結構較存古近於古白語用詞，但目前仍逐漸受漢語借詞影響而呈現白漢合璧特徵。	

（表格註：表格內語音間標示「/」符號，表示一詞有數種語音形態）

（3）名詞語法音變

　　白語部分名詞透過語法音變來表示其自有和他有、泛稱和特指之別，表現泛稱和特指的方式，主要需經過第二度的語音轉變——即名詞轉變詞性做爲量詞時的音變現象爲之。試看下列範例說明：

①[ŋɔ˩42]（族語言）→[ŋʌ˩21]（語言）

②[tsɛ21]（[n̠i21]）（錢）→[kɛ42]（[kɛ21 ji33 kʼɔ44]）（價錢）

[ɣɯ42 kɛ21]（工資：已經拿到）→[ɣɯ42 kɛ42]（工資：尚未拿到）

③[kɛ35]（泛稱房）→[kɛ33 kɛ35]（間房）→[kɛ33 kɛ33]（特指某間房）

④[kɔ44]（泛稱歌）→[kɔ44 kɔ44]（首歌）→[kɔ44 kɔ44]（特指某首歌）

上列範例①和②透過韻母和聲調的變化，表現屬於白語名詞「自有和他有」之語義引申音變現象，範例①由自有的族語言，例如表示漢語為[xʌ42 ŋɔ˩42]，透過韻母[ɔ]→[ʌ]、調值次高降調[42]→低降調[21]，表示他有廣義的語言[ŋʌ˩21]；範例②說明已拿到的工資表示自有義，尚未拿到的工資則仍屬於他有；範例③和④為白語普遍現象，白語動量詞和名量詞的語義借用漢譯，其語音部分則是拷貝相關的動詞和名詞為之，形成重疊形式，範例③由單音節廣義泛稱的房[kɛ35]，再次重複並變調借指計數房的單位量詞「間」，然而，此時若做為中心語的[kɛ35]亦受量詞聲調影響亦產生變調，其語義便更加狹礙而有專指某間房之義；範例④屬於未變調之例，其用法與範例③同。

（4）形容詞語法音變

白語在形容詞方面的語法音變方式有二種：一是受漢語影響而產生的重疊式，並以增加固定詞綴表示程度深淺差異，二是較為特殊，以聲母固定為邊音[l]來增加韻母和聲調來表示程度的漸層深化，試看下列範例：

①[ma21 pa33]（邋遢／蓬亂）→[ma21 la21 pa33 la33]（邋邋遢遢／蓬亂地）

②[xɯ44 mɯ31]（黑朦朦）→[xɯ44 lɯ44 mɯ31 lɯ31]（黑朦朦地）

[jɔ35 ti31]（彎曲）→[jɔ35 kɯ55 ti31 kɯ55]（彎曲地）

[ji35 kʼy44]（彎曲）→[ji35 li31 kʼy44 ly44]（彎彎曲曲）

③[sɿ21 kɯ42]（暈呆貌）→[sɿ21 lɯ21 kɯ42 lɯ42]（暈頭轉向地）

④[tɕɯ35]（驚貌）→[tɕɯ33 tɤ33 tɕɯ35]/[kũ44 te55 kũ44]（太驚的）

⑤[ka35]/[kʌ35]/[kã35]（高）

→[ka35 ka35 la55]/[ka35 ka35 no33]（高高的／高高地）

[xu33]（好）→[xu55 xu33]（好好：很好）

⑥[to31]/[tɔ31]/[tu53]（大）→[to33 tsʼɯ33 tsʼɯ33]（非常大：巨大）

⑦[tʂʼɛ33]（紅）→[tʂʼɛ33 a31 pɯ31 tʂʼɛ33]（淺紅：半紅不紅）

⑧[ua̋24]（熱）→[ua̋24 lue44 lue44]（熱乎乎）

上列範例①~③爲白語形容詞語法音變的特殊變化，由條例發現，在未變化前其語義屬於原形，當分別嵌入第一和第三音節的韻母和聲調時，語義便較未嵌音增調前更深化一層，較特殊者爲範例③，當首字韻母爲[ŋ]或[y]時，增音的韻母即變韻爲[ɯ]或[i]；範例④、⑤的第一例和⑥以增音方式表示程度的深化；範例⑤的第二例則是以「修飾語＋中心語」之修飾語變調方式表示程度的深化；範例⑤的第一例及範例⑦和⑧明顯是接觸漢語後的影響所致，以增音[la55]表示漢語「的和地」語義，範例⑦和⑧的增音是爲符合漢語口語現象而產生的白漢融合貌。

（5）否定副詞的語法音變

白語的否定副詞在其三方言分區各有不同的標記方式，不變的是，主要都是透過語法音變來表示「不－不是」、「沒－沒有」或「禁止」義，試看下表 6-1-20 的歸納：

表 6-1-20　白語三方言分區之否定副詞標記

方言區＼副詞標記	單純否定 沒－不－別	存在否定 沒－沒有	判斷否定 不是－非－是否
南部：大理片	mu33/pɯ31	mu33	pio33
中部：劍川片	ɑ31/jɑ35 mɯ33（mũ33） ji33 mɯ33	ɑ35 mu33	ɑ35 pio33/tso33 pio33
北部：碧江片	ɑ42	ɑ42 mu33	ɑ42 jo33（ɑ42 pio33）

（表格註：表格內語音間標示「/」符號，表示一詞有數種語音形態）

白語表示否定的基本詞有[ɑ]做單音詞使用及[ɑ]做詞綴使用，其做爲單音節詞使用時，其語音主要以降調爲主，例如中低降調[31]和次高降調[42]，中高升調[35]爲其音變現象，此外，關於否定副詞[ɑ]的歷史層次來源分析，請詳見第四章〈白語韻母歷史層次分析〉章，本章主要以其聲調進行分析論述；元音[ɑ]另外亦可做爲表示否定詞的詞綴使用，與其他的否定形式[mu33]、[pɯ31]、[pio33]和[jo33]加以合成，具有「白＋漢」之漢源歸化詞特徵，且[pio33]和[jo33]的聲母演變則呈現[pi-]複輔音因弱化及顎化作用影響，唇音趨向爲半元音[-j-]的語音形態，其調值變化差異小，基本調值以[33]中平調爲主，主要元音或介音則呈現規律的[u-ɯ-o]帶有 u 或與其相關之複元音；其中表示存在否定的形

式[mu33]，因元音圓唇化為[mo33]時，則由否定副詞轉為語氣詞使用。

藉由以上的說明分析可知，在區辨意義的變調方面，可以從中窺探白語自身的語音系統對於漢語語音的改造，及白語欲於大量的漢語借詞浸透的狀況下，保留語言獨立性的依據；重複音節的變調方面，白語音節的重複有雙音節、三音節及四音節格式，並有原形重疊和變調重疊兩種類形，主要目的是為表達引申，透過分析變調重疊發現，白語內部並存「修飾語＋中心語」之中心語後置偏正和「中心語＋修飾語」之中心語前置偏正，修飾語做為修飾承載變調，中心語做為語義基礎維持本調；語法音變與區辨意義的變調其界線常難以明確，為區辨各詞性及語義之別而產生變調，透過上述的歸納，白語語法音變的變化方式有六種類型：第一是輔音和元音不變但聲調改變、第二是輔音不變，但元音和聲調改變、第三是元音不變，但輔音和聲調改變、第四是元音和聲調發生音變，但輔音產生半變半不變、第五是元音和聲調不變，但變體增加輔音，最後一種現象是輔音、元音與聲調全變，由此調合白語和漢語彼此的語音特質，呈現多元風貌。

針對白語共時音變的研究將有助於精確地描寫白語的音位系統和語音形式，能藉此替白語語音的深度描寫研究提供多樣且鮮活的語料，使研究更加貼近語言事實，然而，這部分的研究在過程中，難免產生因語感認知差異導致研究結果有所差距，此結果泰半因素也與白語區內多元方言間之差異有關，有鑑於此，本文的研究便以統整白語區內多元方言為主軸，以將同一語言事實和規律形成共識為唯一標地。

三、變調構詞與價

透過白語自由連讀和條件連讀變調兩種聲調演變現象的基礎上，進一步筆者從中發現，白語聲調的變調現象也關係著其構詞及語法價的語言現象，特別是語法價的部分，白語主要在去聲調值部分產生此種變調情形，形成去聲變調構詞的語音－語法音變特徵，屬於條件式音變現象。

白語的音變構詞現象採用變聲、變韻及變調三種方法進行，特別是變調的音變增項構詞現象，受到漢語相當程度的影響使得原始詞又再度滋生出語義及語用較之原始詞擴大的滋生詞，並由非去聲變調為去聲發展，如此更使其語法價產生變化。而白語主要產生變調價數作用的詞彙以基礎動詞為主，

所謂價數概念，依據袁毓林所言，是指一個動詞所能支配的名詞性成分的數量。〔註18〕即一個動詞能支配多少個名詞，就依其名詞量稱其價數，在價數定義方面，價數隨著單字詞在整體句法內的結構走向及其類型，而有不同的表達數據，白語變調構詞現象主要有零價、一價、二價等三種價態變化並透過此種構詞現象形成「名－動相轉」的特殊語音語義演變情形，特別是二價並有自動與他動的差異，但普遍情形則是在他動加上使役動詞「讓／使／給」：[sɔ31]/[ʂe44]/[zi31]/[ʑa31]等、自動加上[ka42]等。白語這種以價位變化形式的變調構詞現象，同樣也具有層次演變的語音和語義結合屬性，即：音系方面的表層結構表達，透過轉換形成語義方面的深層結構表達；此模式正好與Chomsky（喬姆斯基）提出的轉換規則標準理論相符。〔註19〕

　　以下扼要說明白語經由「變調構詞」進而產生「名－動相轉」之相關價數定義：

　　（1）零價：白語語法受漢語影響，具有省略主語的特徵並直接以雙音詞表示動作語義，故句式可呈現不帶人物主語之貌，即不支配任何行動元模式。

　　（2）一價：支配一個行動元，出現主語。

　　（3）二價：支配二個行動元，即主語和直接賓語。

　　（4）三價：支配三個行動元，即主語、直接賓語和受事賓語。〔註20〕

白語透過變調的價數值改變在動作行為詞及量詞部分充分將漢語借詞定義擴大使用，發展出配合自身方言系統的白漢調和之「去聲變價」現象，除了單音節名詞零價詞彙「衣」及其變調後高升為二價的雙音節詞彙「穿衣」外，筆者在白語詞彙系統內另探尋出數例關於變調升價或變調但價數不變的語用現象，試看以下舉例說明：

〔註18〕袁毓林：《漢語動詞的配價研究》（南昌：江西教育出版社，1998年），頁20。

〔註19〕查詢於徐烈炯：《生成語法理論》（上海：上海外語教育出版社，1988），頁81～90、《語義學》（北京：語文出版社，1990年），頁143～148。

〔註20〕依據袁毓林在《漢語動詞的配價研究》內將主語、直接賓語和間接賓語又稱之為施事、與事和受事；其定義為：施事主語：語法上指動作的主體，也就是發出動作或發生變化的人或事物；受事直接賓語：語法上指動作的物件，也就是受動作支配的人或事物；與事間接賓語：語法上指接受某事物或從某行動中獲益的人或事物。頁284。

例1：倒（效攝－端母開口一等；上聲皓韻→去聲號韻）

價數	釋義	共興	洛本卓	營盤	辛屯	諾鄧	漕澗	康福	挖色	西窯	上關	鳳儀
一價	使倒下使轉移	（pa42）	（pa42）	（pa42）	tou44	（pa55）	tao42（pa33）	tau44	tou44	to44	tou44	tou44
二價	使前後翻轉	-----	-----	-----	tou55	tɕ′i55 fv33	tɕ′i42 fv33	nɯ33	nɯ33	nɯ33	nɯ33	nɯ33

一價用法：牆倒 tou44 ou33 p′e55（辛屯白）

二價用法：支配發出動作者和被接受動作者二個行動元

（人）倒掉水／（人）把水倒掉

他們倒掉水＝他們把水倒掉 ma55 ka44 ɕui55 tɕe55 tou55（辛屯白）

前後顛倒 fɔ̃33 t′i55 t′u21（康福白）

例2：吐（遇攝－透母合口一等；上聲姥韻→去聲暮韻）

價數	釋義	共興	洛本卓	營盤	辛屯	諾鄧	漕澗	康福	挖色	西窯	上關	鳳儀
一價	使吐出從口	tʂɿ55	tɕ′a44	tɕ′a44	ts′i44	tʂɿ55 tʂ′ɿ55	tsi42	ts′i55	ts′ɿ55	ts′i55	ts′ɿ55	ts′i55
一價	使吐出從內臟	q′ue33	q′ue33	q′ue33	tã42	ta21 dzɿ35	xue24	tã42	ta32	ta32	ta32 kue33	ta32

白語針對詞例「吐」除了變調外，連同聲母及韻母亦一併改變，透過聲、韻、調三方面的改變構成另一新詞彙，此語例在價數上並未改變，仍是一價。

一價用法：吐舌 tse42 ts′i55（洱海四語區）

吐口水 ɕui55 mie21 tʂɿ55；口痰／吐啖 tʂɿ55 t′o21 ta21（諾鄧）

一價用法：借外力輔助使內臟內之物得以吐出；

口奶／吐奶 pa21 dzɿ33 ta21（諾鄧）

例3：融化（假攝－曉母合口二等，去聲禡韻）

價數	釋義	共興	洛本卓	營盤	辛屯	諾鄧	漕澗	康福	挖色	西窯	上關	鳳儀
零價	化	xua44	xua44	xua44	xua42	xua44	xua33	xua44	xua44	xua44	xua44	xua44
二價	使融化	xua55	xua55	xua55	xuã55	t′a33 xɯ55	xua44	xua55	xua55	xua55	xua55	xua55
二價	水燒開	χua55	xua55	xua55	xua55	xua55	xua33	xua44（緊）	xua55	xua55	xua55	xua55

此語例屬於漢語借詞語例，在辛屯白語區較有明確的區辨，其表示二價用法時不僅變調，連同韻母亦增添鼻化韻以與零價區隔，其餘語區在調值部分有所差異，但實際差異不甚顯著；然而，值得注意的是，白語詞彙系統內以融化義進一步引申表示「水燒開」之義，以「融化」語義表示燒滾煮沸之語義。

例4：扇（山攝－山母開口三等；平聲仙韻→去聲線韻）

價數	釋義	共興	洛本卓	營盤	辛屯	諾鄧	漕澗	康福	挖色	西窯	上關	鳳儀
零價	扇子	ʂɿ55	ʂẽ55	ʂɿ55	si55	ʂe21 pa21	sã42	se44	se55	fv33 se44	se55	fv33 se44
一價	單位量詞	-----	-----	-----	-----	ʂe42	-----	se44	se32	se32	se32	se32
二價	使扇某物讓某物受力	-----	-----	-----	-----	-----	-----	fʼo44 pau44	-----	-----	-----	-----

此詞例由零價名詞扇轉類表示一價單位量詞「扇」，例如：

窗扇／一扇窗 tsʼua55 ku35 se32；

門扇／一扇門 me21 se32（洱海四周語區）

進一步轉變為二價時，僅在康福白語出現扇風及扇耳光之語義，例如：扇耳光 pau44 se44 較為特殊者為諾鄧在扇[ʂe42]的語音結構上變調為[ʂe33]時，取其「扇」為一片一片的語義變調並轉義為「片」的單位量詞義，表示「一片葉」：[dʐɯ21 ʂe33]。

例5：轉（山攝－知母合口三等；自轉上聲獮韻→外力協助轉動去聲線韻）

價數	釋義	共興	洛本卓	營盤	辛屯	諾鄧	漕澗	康福	挖色	西窯	上關	鳳儀
零價	自體轉動	zuẽ42	zua42	tʂuẽ42	tsue42	（y21）	tɕuã42	tsuã42	tsue32	tsue32	tsue32	tsue32
二價	外力使轉動	zuẽ31	zua31	tʂuẽ31	zu21 tsue42	tʂue21	tɕuã31	tsuã42	ti21	ti21	jue33	tsue32

此詞例白語借入後在調值變調部分與漢語不同，普遍情形以去聲調值[42]表示零價自體轉動現象，以[31]調表示二價借助外力轉動情形，此外，亦有連同聲母和韻母亦隨著語義的變化而產生改變，形成變聲及變韻的語音現象，在辛屯和康福語區甚至未產生改變，因有外力協助轉動，故在價數值上也升價為二價現象。

例6：軍（臻攝－見母合口三等；平聲文韻）→語義轉變，引申表示「群」義

價數	釋義	共興	洛本卓	營盤	辛屯	諾鄧	漕澗	康福	挖色	西窯	上關	鳳儀
零價	軍	tʂ̩55	tʂe55	tsŋ55	kõ55	ko35	（kuã24）	kõ55	（kua35）	（kua35）	（kua35）	（kua35）
一價	單位量詞	tʂ̩31	tʂẽ31	tsŋ31	kõ33	ɣo35 pa35	k'ã42 tã24	ɕ'ɯ55	-----	-----	-----	-----

此詞例白語透過變調現象構成新的單位量詞語義，由「軍／軍隊」人數眾多的抽象語義引申表示一群的單位量詞語義，使價數升為帶有一行動元之一價，此詞例借入時部分語區採用「官」的語義借入。

例7：種（通攝－章母合口三等；上聲腫韻→去聲用韻）

價數	釋義	共興	洛本卓	營盤	辛屯	諾鄧	漕澗	康福	挖色	西窯	上關	鳳儀
零價	種子	tsõ33	tɕõ33	tɕu33	tso33	dzo44	tsṽ24	tsõ33 tsi33	tsv33	tsv33	tsv33	tsv33
一價	種 種植 種類	tʂõ33	tɕu42	tɕu42	tso42	kɛ35 tʂə42 dzə42	ts'i42 kɛ24 fo42	tsõ42 tsõ55	tsv42	tsv42	tsv42	tsv42

此詞例在白語詞彙語音系統內借入漢語上聲和去聲變韻及其變韻後的語義概況，其變調構詞現象如同詞例「衣－穿衣」狀況，在一價部分例如：花種／種花 xo35 tʂə42（諾鄧白）；花的種類 xo35 dzə42（諾鄧白）；在漕澗和諾鄧白語並以單音節語音結構[kɛ24]/[kɛ35]專門表示「種樹」的語義。

例8：油（流攝－以母開口三等；平聲尤韻→去聲宥韻）

價數	釋義	共興	洛本卓	營盤	辛屯	諾鄧	漕澗	康福	挖色	西窯	上關	鳳儀
零價	油	ji21	ji21	zŋ21	iou33 jou33	jɯ21	jɯ31	jɯ21	jɯ21	zɯ21	jɯ21	jɯ21
二價	釉	ko44	kv44	ko44	ko44	-----	-----	-----	kv44	kv44	kv44	kv44

此詞例在白語詞彙語音系統內有兩種語義：其一表示油脂並專門指稱素油脂，其二是與素油脂同音節結構但用以表示用以塗抹於車或器皿上之「油」，引申表示「釉」的語義形成二價現象的同時不僅調值改變，連同聲母和韻母亦同樣產生變化，屬特殊變調升價詞例，例如：

把門上油（釉）ka44 mẽ21 se42 jɯ21/kv44（洱海四語區）。

例9：釘（梗攝－端母開口四等；平聲青韻→去聲徑韻）

價數	釋義	共興	洛本卓	營盤	辛屯	諾鄧	漕澗	康福	挖色	西窯	上關	鳳儀
零價	釘	tɕẽ42	tsẽ42	tɕe42	tɕiɚ42	tɕɛ42	tɕv42	tɕɚ42	tɕe42	tɕe42	tɕe42	tɕe42
一價	釘子	tɕẽ55	tsẽ55	tɕe55	tɕiɚ55	tɕɛ21 ta42	tɕv24	tɕɚ55	tɕe55	tɕe55	tɕe55	tɕe55

此詞例的變調構詞現象如同詞例「衣－穿衣」狀況，以零價表示動詞「釘」的動作，並以一價表示名詞「釘子」，例如：釘釘子 tɕiɚ42 tɕiɚ55（辛屯）。

例10：藏（宕攝－從母開口一等；平聲唐韻→去聲宕韻）

價數	釋義	共興	洛本卓	營盤	辛屯	諾鄧	漕澗	康福	挖色	西窯	上關	鳳儀
一價	隱藏躲藏	dzõ31	tso31	tso31	tsou33	tso31 k'ɯ33	tsõ33 k'ɯ44	p'ie55 uɚ55	tsou32	tso32	tsou32	tsou32
二價	（被）藏	dzõ42	tso42	tso42	tsou21	dzo21	tsõ42	tsã21	tsou21	tso21	tsou21	tsou21

此詞例白語借入漢語借詞平聲和去聲兩種音讀現象，分別表示平聲一價主動隱藏或躲藏，二價表示人或物受到外力影響而被動隱藏的現象，例如：

他躲藏／他躲藏來了：[po31 tso32]（洱海周邊）

錢被他藏／他把錢藏起來：[po31 ka44 tse21]（康福白）

此外，屬於動詞「給予義」的詞例「給」則較為特殊，此詞例屬於三價動詞範圍，但在價位變化的同時，卻未產生語音－語義的變化。

例11：給（深攝－見母開口三等；入聲緝韻）

價數	釋義	共興	洛本卓	營盤	辛屯	諾鄧	漕澗	康福	挖色	西窯	上關	鳳儀
一價		zi31	zɯ31	zi31	ʐu21	ʐɯ31	zi42	zi31	tɕa42 si31 kɯ31 ɕɯ31	tɕa42 sʅ31 kɯ31 ɕɯ31	kɯ31 ʑɯ31	kɯ31 ʑɯ31
二價	給	zi31	zɯ31	zi31	ʐu21	ʐɯ31	zi42	zi31	tɕa42 si31 kɯ31 ɕɯ31	tɕa42 sʅ31 kɯ31 ɕɯ31	kɯ31 ʑɯ31	kɯ31 ʑɯ31
三價		zi31	zɯ31	zi31	ʐu21	ʐɯ31	zi42	zi31	tɕa42 si31 kɯ31 ɕɯ31	tɕa42 sʅ31 kɯ31 ɕɯ31	kɯ31 ʑɯ31	kɯ31 ʑɯ31

例如：一價[ŋo33 zi31]（我給的）；二價[ŋo33 zi31 pɯ31]（我給他）；三價[ŋo33 zi31 pɯ31 sʅ35 ts'ue33]（我給他一本書）。

白語在變調構詞部分，主要在借入的漢語借詞內，具有去聲調值時特別容易形成變化，不僅語義部分透過本義進一步轉變詞性引申出新義，除了變調外，在聲母和韻母亦產生相當程度的改變，在改變的同時也牽動著語法價數的改變，使得「去聲變價」及「名－動相轉」的語音語義現象，成為白語變調構詞的主要因素。

第二節　白語漢源詞聲調層次分析及其解釋

透過第一節的論述說明可知，白語是具備聲調屬性的語言，聲調也是白語的主要語音特徵之一，除了部分同調異義的同音詞外，白語聲調的主要功能仍不離詞義和語法意義之區辨，特別在同形詞表示異義的語音現象，及表示詞彙是否屬於新興借詞或已成為底層結構的老借詞時，聲調仍是主要區辨要素。舉例而論，例如筆者調查的康福語區，白語詞彙「蒼蠅」就隨著語義縮小專門指稱特定的「『綠頭』蒼蠅」而改變其聲調，其變調作用受到前一語素修飾限制影響，形成形容詞偏正式複合詞，例如：「蒼蠅[zũ21（緊）]」→「『綠頭』蒼蠅[mi55 zũ55（緊）]」，調值受到前置修飾語[mi55]的[55]調影響而改變；又如洛本卓語區，表示同屬入聲的「鴨」和「一」時，雖採用零聲母[a]表示，但在聲調值的表示上卻顯示差異：表示「鴨」義時為[a42]，表示數詞「一」時為[a44]調，由調值差異可知，數詞「一」的層次較之「鴨」為底層，[44]調值亦由白語緊元音弱化而來的過渡調值現象，且其韻母單元音[a]音讀，則為白語上古時期自源音讀。

本文探討的白語漢源詞從本源說定位，包括原生詞和次生詞兩大類，原生詞即由白語母語的本源發展而來，但白語詞彙內領有重要地位，但隨著歷史上白族經過三次大規模族群遷徙及四次語言接觸融合，使得白語原生詞受到相當的影響；相對而言，次生詞即借詞，即是由其他親族語言內轉借而來，最主要借自漢語，並旁及其他親族語系之語言。針對白語聲調系統進行層次分析前，有必要將白語的構詞方法內關於語法、構詞上屬於詞綴附加的聲調及元音鬆緊之舒促調類對於聲調的作用等因素加以釐清，如此才能將白語聲調系統確實定位。

　　因此在分析白語聲調層次之前，針對白語方言點的聲調還原，有三項要素必需進行：首先需將白語三方言的聲調類型進行歸派、再者分析出語法層面的聲調特徵，並藉此還原詞彙層面的聲調，最後則是尋找連讀變調規則，從表層連調式還原出底層聲調，如此才能深入探討白語聲調的層次分析概況。

壹、白語聲調類型歸派

　　白語詞彙內不僅未有「聲調」一詞，也不見從漢語借詞內借詞「聲調」一詞的語音詞彙，白語雖同於緬彝語屬於聲調的語言，但不同於彝語原初即使用[fu33]重疊形成[fu33 fu33]表示聲調一詞，再為詞義區辨將[fu33 fu33]改以[fu33 dzi33]表示，白語內部表示「聲調」語義者，是以與「聲調」一詞相關的近義詞彙表達，白語內部僅有「聲（聽）」、「氣（音）」及其合成詞「聲音（聽氣／聲氣）」勉強與「聲調」有近義關聯性，但分析其相關近義詞之語音結構，仍能從中窺見關於白語原始聲調及原始聲調內融合受到漢語借詞影響的詞例聲調初步概況，其音讀分別如下所示：

單音詞：聲（聽）

方言區	共興	洛本卓	營盤	辛屯	諾鄧	漕澗	康福	挖色	西窯	上關	鳳儀
聲（聽）	tʂʼɛ̃55 tɕʼiã55	tɕʼiã55	tɕʼo55	tɕʼiə44	tɕʼɛ55	tsʼṽ42	tɕʼɚ55	tɕʼɚ55	tɕʼe55	tɕʼɚ55	tɕʼe55

單音詞：氣（音）

方言區	共興	洛本卓	營盤	辛屯	諾鄧	漕澗	康福	挖色	西窯	上關	鳳儀
氣（音）	tɕʼi55	xɔ44	tɕʼi55	tɕʼi44	tɕʼi33	tsʼi33	tɕʼi44(緊)	tɕʼi44	tɕʼi44	tɕʼi44	tɕʼi44

　　透過本表可知，詞例「氣」屬於漢語借源詞，除了北部方言共興和營盤以高平55調表示外，其餘地區皆以中平33調和次高平44調表示，較特殊者為同屬北部的洛本卓語區，其以擬似喝氣音[xɔ]表示「氣」之語義，由聲調現象亦可知詞例「氣」，符合白語借詞聲調規律。再者，觀察將「聽」和「氣」合成雙音節詞後，亦聲調的語音現象如下：

雙音節合成詞：聲音（聽氣／聲氣）

方言區	共興	洛本卓	營盤	辛屯	諾鄧	漕澗	康福	挖色	西窯	上關	鳳儀
聲音（聽氣）	tʂʼɛ̃55 tʼiã55	tʼiã55 tɕʼiã55	tɕʼo55	tɕʼɚ55 tɕʼi44	tʂʼɛ55 tɕʼi33	tsʼṽ42 tɕʼi33	tsʼɚ55 tɕʼi44(緊)	tɕʼɚ55 tɕʼi44	tɕʼe55 tɕʼi44	tɕʼɚ55 tɕʼi44	tɕʼe55 tɕʼi44

　　觀察上述語音列表發現有趣現象，白語「聲調（音）」一詞，是將聲與氣組合表示「說話時的語氣語調」之義，若從方言區的音韻結構觀察，此語氣的表達和聲母塞擦音、擦音有相當關聯性，如此的詞彙組合或可視為白語聲調的發展，在早期的發音階段便以帶氣的塞擦音、擦音為主要發音現象，爾後受到漢語接觸調合進而產生裂變。

　　在分析白語聲調層次時，從共時角度為白語做區域畫分是形成共性準則以方便研究，實際而言，白語內部各區域呈現複雜疊置現象，隔步不同音且山河村落之間，語音便略有差距，甚至是同一方言內部，南北語音由於接觸環境不同，便會發展出屬於自己的語音特徵，例如鶴慶白語內部的諾鄧和辛屯、諾鄧和同屬鶴慶的康福白語即為此情形，如此亦增加為白語聲調歸派的困擾。因此，針對此議題，在第參部分──〈界定白語漢源詞聲調調位系統〉已做了分析探討，接續第肆部分〈白語聲調之語流音變〉並進一步就白語語流音變部分解析，然而，為免調查的方言點仍不足已完整呈現白語概況，特求謹慎並多方參照各類白語方言研究調查報告資料、歸納《白語簡志》與雲南西南官話相關調查報告等語料源，以期如實將白語聲調類型歸派說明。

　　以下分別就已確認之白語聲調調值，列舉對應語源詞例數例加以說明其聲調概況，需特別提出說明的是，本表與第參部分──〈界定白語漢源詞聲調調位系統〉內所列之相關聲調調類表不同之處在於，本表列出標準變體，由標準變體分支出的調位變體部分則不在本表內呈現，以此相關條例對白語聲調歸派說明。

　　參見下表 6-2-1 的相關詞例及特例說明：

表 6-2-1　白語聲調類型對應表

調值	鬆緊	例　　詞								特例說明
清 55	鬆	生	xɯ55	撕	p'e55	靠	k'ue55	天	xe55	1.白語方言區基礎調值
濁 55	鬆	還	sɯ55	群	ç'ɯ55	捏	ne55	也	le55	2.鬆調內有清濁之分
55	緊	懂	t'ɔ˨55⁽緊⁾	假	tçia55	對	tue55⁽緊⁾	第	ti55⁽緊⁾	辛屯僅 55 調明顯具有鬆緊調值之分，並以 55 緊調做為漢語借詞的基本調值表現

調值	鬆緊									說明
44	鬆	撕	p'e44	識	sɯ44	雪	sue44	霜	ʂɔ44	1.含部分入聲字 2.白語方言區基礎調值
44	緊	糠	tʂ'ɔ44(緊)	枚	pe44(緊)	出	tɕ'i44(緊)	擰	ji44(緊)	雲龍諾鄧和康福白語具有顯著44緊調
42	鬆	生	xv42	右	tsv42	啞	su42	毒	tv42	1.漕澗白語未有42緊調,僅有42鬆調 2.白語方言區基礎調值
42	緊	追	tɕi42(緊)	扇	sẽ42(緊)	支	kuã42(緊)	住	kɔʴ42(緊)	鳳羽白語此調多以31調表示
*35	(鬆)	雞	ke35	魚	ŋv35	揉	n̠ɯ35(緊)	盛	n̠ɯ35(緊)	1.鳳羽白語多以此調表示55調（不分鬆緊），且較爲多元,可記錄漢借詞和本族詞 2.雲龍諾鄧白語具有少量35緊調 3.漕澗白語此調屬24調
33	(鬆)	張	ku33(緊)	鼓	ku33	晚飯	pe33	匹	tɯ33	1.白語方言區基礎調值 2.雲龍諾鄧白語具有少量33緊調
*32	鬆	醬	tɕou32	蛋	se32	豹	pa32	山	sv32	白語南部方言區多此調
31	(鬆)	笑	so31	忍	sɯ31	鱗	lĩ31	我	ŋo31	白語方言區基礎調值
21	鬆	茶	tʂɔ21	瓦	ŋuɛ21	銀	n̠i21	蟲	tsv21	白語方言區基礎調值
21	緊	牛	ŋɯ21(緊)	又	na21(緊)	替	pɯ21(緊)	只	tɯ21(緊)	雲龍諾鄧和康福白語具有顯著21緊調,此調值發音現象近喉塞音[ʔ]

透過本文在第參部分——〈界定白語漢源詞聲調調位系統〉的說明及深入調查考據下,歸納所得表6-2-1的語源例字可知,[55]調不僅有兩種類型,其中一類自身還產生分裂,這種現象在調值[44]、[42]和[21]亦有之,形成因素是受到發音時聲帶緊繃或鬆弛影響所致,此即元音鬆緊影響聲調產生的現象;此外,白語爲了將大量的漢語借詞融入自身的聲調系統內,也進行了相當的調整,不僅由標準變體內產生分支（調位變體）,也融合漢語借詞調值與

自身系統，設定出特殊調值來安排漢語借詞，例如：[35]和[32]調，筆者研究認爲，是由自身滯古調值層[33]和[31]調進行新生外，也可能受到彝語南部方言緊音節[32]調的影響，較爲普遍的調值使用形象，是透過本身原有調值來安置龐大的漢語借詞，使得白漢接觸影響下的白語聲調，其內部除了本源核心詞外，老借詞與新借詞皆融合在內，如此使得各語源區之調值產生差異，同一調值所代表的時代層次形成層層疊置現象，雖然如此，白語聲調系統在調值的差異下，仍能在調類型式內尋得整齊對應。

綜上所述，白語內部的中古漢語借詞雖然調值差異大，然其調類仍然能尋覓出與漢語調類間整齊的對應。不論在白語內部哪個方言分區內，漢語依據聲母清濁所分的陰平、陽平、陰上、陽上（上聲白語區不分陰陽）、陰去、陽去（去聲白語區雖分陰陽，但實際區分並未如同平聲和入聲顯著）、陰入和陽入之老借詞，都分別歸屬白語的 T1、T2、T3、T4、T5、T6、T7、T8 調，而且各方言分區之間彼此對應關系很整齊，但新借詞彼此間的對應則較爲複雜，規律性較不顯著，需特別注意的是，上古漢語借詞以及近現代借詞的聲調一般較不按照傳統四聲八調系統取得對應關係。

因此，目前所確定的白語聲調基本類型共有 8 類，而此 8 類的依據準則是聲母清濁、送氣與否、鬆緊舒促調及漢語借詞派入的影響，最顯著的影響是鬆緊舒促調和漢語借詞的派入，如此使得白語三方言區的聲調系統在類型及屬性上略有差異，此外，白語三方言分區所下轄的鄉鎮區屬，其語言系統又各有不同，不如彝緬語聲調分區來得單純，因此，對於白語聲調系統相關歸派類型條例的整理，將著重於廣義的三方言分區主流現象說明，方言分區內各轄屬之特殊狀況則分別列舉。以下將白語聲調類型條例分析說明如下表6-2-2 所示：

表 6-2-2　白語聲調類型分析概況

聲　調　類　型	類　型　說　明
1.基本調值類型爲四聲八調的存古型	白語原始聲調系統類型： 1.分類標準依據聲母清濁陰陽、送氣與否及元音鬆緊舒促做爲八調的區分，但實際語境現象爲上聲陰陽調併合，去聲調較不顯著。 2.具有不同的音位聲調，但實際依據聲調來區辦詞義的範圍較不顯著。

2.[55]調值合併分化 （1）元音鬆緊合流 （2）聲母清濁送氣干擾：清55調和濁55調 （3）自源語音變化：[44]調	1.[55]調值、[33]調值和[31]調值來源於擦音送氣，也同時來源於鬆緊元音帶來的鬆緊調值，特別是在[31]調值方面，在白語緊調值系統內以[21]調呈現並對應[31]調，更加強短促成分，爲白語滯古固有聲調層。 2.[55]調自源音變產生的[44]調，除了來源於擦音送氣外，也承載緊調值聲調現象，用以承載漢語借詞借入後的聲調類型。
3.緊調[42]和[21]調值分化和合流	[42]和[21]調同樣承載緊元音調值及漢語借詞的調值借用
4.漢語借詞特殊聲調	漢語借詞借入後混入各聲調值內，白語語音系統亦有爲漢語借詞新興相應的借詞聲調值以[35]調和[32]調爲主，在[55]、[44]、[42]和[21]調等類型內，與本有調值相混
5.實際語言環境已逐漸不分鬆緊，但語音系統內仍保存	目前普遍的語言實際現象爲緊元音趨向鬆元音化
6.中平調之語音分界	白語中部方言區以中低降調[32]和中高升調[35]調做爲和白語北部方言區之分界。

貳、方言點聲調基值還原與調值鬆緊

白語同於漢語，其固有詞彙根據語義和構成方式主要分爲單純詞和合成詞，此外，白語詞彙還具備內部曲折構詞的形態變化結構，而此種講詞方式莫不與聲調相互結合。白語屬於單音節單純詞之詞源結構系統，以單音節單純詞做爲多音節合成詞之構詞主體以做爲語義成分，並影響變調發展，若形成詞組則沒有確實的連讀變調，白語連調式即是兩個單音節調直接相連進而產生變化；此外，白語內部的借詞亦占了極大比例，特別是漢語借詞，對於整體語音系統產生相對影響。透過本次主要調查的方言點及比對相關調查方言報告，白語在中部劍川片、南部大理片及北部碧江片三方言區，雖然在調值方面略顯差異，在整體聲調系統調型調類屬性仍不盡相同。

統整分析白語語料後，觀察到白語三方言區的特殊現象，即是三方言區基本上仍然屬於比較典型的音節調（字調）系統，詞彙絕大多數爲單音節，且每個音節的調基本是唯一確定，雙音節組合較無明顯連讀變調，白語連調式等於是兩個單音節調直接相連爲基本，承如第肆部分〈白語聲調之語流音變〉所作的分析可知，白語部分雙音節詞產生與語法有關之辨義或重疊時，較易產生連讀變調現象，然而，白語連讀變調雖然較不發達，但仍然存在於聲調系統內；

此外，筆者還觀察到白語內部另一項特殊現象，即是白語雖然以音節調（字調）系統為基礎，但仍具備詞調系統現象，即是屬於多音節的每個詞，無論其音節有多少，其整體都帶有一個基本調式，且這個調式是音系深層規定的，而不是各個音節的聲調透過連讀變調規則生成，白語方言詞彙中，單音節詞並不全然具有絕對優勢，雙音節詞同樣也有相當比例，主要由單音節詞與調進行擴展；因此，在進行白語聲調的層次對應分析時，有兩方面的工作：首先針對方言點的聲調對應還原；再就方言聲調類型歸派，這兩方面工作在分析時乃交互進行。

一、方言點調值還原

白語方言受到漢語詞彙影響，三方言點都會在部分音系詞起首或末尾加上標記，標記的手段基本以高調或平調為主，如此現象也好發於白語甚為豐富的四音格詞內，因此，第一項任務首先即要將此標記加以區隔。試看下列範例：

（1）[k'o31]：窩（塢）→[k'o31 tɯ55]：窩（塢）

（2）[k'ua33 t'u33]：蟋蟀→[k'ua33 t'u33 ɕy55 ɕy55]：蟋蟀

由範例（1）和（2）可以看出，[k'o31 tɯ55]和[k'ua33 t'u33 ɕy55 ɕy55]以底線標示的最末音節並非詞彙層面，而是用以標記音系詞結束的語法層面詞，對於整體詞義和原字聲調並未產生影響，又如另一種是「音系詞末帶高調」的情形，例如：

（1）[mɯ21 kõ42]：霧

（2）[ŋʋ42 sɛ̃42 ɛ̃55]：鼻涕（語出《白語簡志・碧江方言》）

由範例（1）和（2）可知，此字例屬於「音系詞末帶高調」現象，還原後其字尾最末音節音系層面之聲調應為[21]和[42]。白語詞彙慣用增加語法層面的詞綴稱詞表示，對於整體詞彙並不起任何音韻影響，應當予以區隔如此對於分析才不致於形成誤判；然而，第二項任務主要涉及如何從連讀變調的表層連調式還原出底層聲調，由於白語調值系統既有詞調亦有連讀變調現象，針對此情形要提取單音節聲調便較為複雜，此處研究筆者借助陳保亞提出的「平行周遍原則」〔註21〕，先將語素提起出來，若詞彙片斷內的成份可以加以採用平行周遍原則予以對照，而此片斷即屬於語素，其餘成份便歸類為

〔註21〕陳保亞：〈論平行周遍原則與規則語素組的判定〉《中國語文》第 2 期（2006 年），頁 99～108。

剩餘語素，假若某詞彙無法採行平行周遍原則進行對照，如此一來，此詞彙本身便是語素，試看下列分析：

　　例如：詞例[tsɿ]

　　[tsɿ]在白語內部屬於不能單說的片斷，因此其聲調類型無法如實確定，但此字在白語內部甚為活躍，可做為直接成分出現在以下片斷內：

	語素[tsɿ]之作用	
作前項	<u>tsɿ31</u> tɕa44（時間）	<u>tsɿ31</u> ti44（子弟=帥）
作中項	kə35 <u>tsɿ35</u> sʼua44（今年）	tɯ31 <u>tsɿ35</u> fv44（豆腐）
作後項	sɯ33 kue31 <u>tsɿ44</u>（平時）	ɕy33 kɯ33 <u>tsɿ33</u>（青苔）

[tsɿ]可以進行前項、中項和後項的平行周遍原則對照，因此將之歸為語素，此語素隨著所在語境不同而有不同的語義釋義，表格左邊表「時間」，表格右邊表「小稱詞綴」無義，但作前項之例[tsɿ31 ti44]較為特殊，白語以此漢語借詞表示「帥」義，受漢語影響[tsɿ]也成為某些詞的習慣稱法，例如：柿子[tʼa44 tsɿ33]、果子（實）[kʼu33 tsɿ33]等，其調值呈現多元化樣式；又如月亮[mi44 uɑ̃44]/[mi44 uɑ44]/[mi44 uɑ̃44（緊）]/[mi44 ŋʷA33 pʼi21]/[nð44 ŋð44]，即便有數種音讀，但此兩成分皆無法再次平行周遍原則對照，因此視為一個語素；此外，白語內部還有一類聲調現象是產生於四音格詞之隱轉喻義內，例如《白漢詞典》內之語例：

　　（1）[mi55 ʐɔ33 tɕɛ35]：胡說八道≠[mi55]貓＋[ʐɔ21 tɕɛ35]唸經

　　（2）[tɯ21（緊）　pau35 ʐɔ33 tɕɛ35]：

　　　　　囉嗦≠[tɯ21（緊）　pau55]和尚＋[ʐɔ21 tɕɛ35]唸經

藉由上述範例可知，這種連調式不同於經由單個語素的調值按照基礎變調規則而生，這種似格言熟語的詞彙，其各別語素經由長期的固定組合搭配，已具備一套調值模式，不依據變調規則生成連調，而是產生新的深層詞調，這個時候便毋需再做片斷分析，此些白語聲調變例現象，實該多加謹慎分辨。

二、元音鬆緊與調值鬆緊

　　綜合整理哈勒在 1995 年的論文〈特徵架構與特徵延伸〉提出的特徵架構理論〔註22〕，及李永燧、黃布凡、王洪君、瞿靄堂、袁家驊、封宗信、陳致極等

〔註22〕此處參閱自許良越：〈濁音清化與聲調演變的相關關係〉《西南民族大學學報（人

學者對於聲調特徵的看法〔註23〕，針對白語聲調系統加以區分可知，白語聲調系統特徵分為器官自由特徵和器官黏著特徵兩類，從這兩類細項特徵內，筆者發現影響白語聲調系統調值複雜的主要關鍵點有：

（1）響音性：歸屬器官自由特徵，發音時聲道寬敞無壓力。

（2）緊帶：歸屬器官黏著特徵，發聲時聲帶緊繃。

（3）鬆帶：歸屬器官黏著特徵，發聲時聲帶鬆弛。

（4）展開聲門：歸屬器官黏著特徵，發聲時聲門張開。

（5）擠壓聲門：歸屬器官黏著特徵，發聲時聲門閉合。

將這五項內容相互結合後便會產生影響聲調的關鍵因素：輔音清濁、送氣與否與聲調高低間的對立。究此而論，[＋響音]伴隨[＋緊帶]則產生高音調，反之若[＋響音]伴隨[＋鬆調]則產生低音調，而白語聲調系統以高音調及中音調為主，低音調甚少，僅歷來歸類為緊調系統的[21]調屬之；再者，[－響音]伴隨[＋緊帶]則為清輔音，反之若[－響音]伴隨[＋鬆帶]則為濁輔音；[－響音]伴隨[＋展開聲門]則為送氣輔音，反之若[－響音]伴隨[＋擠壓聲門]則為不送氣輔音，進一步觀察此五項內容對聲調的影響發現，發清音高調時都具備[＋緊帶]特徵，所謂[＋緊帶]依據類型學發音原理說明，即指在發音過程中聲帶緊繃使聲調高揚，發濁音低調時普遍具備[＋鬆帶]特徵，依據類型學發音原理說明，即指在發音過程中聲帶鬆弛使聲調短促低沉，然而白語聲調系統內部卻出現例外，即承載漢語借詞並併入[42]調內的[21]調，即具有[＋緊帶]特徵屬於特例。

綜合而論，觀察白語內部與「聲調」有關的近義詞語音對應，及影響白語聲調系統的[緊帶]、[鬆帶]、[展聲門]和[閉聲門]四項因素可知，其主要的層

文社科版)》第5期（2007年），頁215～219、〔英〕Trask.R.L編、語音學和音系學詞典編譯組譯：《語音學和音系學詞典》（北京：語文出版社，2000年）。

〔註23〕王洪君：《漢語非線性音系學》（北京：北京大學出版社，1999年）、李永燧：〈歷史比較法與聲調研究〉《民族語文》第2期（2003年），頁1～13、黃布凡：〈藏語方言聲調的發生和分化條件〉《民族語文》第3期（1994年），頁1～9、瞿靄堂：〈漢藏語言調值研究的價值和方法〉《民族語文》第6期（1985年），頁1～14、袁家驊：〈漢藏語聲調的起源和演變〉《語文研究》第2期（1981年），頁2～7、封宗信：《現代語言學流派概論》（北京：北京大學出版社，2007年），頁23～29、陳致極：〈關於區別特徵的層級性〉《國外語言學》第1期（1988年），頁42～46。

次系統皆歸屬於「咽喉」之下，透過「咽喉」將此些特徵緊密結合，使其在音系規則、共時語流和歷時語音演變的過程中加以結合並產生變化，也正因為此四項基礎特徵是以「咽喉」做為主導，使得輔音聲母清濁、聲母前置輔音、送氣與否之變化、韻母長短、輔音韻尾、鬆緊舒促調與聲調高低的演變互為條件交互影響，特別是鬆緊舒促在白語聲調系統的歷史演進上有著重要作用。

　　白語的韻母系統存在有鬆緊元音現象，兩套元音分布於不同調類中，但隨著與漢語接觸日益頻繁且漢語借詞不斷增加的情現下，白語韻母鬆緊元音與調類的關涉性逐漸趨向混同。元音分鬆緊的現象即歸屬於語流內變韻一類，白語元音系統具有鬆緊現象者有三種類型：單元音基本型、複合元音類型特只韻尾為元音者及韻尾為鼻化元音型（元音鼻化現象即白語用以表示鼻音韻尾的情形，目前白語受到漢語接觸影響，有將舌尖[n]和舌根[ŋ]表示鼻音性質的現象標示呈現），複合元音的鬆緊現象未如單元音普遍。以下列舉出白語單元音鬆緊分布類型，斜線前表示鬆音韻母不標底線，斜線後表示緊音韻母依據音韻標記原則標示底線表示：

[i]/[i̱]，[e]/[e̱]，[æ]/[æ̱]，[ɛ]/[ɛ̱]，[ɑ]/[ɑ̱]（[ʌ]），[o]/[o̱]，[ɔ]/[ɔ̱]，[ɯ]/[ɯ̱]，[u]/[u̱]，[ɤ]/[ɤ̱]，[ɔˠ]/[ɔ̱ˠ]，[ɚ]/[ɚ̱]（[əɹ]），[y]/[y̱]，[ə]/[ə̱]。

白語單元音鬆緊分布較為單純，不具有不同音位的變體在音值上重疊的現象特徵；在聲調分布上，高平調[55]、次高平調[44]、中平調[33]、次高降調[42]和低降短促調[21]韻母為緊音屬緊調，但此些調值同樣也具備鬆調，這是白語聲調系統內為了鬆緊對立而產生的特殊語音現象，其餘調值則未有鬆緊調之分。鬆緊元音在白語語音系統內對其聲調的影響，具有區辨詞彙意義的作用，這點在目前仍明確區分鬆緊元音的白語區，諸如在中部方言區之雲龍諾鄧和康福白語特別顯著，例如：鶴慶康福白語詞例[sɯ44]/[sɯ44^{（緊）}]，聲韻調均相同，差異在元音左方無緊音釋義為「認識」，右方元音為緊音者則釋義為表示擦或抹的「揩」義；又如[k'ua44]/[k'ua44^{（緊）}]，聲韻調均相同，左方無緊音者釋義為「摘」義，右方元音為緊音者則釋義為「跨」；此外，在同屬鶴慶的諾鄧白語內亦有之，例如：[gɯ44]/[gɯ44^{（緊）}]聲韻調均相同，左方無緊音者釋義為「麻」義，右方元音為緊音者則釋義為「厚」；[qɯ42]/[qɯ42^{（緊）}]聲韻調均相同，左方無緊音者釋義為「起繭或水泡」義，右方元音為緊音者則釋義

爲「點火或點頭」等，此些詞條例莫不以元音鬆緊之有無做爲區辨語義之用，由此可知，白語語音系統內採用鬆緊元音做爲區辨詞義的方式之一，屬於滯古語音現象的鬆緊元音，其緊元音隨著語音逐漸演化已趨向鬆元音化發展，但鬆緊元音所表示的調值類型，特別是短促調值[21]（此調對應彝語緊[31]調），應是此種緊元音鬆化後的語音遺存。

白語聲調系統在歷時演變過程中，受到鬆緊舒促調的影響甚爲顯著，將白語與彝語及藏緬親族語相互對應比較可知，白語鬆緊元音的類型特徵和來源發展，與彝語同屬一源；白語絕大部分的鬆緊元音很可能是從中古時期的舒促韻演變而來，舒聲韻演變爲鬆元音，促聲韻的塞音韻尾脫落後逐演變爲緊元音，舒促韻母呈現對立，更有部分來源於中古漢語借詞的舒聲韻及入聲字，此外，鬆緊元音更直接的是與聲調、聲母和韻母（特別是韻尾）具有相互制約的關聯作用。

整理歸納本文所調查的白語方言語源點材料及參照方言調查報告材料來看，白語聲調系統內的鬆緊元音存在二種類型：第一是鬆緊元音音位嚴整對立；第二是語音系統內有鬆緊元音現象，但呈現併合過渡。從語言點鬆緊元音的分布和鬆緊元音在聲調內的表現觀察，白語中部方言區屬第一種現象，特別是雲龍諾鄧和康福白語甚爲顯著；第二種現象則是目前白語方言普遍的語音情況，如同元音表現鼻化的情況相類似，已趨向脫落的語音現象，有時亦不明確標註，雖然如此，但鬆緊元音對於白語語音系統內的聲調演變仍有其重要影響性，以下論述白語聲調層次結構時將特別提出說明。

參、白語聲調層次之產生與分化

白語受到漢語影響甚爲顯著，本文研究先將白語視爲一個完整的語言整體而論，隨著地理環境的影響、政教／政經制度的推動，及百姓們的接受改變的程度等種種因素影響，白語這個完整的語言整體開始產生變化，因應之道，也就是針對各區因應其接受漢語的深淺產生相應的演化程度，進一步將其分成不同的語言區塊，但這種語言區塊的劃分僅是大範圍籠統歸納，各語言區塊內部所轄的各語源點，其內部又發展出屬於各自的語言特徵，隔步不同音成爲白語區的主要特色，在聲母和韻讀系統方面，藉由宏觀的角度進行層次演變分析，並由各語源區的語言分析完善其各時期、各主流或非主流語言的發展，然而，

這種隔步不同音的語言特色及中古中晚期至近現代民家語時期後的重某韻－韻略的整併，與自身方言的演變相互作用下，使得整體調值系統產生極大變化。

　　本章第一節已經分析白語區整體調值系統，說明其主流和非主流調值現象，透過各方言分區及其內部特殊語源點的調值解析，大抵已經基本架構出白語在中古《切韻》以後的調值演變現象，不僅如此，筆者透過研究，也詳盡分析白語在雙音節詞、三音節詞及四音格詞內相關調值變化等問題，影響白語調值的韻母因子——鬆緊元音部分也詳列探討；本節將在前述分析白語相關的調值概念基礎上，進一步深入分析白語聲調的層次結構概況。

一、確立滯古語音層

　　白語受到漢語的影響，在中古《切韻》時期，於聲、韻、調三方面普遍能與漢語相互對應，換言之，白語這一個有機語言整體，其語音和詞彙結構總體而言，不可否認較之其他藏緬親族語或其他方言而言，漢語終究有左右整體發展走向的主導權。因此，針對白語聲調值類進行層次分析研究時，主要將白語這一整個語區依據地域屬性，就其近現代所劃歸的方言語區——西南官話語區進行概括性分類，主要根據錢曾怡對近現代官話之西南官話的分區看白語語音系統，西南官話主要分成 6 大片、22 小片〔註24〕，白語所在的大理白族自治州具體的方言片屬於雲南片，自先秦兩漢以迄宋元時期，歷朝歷次的移民對於本區方言彼此間的接觸融合皆產生極大影響力，其語言發展主要以少數民族語言為主、由於地理區域影響，北部亦接觸融合少量蜀語，時至明清則屬於西南官話語音系統；進一步依據白語內部北、中、南三大方言的地理區域劃分細究之：

　　（1）劍川片：中部

　　　　劍川語音為代表。相關地理區域含括劍川（50 萬）、鶴慶（5 萬）、藍坪、雲龍、永勝、漾濞、麗江等縣市。

　　（2）大理片：南部

　　　　大理語音為代表。相關地理區域含括大理（30 萬）、祥雲（20 萬）、洱海周圍的下關、洱源、賓川、雲龍、永平、漾濞、昆明、玉溪等縣市。本區可謂是白語語族起源地，具有新舊白文交流特色，在舊

〔註24〕錢曾怡：《漢語官話方言研究》（濟南：齊魯書社，2010 年），頁 235～236。

白文時期的白語交流中心以洱源一帶爲主，新白文時期由於整體語音特色逐漸向中部劍川片靠籠，因此漸以中部劍川爲主要交流中心。

（3）怒江片：北部（碧江片）

怒江語音爲代表（現今因區域調整更名爲碧江）。相關地理區域含括瀘水（碧江（2 萬））、藍坪（2 萬）、維西、雲龍、洱源、福貢、貢山、香格里拉等縣市。

由於白語內部方言複雜，一個語源區有時處於漢語官話及本族語的雙語融合過渡帶，語言特色兼具融合雙方音質特徵，因此，研究的前置工作，需在分類時，依據普遍的語源屬性現況爲基準，基本而論將白語方言轄屬地域歸屬爲西南官話滇西片內姚理小片和保潞小片及灌赤片內麗川小片範圍，僅昆明一區歸屬於貴昆片，如下表 6-2-3 所示：〔註25〕

表 6-2-3　白語方言區與西南官話分區對照

	白語方言轄屬地域		西南官話分片	
中／南北	大理、鶴慶、漾濞、祥云、永平 勒墨（即那瑪：維西傈僳族自治縣）		滇西片	姚理小片
北	蘭坪、瀘水、碧江、福貢			保潞小片
南	下關、劍川、賓川、洱源、雲龍、麗江		灌赤片	麗川小片
南	昆明		昆貴片	

由此分區表對照白語整體歷史概況可知，白語自古發祥地及其與漢語接觸甚爲頻繁之語區，屬於隸屬灌赤片的麗川小片內的語區和昆貴片的昆明之屬，因此，昆明之屬語源區存古性質已較淺薄，且與漢語接觸相類的程度較深，相較之下，滇西片之姚理小片和保潞小片的存古性質較重，且較多時候更能探尋白語滯古層的原始語音形貌，不僅如此，由於滇西片內語區繁雜，語言過渡特性亦甚爲顯著；因此，在白語區隔步不同音的特殊質性前提下，研究之開展，便要從語音存古性質仍較強烈的滇西片內，觀察其「音」在《切韻》之後的層次演變及其融合概況。

〔註25〕楊時逢：《雲南方言調查報告》（臺北：中央研究院歷史語言所出版，1969 年）、黃雪貞：〈西南官話的分區（稿）〉，頁 263～270、群一：〈雲南漢語方言史稿〉於 1998～2003 年發表於《昆明師範高等專科學校學報》系列單篇論文、李霞：《西南官話語音研究》上海師範大學碩士論文、李藍：〈西南官話的分區（稿）〉，頁 72～87。

二、聲調之借用和被借的關聯

聲調在漢語語音系統內成長茁壯後，透過語言接觸現象影響廣大的漢語方言圈，白語與漢語間深厚的接觸融合，對於漢語聲調相關特點同樣吸收並與自身語音系統進行調和，產生相似性的對應借貸。針對白語漢源詞聲調的借入與分化，根據《蠻書》所載錄的白語最原始十七個白蠻語詞和相關語源材料〔註26〕、及綜合整理曾曉渝對於壯傣侗水語聲調的觀點〔註27〕，以及吳安其〔註28〕，和陳保亞對於聲調接觸論述〔註29〕，筆者提出以下二點說明：

1. 白語（借用語）和漢語（被借語）間彼此皆為具有聲調的語言：

透過《蠻書》內所載錄 17 例白蠻語詞可知，中古漢末至隋唐時期，尚未分化的白語平、上、去、入四個古聲類分別以 A、B、C、D 來表示，四類聲調系統和所接觸的漢語《切韻》系統平上去入四聲調在調值應當分別近似。爾後，由於聲母的清濁分化為陰陽兩類，即陰平、陽平、陰上、陽上、陰去、陽去、陰入和陽入 8 個調類，但白語在上聲和去聲部分的清濁陰陽之分並未特別顯著，因此，筆者研究認為僅有 6 個調類，但這並不影響後續的分析說明。

筆者研究認為，白語從漢語借入詞彙的時候，往往採用白語內部的固有詞，這裡的白語固有詞主要指得是白語藉由滯古語音聲母和韻讀主元音所具有的滯古本源聲調層，在滯古本源聲調層內找尋或新興與被借入漢語方言調形或調值在聽感上最接近的聲調來表示，主要依循詞彙借用的最大相似原則和最小改動原則；再者，由於白語在漫長的歷史時期內，都與漢語存有相當深度且廣泛的接觸融合，因此在不同的歷史時期都有漢語借詞借入白語詞彙系統內，特別在中古層次 B 的中古中晚期和近現代時期為最，如此一來，白語這類漢源屬性的相關詞類，在聲調上也會形成不同的歷史層次，有鑑於此，

〔註26〕〔唐〕樊綽：《蠻書》。此處引句查詢於：《蠻書》－中文百科在線，網址：http://www.zwbk.org/zh-tw/Lemma_Show/155786.aspx。

〔註27〕曾曉渝：〈論壯傣侗水語古漢語借詞的調類對應——兼論侗台語漢語的接觸及其語源關係〉《民族語文》第 2 期（2003 年），頁 1～11。

〔註28〕吳安其：《漢藏語同源詞研究》（北京：中央民族大學出版社，2002 年），頁 87、258、273。

〔註29〕陳保亞：《語言接觸與語言聯盟》（北京：語言出版社，1996 年），頁 162～164。

必需先將白語滯古聲調層予以確立，才能進一步針對相關的本源聲調發展及借源屬於的漢語詞彙相關聲調層次如實區分。

針對白語聲調的產生分化，依據歷史層次時間，配合漢語和白語聲調相關類型，統整說明為表 6-2-4：

表 6-2-4　白語聲調與漢語聲調對應概況

時間 ＼ 類型	漢語聲調	白語聲調	現　象　說　明
上古時期	新石器時代中葉（約 5000 年前）	原始漢語	白語本族語（未與漢語接觸）	擬自然界聲響 未有明確的聲調現象描述
	秦漢時期	聲調產生	白語族（未成語支分系）	漢語對於聲調現象逐漸有所描述認知，定調上古漢語聲調條例：平入二聲 古無上去、惟有平入
中古時期	隋~初唐時期（中古時期 A 層）唐中葉～宋時期（中古時期 B 層）	四聲確立	白語族（未分化語支）（與漢語接觸）	二調→上聲三調→去聲四調（清濁對立伴音高差） 1.白語族洱海昆明之中古早時分別產生聲調 2.白語族南詔白蠻語時期分別產生聲調 A 調：通音韻尾 B 調：喉塞音韻尾 C 調：擦音韻尾 D 調：塞音韻尾[-p]/[-t]/[-k]
近現代時期	元明清時期	四聲八調	白語聲調發展為四聲八調（未分化語支）（與漢語接觸）	1.漢語八調：聲母清濁對立逐漸消失，四聲各分陰陽 2.白語八調：受聲母清濁、韻母長短及元音鬆緊影響形成，南詔白蠻語時期形成的 ABCD 四調各一分為二，唯陰陽之分平聲和入聲較明確，上聲和去聲較不顯著

2. 白語（借用語）和漢語（被借語）間持續不斷的深度接觸：

借用和被借間複雜的語源融合，使得白語內部來源於漢語的相關詞源（漢源詞）之語音形式，若與漢語原詞的語音形式相較，白漢彼此間已然發展為對應關係而非相似關係，反而白語和滯古底層的彝語借用語間，其發展則形成相似關係而非對應關係。

透過上述二點的說明可知，白語雖位處地域複雜的邊境地區，但與漢語間借用和被借的關聯性並未中斷基本呈現「本族語→中介語→官話標準語」的

語音演變模式，在與漢語持續接觸影響下，白語聲調系統和漢語本質愈顯相似，以致於白語內部漢源詞類聲調除了特殊語音現象產生裂變外，基本仍與漢語具深層的相互對應關係；在滯古語音層初步確立及借用語和被借語間的關係予以釐清後，以下將針對白語滯古調值層的聲調產生機制加以說明，以便更加清楚白語聲調系統的演變輪廓及其層次概況。

肆、弱化機制下的白語聲調：擦音送氣與滯古調值層

本部分在前述小節的探討基礎上，深入分析白語聲調的分化起源、與漢語及周圍藏緬彝親族語的接觸融合現象，並從白語聲母特徵「擦音送氣」和韻母特徵「鬆緊元音」展開滯古調值層的分析探討。

一、白語滯古調值層：聲調的分化起源與接觸

白語聲調的分化起源與接觸，必需要從白語受漢語影響較大規模的兩個時期來談。首先是白語在四聲調類的發展部分，中古中期肇始不僅韻書大量產生，地處西南一帶的白語族與漢語族亦產生第一次較有計畫的接觸，漢語此時在聲調部分的語音現象是承襲上古中晚期魏晉六朝的四聲觀念，官定韻書主要以四聲分韻原則編排，但透過《韻境》內「韻表歸字」可知，《韻境》的四聲編排方式實際上是四聲都再區分清濁，雖然仍是以平、上、去、入四聲爲基礎聲調架構，實際而言，應是四聲又各自依據清濁分類，形成四聲八調的語音現象〔註30〕，白語聲調系統亦吸收此四聲分清濁陰陽的概念爲之，但受到「古無上去唯有平入」的聲調起源影響，在上聲和去聲部分清濁陰陽之分並不顯著，實際僅爲四聲六調的語音現象，白語六調的聲調現象與明代古音學者桑紹良所提出的「浮平、沈平、上仄、去仄、淺入、深入」莫不有異曲同工之處。

再者，時至近現代元明以降，隨著語言持續演化發展，白語先受到元周德清《中原音韻》聲學鐵律「平分陰陽、陽上作去、入派三聲」影響，後又吸收雲南西南官話當地標準的漢語方言系統，是與蘭茂同屬昆明嵩明人、成書於1586年本悟的《韻略易通》，是書最大的特色即是如實反映明中葉以降，

〔註30〕周晏菱：《龍宇純之上古音研究》（彰化：國立彰化師範大學碩士論文，2011年），頁207～209。

雲南當地的漢語方言特色。本悟《韻略易通》在字母排列方面，按照「平聲『分陰陽』」時將「清－濁」字並列，按「先陰後陽」和「先清後濁」順序排列，明確揭示明代中葉的語音概況已出現「平聲『分陰陽』」及「聲母清濁相對」的關係，本悟以「見」母字起始依三十二字母順序排列，再就韻母聲調列出相關轄屬韻字，且各韻聲調分平、上、去、入四調類，「平聲『分陰陽』」且「入聲韻配陽聲韻」，如此已具備「『聲母清濁』影響『聲調』差異」的概念〔註31〕，此外，本悟在字母排序以「『先陰後陽』和『先清後濁』」為原則，亦具備「陰陽清濁」相對應的概念，由此已能看到濁音清化原則的影響力，形成平聲分陰陽的語音現象，其次，入聲韻配陽聲韻部分，透露入聲和陽聲的整併對於聲調的重整亦產生動盪，此外，字母排列以先陰後陽的順序安置，如此是否影響除了平聲外，其餘聲調的陰陽分別也應該確實在調值系統內標明，使調類由基礎四調進而擴增？然而，先清後濁的排序是否也說明濁音終究會有所演變？這兩個疑慮，可以透過白語聲調的產生與分化與本悟的排序法則對應，關於白語語音系統內音之聲調值性的發展演變，莫不以濁音弱化與濁音清化為主要演變原則，並留有少數清音濁化的語音痕跡，配合聲母和韻母進行發展，至近現代時期漢語借源詞較之前期又更加大量借入，連帶影響白語從「本族語——民族語——雙語」漸次融合的語言發展，對於白語聲調值性更是另一波震動。

　　針對白語聲調的層次分析，筆者研究順序將從「鬆緊元音」及「擦音送氣」所代表的滯古調值層展開探討，滯古調值層的確立，主要遵循符合普遍音理、均衡且貼近自然語言，不違逆類型學所論的人類語言普遍共性；其滯古層即音之源頭，因此其音值要能解釋後續的音變，並能滿足音變規則的要求，為精確滯古調值層的調類分布概況，將分別對應藏緬彝親族語內，同樣具有相同滯古語音現象者，這部分的對應語料主要參考黃布凡主編的《藏緬語族語言詞彙》〔註32〕，從其滯古的聲母系統和韻讀主元音結構，逐步解析其滯古聲調層和由滯古層演變而生的調值變體類型，與漢語借詞的聲調併合與相應產生新興借詞調型。

〔註31〕牟成剛：〈西南官話的形成及其語源初探〉《學術探索》第 7 期（2016 年），頁 136～145，亦見於牟成剛：《西南官話音韻研究》（北京：中國社會科學出版社，2016 年）。

〔註32〕黃布凡主編：《藏緬語族語言詞彙》（北京：中央民族學院出版社，1992 年）。

二、聲調形成機制：擦音來源

「擦音」對於白語整體語音系統而言具有極爲重要的影響性，在前述章節部分已然針對白語整體調值系統進行闡發，然而，白語當前所見 9 項調值類型（本爲 8 項調值類型，此說 9 項是將緊元音調值[21]調包含在內統計），其內部已混入漢語借詞有著相同或相類聲調的詞例，如此一來，白語聲調系統的初形原貌該如何重構以確立其聲調層次演變？筆者研究認爲，要解決白語調值系統的困境，確立其上古滯古層次的聲調類型，必需從其語言系統內部的存古語音現象著手，透過上表 6-2-3 的白語語區劃分及對應白語整體語音及族群發展史可知，從與漢語接觸較淺的語音進行探討，亦能從中剖析相關語音源頭；因此，要確定白語隔步不同「音」的音值成分，從整體的調值現象內分析其層次演變如何成爲現今狀況，筆者認爲，依據白語的實際語言概況所呈現的音值現象，中古《切韻》的平、上、去、入等四聲調值僅是輔助分析的方法，但針對白語而言，透過聲母整體概況分析後，發現白語內部有套特殊的滯古聲母語言現象——擦音送氣，擦音送氣是繼鬆緊元音之後，第二項對白語聲調系統產生影響的重要因素。

擦音原已內具送氣的發音特徵，但白語對擦音內具的送氣成分又再次加強其特點，賦予其送氣的成分，而這套擦音送氣的語音現象窘異於漢語而是與藏緬語支相同，此處不武斷論說這是白語源自於藏緬語支，一種語言不可能完全沒有自我主見而全然是吸收他種語言而生，因接觸吸收而內化新生，本是語言接觸的主要原則，爲何針對白語的語言現象就武斷說明其屬於漢語支或藏緬語支，甚或其整體語言概況都有承自漢語或藏緬語支而來？因此筆者研究認爲，白語內化這套擦音送氣的聲母，調合中古《切韻》平、上、去、入等四聲概況，隨著大量漢語借詞借入再次發展出爲了漢語借詞而在原調值的基礎上增生的新興變體調值；因此，研究首要將在聲母的分析基礎上再次解析擦音送氣，但不同於聲母的討論，對於聲調的分析，必須在對應之下抽絲剝繭把已經歷層層疊置的滯古聲調層次音值，在已確立的完整聲調值的基礎上溯源其主體調值層。

「聲調」是漢藏語系語言內的重要特徵，具有區辨語義的作用，白語亦不例外，但與漢語略有不同之處，是白語聲調要突顯其辨義作用時，需配合聲母和韻母的語音現象，才能發揮其屬性，特別是白語內部同音字普遍，許多不同

釋義的字卻以同音表示形成同音義異的語音現象，白語的解決辦法有三：第一利用「送氣與否區辨」，與漢語的區辨方法相仿、第二利用「元音鬆緊」及「元音鼻化與否」的屬性區辨，屬於白語語音特徵，第三利用「聲調變化」表示，亦與漢語的區辨方法相仿，這是白語內部第一種同音義異字；然而，白語內部第二種同音義異字，即是諸多詞例共用一個語音，其中也沒有任何送氣或元音鬆緊等差異，此時，白語的區辨方法便是「增加相關屬性的羨餘成分」表示，更多時候便是依據使用的整體語言環境和在句子內的表義予以辨識。

白語「聲調」的產生，主要是自身聲母系統和韻母結構，特別是韻尾大量簡化和重新再次省併的結果，此種省併過程影響白語聲調系統的產生與分化，根據本文的研究認為，其形成的主要因素有三點：

1. 聲母清濁對立的弱化消失

無論從歷時角度亦或共時角度而論，濁音的弱化消失邁向清化的語音現象，對於白語而言也是一條重要不容忽視的語音演變規律。透過上表 6-2-1 的白語整體聲調值概況分析發現，在聲調值[55]調部分出現不同於其他調值的分化格局，筆者認為，這與濁音的弱化消失有著相當的關聯性，僅管白語在北部方言區仍保有清音濁流的濁音現象，但濁音從弱化消失邁向清化，即從有標記的演變朝向無標記演變現象〔註33〕，卻是無法避免的演化途徑。格林姆定律針對此種聲母濁音因弱化消失，進而影響聲調的規律提出弱化和強化兩種定律〔註34〕，特別是弱化的語音演變條件對於整體語音系統影響較強化為重，Campbell 認為，弱化的語音演變即是變化後的音值成分較原音值在發音上有所減弱，最為典型的弱化即好發於塞音和塞擦音演變為擦音的語音現象〔註35〕，這在白語的語音系統內甚為顯著，另外還有如兩個輔音的複輔音現象演變為一個輔音的單輔音系統，或全輔音變為滑音[-j-]或圓唇半元音

〔註33〕Kenstowica ,Michael Phonology in Generatise Grammar, Cambridge, Mase.& Oxford：Blackwell （1994）.

〔註34〕Ramer, Alexis Manaster On Lenition in Some Northen Uto-Aztecan Language , International Journal of American Linguistics, Vol.59 （1993）p334~341、夏莉萍：〈論全濁聲母的弱化音變〉《中國語文》第 5 期（2015 年），頁 417～427。

〔註35〕Campbell, Lyle Historical Linguistics：An Introduction（2nd Edition） , Edingburgh University Press （2008）.p44~45.

[w]，這個部分對於白語語音系統而言也具有顯著影響，此項論點，筆者在聲母的演變探討部分已有論述，此外，語音的弱化還包括指稱語音成分完全脫落消失，然而影響聲調部分的全濁聲母弱化即屬於音節首輔音的弱化現象。

就發聲狀態而言，語音在演化過程中會產生清化、濁化及送氣和不送氣等現象；若從調音部位而言，聲母與韻母結構搭配後，其語音將會形成顎化、齒化、唇化、翹舌化以及擦化等作用。白語在聲母清濁對立的弱化消失部分最重要的現象即是擦音化，擦音亦是濁塞音和濁塞擦音聲母最爲常見的語音弱化現象，濁塞擦音聲母的擦音化在共時平面上的表現即爲濁擦音和清擦音，濁擦音聲母的發展即由濁音成分發展而來，清擦音則由全濁聲母已清化的成分內發展而來，白語語音系統內的擦音如下表 6-2-5 所示：

表 6-2-5　白語語音系統內的擦音現象

部位／語區	雙唇	唇齒	齒	齒齦	齦後	舌面	翹舌	硬顎	軟顎	小舌	聲門
北部	—	f-f'-v	—	s-s'-z	ʃ-ʃ'-ʒ	ɕ-ɕ'-ʑ	ʂ-ʂ'-ʐ	—	x-x'-ɣ	χ-ʁ	h-(ɦ)
中部	—	f-f'-v	—	s-s'-z	s-s'-z ɕ-ɕ'-ʑ	ɕ-ɕ'-ʑ	ʂ-ʂ'-ʐ	—	x-x'-ɣ	x-ɣ	h-(ɦ)
南部	—	f-v	—	s-z	s-z ɕ-ʑ	ɕ-ʑ	ʂ-ʐ	—	x-ɣ	x-ɣ	h
擦音送氣來源	—	[pf']	—	[st']	[*tsj-]		[ʂt']	—	[f']	[x]	[h]

白語因「聲母清濁對立的弱化消失」進而形成特殊的擦音化現象，及塞擦音塞音弱化而伴隨的擦音送氣現象，此外，筆者認爲白語擦音源自於古藏緬彝親族語而具有的滯古送氣，亦可能是受到「基本輔音＋後置輔音」現象影響，由於本身可做後基本輔音之音，例如[ʂ]/[z]、[ʃ]/[ʒ]、[ɕ]/[ʑ]等，又可做爲充當複輔音的後置輔音成分，但這些後置輔音與[s]/[z]並不屬於同一語音層次，這種複輔音音韻形式因省併和發音原則而漸次弱化脫落，並以送氣音節保存其語音屬性。

根據馬學良《漢藏語概論》、藏緬語語音和詞彙編寫組編著、孫宏開等人增編修訂《藏緬語語音和詞彙》、黃布凡主編《藏緬語族語言詞彙》及黃行和孫宏開等人編著《中國的語言》等書籍，綜合整理書內相關理論和調查語料

發現〔註36〕，白語這套擦音現象在藏緬語藏語支下轄的白馬語、藏語康方言和安多藏語；彝語支下轄的怒蘇語；緬語支下轄的緬語；甚或羌語支下轄的支道孚語、爾龔語和札壩語內都有相同相類的擦音現象，但完整性有所不同，羌語支內的支道孚語、爾龔語僅具有齒齦[s-s′]和舌面[ɕ-ɕ′]兩種擦音的對立、札壩語在支道孚語、爾龔語的齒齦[s-s′]和舌面[ɕ-ɕ′]兩種擦音的基礎上再演化出翹舌[ʂ-ʂ′]部分的送氣與否對立；藏語康方言部分在羌語支所具有的擦音部分再演化出軟顎[x-x′]的送氣與否對立，安多藏語則僅有齒齦[s-s′]和軟顎[x-x′]的對立，緬語支則只有單一齒齦[s-s′]擦音送氣與否對立；彝語支下轄的怒蘇語在《怒語簡志》內標示〔註37〕，其擦音具有齒齦[s-s′]、舌面[ɕ-ɕ′]、翹舌[ʂ-ʂ′]和唇齒[f-f′]的送氣與否對立，特別是唇齒[f-f′]的對立，此音值與漢語南方方言之養蒿苗語相類。經由上述具備擦音對立現象的語源區概況說明，並與筆者所歸納的白語擦音概況（見上表 6-2-5 所示）可知，白語在擦音送氣與否的對立發展方面較之藏緬彝親族語及同為南方方言語區的苗語，其豐富程度可見一般，這也使得白語透過擦音送氣與否牽動著聲調值的發展。

白語在語音演變的過程中形成濁音清化的演變，當清濁對立的態勢消失後，產生的現象便是同音字的大量產生，白語針對同音字補救現象，在聲調部分即是採用調值高底做為區辨特徵以代替聲母清濁的對立，採用清高濁低的分化原則，清聲母轉為高調，反之濁聲母則轉為低調，這條分化原則普遍出現在白語[55]調值內，形成[55]調值的分化現象。更進一步而言，筆者透過歸納夏莉萍〔註38〕、徐通鏘和王士元的說法〔註39〕，發現擦音在白語語音系統內引發的音變現象，其實是屬於詞彙擴散和離散式音變作用。濁音弱化是全濁聲母保留

〔註36〕綜合整理以下書籍內相關資料：馬學良：《漢藏語概論》（北京：民族出版社，2003年）、藏緬語語音和詞彙編寫組編著、孫宏開等人增編修訂：《藏緬語語音和詞彙》（北京：中國社會科學出版社，1991年）、黃布凡主編：《藏緬語族語言詞彙》（北京：中央民族學院出版社，1992年）、黃行和孫宏開等編著：《中國的語言》（北京：商務印書館，2007年）。

〔註37〕孫宏開和劉璐編著：《怒語簡志》（北京：民族出版社，1986年）。

〔註38〕夏莉萍：〈論全濁聲母的弱化音變〉，頁 417～427。

〔註39〕徐通鏘：《歷史語言學》（北京：商務印書館，1991年），頁 282～283、王士元著石鋒等譯：《語言的探索——王士元語言學論文選擇》（北京：北京語言文化大學出版社，2000年）。

其仍屬於濁音時期時發生的自然音變現象，弱化作用在語音系統內進行時，其擴散的對象是組成詞例音節結構內的聲母，而擦音化的形成正與此種擴散式音變甚有關聯。

2. 輔音韻尾的簡化

白語語音系統內的輔音其韻尾的簡化併合及弱化脫落，對於聲調值系亦有所影響。普遍而言舒聲韻聲調趨於平聲，促聲韻聲調則趨於短促下降，此即語音學上所謂的舒平促降的聲調原則，亦符合「古無上去唯有平入」的聲調源流說，換言之，此聲調源流之說即所謂「平上爲一類之舒聲調」與「去入爲一類之促聲調」的聲調脈絡，此亦影響了鬆緊元音對聲調的演變。

3. 鬆緊元音與擦音送氣

藉由擦音送氣的分析可知，擦音最根本的形成原因，即與濁音弱化有密切關聯性，與濁音清化形成的送氣與否同樣做爲區辨詞義之用，做爲滯古語音層的存古性質，其擦音送氣所代表的聲調值系亦能做爲白語聲調的滯古層次，這點可以經由同樣具有擦音送氣成分的藏緬彝親族語內，透過深層對應得到佐證；此外，關於另一項在白語語音系統內亦做爲左右聲調的重要因素便是鬆緊元音，鬆緊元音之說可與上古聲調「古無上去唯有平入」的論點相呼應。

鬆緊元音即韻母主元音部分具有緊喉和非緊喉之別，透過王力針對聲調提出的「舒促兩調說」〔註40〕，將舒聲之平聲（長元音）和促聲內失落塞音韻尾[-p]、[-t]、[-k]之去聲（長入）者視爲高長調，可能即是鬆元音來源；將舒聲之上聲（短元音）和促聲內保留塞音韻尾[-p]、[-t]、[-k]之入聲（短入）者視爲低短調，可能即是緊元音來源；換言之，舒聲韻即演變爲鬆元音，當促音韻的塞音韻尾脫落後即形成緊元音，由上述說明，筆者認爲，白語聲調在上古時期的滯古固有層主要以高低音爲區別關鍵，而非以輔音韻尾不同區辨。由此可以確認的是，白語在滯古語音層次的音節系統內，其聲母響度影響音高的原因，不外乎聲母清濁和送氣與否對立。

透過逐步對白語聲調的抽絲剝繭發現，白語聲母對聲調有相當的影響

〔註40〕竺家寧：《聲韻學》（臺北：五南圖書出版股份有限公司，2008年），頁658～659。

性。白語的聲母系統受到古濁塞音、塞擦音清化，受到韻母影響而產生的聲母演變現象，特別是擦音的變化等，這些音變使得塞音和塞擦音體系形成大規模簡化，塞音和塞擦音由原本的六分格局轉變爲清塞音和塞擦音與送氣清塞音和塞擦音的二極對立現象，作爲區辨音節功能的替代產物，擦音體系得到相當重要的發展，除了分化出送氣和不送氣兩種格局外，由送氣部分更延伸出白語聲調的滯古底層起源，即聲調值系的上古層次源頭，產生白語在漢藏語系內具有不送氣清擦音、送氣清擦音及不送氣濁擦音的三重頂立語音格局。

　　白語的擦音現象既然屬於其滯古聲母層次，又具有區辨語義的重要功能，如同元音系統內的鬆緊元音，其在音節結構內的作用亦影響著白語聲調的調值發展，然而，透過上述的說明可知，白語擦音送氣的語音現象在藏緬彝語及羌語等親族語內亦有相同送氣與否之對立，除了藏語的聲調較屬後起語音現象外，主要將從具有相同擦音送氣成分的緬彝語及羌語之聲調值系概況，做爲白語相同現象的歸納對應參照，以便從筆者研究所歸納出的完整聲調體系內，進一步深入分析其形成的時代層次和陸續的演變概況，及漢語借詞借入後對白語聲調系統的影響。基於所論，需先從滯古的聲母和韻母部分，回溯推論白語滯古調值層。

第三節　白語滯古調值層確立：擦音送氣

　　擦音聲母自濁音弱化產生後，在白語語音系統內肩負送氣與否的辨義作用，不僅辨義更影響了白語滯古層的聲調值系統。分析白語語音系統內滯古擦音送氣聲母現象發現，此現象所分布的聲調類型主要爲[55]、[44]、[33]和[31]調，試看下表 6-3 所舉詞例概況，透過表內所舉語例，亦能得知白語語音系統內關於擦音送氣與否之對應關係：

表 6-3　擦音送氣之白語滯古調值層：兼列舉不送氣同調值現象 [註41]

漢義	擦音送氣語音現象	漢義	擦音不送氣語音現象	擦音送氣調值對應類型	非擦音送氣調值對應類型
燒葉放年菌疼蒜小	s'u55（灰） s'e44 s'ɯ44（緊）（放鹽） s'ua44（緊）（歲／血） s'ĩ33 s'õ31 s'uã31 s'e31	椒鎖穀算識笑小	su55 so33（鼠／子） so21（緊） suã42（緊） sɯ44 so31 se44	這組齒齦擦音所呈現的調值現象有[55]、[44]、[33]、[31]	[55]、[33]、[31]、[44]、[42]、[21]、[35]
醒星菌尿	ʃ'ɛ̃55↔ɕ'v44 ʃ'ɛ̃33↔ɕ'ɚ55 ʃ'ɛ̃33↔s'ĩ33 ʃ'e31↔s'au31	閒鮮澀小	ɕã55 sẽ55 si44（緊） se44	這組齦後擦音所呈現的調值現象[55]、[33]、[31]	[55]、[33]、[31]、[44]、[21] *白語語音系統內此組擦音送氣普遍併入齒齦和舌面擦音內。 *白語中部雲龍語源區仍保有少數例字
心星削笑信	ɕ'ĩ55（柴） ɕ'ɚ55 ɕ'au44（緊） ɕ'i31 ɕ'ĩ31（相信／喜歡）	錫虱息姓死選	ɕi55 ɕi44（緊）（戲） ɕi35（利息／消息） ɕɚ̃42（緊） ɕi33 ɕua31	這組舌面擦音所呈現的調值現象[55]、[31]、[44]	[55]、[33]、[31]、[44]、[42]、[21]、[35] *調值[35]屬於漢語借詞新興調值；擦音不送氣之調值基本屬於漢語借詞之調值現象
天放火房	xẽ55 x'ã44（放牧） x'ue33 x'au31（晒）	合壞好哄糊	xau55（符合） xe44（緊）（弱） xu33 xõ31（哄騙） xu42（緊）	這組軟顎擦音所呈現的調值現象[55]、[33]、[31]、[44]	[55]、[33]、[31]、[44]、[42]、[21]、[35]

〔註41〕 表格內容說明1：表內語料來源於中部鶴慶康福、金墩；北部白石來源於黃布凡《藏緬語族語言詞彙》、孫宏開增修訂稿《藏緬語語音和詞彙》及李紹尼和奚興燦〈鶴慶白語的送氣擦音〉。李紹尼、奚興燦：〈鶴慶白語的送氣擦音〉《中央民族大學學報》第 2 期（1997 年），頁 102～106；表格內容說明2：調值類型內的[35]調為漢語借詞新興調值，在白語南部漕澗語區，此調值以[24]調表示，同屬漢語借詞新興調值，表格內以[35]調表示。

霜	ʂʼɔ55	沙	ʂɔ55	這組翹舌擦音所呈現的調值現象[55]、[33]	[55]、[33]、[31]
手	ʂʼɯ33	寺	ʂɛ33		
葉	ʂʼe44	山	ʂɔ31 （緊）		
蜂	fʼõ55	飛	fo55（富／花）	這組唇齒擦音所呈現的調值現象 [55]、[31]、[21]	[55]、[44]、[33]、[42]
秧	fʼõ55（插秧）	肚	fo44（緊）（六）		[35]、[21]
蒸	fʼõ55	鋸	fo42（緊）（副／栓）（繫鞋帶）		*調值[33]出現在主謂雙音節結構詞之變調
扇	fʼo44（緊）（扇風）	屁	fo33（腐乳）		例如：屁股 kʼɚ55 fo33
屁	fʼo31	針	fo35（指松樹）		*調值[35]屬於漢語借詞新興調值
份	fʼõ31	撮	fo35（指毛髮）		
個	fʼõ21（指菌）	福	fo21（緊）（福氣）		

　　根據三本著名的藏緬語族語言論著，例如：馬學良《漢藏語概論・藏緬語篇》、黃布凡《藏緬語族語言詞彙》，及孫宏開增修訂稿《藏緬語語音和詞彙》內所載錄相關藏緬彝親族語的聲調概況，如下整理歸整所示：〔註42〕

　　（1）藏語康方言：高調 55、53；低調 31、13。

　　　　　門巴語：高調 55、53；低調 35、31。

　　（2）羌語聲調主要分布於南部，北部無聲調，有四個基本主調：55、33、

　　　　　31、241 和兩個形態變調及漢語借詞聲調 51、13（15）。

　　（3）緬語：高調 55、53；低調 33。

　　（4）景頗語：高調 55、51；低調 33、31。

　　（5）彝語支系包括彝語、傈僳語、哈尼語、拉祜語、納西語、基諾語和怒

　　　　　語，至多 5 個聲調如基諾語，至少 3 個聲調如哈尼語，細項如下：

　　　　彝　語：高調 55；低調 33、31、34。

　　　　傈僳語：高調 55；低調 33、31、35。

　　　　哈尼語：高調 55；低調 33、31。

　　　　拉祜語：高調 53；低調 33、31、35。

　　　　納西語：高調 55；低調 33、31、13。

〔註42〕馬學良：《漢藏語概論》（北京：民族出版社，2003 年）、藏緬語語音和詞彙編寫組編著、孫宏開等人增編修訂：《藏緬語語音和詞彙》（北京：中國社會科學出版社，1991 年）、黃布凡主編：《藏緬語族語言詞彙》（北京：中央民族學院出版社，1992 年）。

基諾語：高調 55；低調 44、33、31、35。

怒　　語：高調 55、53；低調 33、31。

透過上述藏緬彞親族語的聲調概況統整，進一步採用歷史比較法原則，將白語擦音送氣滯古語音現象所反應出的聲調值，與藏緬彞等親族語言聲調值對應比較確定，排除[44]調值之外，藏緬彞等親族語言所反映的古老音值，基本以[55]、[33]和[31]調爲主。筆者藉由這樣的對應比較認爲，配合白語滯古聲母擦音送氣所反映出來的聲調類型，白語滯古語音聲調層之調值，當以[55]、[33]和[31]調爲主體核心，而白語無法與藏緬彞等親族語言尋得明確對應的調值[44]調，由白語聲母之存古擦音送氣的語音現象，和[44]調所表示出與[55]調的聲調關聯性——屬於[55]調的自源性音變現象可知，[44]調仍屬於白語調值層的主體層次，亦是做爲白語聲調滯古調值層和漢語借詞層的調值過渡，進一步對應觀察亦發現，[44]調值同樣也在鬆緊元音的存古語音現象內出現，但其語源成分卻承載漢語借詞的語音現象爲主；綜合[44]調的起源及其所肩負的語音原則，將其做爲上古至中古時期的過渡音值現象。

除此之外，筆者認爲白語聲調概況與彞語支系有相當程度的類同性特徵，以方框標示的調值類型，白語聲調系統內亦有相關的調值現象並用以承載漢語借詞調值現象，顯見在聲調系統部分，白語呈現出與聲母和韻讀結構不相同的演變現象，除了方言自身的演變外，彞語支系聲調的影響亦頗具相當的重要性。

第四節　白語調值的變相分韻：鬆緊元音

白語語音系統內具有藏緬語族的重要語音特色，即是元音分鬆緊。馬學良解釋道，所謂的緊喉元音即是發音時，喉頭和聲帶都有緊縮的發音現象〔註43〕，戴慶廈、楊煥典、蓋興之及鈴木博之等學者不約而同針對鬆緊元音做出以下釋義：鬆緊元音的對立來源於聲母的清濁與輔音尾脫落後的整併有關，舒聲元音演變爲鬆元音，反之促聲元音則演變爲緊元音，然而，這種語音現象並不代表鬆緊元音與塞音韻尾具有互爲因果的演變消長關係；因此，當緊元音弱化消失

〔註43〕 馬學良：《漢藏語概論》，頁 92、相關論述亦見於馬學良等主編：《藏緬語新論》（北京：中央民族學院出版社，1994 年），頁 83～104。

後，促聲韻甚或鼻尾韻亦相應出現。〔註 44〕鬆緊元音關涉到整體語音系統的發展，特別在聲調部分影響更甚，白語語音系統內的鬆緊元音結構主要以單元音韻母分鬆緊爲基本，隨著語漢語接觸深入，單元音複元音化後，帶元音的韻尾韻母亦有分鬆緊的現象。

　　白語語音系統的特色是塞音和塞擦音聲母雖然屬於清濁對立現象，但實際而言，其濁音部分在南部方言語源區內已清化，在北部方言語源區和中部部分語源區內其濁音和清音仍較爲顯著對立；韻母除了單元音和基本因漢語借詞借入影響由單元音裂化而成的複元音韻母外，其帶雙唇[-m]、舌尖[-n]和舌根[-ŋ]的鼻音韻尾韻母及帶雙唇[-p]、舌尖[-t]和舌根[-k]的塞音韻尾促聲韻皆已脫落併入陰聲韻內，在元音鬆緊方面與其他亦具有元音鬆緊的藏緬親族語相較，雖然仍有例外現象，但基本的對應規律，仍舊維持鬆元音對鬆元音，緊元音對緊元音的對應規則。

　　本文在第貳部分〈方言點聲調基值還原與調值鬆緊〉內的第二單元〈元音鬆緊與調值鬆緊〉內，業已針對白語鬆緊元音的對立特點予以說明，根據此對立特點，透過歷史比較法觀察比較得知，白語鬆緊元音的語音現象是歸屬於「彝語、傈僳語、哈尼語、拉祜語、怒語」範圍內，因此，將在此藏緬親族語的範圍內加以進行語音對應，特別是彝語方言的鬆緊元音，特別舉出彝語方言的鬆緊元音相對應，是因爲白語鬆緊元音的發展途徑與彝語相類，故特別舉出彝語方言對應並確立調值現象。

　　接續將列舉白語與鬆緊調值歸屬範圍：「彝語、傈僳語、哈尼語、拉祜語、怒語」的緊調詞例進行對應〔註 45〕，相關對應內容以表 6-4-1 所示，以確立白語滯古鬆緊元音調值現象後，再就白語語音調值現象與此語音調值相比較。

〔註 44〕戴慶廈：〈談談鬆緊元音〉《少數民族語言論文輯》第 2 輯（1958 年），頁 35～48、〈哈尼語元音的鬆緊〉《中國語文》第 1 期（1964 年）、〈我國藏緬語族鬆緊母音來源初探〉《民族語文》第 1 期（1979 年）；楊煥典：〈從納西語的緊松母音對立看漢藏語系語音發展軌跡〉《民族語文》第 1 期，頁 57～61、蓋興之：〈藏緬語的松緊元音〉《民族語文》第 5 期，頁 49～53、鈴木博之：〈チベット・ビルマ系言語から見た「緊喉母音」の多義性とその実態〉《言語研究》第 140 期（2011 年），頁 147～158。

〔註 45〕馬學良：《漢藏語概論》，頁 370～576、黃布凡：《藏緬語族語言詞彙》（北京：中央民族學院出版社，1992 年）。

在基礎緊調值語音現象內，白語緊元調值系統在[55]調部分已趨向鬆化、[33]和[31]調的緊調現象已不如[44]、[42]和[21]調普遍，特別是[42]和[21]調的緊調，在漢語借詞新興調值方面甚爲活躍，[35]調在諾鄧語區有少量緊調現象呈現，如此聲調值語音現象使得白語在鬆緊元音調值發展過程雖歸屬彝語支系列內，但其發展已然調合自身方言內部實際語音現象而成。

表6-4-1　白語緊元音調值歸屬系列之相關語區調值對應

漢義	彝語（南部）	傈僳語	哈尼語	拉祜語	怒語
手	le31	lɛ31 p'ɛ35	la31	lA31	la53
目	*	miE33 sɯ31	mja31	mE33 si31	mʐa53 dzʑ31
年	k'u31	k'o31	xu31	q'u31	k'ʐu53
豬	ve31	a31 vɛ31	va31	vA31	va53
豆	nu33	no33	a55 nɯ33	*	nu53
盛飯	k'i55	k'o31	k'u31	k'ɔ33	k'u55

（表格註：表格內標示「*」號者表示該語音現象無緊調，故不列入表內；表格內以灰底色呈現者亦屬於未具有緊調現象之語音，增列於此是爲了與白語緊調現象對應，以證白語[55]調雖具有緊調現象但已然具鬆化的語音現象。）

　　白語語音系統內的緊元音調值爲：高平調[55]、次高平調[44]、中平調[33]、次高降調[42]和[31]調及低降短促調[21]。透過對應比較發現，除了次高降調[42]並未有所對應、中平調[33]調與次高平調[44]調似有相混外，進一步再根據對應比較亦發現，白語緊元音調值低降短促調[21]調部分應是與[31]調對應，且[55]調的緊調值已趨向鬆化形成歷史存古調值層，雖有區辨但已不明確標示並逐漸與鬆調合流，除了少數方言特殊使用詞彙及漢語音譯借詞，透過上表6-4-1的歸納可知，[55]調值呈現緊調的現象並不顯著；相反的是，在白語聲調調值系統內所呈現的語音現象，反而是[42]調和[21]調的緊調值較之滯古層爲顯著，白語語音系統大致以此種混入漢語調值的語音現象與「彝語、傈僳語、哈尼語、拉祜語、怒語」系列的語言現象對應，白語內部並有相應的鬆元音調值，但這些鬆緊元音所呈現的滯古調值層並不能完全做爲白語聲調層次的上古階段，這是因爲此些調值內已有混入漢語借詞，除此之外，在漢語借詞新興調值[35]調，在諾鄧語區內亦有產生緊調現象，例如：兵[kɔ˞35]、男朋友[fu35 tɕa21]、聾子[qɔ˞35 n̩ɔ˞33]等表示人物稱謂時的詞例。以下將白語鬆緊滯古調值層與漢語借詞混用現象舉詞例列舉如下表6-4-2所示：

表 6-4-2　白語鬆緊滯古調值層與漢語借詞混用現象

鬆緊調值與調值層次 ＼ 詞彙類型		白語詞彙（緊調）	漢語借詞音譯混入（緊調）
*55	滯古層	稱謂詞綴[a55]、涼（宵）[ʔɔʳ55]酸（荣）[kɔʳ55]、長[x′ɚ55]你的（所有格）[ni55]	擦[tʂɔʳ55]、缺（口）[k′u55]廚[tʂɔʳ55]二[ɚ55]（漢語借詞之同源語音）
*33		包（糖）[ɢɔ33]、禿子[la33 ga33]血[sua33]、女性生殖器[pi33]	嫁女[ɳaʳ33]、臘（肉）[la33]塔[t′a33]
*31		厭（膩）[pe31]	斜（眼）[ɣɛ31]
*44	滯古變調層與借詞層混	血[s′ua44]、挖（洞）[tɚ44]鬼[qɔʳ44]、舞[qɔ44]、酒[kɔʳ44]糠[tʂ′ɔ44]/[pɔ44 qɔ44]	肺[fe44]、腳[kau44]、胃[ue44]啄[tɚ44]、耳[ɳɔʳ44]、擺[lo44]氣[tɕ′i44]
*42	中古借詞層	乳房[pa42]、裁（衣）[kɛ42]下（雨）[u42]、褪（色）[pi42]、趕（出去）[tɕi42]	種（荣）[tʂɚ42]、密[tsa42]夾[kɛ42]、煮（食物）[tʂa42]踏[ta42]
*21		沿／順（著）[ʂɔʳ21]、拴（牛）[ba21]語言[ŋo21]、量（重量）[bi21]油膩[ʔe21]	痰[tã21]、汗[ɣã21]、皮[pe21]搬（家）[ba21]、爛[ɳa21]燉（肉）[ɳo21]、鋤[dzɚ21]人[ɳi21]、地[tɕi21]

　　由於漢語借詞借入時的混用，鬆緊元音所呈現的調值現象雖仍屬於滯古語音層，但已較漢如實確認上古時期白語聲調滯古調值，因此必需再透過更古且屬於語音系統內的特別現象——擦音送氣所呈現的調值概況，進一步相互比對確認，透過第三節內針對「擦音送氣聲調值」藉由歷史比較法對應比較後，可以精確認出白語滯古調值層，其原始調值以[55]、[33]和[31]為白語聲調滯古調值層，由此對應鬆緊調值層的調型概況，在[55]、[33]和[31]（[21]）部分屬於滯古調值，[44]調值屬於[55]調受到語音內部因素形成的自源音變調類現象，[42]調值所承載的語音現象屬於漢語借詞為大宗，其形成源於白語吸收內化漢語聲調[51]調而來，屬於他源性的變體現象。

　　再者，透過上表 6-4-1 和表 6-4-2 的語音對應整理分析可知，白語鬆緊元音對立連帶和聲調間的關聯，與彝語及其語支一脈相類〔註46〕，是由韻母舒促的對立演化演變而來，並經由促聲韻尾脫落的演化過程，形成現今不具韻尾的緊

〔註46〕相關論點於周德才：〈彝語方言鬆緊母音比較研究〉《雲南民族大學學報（哲學社會科學版）》（2005 年），頁 153 文內亦有提及。

元音特色；然而，需特別說明者是在調類的表現上，白語鬆緊元音呈現嚴整的音位對立語音現象，有多少緊元音即有多少鬆元音，且呈現的調值方面亦是鬆聲調和緊聲調對立和彝語南部、東部及東南部方言語區的語音現象相同。

根據陳康分析彝語聲調鬆緊調值現象進一步觀察白語的調值現象〔註 47〕，依據與他留話[31]調對應者稱爲緊甲調，和他留話[33]調對應者則稱爲緊乙調；緊甲調分別對應[31]和[55]調，緊乙調則分別對應[33]和[31]調，白語緊調值所呈現的滯古現象正能與彝語緊調值的現象相互對應，較爲特殊者爲[44]調、[42]調和[21]調，特別是白語緊調[21]部分，雖與彝語[31]調對應，但白語[21]調的調值來源和[42]調相同，都是爲因應漢語借詞借入後的聲調類型而產生，白語[21]調在北部方言區例如共興或恩棋等語區內，亦有更加短促低沉的[11]調發音調型，此調值主要是爲了承載漢語古平聲借詞而來，亦有古上聲漢語借詞；白語[44]調屬於滯古自源變調層，這個自源語音現象屬於來源於古入聲韻尾特別是陰入聲韻尾消失後的派入屬清聲母陰調，中古時期並用以承載漢語借詞調值；白語[42]調屬漢語[51]的接觸融合，基本來源於古入聲韻尾特別是陽入聲韻尾消失後的派入屬濁聲母陽調，中古時期亦採用承載漢語借詞調值，屬於漢語借詞聲調的歷史層次。

綜合而論，根據上述步驟逐條細項的研究認爲，白語聲調系統的層次演變現象，主要受到方言自身的演變影響、因漢語借詞而新生的調值成分外，不容忽視的部分即是彝語支系的調值現象啓發。

第五節　白語聲調主體與非主體的歷史層次

白語聲調是經過兩次分裂才形成原始調型：首先是元音鬆緊使聲調分化爲鬆調和緊調，白語鬆緊兩調呈現相對對立；再者是聲母濁音弱化的演變，送氣與否不僅辨義更影響聲調的發展，在詞彙系統內保留存古語音層；再一次的分裂是在近現代時期，爲容括漢語借詞借入後的聲調值現象，從原始調值再次演變新生。

語言具有層次性，任何一個語言單位都處在語言的不同層級上，白語做爲具備聲調的語言，其聲調作爲構成語言單位的語音成分之一，自然也具有層次

〔註47〕陳康：〈彝語的聲調對應〉《民族語文》第 5 期（1986 年），頁 30～39。

性。將白語視爲一個有機語言總體來分析討論，進一步根據內部反映的語言差異觀察，白語北、中、南三方言分區在聲調值部分，其反映的發音調值雖然有相微的調值差異，在中古及近現代漢語借詞部分仍舊能與漢語形成相當整齊的對應關係。確立白語聲調滯古層次系統後，根據詞彙借入的單位是整個音節的原則，並參照聲母和韻母的情況，劃分白語聲調的歷史層次爲主體即主流層次，此爲最重要的聲調層次，在聲調層次的非主體即非主流層次部分，筆者研究認爲，最爲顯著的層次即爲漢語借詞層次，借自晚近的漢語官話層並形成相應的新興聲調值。

在聲調層次分析部分，白語聲調系統包含兩個方面的內容：第一白語歷時聲調系統，第二是白語共時聲調系統。前列章節已針對白語歷時聲調現象具有相當的探討，總結而論，從共時的同度看，白語聲調基本分爲主調和次調兩個構成部分，即主體主流層和非主體非主流層部分，主調是白語聲調的核心部分也就是所謂的白語聲調滯古層，透過筆者的分析可知，擦音送氣所保留的聲調音值現象：[55]調、[44]調、[33]調和[31]調，與鬆緊元音所保留的聲調音值現象：[55]調、[44]調、[42]調、[33]調和[21]調，這些聲調值實屬白語聲調的基本核心滯古特徵，雖然在不同方言及其內部各自轄屬的語源區內仍存在變異，但這些調值變異仍是透過基本滯古調值演變而來，即便是爲了承載漢語借詞而新興的聲調值皆是從基本調值內尋求相類者相應而生；白語歷時聲調系統就是白語各個層次發展階段的聲調研究，由於古代白語的文獻資料缺乏聲調研究的部分，因此，在確定共時的聲調核心調值時，只能將原始白語聲調系統整合後，結合其他藏緬語的語言材料相互對應，採用以今推古的方法予以確定。

與漢語相比較，漢語聲調的歷時演變研究主要以調類研究爲主，調值研究較非主流；漢語聲調分上古、中古、近古三階段，針對白語聲調研究所分的歷史層次，與研究白語聲母和韻讀系統的歷史分層略有不同，主要依據漢語聲調所分的上古、中古、近古三階段進行實際的層次分析。筆者針對白語聲調值類的層次分析討論進程爲：在上古時期所談論的部分，主要以「擦音送氣」和「鬆緊元音」爲基礎，所表現的滯古調值和調值的變相分韻；中古時期要談論的部分爲滯古調值的演變分化，屬於聲調調值的中介過渡現象；近古時期要談論的，即是因應漢語借詞而新生的新興調值，屬於白語聲調調值系統內的非主體層次現象。由於白語聲調系統的特徵概況，因此，白語聲調層次的探討，主要以調

值研究做為主流論述，調類研究則為輔助說明之基礎觀念。

藉由本章第三節和第四節的分析說明，已確定白語滯古聲調層的調值音值來源，白語在漫長的歷史時期與漢語有著廣泛深入的接觸，從鬆緊元音所反應的調值現象即已顯示漢語借詞對於白語整體調值現象的影響，隨著時代演進漢語借詞不斷借入白語詞彙系統內，如此也使得借入白語內的漢語詞彙，在聲調調上形成不同的歷史層次，筆者認為，在緊調值內因漢語借詞而產生的相應調值[44]、[42]和[21]調，屬於白語聲調系統內漢語借詞聲調層次的中古層現象，時至近現代時期，漢語借詞聲調層次出現兩種現象：一是形成新興[35]和[32]調值層，二是混入滯古調值[55]調及中古漢語借詞聲調[44]、[42]和[21]調內，形成重疊的層次現象。

以下便針對白語整體調值系統，從其歷史層次論其主體和非主體層次，同於在聲母和韻母結構部分，將白語視為全面性語言整體的探討方式，除了文內主要設定的調查語言材料外，依據白語族歷史發展源流，額外再調查關於白語族起源核心地：昆明和大理兩區之相關語料，在白語聲調層次分析方面，為求在侷限下仍確實劃分出聲調層次別，亦參考相關艾磊（Bryan Allen）《白語方言研究》、黃布凡《藏緬語族語言詞彙》、孫宏開增修訂稿《藏緬語語音和詞彙》及王鋒《昆明西山沙朗白語研究》等材料，以便逐層解析出白語聲調值所反應的語音層次現象。

在此前提下，本文此部分在範例分析時，特別在設定調查的語源區外，另外增列「昆明」和「大理」兩語源區內，語源材料的音讀現象進行對應比較，在表格內並以雙格線予以區別，以便完整歸納白語聲調的層次演變，及其自源和外源整合和分化現象。〔註48〕

壹、白語聲調主體層次：滯古調值層

白語聲調系統的滯古調值層調值為：高平調[55]和低平調[33]及[31]，此三個主流調值同時具有鬆調和緊調雙重調值現象，特別是高平調[55]鬆調部

〔註48〕「昆明」和「大理」二地的語料，除了筆者於原調查語區又自行調查外，仍有參考徐琳、趙衍蓀：《白漢詞典》（成都：四川民族出版社，1996年）、艾磊（Bryan Allen）《白語方言研究》（昆明：雲南民族出版社，2004年），和王鋒《昆明西山沙朗白語研究》（北京：中國社會科學出版社，2012年）等相關調查方言報告專書。

分，因承載濁音清化後的語音現象，其調值內部又自源分化爲清[55]調和濁[55]調。

一、平聲主體層次為：55

白語聲調系統內的[55]調值共有三個層次及兩種調值分化現象，在調值層次方面：第一層爲來源於滯古語音現象——擦音送氣之滯古調值層，第二層爲來源於同屬滯古層之緊調值現象，第三層爲相類的漢語借詞混入借用。在兩種調值分化現象方面：第一種分化爲自體自源性裂化，[55]調特別是鬆元音表示的[55]鬆調值部分，除了擦音送氣與不送氣對立之分外，[55]調內部因聲母清濁亦分爲[清55]和[濁55]兩種音讀現象，且[55]調隨著人類發音現象的自然狀態在五度制標音類型的[2]和[3]之間而又形成變體[44]或[33]、[22]等調值現象；第二分化爲自體外源性裂化，吸收漢語聲調平聲分陰平和陽平的聲調現象，因聲母塞音或塞擦音送氣與否及塞音、塞擦音或擦音清濁分立而分裂爲 T1 和 T2（古漢語陰平調和陽平調之稱）兩種音讀現象。

[55]調值的對應規律有二：自源 55→44/33（22）；外源 55→55/42、55/35/24、55/31/21。本文根據語料區辨[55]自源屬性，主要以滯古本源層爲主，滯古的時間點主要包含上古時期及中古早期 A 層，外源屬性則以中古中晚期 B 層以後的漢語借詞聲調現象爲主；此外，[55]調值在白語整體語音調值系統內的重要性，亦有於北部語源區之碧江方言承載濁唇齒擦音鼻化[ṽ]的音值現象，在南部昆明語區並以[34]調值表示[55]調值內借入漢語借詞的調值，例如：「心」具有二個調值，一方面表示平聲，一方面也表示此詞例屬於漢語借詞語音現象。

以下將依據此[55]調值的對應規律，將[55]調值對應現象，分析如表 6-5-1 所示：

表 6-5-1　白語本源詞併入漢源歸化詞暨借詞之調值[55]於整體白語聲調系統內的對應現象（一）

語源 詞例	共興	洛本卓	營盤	辛屯	諾鄧	漕澗	康福	挖色	西窯	上關	鳳儀	昆明	大理
天	χẽ55	χẽ55	χẽ55	xe55	xe55	xã55	xʼẽ55	xe55	xe55	xe55	xi55	xũ55	xe55
看	ĩ55	ʔe55	ʔe55	xã42	ʔa33	ã44	xʼã55	a33	a33	a33	a33	xã42	xa55 a33

濕	ne44	xã44	xiẽ44	p'ai42	p'ɛ55	p'ɛ44	p'ɚ55	p'ɚ55	p'ɛ55	p'ɚ55	p'iɛ55	xɛ55	tɕ'i55 ts'ɔ42
星星	sã55	ɕã55	ɕia55	ɕ'iɛ33	ɕɛ44 k'ɔ33	ɕv42	ɕ'ɚ55	ɕɚ55	ɕe55	ɕɚ55	ɕe55	ɕiɛ55	ɕɚ55
冰/霜	ʂõ55	ʂõ55	ɕõ55 ɕo33	s'ou44 piɛ55	ʂ'ɔ55	sõ42	s'ãu55	sou55 piɯ55	sou55 piɯ55	sou55 piɯ55	sou55 piɯ55	suã55 pĩ31	sou55
湖/塘	qo31 bɯ33	qo31 bɯ33	qo31 bɯ33	ɕy33 t'ã55	qɔ55 bɚ44	pã44 xu42	t'ã55 u55	pɯ33	pɯ33	pɯ33	pɯ33	pũ33	t'ã55 tsɿ31
湯	xa55	xɔ55	xã55	xã55	xɛ55	xv42	x'ɚ55	xɚ55	xe55	xɚ55	xe55	xẽ55	xe55
灰塵	ɕo55	ɕo55	ɕo55	s'u44	tɕui31	su42	s'u55	su55	su55	su55	su55	su55	su55
艘	su55	so55	s'u55	s'u44	su55	so55	s'u55	su55	su55	su55	su55	su55	su55
沙/砂	so55	ɕo55	ɕio55	s'o55	ʂɔ55	so42	s'au55	su55	su55	su55	su55	sɔ44	so55
心	ɕĩ55	se55	ɕĩ55	ɕĩ44	ɕi44 k'ɔ33	ɕiã24	ɕ'ĩ55	ɕi55	ɕi55	ɕi55	ɕi55	ɕi55 ɕi34	ɕi35
蜜蜂	fv55	xõ55	p'õ55 fv55	f'o55	fv55	fṽ42	f'õ55	fv55	fv55	fv55	fv55	fẽ55	fv55
飯	bẽ31	be31	be31	xa31 tsi33	xɛ55	xɛ42 zi21	x'ɚ55 zi31	xɚ55 sɿ31	xe55 sɿ31	xe55 si31	xɚ55 sɿ31	xa55 ji31	xẽ55 zɿ31
生	qɔ55 xũ33	qɔ55 xũ33	qɔ55 xũ33	xɯ55	x'ẽ55	xv42	x'ɚ55	xɚ55	xe55	xɚ55	xe55	ko34	kuo35
長	dzʐo55	ʈõ55	tio55	xɯ55	gɔ35	tsõ31 ko24	x'ɚ55(緊)	tsou21	tso21	tsou21	tsou21	ko34	kuo35
群	tʂʐ55	tʂẽ55	tʂʐ55	kõ33	ɣɔ35 pa35	k'ã42 tã24	ɕ'ɯ55	kv31	kv31	kv31	kv31	kv31	kv31
聞/嗅	tʂ'u55	ʈ'u55	t'iu44	ts'u55	tʂ'u55	ts'u42	ts'u55	ts'u55	ts'u55	ts'u55	ts'u55	ts'u55 tɕ'u44	ts'u55
對	xo55	xu33	xo55	xɯ44	xɔ35	xo24	xau55	tue32	tue32	tue32	tue32	xu33	xu33 tɕ'ou55
江河	qõ55	qõ55	ku55	ko55	qɔ55(緊)	kṽ24	kõ55	k'ɔ31 kv35	k'ɔ31 kv35	k'ɔ31 kv35	k'ɔ31 kv35	tɕiã55	t'ɔ31 kv35
河		ɖo31	ʈio31	ko55								kuɛ34	kv35
鹽	tsue55	dzuẽ55	tɕuĩ55	piɛ44	pi35	piã24	pĩ55	pi35	pi35	pi35	pi35	piẽ34	pi35
糠	t'io55	ʈ'õ55	tʂ'õ55	ts'au55	tʂ'ɔ44	ts'au44	ts'ãu55	ts'ua44	ts'ua44	ts'ua44	ts'ua44	ts'ɔ55	ts'o55

（表格註：以灰底色標示者表示聲母為濁音。）

聲調對應特例說明：

　　詞例「蜜蜂」在北部營盤出現重唇音讀[p']，其屬於本源底層詞，因送氣擦音[f']之清唇齒擦音[f]屬於近現代後起語音現象，因此屬於漢源歸化範圍。詞例「糠」在北部洛本卓另有[pɔ44 qɔ44]以將糠皮簸去篩除[pɔ44]的動作做為音節結構表示，其調值為[44]可視為[55]調的自源變體語音形式。詞例「心」

的部分白語詞彙系統內亦有以雙音節詞表示，以心室的合璧現象表示
[ɕi55/si55 k'o33]，其調值方面都爲[55]調系統。屬於白語本源擬聲而造的詞例
「江／河」，整體調值在南部昆明借入漢語「江」字音譯現象並以調值[53]做
爲區辨，並將原本屬同音詞的「江／河」區分爲不同的二種音讀，其調值屬
漢語借詞特徵：[53]和[34]，相類的語音演變現象也產生在「沙和塵」這組詞
例，白語詞彙系統內「沙和塵」與「江／河」相同本爲同音節結構詞彙，隨
著漢語接觸深入後，在北部洛本卓及南部昆明、大理等區，「沙和塵」便有所
區分，在韻母部分，可以看到南部昆明、大理元音逐漸高化以示區別，其語
音另有合璧現象的多音節表示，例如「沙」受漢語影響而在原[so55]後加以小
稱詞綴「子[tsɿ33]」，「塵」的部分則以漢語義譯來重新音譯此字，例如「塵
土」：[tsɿ21 nɯ33]、「沙土」：[ɕo55 t'u33]及「泥土和沙的結合物」：[na31 p'a55
ɕo55]，針對漢語並列結構「灰塵」的「灰」字，白語詞彙系統也在漢語詞彙
的義譯下進一步透過義譯而音譯之，例如直接音譯「灰（沙）塵」：[xue33 su55]
及火燒後剩下的灰燼：[fe33 fv55 jou21]，由此可知，滯古調值層內已然混入
漢語借詞形成調值層次疊置，即便是滯古語音「擦音送氣」語音特質亦已混
入漢語借詞成分，例如「心」即是一例，已然受到漢語音譯影響，而使用白
語自身語音特色表示，因此這樣的詞例音讀表現，主要歸入漢源歸化詞範圍。

特別說明關於詞例「對」的部分，「對」在白語詞彙系統內有兩層語義：其
一表示正確與否之對錯語義，其二表示單雙數之對的語義，表格內的調值語例
所調查的語義爲表示「正確與否之對錯」語義，但在洱海周邊四語區皆以「單
雙數之對」的語義表示，其調值[32]調屬於漢語借詞之調值現象，在辛屯語區
爲了將兩詞彙予以區辨，特別將表示「單雙數之對」的語義以「雙[suã24]」表
示，其調值同樣屬於漢語借詞調值。

表 6-5-2 漢語借詞及白語漢源歸化詞類別之調值[55]調值於白語聲調系統內的對應現象（二）

語源 詞例	共興	洛本卓	營盤	辛屯	諾鄧	漕澗	康福	挖色	西窯	上關	鳳儀	昆明	大理
褲	ĩ55	ʔĩ55 ʔĩ55	i55	kuã55	kua35	kuã24	k'u55	kua35	kua35	kua35	kua35	kuã34	kua35

燒	çu55	fv55	xu55	s'u55	tʂɔ35	su42 tɕ'y44	s'u55	ou44 tɕɔ35	ou44 tɕɔ35	ou44 tɕɔ35	ou44 tɕɔ35	su55	su55 xu31 n̻ɯ33
短	tsɯ55	tɕ'i55	tsɯ55	ts'e55	tʂ'ɯ55	ts'ɯ55	ts'ɯ55	ts'ɯ55	ts'ɯ55	ts'ɯ55	ts'ɯ55	ts'ɯ55	ts'ɯ55
粗	tɕ'u55	tɕ'u55	tɕ'u55	ts'u55	ts'u55	ts'u42	ts'u55	ts'u55	ts'u55	ts'u55	ts'u55	ts'u55	ts'u55
辣 (嗆)	tɕ'i55	ts'e55	ts'e55	tɕ'i55	tɕ'i55	tɕ'iã55	tɕ'ĩ55	tɕ'i55	tɕ'i55	tɕ'i55	tɕ'i55	tɕ'iã55	tɕ'i55 ʔe44
魚	mv55	ŋṽ55	ŋo55	ŋo55	ŋɔ35	ŋv24	ŋo55	ŋv35	ŋv35	ŋv35	ŋv35	uɛ34	võ35
雞	qe55	qe55	qe55	ke55	ke35	ke24	ke55	ke35	ki35	ki35	ki35	ke34	ke35
花椒	çu55	çõ55 ne21	çu55	su33	su35	su24	su55	su35	tɕo35	tɕo35	tɕo35	su34	su35
衣	ĩ55	ʔĩ55	ĩ55	ji55 kuã55	ji35	ji42	ji55	ji35	ji35	ʑi35	ʑi35	ji34 kuã34	ji35 pe32
來	ɣɯ55	ja55 kɯ55	ɣɯ55	ɣɯ44	jɯ35	jɯ24	ɣɯ55	jɯ35	ʑɯ35	jɯ35	jɯ35	ɣɯ44	ɣɯ44
多	ti55	ʈi55	ti55	tɕi44	tɕi35	tɕi24	tɕi55	mə˞35 tɕi55	me35	tɕi55	tɕi55	tɕi34	tɕi35
件	k'o55	k'o55	k'o55	k'ou55	dzi21 t'ɛ35	k'o42 lai31	k'ãu55	t'e55	t'e55	t'e55	jo44	je44	ji44
風	tɕui55	tɕui55	tsue55	pi44	bi33 ʂɳ33	pi24 si42	pĩ55 siŋ55	pi35 sɳ35	pi35 siŋ35	pi35 siŋ35	pi35 siŋ35	pĩ34	pi35 sɳ35

（表格註：以灰底色標示者表示聲母爲濁音。）

聲調對應特例說明：

　　詞例「魚」基本聲音輔音爲軟顎舌根音[ŋ]，然而，從表 6-5-2 內的大理和共興的聲母發現，白語此詞例從漢語借入後，由於本身方言系統撮口[y]音不發達之因，從而借用與[y]相當的發音部位，例如唇齒濁擦音[v]及雙唇鼻音[m]做爲音讀成分，此處的調值[55]屬於漢語借詞層次。

　　透過調值[55]的兩個表，明顯發現表 6-5-2 的調值雖以[55]調爲基礎，但在調值呈現上已然與漢語借詞調值相混；從表 6-5-1 內可以明確觀察到，白語詞彙系統隨著漢語借詞語義的分化深入，亦由原語音再借入漢語音譯形成二個語音詞彙層次，例如「江／河」、「沙／灰塵」、「冰／霜」等詞例，特別在營盤語區部分，其「冰」和「霜」分化後以調值[55]和[33]以示區辨「冰」和「霜」，說明「霜」由「冰」進一步分化獨立的語音詞彙現象；且[55]調值內的緊調已趨向與[55]鬆調合併，且漢語「平聲分陰陽」的聲調演變條例在白語調值系統內皆以[55]調值承載。

　　綜上所論，高平調[55]調在白語調值系統內之對應複雜，其本源承載了漢語聲母之清音和濁音，又區分送氣與否之差異，但原承載的鬆緊調值部分則已趨向合流以鬆調爲主。

二、上聲主體層次為：33

白語聲調系統內的[33]調值共有三個層次：第一層爲來源於滯古語音現象——擦音—擦音送氣之滯古調值層，第二層爲來源於同屬滯古層之緊調值現象，第三層爲相類的漢語借詞混入借用；此外，[33]調值在白語聲調系統以古漢語聲調系統分類主要以上聲爲主體層次，特別是中古聲母屬於濁塞音和濁塞擦音者的基本專屬音值現象，除此之外，滯古調值層[33]調在白語聲調系統內亦用以標示古漢語聲調屬去聲或平聲音值，基本而言，[33]調值在白語聲調系統內是趨於穩定且變化較小的調值現象，少數例外出現[31]或[44]調值的調位變體現象。

[33]調值的對應規律爲：33。以漢語調值論之，白語聲調系統內的[33]調值有三種現象：其一對應漢語方言爲陽平聲，即做爲平聲[55]調值的變體現象；其二對應漢語方言爲上聲及其三對應漢語方言爲去聲的語音現象；三種聲調的主要調值對應爲：33→44/55/31，及各別語區之方言自身調值影響而有[21]或[42]調的借詞音讀的對應規律現象：33→42/32/21。

以下將依據此[33]調值的對應規律，將[33]調值對應現象分析如表 6-5-3 所示：

表 6-5-3 白語本源詞調值[33]調值與漢語借詞調值[33]於整體白語聲調系統內的對應現象

語詞源例	共興	洛本卓	營盤	辛屯	諾鄧	漕澗	康福	挖色	西窯	上關	鳳儀	昆明	大理
蛇(虵)	tʂʻɻ̍33	tʂʻẽ33	tsʻɻ̍33	kʻo44	kʻɔ44	kʻv44	kʻo33	kʻv44	kʻv33	kʻv44	kʻv44	kʻv33	kʻua33
菌子	ʂũ33	ʂɛ33	ɕɛ33	sʻe33	ʂe33	sv44	sʻĩ33	si33	si33	si33	si33	sẽ33	se31
租	kʻv44	pʻo44	pʻɯ44	kʻɯ33	kʻɔ33	tsu33	kʻau33	kʻɔ33	kʻɔ33	kʻɔ33	kʻɔ33	tsɯ33	tsɯ33
洗	ɕi33	ɕui33	ɕɯ33	sʻe33	se33	sã33 sã31	sʻe33	se33	se33	se31	se31	se33	se33
道路	tʻu33	dɔ31 tʻu31	tʻu33	tʻu33	tʻu44	tʻu33	tʻu33	tʻu33	tʻu33	tʻu33	tʻu33	tʻu33	tʻu33
陰	ʔa55 ṽ44	（見註）	tsʻɯ33	tɕʻɻ̍55	ɚ44	ŋv44 jĩ33	tsʻu33	tsʻɯ33	tsʻɯ33	mɯ42	tsʻɯ33	tsʻɯ33	v32
火	xue33	fe33	xue33	xʻue33	xui33	xue31	xʻue33	xue33	xue31	xue33	xue33	xue33	xue33
撵	gũ33	xũ33	χɯ33	ɕĩ55	xɯ33	xɤ̃44	xɯ33	xɯ33	xɯ33	xɯ33	xɯ33	-----	-----
雨	ẓ̩31	dʑɛ31	ẓ̩31	vɯ33	v44 ɕi44	vo21 ɕi33	vo33	v33 ɕi44	v33 ɕi44	v33 ɕi44	v33 ɕi44	v33	v33 ɕi44

	sa55 zue42	tɕʼiɔ44	suã55 ɕui31	zou44	y31	juã42	zãu33	ɕy21	ɕy21	ɕy21	zy21	tue31	jui21
像													
集市/街	dʐɿ33	dʑe33 ʑe33	dʐɿ33	tsi55	dʐɿ33	tsi33 tsi31	tsi55	tsʅ33	tsi33	tsʅ33	tsi33	tsʅ33	tsʅ33
遲/慢	me33	me33	me33	mei55	me33	mã33	me33	me33	me33	me33	me33	me33	me33
厚	gɯ33	gɯ33	ɢɯ33	kʼũ55	gɯ33	kɯ44	kɯ33	kɯ33	kɯ33	kɯ33	kɯ33	kɯ33	kɯ33
上	do33	ʈiɯ33	ɖo33	nou33	dɔ33	tsõ44 tõ33	tãu33	tou33	to33	to33	tou33	to33	tou33
下	di33	di33	je33	ɣəʼ33	ɣɛ33	ɣɛ33	ɣəʼ33	əʼ33	ɛ33	ɛ33	ɛ33	ɣɛ33	əʼ33
遠	tuĩ33	due33	tuĩ33	tuɛ̃33	tue33	tuã33	tũ33	tue33	tue33	tue33	tue33	tu ẽ33	tue33
牆	ɣo33	ʔũ33 bɯ33	ŋũ33	ou33 piɛ̃44	ɣɔɕʏ(緊) pʼiɛ55	ɣõ33	ŋãu33	u33 pɔ33	u33 pɔ33	u33 pɔ33	u33 pɔ33	piɛ44	ʔou33 pʼiɛ55
線	xɯ33	xɯ33	xɯ33	xʼe33	xɔ35	xɯ33	xau55	xɯ33	xɯ33	xɯ33	xɯ33	sẽ55	xɔ35 xɯ33
知/識	ɕi55	sʅ55	ɕi55	se55	sʅ35	zə̃44	se33	sɯ33	sɯ33	sɯ33	sɯ33	sɯ33	zɯ33
喝/飲	ũ33	ʔɯ33	ɯ33	ɣɯ55	ʔɯ44	ŋə̃33	ũ33	ɣɯ33	ɣɯ33	ɣɯ33	ɯ33	ɣũ33	ɣɯ33
喊/叫（鳴）	mɛ̃21	mã21	mɛ̃21	ɯ44 mã21	ʔɯ35	ko24 mɛ31 piɑ42	ũ55 ŋɯ55	ɣɯ35	ɣɯ35	ɣɯ35	me21	kue34 ɯ34	ɣɯ35 me42

（表格註：表格內標示「-----」者，表示此語區詞彙系統內未有此種詞例的音讀用法。洛本卓詞例「陰」屬合璧詞組合成的多音節結構，以自身詞彙結構內之雲層[mɔ31 qɔ31]厚遮蔽光線[lɔ31 ue44]之合璧表示：[mɔ31 qɔ31 lɔ31 ue44]。）

聲調對應特例說明：

在詞例「陰」的部分，明顯可以看到洱海周邊之上關，其音讀是借用「無／沒」的漢語語義而來，透過「陰」即無法明示前景的抽象語義而借用，辛屯則以顎化舌面音爲聲母，漕澗在「陰」的音讀方面有二且調值的對應亦有其語義象徵，在軟顎舌根鼻音爲聲母的[ŋv44]音讀，其特別用以表示天空的陰暗現象，以軟顎舌根鼻音爲聲母是爲配合其合璧現象[xã42 ŋv44]（天陰）而來，另一項半元音爲聲母的音讀[jĩ33]則表示有外物遮蔽產生陰影之「蔭」的語義，借入漢語音讀而來，此外，洛本卓表示「陰」的語音結構時，是以雲層遮掩之意譯表示：[mɔ31 qɔ31 lɔ31 ue44]。

詞例「喝／飲」部分，在白語的詞彙系統內，「喝和飲」不如漢語屬於二

個不同音讀的語音結構，白語將喝和飲視爲同義表示，區辨原則在於聲母之有無，在有聲母的語源區表示喝的語義，若爲零聲母、聲門喉塞音[ʔ]做爲聲母及軟顎舌根鼻音做爲聲母等現象的語源區則表示飲的語義，將脫落鼻音韻尾透過聲母或元音鼻化留存，聲調值的部分則能夠明顯看出[33]調值的二層語音現象：其一表示平聲，其二表示上聲，僅諾鄧採用[44]調對應；此外，同樣的音節結構但以不同聲調值加以區辨的詞例是「喊」字，白語詞彙系統內的「喊」字與「喝／飲」相同音節成分，並內化漢語聲調辨義的原則，以聲調值異表示不同語義，唯漕澗以不同音節成分及辛屯發展出二個語音現象表示，洱海周邊四語區則逐漸從「喊」再引申出「叫／鳴」的語義，從調值便能得知「喊」及其「叫／鳴」屬於漢語借詞例，隱約顯示出這組與「口」有關的詞例其語音結構的演變過程，相似的語義影響語音發展進程的詞例亦有「遲／慢」，在辛屯和洱海周邊四語區針對「慢」有其相應的音讀[pʼi55]和[pʼi42]、昆明和大理則有[jɯ34]和[kʼuã55]音讀表示，將「遲／慢」兩語音予之分離，其調值則屬於借詞屬性。

三、去聲主體層次為：31

白語聲調系統內的[31]調值共有三個層次：第一層爲來源於滯古語音現象——擦音—擦音送氣之滯古調值層，第二層爲來源於同屬滯古層之緊調值現象，第三層爲相類的漢語借詞混入借用，與[33]調相類之處即是中古聲母屬於濁塞音和濁塞擦音時，其基本專屬音值現象爲[33]或[31]調。白語聲調系統內表示古漢語去聲調時呈現隔步不同音的[31]和[42]調兩種音值特徵：上古時期滯古調值層以[31]調爲主，隨著語言接觸發展，其不同音的現象依語區劃分爲：白語中部和北部語源區，去聲基本以單一調值即[42]調表示，不區分陰陽去聲；白語南部語源區則將去聲依陰平和陽平分爲陰平去聲[53]和[32]調及陽平去聲爲[42]調。

[31]調值的對應規律爲：31（去／上／陽平）→44/42/33/21→55/35；並以[21]鬆調做爲調位變體語音現象。

以下將依據此[31]調值的對應規律，將[31]調值對應現象分析如表6-5-4所示：

表 6-5-4　白語本源詞調值[31]調值與漢語借詞調值[31]於整體白語聲調系統內的對應現象

語源/詞例	共興	洛本卓	營盤	辛屯	諾鄧	漕澗	康福	挖色	西窯	上關	鳳儀	昆明	大理
沿（順）	tã44	te44	tẽ44	so31	ʂɔˤ21	sṽ31	s'õ31	sv31	sv31	sv31	sv31	suẽ31	sue55
小	sɛ31	sẽ31	se31	se44	se21	sai31	s'e31	se31	se31	se31	se31	se31	se31
疼痛	sã31	sõ31	so31	suo42	sɿ21	sv31	s'õ31	sɿ31 ou31	sɿ31 ou31	sɿ31 ou31	sɿ31 ou31	sẽ31	sɿ31
乖	ua55	ua55	ua55	t'ã31	dʑy21	（見註）	t'ã31	（見註）	tɕy21	tɕy21	（見註）	t'ã31	t'ã31
屁	ʂɿ44	fe33 ʂɿ33	ʂɿ44	si33	fu21	fo42	f'o31	fv31	fv31	fv31	fv31	fv42	fv31 k'õ31
尿	ti31	ti31	tiɯ31	s'ou31	ʂɿ21	si31	s'au31	si31	si31	si31	si31	ɕi31	ɕi31
熟	dzo21	tɕio21	tɕio21	t'ɚ55	xɯ21	xõ33	t'ɯ31	xɯ33	xɯ33	xɯ33	xɯ33	tsua42	tsv42
窩	tʂʅ44	tʂɛ44	tsʅ44	ko55	k'ɤ21	k'o31	k'o31	uo44	uo44	ɔ44	ɔ44	ɔ44	ou44
庚	p'e31	p'e31	p'e31	jĩ42	ze21	t'o31	p'æ31	to31	to31	to31	to31	tsã31	t'uo31
蓋	p'ɯ31	p'ɯ31	p'ɯ31	k'e31	p'ɤ21	p'ɯ31	p'ɯ31	p'ɯ31	p'ɯ31	p'ɯ31	p'ɯ31	k'a44	mɯ42
房	xa31	xo31	xo31	x'ou31	xɔ21	xo31 kv24	x'au31	xɔ31	xɔ31	xɔ31	xɔ31	xɔ31	xɔ31
鹹	ts'õ31	ts'õ31	ts'õ31	ts'ou33	tɕ'ɔ21	ts'õ31	ts'ãu31	ts'ou31	ts'ou31	ts'ou31	ts'ou31	ts'uã31	ts'ou31
棵	dzɿ42	dɯ42	tʂɯ42	tɕũ21 tɕũ21	dzɤ21	tsɯ31 u21	tsɯ31	tsɯ31	tsɯ31	tsɯ33	tsɯ33	tsɯ31	tsɯ31
分/飛	fũ55	fv55	piẽ55	fu44	fu21	fv42	f'õ31	fv35	fv35	fv35	fv35	fẽ34	fv35
我	ŋa31	ŋo31	ŋo31	ŋo31	ŋɔ21	ŋo33	ŋo31	ŋɔ31	ŋɔ31	ŋɔ31	ŋɔ31	uo31	ŋɔ31
攪扶	tsã55	q'e55	ʈia55	tsa31	dza21	tsã42	vɯ31	u21	u21	u21	u21	fv44	tsa31
茱	ts'ɯ31	ts'i31	ts'i31	ts'ɯ31	ts'ɯ21	ts'ɯ33	ts'ɯ31	ts'ɯ31	ts'ɯ31	ts'ɯ31	ts'ɯ31	ts'ɯ31	ts'ɯ31
賣	qɯ42	qɯ42	qɯ42	kɯ31	qɯ21	kɯ31	kɯ21	kɯ31	kɯ31	kɯ31	kɯ31	kɯ42	kɯ21
鋒利	ji42	ji42	ɲi42	ji44	ji21	ji21	ji31	ji31	ʑi31	ji33	ʑi33	ji31	ji31

（表格註：表格內括號部分之漕澗和洱海周邊之挖色和鳳儀三語區，其表示「乖」的音讀為多音節結構，分別為「漕澗 ɲv33ɲi42ko33」、「挖色和鳳儀 ɲio44ɲi55kuo21」；大理語區表示「茱」時另有[xe55 p'a44]的詞彙音讀。）

聲調對應特例說明：

　　本調[31]調值為滯古調值層，在康福語區具有相當顯著的擦音送氣滯古調值語音系列，透過此調值層反映出來的語音可知，其調值層已非純底層本源語音，其漢語借詞亦有使用此調值表達配合擦音送氣聲母呈現，形成漢源歸化詞例特徵，例如：詞例「蓋」、「茱」、「扶」和「夢」等屬漢語音譯借詞，因此其

[31]調值屬於借詞調值層；藉由[31]調值的對應規律表發現，此調值在諾鄧語區內，主要以[21]（鬆調）與[31]調對應，屬於[31]調之調位變體語音現象。在詞例「窩」方面，洱海周邊四語區屬於漢語音譯借詞現象，因此調值對應較爲不符。較爲特殊的是詞例「分」，白語詞彙系統內將「分」和「飛」以相同的語音結構表示，同屬於動詞以物件之「飛」即有向四處分散之貌以喻「分」之語義，故兩詞例以相同結構，且唇齒擦音[f]的音節結構屬近現代後起，由[piẽ55]之重唇音[p]分化而出，調值方面以[55]調值爲本調，其餘調借現象屬已混入漢語借詞音讀。

貳、中介過渡調值層

詳觀白語聲調系統概況，筆者研究時，特別在滯古調值層和中古層次時期區分出中介語過渡現象：次高平調[44]和低平調[42]和短促[21]調，調值[44]同樣具有鬆緊兩類的調值現象，此調值雖然在滯古擦音送氣的聲母系統內被歸類而出，但調值[44]所表現的語音現象卻是呈現漢語借詞相關屬性，筆者研究認爲，此調值具有兩種現象：一是白語內部做爲緊調[55]在古漢語屬於陰平調的調位變體現象；二是用以承載古漢語入聲韻尾弱化消失的派入，主要以入聲陰平調爲派入調類。[42]調和[21]調則屬於鬆緊元音系列的調值現象，與[55]調同樣呈現鬆調和緊調的對立特性，[42]調主要以古漢語屬於陽平調的語音現象爲主，並以入聲陽平爲派入調類；短促[21]調在白語北部語源區有時更加短促以[11]調表示，主要表示漢語借詞借入後的調值現象。

一、緊元音調值：44

白語聲調系統內的[44]調值共有二個層次：第一層爲來源於滯古語音現象——擦音送氣之滯古調值層，第二層爲來源於同屬滯古層之緊調值現象；在滯古調值的性質基本屬[55]調的調位變體現象，緊調值部分屬於中古時期至近現代時期，用以容納入聲韻尾弱化消失後的派入現象，特別是陰平入聲調（包含全清、次清和次濁），此調相當程度的調值作用是用以表示漢語借詞的語音現象，筆者細究後認爲，此調值屬於漢源歸化特色，在調值部分區辨滯古和借詞特徵。[44]調值較爲特殊的語音現象即是無法與韻母音讀爲濁唇齒擦音鼻化[ṽ]搭配。

[44]調值的對應規律爲：陰平入聲：44/55/33→陰平聲／上聲：44/55→漢語

借詞去聲：44/55/33/42/31/21（鬆／緊調）→漢語借詞平聲：44/55/35/32，及昆明特殊 34 調值，屬於特定語區特有調值現象，等同於漢語借詞 32 和 35 調值類別，由此可知，漢語借詞調值在白語聲調系統內呈現相當複雜的語音格局。

　　以下將依據此[44]調值的對應規律，將[44]調值對應現象分析如表 6-5-5 所示：

表 6-5-5　漢語借詞調值[44]調值於白語聲調系統內的對應現象

語源\詞例	共興	洛本卓	營盤	辛屯	諾鄧	漕澗	康福	挖色	西窯	上關	鳳儀	昆明	大理
雪	sue44	sue44	sue44	s'ue44	sue44	çy33	s'u44	sue44	çy44	sue44	sue44	sue44	sue44
數	çĩ44	çĩ44	çĩ44	çĩ44	ʂɯ55 di33	sɯ44	ç'u55	sɯ44	sɯ44	sɯ44	sɯ44	sɯ44	sɯ44
割	ço44	ço44	ça44	tu42 ç'iə55	ʂɛ33	sɛ33	s'ə44	sə44	se44	sə44	se44	kɛ44	se44
血／說	sua44	ʂua44	sua44	(tɕiã44)	sua55 qa21	sua44	s'ua44	sua44	sua44	sua44	sua44	sua44	sua44
紅（赤）	t'ɛ44	t'a44	t'iɛ44	tɕ'ə44	tʂ'ɛ33	ts'ɛ44	ts'ə44	ts'ə44 xuo35	ts'ə44 xuo35	ts'ə44 xuo35	ts'ə44 xuo35	ts'ɛ44	ts'e44 xuo35
拿	tã55	q'e44	k'a44	ta55	ta35	nai44	k'e44	ne44	ne44	ne44	ne44	tɕia44	ne44
繩	su44	so44	su44	sou44	s'o44	sao44	s'au44	sou44	sou44	sou44	sou44	so33	sɔ44
布／紗	po44 sɛ44	pɯ44 sɛ44	pɯ44 sɛ44	s'e44	p'iɔ21 se21	p'iao33	s'e44	p'iɔ31	p'iɔ31	p'iɔ31	p'iɔ31	p'iɔ31	p'iɔ31
黃瓜	p'v44	p'o44	p'o44	t'ou44	p'ɔ44(緊)	p'ao44	p'au44	p'ou44	p'o44	p'ou44	p'u44	p'o44	p'ɔ44
螞蟥（蛭）	tɕi44	tɕi44	tɕi44	tɕi42	tɕi42(緊)	tɕi44	tɕi44	tɕi44	tɕi44	tɕi44	tɕi21	tɕi44 pi34	tɕi44 pi32
腳	ku44	qo44	ku44	kou55	ɢu33	kao44	kau44	kou44	ko44	kou44	kou44	ku44	ko44
夢	mɯ44	mũ44	mɯ44	mi55 mou55	mɯ33 ŋɔ21(緊)	mɯ44	mɯ31	mɯ44	mɯ44	mɯ44	mɯ44	n̻i44 mɯ31	mɯ32
直（豎）	ti55	tã42	tiɛ42	tui33	miɔ21 fa35	miao44	tũ55	miɔ32	miɔ32	tsʅ35	tsʅ35 miɔ44	tuẽ34	miɔ32
綠	**tʂ'ɛ42**	**tɕ'a42**	**tɕ'ɛ42**	lo44	lə44	lo44	lo44	lv44	lv44	lv44	lv44	luɛ44	lv44
蠢（蜇）	tʂ'o44	t'o44	t'iu44	tũ44	tʂ'u55	tɯ21	tiɯ55	tsue44	tsue44	tsue44	tsue44	ts'uo33	su33
暗（黑）	χɯ44	xɯ44	mie42	xe44	miɛ21 xɯ55	xɯ33	ã44 xɯ44	xɯ44	xɯ44	xɯ44	xɯ44	xɯ44	mie21
壞	que44	que44	que44	xuẽ55	xe44	xai44	xɛ44(緊)	xe44	xe44	xe44	xe44	tɕiɔ34 lã31	kue32 xe44
澀	çi44	ʂɛ44	sʅ44	tsuo55 tsui33	sʅ44	si21	si44(緊)	çi44	çi44	çi44	çi44	sɯ34	sʅ44

聲調對應特例說明：

調值[44]調主要承載近現代時期入聲派入後的去聲調值現象，聲母的分布以濁音爲基本。藉由語義深層對應分析可知，白語詞彙系統內採用相同調值[44]調表示同義詞「年歲」，年字在《說文》內之本義本爲稻禾成熟且人負之，即年成五穀成熟之義，穀字音讀爲[so44]/[si44]，其元音裂化爲複合元音[ua]以表示「年」，由穀物年成之義引申表示人之年紀，人之年紀亦與穀之年成相類，一年一年成長，故引申表示「歲」，白語詞彙語音系統將「年歲」視爲不可分訓的聯綿詞，以[sua44]表示。

詞例「數」在白語語音系統內的聲母有舌尖擦音[s]和舌面擦音送氣對立，從辛屯和康福兩地的語音得以窺見，此外，透過兩地的語音亦能說明「數」字借入音讀的前後差異，主要可以確認的是，[44]調和對應的[55]調，即第一層的音讀爲古漢語上聲表示「數的動作」爲動詞語義，在近現代時期辛屯又直接音譯借入漢語「數」的去聲表示名詞屬性的讀音，此爲第二層音讀，然而，康福白語以調值[55]表示雖和名詞屬性的漢語音讀相同，但由於其滯古聲母之故，因此其[55]調值仍是表示漢語借詞「數」的上聲音讀。白語語音系統內透過[sua]的語音結構，共表示「血」、「說」、「算」、「孫」和「酸」的語義，彼此以調值加以區辨，以調值[42]表示漢語借詞「算」的音讀現象，以[55]調值表示漢語借詞「孫」和「酸」的音讀現象，需在整體語言環境內才能區辨其語義所指爲何，特別是「酸」字在白語整體語音系統內呈現擦音送氣之對立現象，在康福語區內「酸」爲[s'uã55]，以滯古語音表示漢語借詞現象，基本可將之歸爲漢源歸化詞類別內。

詞例「夢」相當特殊，在辛屯語區以[55]調值表示借入現象，借的音讀並非漢語方言而是侗臺語音現象；諾鄧和昆明語區則以動詞「夢遊」或「作夢」的語義表示「夢」。

詞例「紅」其本義爲「赤」即火的顏色屬紅色，紅色爲漢語借詞語義，白語詞彙系統內以本義「赤」表示，調值以[44]調爲主，隨著近現代漢語借詞採用「紅」表示「赤」後，白語部分語區亦借入音譯「紅」字音讀，將調值以漢語借詞調值[35]表示並與本調值區辨。詞例「直／豎」在康福白語的詞彙系統內，其音節結構又可等同於「遠」，以調值做爲區辨，調值[55]表示「直／豎」語義，調值[33]則表示「遠」，取其遠即有筆直一望無際之遙語義。

詞例「綠」由聲韻調的對應很明顯可知是屬於漢白同源詞例，聲調值[44]和[42]屬於漢語去聲調值的呈現，另外，粗黑體字的共興、洛本卓和營盤等北部語源區，其「綠」的音讀與「青」同音讀，聲母與韻母形成翹舌化和舌面音顎化作用。大理「暗」字音讀調值對應[21]緊調、諾鄧所對為[21]鬆調，其中只有康福是音譯漢語借詞「暗」並以[44]調表示去聲而非陰平入聲。從表6-5-5 內的音讀歸納現象可知，在音讀為軟顎舌根擦音[x]或小舌擦音[χ]的語源區，其黑和暗屬同義字，僅諾鄧和康福明確區分「暗」和「黑」，康福表示「黑」字音讀以[44]緊調表示，以唇音鼻音[m]為音讀者，借自漢語「暝」的意譯而來其調值以[42]或[21]調表示，至於漕澗的[33]調，筆者在聲調統計歸納說明部分已明言，白語南部部分語區習慣以[3]調開頭做為和中部與北部語源區之分別。

二、緊元音調值：42

白語聲調系統內的[42]調僅有一層語音來源現象，即是鬆緊元音形成的鬆緊調值表現，[42]調值和[44]調值相同之處，即是兩調值都用以承載中古時期至近現代時期入聲韻尾弱化消失後的派入現象，特別是陽平入聲調及聲母具喉化現象時，普遍亦採用[42]調為語音調值，與[55]調相同皆受到聲母演變影響而承載其演變後的調值現象，不僅如此，[42]調值相當程度的調值作用是用以表示漢語借詞的語音現象，除了陽平調外也用以表示漢語借詞去聲調值的借入。

[42]調值的對應規律為：42（去）→42/44（陽平入聲）/42（喉化）→漢語借詞平聲或上聲：42/33/32→陽平：42/55/31/21→去聲：42/55/44/31/32。

以下將依據此[42]調值的對應規律，將[42]調值對應現象分析如表 6-5-6 所示：

表 6-5-6　漢語借詞調值[42]調值於白語聲調系統內的對應現象

語源 詞例	共興	洛本卓	營盤	辛屯	諾鄧	漕澗	康福	挖色	西窯	上關	鳳儀	昆明	大理
煤	mi55	mi55	mi55	me42	me21	me42	mε42	me42	me42	me42	me42	me42	me42
胃	zๅ42	zɛ42	zๅ42	ue42	v21	ue42	vo42 ue44	v42	vv42	uei55	ui55	vɛ42	v42
乳房	pa44	pa44 ba21	pa44	no33	pa21 (緊)	pa44	pa44	pa42	pa42	pa42	pa42	pa42	pa42
舌	di21	tie42 tɕ42	die42 dɕ42	ts'e42	tʂɛ42 dzɛ42	tsai42	tsɛ42	tse42	tse42	tse42	tse42	tse31	tse42

賊	tsๅ42	di42 tsๅ42	tsๅ42	tsɯ42	dzə21	tsɯ42	tsɯ42	tsɯ42	tsɯ42	tsɯ42	tsɯ42	ti42	te42
碗	qe42	qe42 ȵi31	qe42	kei42 pɛ31	ke42 (緊)	kai42	kɛ42	kɛ32	kɛ32	kɛ32	kɛ32	pa44	ke42 pe21
薄	bɯ42	po42	bo42	po42	pɔ42	pao42 po42	pa42	pou42	po42	pou42	pu42	pɔ42	pɔ42
細	mã42	mo42	mo42	mou42	mɔ42	mõ42	mã42	mou32	mo32	mu32	mu32	mo32	mou32
豬（彘）	tɛ42	tɛ42	tɛ42	te42	de21	tai42	tɛ42	te42	te42	te42	te42	ta55	te42
藍	pie42	tɕʻã42	pie42	tɕʻiə55	ȵa21	lã31	na42	la42	la42	la42	la42	pie44	mõ55 nã55
白	bɛ44	pa44	pɔ44	pɚ̃42	pɛ42	pɛ44	pɚ42	pɚ42	pe42	pɚɚ42	pe42	pɛ42	pe42
淡	pia42	pia42	pia42	piɛ55 pou42	piɛ42	piɛ42	piɚ42	piɚ42	pie42	piɚ42	pie42	piɛ42	ta44
醬	tɕɔ42	tɕɔ42	tɕɔ42	tɕɔ42	tɕɔ42 (緊)	tɕã42	tɕã42	tɕou32	tɕɔ32	tɕɔ32	tɕɔ32	tɕɔ32

（表格註：康福語區之[42]調，主要表示緊調語音現象，故在語區下以「（緊）」字做統一
　　說明）

聲調對應特例說明：

　　詞例「乳房」在白語整體語言區的調值對應以穩定[42]調爲基礎，較爲特殊者除了北部洛本卓保有重唇音清濁對立音讀外，在辛屯以舌尖鼻音[no]並以[33]調對應[42]調，這即是借入漢語借詞「乳[ȵiwɔ]」音讀及其上聲調值的語音現象所致。詞例「舌」在北部共興的聲母，筆者研究認爲，是從[tie]演變而來，舌尖聲母[t]和[-i-]介音進行翹舌音化的語音現象所致，透過船母「舌」字的語音演變可知，「舌」的語音由端母逐漸朝向翹舌化發展的過程，調值亦呈現借詞調值概況，基本調值屬全濁入聲之陽入[42]調，並因語區而有屬於自身語區之借詞特有調值[31]或[21]調等，此條詞例在康福音讀爲[42]緊調。

　　詞例「薄」由其聲韻調現象明顯可知屬於漢白同源詞，特別是漕澗和洱海周邊四語區之音讀，將漢語「薄」字聲調相同但韻讀不同的一字二讀語音現象呈現；在辛屯語區表示「淡」的語音時便採用「淡＋薄」的語音合璧現象表示，此舉受到漢語借詞「淡薄」並列結構的詞彙結構影響而來，在大理語區則全音譯漢語借詞表示「淡」。

三、緊元音調值：21

　　白語聲調系統內的[21]調僅有一層語音來源現象，即是鬆緊元音形成的鬆緊調值表現，此調值在白語聲調系統內的作用已屬於承載漢語借詞借入後的聲

調表現，主要以陽平調值爲基礎。進一步探查艾磊（Bryan Allen）《白語方言研究》及徐琳和趙衍蓀《白語簡志》等相關資料進行比對，此[21]緊調在北部語源區之共興有更加低短促的[12]或[11]調值出現，但基本仍呈現穩定的[21]調以做爲承載漢語借詞借入的調值表現。[21]調值的對應規律爲：21（12/11）→44/42/33/31/35/24。

以下將依據此[21]調值的對應規律，將[21]調值對應現象分析如表 6-5-7 所示：

表 6-5-7　漢語借詞調值[21]調值於白語聲調系統內的對應現象

語源 詞例	共興	洛本卓	營盤	辛屯	諾鄧	漕澗	康福	挖色	西窯	上關	鳳儀	昆明	大理
鞋	ẽ21	n̠ĩ21	n̠ĩ21	ŋe21	ŋe21	ŋã21	ŋæ21	ŋe21	ŋi21	ŋe21	ŋi21	ji42 pa42	ŋe21
門	me21	me21	me21	mei21	me33	mã31	mæ21	me21	me21	me21	me21	me21	me21
軟	p'ã55	n̠i31 xũ33	p'ã55	ŋou44	n̠ɔ35	n̠ṽ24	zuã31	n̠ɯ21	n̠ɯ21	n̠ɯ21	n̠ɯ21	p'ã55	p'ã55 n̠ɯ21
茶	dzɔ55	tɕõ55	tio55	tsou31	tʂɔ21	tso42	tsa21	tsɔ21	tsɔ21	tsɔ21	tsɔ21	tso42	tsɔ21
肉	qɛ21 ɢa21	qa21	qɛ21	kɚ44	kɛ21	kɛ31	kɚ21	kɚ21	kɚ21	kɚ21	kɚ21	kɛ42	kɛ21
口袋 /囊	nõ21	nṽ21	nõ21	na21	ne21	nõ31	na21	nu21	nu21	nu21	nu21	nue24	mu22
手鐲	tɕi21	tue21	ɕi31 ti21	tɕi21 p'ou44	tɕi21	tɕi33	tɕi21	tɕi21	tɕi21	tɕi21	tɕi21	sɯ31 tɕi42	tɕi21
鵝	õ21	õ21	o21	ou21	ɔ21	ŋõ31	ãu21	ou21	o21	ou21	ou21	ɣõ42	ou21
毛	miɛ21	mie21	mĩ21	mã21	ma21	ma31	ma21	ma21	ma21	ma21	ma21	ma42	ma21
蟲	tɕo21	tʂũ21	tɕu21	tso21	tɕɔ21	tsṽ33	tso21	tsv21	tsv21	tsv21	tsv21	tsuɛ42	tsv21
去	ŋɛ21	ŋɛ21	ŋɛ21	a21	ŋe21	ŋv21	ɣɚ21	ŋɚ21	ŋiɛ21	ŋɚ21	ŋiɛ21	ts'ɔ55	jou42
地	dʑi42	dʑi42	dʑi42	tɕi44	tɕi21	tɕi31	tɕi21	tɕi31	tɕi31	tɕi31	tɕi31	tɕi31	tɕi31

（表格註：康福語區之[21]調，主要表示緊調語音現象，故在語區下以「（緊）」字做統一說明。）

聲調對應特例說明：

詞例「鞋」在北部洛本卓另有以動詞穿／繫鞋的動作表示之語音[õ55 tɕi33]，以借自本身詞彙結構內既有詞例加以組合釋義，調值爲本調[55]和[33]，屬底層本源語音現象；單音節詞例的語音結構與做爲詞根形成雙音節語音構時的聲調值不同，例如詞例「茶[tso42]」以漕澗的調值爲例，其做爲單音節詞時屬於借詞調值[42]調，但詞彙系統內將「茶」做爲偏正結構內的定中短

語時，其聲調值即隨著中心語的材質、功能或比擬中心語形象等詞的調值而相應改變，例如「茶壺」→[tso31 ku31]（受中心語的功能「壺[ku31]」影響而使單音字詞[42]調改變為[31]調）、「茶葉」→[tso33 sai44]（受中心語的材質「葉（書母全清入聲）[sai44]」的入聲調值[44]調影響，使得「茶」的調值亦演變為與之相應的平調值），相同狀況還有下列的「肉」，單音節詞時為調值[31]，偏正結構雙音節詞時則易變為平調[33]調，例如「肥肉[kõ33 kɛ33]」。詞例「地」屬於漢語借詞但在白語語音系統內形成舌面音顎化現象，因此屬於漢源歸化系列詞，並在聲調值上呈現複雜多變的對應現象：21 (緊) /31/44/42，屬於借詞調值特徵。

參、白語聲調非主體層次：漢語借詞新興調值

白語聲調系統為了承載詞彙系統內大量漢語借詞的調值現象，主要以[35]和[32]調值特別標示，主要以白語中部和南部語源區為主，北部語源區和位處方言疊壓帶之語音過渡語源區，則仍然維持以原語音系統內的調值表示，使得漢語借詞的大量滲透融入，連動也擾亂白語原調值系統內的清濁分立，及古漢語平、上、去、入四聲調值的分布。

以下便就白語聲調非主體層次之漢語借詞新興調值進行說明。

一、漢語借詞新興調值：35

白語聲調系統內的[35]調僅有一層語音來源現象，即是白語聲調系統內為漢語借詞而新興的調值現象，此調值在白語南部語源區亦有以[24]調表示，同樣做為漢語借詞借入後的調值標示；值得注意的是，在白語南部語源區亦有使用此[35]調值做為自己語區與其他中部或北部語區的音讀區辨特徵，如此又使用[35]調值承載漢語借詞音讀外的其他時間屬於古時階段的詞彙音讀現象。

[35]調值的對應規律為：35→42/24。漢語借詞平聲和去聲的調值對應規律：35→55/44/34/31/21。

以下將依據此[35]調值的對應規律，將[35]調值對應現象分析如表 6-5-8 所示：

表6-5-8　漢語借詞調值[35]調值於白語聲調系統內的對應現象

語源＼詞例	共興	洛本卓	營盤	辛屯	諾鄧	漕澗	康福	挖色	西窯	上關	鳳儀	昆明	大理
字／書	dzŋ42 so55	dzũ42 zũ42 su55	dzŋ42 su55	so44	sŋ35 ts'ue33	si24	so55	sŋ35	sŋ35	sŋ35	sŋ35	sŋ34	sŋ35
趴	pa42	pa42	pa42	p'u21	pa33	p'u24	p'ɯ35	p'ɯ31	p'ɯ31	p'ɯ31	p'ɯ31	p'ɛ44	p'ɛ44
角（貨幣）	ko44	tɕi44	xo44	ko44	xɔ42	tɕio24	tɕo35	xɔ42	xɔ42	xɔ42	xɔ42	xɔ42	xɔ42
襪子	ua42	ua42	ua42	vua31 tsi33	va35 tsŋ21	va24 tsi33	va55 tsi33	va35 tsŋ31	va35 tsŋ31	va35 tsŋ31	va35 tsŋ31	ua53	ua35
封／縫	tiɛ̃55	tɛ̃55	tio55	pu33 tsei21	fv35	fv24	f'õ35	fo35	fo35	fo35	fo35	po53	po35
折疊	tɛ55	q'ue55	tɕa55	tɕa42	dze35	tsɛ24	tsɛ42	tɕa42	tɕa42	tɕa42	tɕa42	tɕia42	tse35
休息	ɕã44	ɕõ44	ɕa44	ɕi35	ɕa35	ɕiã24	ɕã35	ɕa35	ɕa35	ɕa35	ɕa35	ɕã34	ɕa35
乾	qã55	qõ55	qõ55	kã55	ka35	kã24	kã35	ka35	ka35	ka35	ka35	ka34	ka35
眞	tʂŋ55	tʂɛ̃55	tsŋ55	tsi44	tsŋ35	tsv24	tsĩ55	tsŋ35	tsŋ35	tsŋ35	tsŋ35	tsɛ35	tsŋ35
鮮	ɕĩ55	sẽ55	si55	ɕi55 nou55	se35	ɕiã24	ɕ'ĩ55 sẽ55	se35 sɯ31	se35 sɯ31	se35 sɯ31	se35 sɯ31	sẽ34 sẽ33	se35 sɯ31
歪／斜彎	k'ou44	k'ui44	k'o44	ŋa55	uɛ35	uɛ42 k'v44	uɚ55 p'ɚ55	uɚ35 ɲou31	uɛ35 k'uɛ55	uɚ35 k'uɛ55	uɛ35 ɲo33	uɛ34	ue35 k'v44
朽	tɕui55	tɕv55	tɕv55	su31	tɕu35	ɣo33	ɕa42（緊） tɕu55 x'a55	ɕo31	ɕo31	ɕo31	ɕo31	su34	su35
甜	ço55	ço55	ço55	kã55 ŋɯ55	ka35 mi44	kã24 mi33	Kã55 võ33	ka35 mi44	ka35 mi44	ka35 mi44	ka35 mi44	ka34 mi33	ka35 mi44
濃／稠	ɲi31 tɕo31	qõ55 sɔ55	qõ55	je44	qu35	k'u31 nõ21	ku55	ku35	ku35	ku35	ku35	ku34 nõ31	ku35 je44

聲調對應特例說明：

　　詞例「鮮」在辛屯語區相當特殊，在詞彙系統內以「鮮」表示「死的」，即以[55]調值表示「鮮」，以同音但調值降為中平調[33]表示「死的」之義：[ɕi33 nou33]，[33]調亦做為[55]調的自源變體現象。

二、漢語借詞新興調值：32

　　白語聲調系統內的[32]調僅有一層語音來源現象，即是白語聲調系統內為漢語借詞而新興的調值現象，此調值現象屬於白語南部方言語源區的漢語借詞調值，並以此與中部和北部語源區做為語區的區隔。[32]調值的對應規律：32→44/55/42/31，由於此調值和[35]調同為漢語借詞新興調值，因此兩調值常有混用現象，並與其餘各調值內的漢語借詞調值相對應。

以下將依據此[32]調值的對應規律，將[32]調值對應現象分析如表 6-5-9 所示：

表 6-5-9　漢語借詞調值[32]調值於白語聲調系統內的對應現象

語源/詞例	共興	洛本卓	營盤	辛屯	諾鄧	漕澗	康福	挖色	西窯	上關	鳳儀	昆明	大理
對	tuĩ42 xo31	tui42 xou31	tue42 kv31	xɯ44	tue42 xɔ35	tue31	tue55	tue32	tue32	tue32	tue32	tsɔ33	tsɔ33
細	mã42	mo42	mo42	mou42	mɔ42	mõ31	ma42(緊)	mou32	mo32	mu32	mu32	mo53	mou32
變	pi42	pɛ̃42	pe42	pi42	pi21	piã31	pie42	pi32	pi32	pi32	pi32	-----	-----
灶	tsu42	tsu42 dʑa31	tsu42	tsu42	tsɔ21	tɤ42	tsa42(緊) sɯ33	tsuo32	tso32	tsuo32	tsuo32	tsuo53	tsɔ32
瓦	ua31	uã31	uɛ31	uɤ̃42	ŋuɛ21	uv42	uɤ̃42(緊)	uɤ32	uɛ32	uɤ32	uɤ32	ua53	ue32
虹	qo31	qo31	qo31	ko42	gɔ42	ko33	ko33	kou32	ko32	kou32	kou32	kã53	kɔ32
山	ʂo55	ʂɛ55	ço55	so42	ʂɔ31(緊)	sv42	so42(緊)	sv32	sv32	sv32	sv32	sɛ̃34	sv32
右	tie42	tã42	tiɛ42	tse42	tʂɛ42(緊)	tsv42	tsɤ42(緊)	tsɤ32	tsɛ32	tsɤ44	tsɛ44	tsɛ̃53	tse32
面	mi42	mi42	mi42	mi42	jɔ21	mi42	me55	mi32	mi32	mi32	mi32	mi53	mi32
傘	sa42	mɯ44 qɔ44	sa42	sãu44 sã33	sa42	sã42	sa31	sa32	sa44	sa32	sa32	sã31	sa32
姓	ȵue42	çã42	çã42	çiã42	çɤ42	çiɛ42	çɤ̃42(緊)	çɤ32	çe32	çɤ32	çe32	çɛ53	çe32
墓	mu44	mo44	mv44	mao42	mɔ42 k'ɔ55	mao31 k'o42	mũ31	mu32	mu32	mu32	mu32	mu31	mɔ32
轉	tsue42	zua42	zua42	tsuɛ42	tʂue21	tɕuã42	tsua42	tsue32	tsue32	tsue32	tsue32	tɕue42	jui32

聲調對應特例說明：

詞例「對」在白語詞彙系統內有兩種語音現象：其一是以「雙對」之義表示、其二是以正確與否之「對錯」之「對」表示，從表 6-5-9 內看到北部語源區和諾鄧兩種語義皆具有之，辛屯以「對錯」之「對」表示，其餘語區則以「雙對」之義表示，調值表示亦屬於表借詞的調值。關於詞彙「虹」的語音結構，白語詞彙系統內是借入自身本有詞彙詞「橋[ku31]」加以韻母裂化[u]→[ou]或低化[u]→[o]/[ɔ]而成，這個詞例一方面借用自身詞彙系統內的詞表示，因橋的拱形外形似橋，因此與以語音上的借用，並在元音韻，母方面加以區辨，聲調值部分則以借詞聲調示，此外，此詞例在白語北部語源於之營盤和洛本卓除了具有[qo31]的借用詞例外，亦有多音節結構的文讀用法，例如營盤另表示虹為[se55 ko44 no44]，洛本卓表示虹為[çi55 qo44 lo44]。

詞例「傘」在辛屯白語內有兩種調值，其韻母由複合韻母[ãu]至單元音韻母[ã]，在做為單字詞彙使用時將發音完整呈現，脫落韻尾元音以[sã]呈現時，

則是形成述補結構時的音節結構，並以中平調[33]表示；透過此因應漢語借詞而新興的調值系統，筆者研究發現，此調值在白語聲調系統內尚未穩定發展，除了白語南部語源區普遍使用外，在白語整體語區仍然將漢語借詞之調值現象對應於本身既有的調值系統內，普遍的調值對應現象為[42]和[31]（含鬆調和緊調），少數對應[55]或[44]調，另外，進一步觀察在對應白語南部採用[32]調較為普遍的語區發現，其漢語借詞新興調值[32]調在昆明又以[53]調做為對應，以[53]調做為[32]調的對應以聲母為濁音為主（此處所言之濁音包含全濁和次濁音），但亦有例外不以[53]調對應者，例如詞例「墓」，餘例若非濁音者則不予變調，相同的調值對應現象在同為漢語借詞新興調值[35]調內之詞例「襪子」亦有此情形。

　　值得說明的部分為白語除了在語音系統內新興調值現象來承載漢語借詞聲調值類外，也有在音節結構內以直接音譯漢語借詞音讀表示但聲調值類卻依據白語聲調值類現象與以標示，例如：條件和調整之「條」和「調」，白語音讀皆為[tʼiau]調值歸入陽平[31]調；又如教育之「教」在白語借入現代漢語音讀後，整體音節結構亦隨之演變：[tɕiau]但調值去聲在昆明則為曲折調[tɕiau214]，基本調值則為[tɕiau42]。

第六節　小　結

　　白語聲調的的層次不同於聲母和韻母，其主要分為三層：滯古層——中介過渡層——漢語借詞之新興層。透過對應比較分析白語聲調的起源和發展可知，其內源和外源因素同樣重要，綜合內外源因素影響，主要有三點原因帶動聲調發展：第一是滯古聲母、第二是鬆緊元音，第三是漢語借詞借入。如此可知，聲調在整體音節結構內的功能，不僅是語音系統調節自身音節的產物，更是語言接觸下的重要依據，透過白語聲調調值系統的層次發展分析可知，語音系統內不論聲母亦或韻母、借詞、清濁送氣與否等因子，都有可能對聲調調值產生相當的作用。

　　藉由白語聲調起源三大因素可知，白語語音系統內的入聲和陽聲輔音韻尾弱化脫落併入陰聲韻內後，最為直接且主要的影響便是韻母結構，並間接鏈動了聲母的演變，特別是擦音送氣這個與古藏緬語族深具共同語源性的滯

古聲母特徵，對於白語聲調滯古調值層高平調[55]和低平調[33]及[31]的確立發展，實爲架構起白語整體聲調系統的重要關鍵，另一項古藏緬語族語音特徵元音的鬆緊，也促使白語聲調的發展，原舒聲調和促聲調受元音鬆緊而影響，使得原單純的高低平調進而分化演變，又隨著語言間的接觸，大量漢語借詞深入融合，相應而新生的聲調值主要以[3]調值起始的音值爲主，例如：35 調、32 調，但此聲調值現象在白語南部語源區除了表示漢語借詞音讀的聲調值外，也用以做爲自身語源和中部及北部語區的區辨特徵，及因方言自身的語音現象所形成適應於自身語區的 34 調和以高調[5]爲起始調值的 53 調，例如南部語區昆明，此語區根據調查顯示，在去聲韻調值方面，亦有聲調調值音讀如同漢語上聲之曲折調的調值[214]或[213]調等現象，使得白語聲調調值系統既豐富也複雜化，使得隔步不同音的現象更加顯著，這也使得白語聲調調值系統在古漢語四聲八調之舒促兩調的基礎上，分化演變爲適應自身語區調值類型。